Silvia Götschi - Mord im Parkhotel

FSC
www.fsc.org
MIX
Papier aus verantwortungsvollen Quellen
FSC® C083411

Cameo Verlag wird vom Bundesamt für Kultur mit einer Förderprämie für die Jahre 2019-2020 unterstützt.

Lektorat: Elisabeth Pfurtscheller, Innsbruck
Korrektorat: Franziska Keller, Einsiedeln
Umschlaggestaltung: Cameo Verlag GmbH, Bern
Umschlagabbildung: Cameo Verlag GmbH, Bern
Layout und Satz: Cameo Verlag GmbH, Bern
ISBN: 978-3-906287-64-5

Printed in Germany

Silvia Götschi

Mord im Parkhotel

Kriminalroman

CAMEO

Für Silvan, Melanie, Graziella, Reto und Andrea
– meine Söhne und Töchter

Samstag, 2. August 2003

Der erste Schlag kam so schnell, dass ich ihn kaum spürte.

Rasch schlug meine Überraschung in Wut und Bestürzung um. Eine Irrfahrt aufgewühlter Sinneswahrnehmungen. Das Wechselbad durchlebter Emotionen. Im Empfinden, meine tiefsten Gefühle ihr gegenüber in diesem Moment aufzuspalten. Zu verlieren.

Sie schlug ein zweites Mal zu, was mich mehr schmerzte. Genauso unerwartet, mit einem stumpfen Gegenstand, den ich nicht zu identifizieren vermochte. Warm rann es mir über die Wangen. Bis ich merkte, dass es mein eigenes Blut war, bildete sich vor mir ein roter See, als hätte jemand versehentlich einen Kübel Ölfarbe auf den Teppich gegossen. Dieser Vergleich schien mir allerdings unangebracht im Angesicht des Todes, den zu realisieren ich noch im Hinfallen imstande war. Wieder schlug sie zu. Emotionslos. Eiskalt. Ich war unfähig, mich von der Stelle zu rühren und aus ihrem Blickfeld zu gehen. Ich begriff nicht, wie sie mir das antun konnte. Die Frau, die ich liebte, die ich begehrte. Sie, deretwegen ich meine Persönlichkeit aufzugeben bereit war, deren Abwesenheit mir als irrationaler Entzug in meiner Körperlichkeit erschien. Wurde mir dies erst jetzt bewusst?

Ob sie meine Angst spürte? Ich sah sie durch einen Schleier von Tränen an. Ihre Augen waren leer, ausgehöhlt, der Glanz war verschwunden. Sie hatten etwas Raubtierhaftes an sich. Etwas Bedrohliches.

Wieder schlug sie mich. Ein schreckliches Geräusch, als trennte jemand einen Fetzen Stoff durch. Ein messerscharfes

Zischen, das Bersten von Haut. Ich spürte, wie es mir die Schädeldecke aufriss und noch mehr Blut herausströmte.

Brennend, glühend wie der Strom heisser, klebriger Lava ...

Weshalb ich erwachte, wusste ich nicht genau. Von draussen vernahm ich den Schrei einer liebeskranken Katze. Es hörte sich wie das Wimmern eines Kindes an. War es dieser Laut, der mich aufgeweckt hatte? Ich drehte mich auf die andere Seite und versuchte, wieder in die Abgründe zurückzukehren, aus denen ich schweissgebadet aufgewacht war, um die Antwort auf das Erlebte zu finden. Es gelang mir nicht, zu aufgewühlt war ich. Ich hatte schlecht geträumt. Das war alles. Ich träumte selten. Oder zumindest nicht so, dass ich mich am Morgen danach erinnerte. Dennoch sass der Schreck der letzten zwei, drei Minuten an der Oberfläche meines Unterbewusstseins. Vielleicht deshalb diese Unruhe? Mechanisch griff ich in mein Gesicht, fühlte die wuchernden Bartstoppeln. Mein Kopf war unversehrt. Hatte sie mir nicht eines über den Schädel gezogen? Lächerliches Unbehagen.

Ich stand auf, ging auf den Balkon und zündete eine Zigarette an.

Die Stadt schlüpfte aus einem unruhigen Schlaf. Irgendetwas von ihrem schweren, abgasgeschwängerten Körper war immer in Bewegung. Lichtströme von Autoscheinwerfern, die durch ihre Adern pulsierten. Ich lauschte in den frühen Morgen hinein. An die Geräusche um mich hatte ich mich so gewöhnt, dass ich sie kaum noch wahrnahm. An die metallenen Schläge von der Güterabfertigung gegenüber meiner Strasse, wenn Waggons aneinandergekoppelt wurden. An die gurrenden Laute einzelner Tauben auf dem Dach, die sich ins Quartier verirrt hatten. Oder an das Liebesgestöhn aus der Wohnung unter mir. Morgens um sechs. Nichts war mehr fremd, was mich nach diesem Albtraum mit Genugtuung erfüllte.

Langsam verwischte die Dämmerung. Zaghaft überflutete warmes Licht die Hausdächer und Fassaden. Weiter hinten die Schienen des Hauptbahnhofes. Wie riesige Schlangen krochen die Züge aus dem Schoss der Stadt. Vom Pilatus aus ging ein Glanz, der mir fast unwirklich vorkam. Die Felsen flammend rot. Der Ort zu ihren Füssen glitzerte im Licht der aufgehenden Sonne als flüssiges Gold oder von Feuer durchbrochene Kristalle.

Ich warf schnell die Zigarettenkippe über die Balkonbrüstung. Mit dem Tageslicht kam auch der Wind auf. Er stiess schon jetzt seinen heissen Atem aus. Ich blieb noch eine Weile draussen. Beobachtete, wie das Morgenlicht die letzten Geheimnisse der Nacht wegwischte. Ich hörte den Glockenschlag einer Kirche, von der ich nicht wusste, wo sie stand. Von irgendwoher das Martinshorn eines Polizeiwagens. Als das Telefon klingelte, kehrte ich ins Wohnzimmer zurück. Ich nahm den Hörer zur Hand.

»Walker«, brummte ich, weil ich so früh keinen Anruf erwartet hatte.

Korners Stimme: »Wir haben eine Tote vor der Zentralbibliothek.« Es kam selten vor, dass mich der Boss persönlich anrief. »Beeilen Sie sich! Ich brauche Sie.«

»Soll ich gleich in die Zentrale kommen?« Ich wartete, bis Korner etwas hinzufügte. Aber es war, als spräche er gleichzeitig mit mehreren Personen, wobei er mich nicht mehr wahrzunehmen schien. Im Hintergrund hörte ich unbekannte Stimmen. Ein Knacken. Ein Schleifen, als schöbe jemand Stühle über einen Parkettboden. Dann Korner: »Bringen Sie Betschard mit und fahren Sie danach zur Zentralstrasse.«

Ich wollte etwas sagen, doch Korner hatte schon aufgelegt. Das war typisch für ihn. Bevor man merkte, dass er da war, war er schon wieder weg. Er war Chef der Kriminalabteilung bei der Kantonspolizei, ein Kopf, der es auch in der Schweizer Armee bis zum Major geschafft hatte. Ein Mann mit unsagbar schnellem Verstand. Dominant im Auftreten und im Umgang mit seinen Mitarbeitern. Ein hochrangiges Kaliber, dem kaum einer aus unseren Abteilungen das Wasser reichen konnte. Jeder wusste, dass er in der Politik mitmischte, aber parteilos blieb, wie er stets betonte. Trotzdem spürte man einen tendenziellen Hang in jene Richtung, die man in den oberen Gefilden der Luzerner als heisses Eisen proklamierte. Er stehe ausschliesslich dort, wo es sich für einen Polizisten gehöre, sagte er. Es umgab ihn die Aura des entschlossenen Mackers, der es sich vorgenommen hatte, aus der Stadt Luzern ein Pflaster freien Bewegens und Denkens zu schaffen, wenngleich Köpfe rollen sollten. Seine Arbeit hatte schon längst über die Grenzen seiner eigentlichen Tätigkeit gegriffen. Er beschäftigte sich knallhart mit den Medien, weil nach seinem Ermessen Gewalt und Verbrechen gezielt durch diese Zusammenarbeit in den Griff zu bekommen wären. Er diktierte den Redaktoren geradezu, was ihm nicht immer Sympathien einbrachte. Früher oder später würde man den Unterschied von damals zu heute schon bemerken. Es blieb offen, was er damit wirklich meinte.

Unter der Dusche erwachte ich erst richtig. Ich war kein Morgenmensch. Zum Rasieren blieb mir keine Zeit. Ein kurzer Blick in den Spiegel über dem Lavabo stimmte mich auch nicht positiver. Meine Haut war hell, trotz des Sommers. Ich mied die Sonne grundsätzlich. Salomé meinte letzthin, dass mir diese Blässe einen etwas frivolen Ausdruck verleihe und den Betrachter schon der Jahreszeit wegen provoziere. Egal. Immerhin gefielen ihr meine Grösse von 1,78 m, meine blauen Augen und die braunen, kurz geschnittenen Haare – Schweizer Durchschnitt hatte ich mal gelesen.

Ich schritt ins Schlafzimmer, holte meine Hose und ein frisches Hemd aus dem Schrank und zog sie mir über. Vergessen war meine Wut auf Korner, der mein freies Wochenende gestört hatte. Auf dem Weg zum Parkplatz rutschte ich in meine Schuhe. Nicht das erste Mal, dass ich mit akrobatischem Geschick meine Wohnung verlassen musste. Ich bemerkte, dass ich die Zigaretten oben liegen gelassen hatte, was mich ärgerte.

***

Daniel Betschard wohnte am anderen Ende der Brücke. Ich rief ihn auf dem Weg dorthin an. Der Festnetzanschluss wurde nach wiederholtem Klingeln auf sein Mobiltelefon umgeleitet, was Daniel ähnlich sah. Möglichst kompliziert. Er klang verschlafen und nicht sehr erfreut.

»Ich weiss, ich sollte mich beeilen«, knurrte er ins Telefon. »Habe die Nachricht soeben erhalten. Du kannst am üblichen Ort auf mich warten.«

Ich fuhr zum Kino Capitol, wo ich meinen Wagen parkte. Ich stieg aus. Während ich wartete, sah ich mir beim Kinoeingang den Aushang der neuesten Vorstellungen an. Zwei Typen in gestreiften Trainerhosen schlurften an mir vorbei. Sie sahen nicht danach aus, als gingen sie zur Arbeit. Sie warfen mir einen abschätzigen, wenn nicht arroganten Blick zu. Ich kannte diese feindseligen Augen, in denen sich wahrscheinlich meine eigene Feindseligkeit widerspiegelte. Das waren die Momente, in denen ich mir wie ein Fremder im eigenen Land vorkam. Ich ging zurück zum Wagen. Ich sah Daniel über den Zebrastreifen hasten. Sein Hemd hing ihm wie immer aus der Hose. Ich konnte mir ein Grinsen nicht verkneifen.

Er begrüsste mich schlaftrunken. Aus purem Mitleid öffnete ich ihm die Türe auf der Beifahrerseite. »Bist du überhaupt einsatzfähig?«, fragte ich, um ein Gespräch zu beginnen. Ich sah ihm an, dass er mit dem Reden Mühe hatte. Er blinzelte mich mit seinen grünen Augen an. Sein Gesicht wirkte fahl, sein rotblondes Haar zerzaust.

»Ich nehme an, dass du heute einen klaren Kopf brauchst«, sagte ich. »Hat dir Korner nicht mitgeteilt, worum es geht?«

»Wohin fahren wir denn?«

Eigenartig, dass mir erst heute auffiel, wie nervös Daniel wirkte. »Zum Sempacherpark«, sagte ich. »Zum Vögeligärtli. Man hat eine Tote gefunden. Die erste Leiche in diesem Sommer.«

»Wir hatten erst letzte Woche eine«, entgegnete Daniel lakonisch. Ich sah ihn im Augenwinkel das Hemd zuknöpfen.

»Das war eine männliche«, sagte ich, was Daniel das erste nette Lächeln entlockte.

***

Ich fuhr über die Hirschmattstrasse bis zur Murbacherstrasse. Vor der Zentralbibliothek stellte ich meinen Wagen ab. Ein Polizeiauto und ein Krankenwagen waren schon vor Ort. Das blaue Licht kreiste wie ein Karussell über die Fassaden und Bäume im nahen Umkreis. Der Park war mit rot-weissen Plastikbändern weiträumig abgesperrt. Leute drängelten an die Schranken heran. Die Schaulustigen nahmen ihre Plätze ein – wie Statisten in einem Kriminalfilm. Ich bemerkte über zehn mit Mobiltelefonen bewaffnete Zuschauer. Auch die Presse war da: Daniela Schneider von der Luzerner Zeitung, die mit ihrer Digitalkamera umherwirbelte. Es war eine ehemalige Schulkollegin von mir. Auch heute sah sie aus, als wäre sie gerade von einer Strandparty hierhergekommen. Ihre hochgesteckten Haare mit hellgrünen Strähnen fielen mir auf. Ich überlegte mir, woher sie von der Tat erfahren haben könnte. Ich ging ihr aus dem Weg. Korner war nicht anwesend. Dafür zwei Kollegen der Stadtpolizei. Ich blieb einen Moment stehen, um mich über die aktuelle Lage zu orientieren: Die übliche Hektik fehlte, Ratlosigkeit machte sich bemerkbar.

Später sah ich den Camion des Technischen Dienstes in die Murbacherstrasse einbiegen. Hinter der Frontscheibe erkannte ich Werner Dubach und war beruhigt. Daniel schritt auf ihn zu, verschwand im hinteren Teil, wo sie, er und Werner, bald darauf mit sterilen Anzügen wieder zum Vorschein kamen. Zwei Astronauten gleich oder in weisse Overalls gepackte Comicfiguren. Voll beladen mit Koffer, Kamera und den üblichen Utensilien übergingen sie die erste Schranke. Die Diener des gewaltsamen Todes.

Ich näherte mich den beiden Kollegen der städtischen Polizei und den Sanitätern, die eng beieinanderstanden. Hinter den Flatterbändern verharrte ich, nahe genug, um zu erkennen, was da los war.

Nur auf den ersten Blick sah es aus, als schliefe sie. Der seltsam verdrehte Kopf, das lange Haar, das ihr Gesicht zur Hälfte verdeckte, bezeugte jedoch, dass mit der Frau auf der Parkbank etwas nicht stimmte. Sie sass schräg da, ihr rechter Arm lag über der Lehne. Sie trug ein enges schwarzes Kleid, das ihr weit über die Knie gerutscht war, darunter schwarze Strümpfe; die Halter kamen teilweise zum Vorschein. Ihre Füsse steckten in offenen Schuhen mit hohen Bleistiftabsätzen. Neben ihr auf der Bank lag eine schwarze Lackhandtasche.

»Ein Clochard hat sie heute Morgen so gefunden«, erfuhr ich von einem der anwesenden Polizisten.

»Wo ist er?«, fragte ich.

»Er wartet hinten im Dienstwagen«, sagte der Polizist und drehte seinen Kopf seitlich über die linke Schulter.

»Hat man ihn schon befragt?«

»Nein.«

»Sind sonst noch unmittelbare Zeugen da?«

»Nein, niemand sonst.«

Ich musste mich um seine Antworten bemühen, was mich ärgerte. »Und die Leute hinter der Absperrung?«

»Die sind alle im Nachhinein gekommen.«

Die kamen immer im Nachhinein. Dann lauerten sie wie Aasgeier oder Hyänen, gierig auf den Rest der Beute starrend. Der Blick darauf wurde ihnen jedoch bald verwehrt: Die Techniker montierten eine Schutzwand.

»Sind die schon befragt worden?« Langsam wurde ich ungeduldig.

Der Polizist grinste mich blöd an. Ich schien nicht der Einzige zu sein, der mit dem Einsatz an einem Samstagmorgen Mühe hatte. »Unsere Leute sind dran«, sagte er und entfernte sich von mir, weil man ihn anderswo dringender brauchte.

Ich schaute mich um. In dieser frühen Morgenstunde erschien alles wie einbalsamiert. Die Häuser rund um den Park waren in diffuses Licht getaucht, die Jalousien geschlossen.

»Du solltest mal herüberkommen«, rief mir Daniel winkend zu und verschwand hinter der blickdichten Wand. Ich folgte ihm.

Später, nachdem Daniel mit den ersten Untersuchungen fertig war, trat ich an die Tote heran und betrachtete sie.

Manchmal gibt es einschneidende Momente im Leben, die kommen ohne Vorwarnung aus heiterem Himmel, und sie schlagen wie eine Bombe ein, reissen ein tiefes Loch in die Seele und man weiss, dass man dann nichts mehr rückgängig machen kann; man kann es nicht einmal wegdenken. Als ich in das Gesicht der Frau sah, traf es mich so hart, dass ich glaubte, es ziehe mir den Boden unter meinen Füssen weg. Ich verlor den Halt. Unbegreiflich. Salomé!

Der Name zuckte wie ein Blitz durch mein geistiges Auge, schlug brutal in mein Herz. Ich verdrängte den Gedanken. Sie sah ihr nur ähnlich. So unglaublich ähnlich. Ich würde den Namen der Toten gleich erfahren. Würde im Nachhinein über meine Hysterie lachen. Sonderbar, wenn man plötzlich neben sich selbst steht und sich aus der Perspektive des Aussenstehenden betrachtet. Das passierte mir heute zum ersten Mal. Ich fasste mich schnell wieder und richtete mich auf. Ich spürte, wie mir kalter Schweiss aus den Poren schoss, wie ein flaues Gefühl meinen Magen füllte. Ich versuchte, mich auf eine Bagatelle zu konzentrieren. Auf den Baum über mir, den ich durch die Zeltluke sah. Eine jahrhundertealte Buche, die ihre Äste weit und üppig über den Park breitete. Abwechselnd stieg mir der Geruch von Hundekot und trockenem Laub in die Nase.

»Wurde sie umgebracht?«, fragte ich Daniel. Er trug ein Diktafon bei sich, worauf er seine Feststellungen sprach.

»Siehst du diese Striemen da?« Er schob die Haare etwas zur Seite und zeigte mir zwei nebeneinanderliegende violette Vertiefungen. »Sie wurde stranguliert. Womit, kann ich nicht klar erkennen. Das ist dann Sache der Gerichtsmedizin.«

»Und die Todesursache?« Ich beugte mich über die Tote. Sie sah aus wie Salomé.

»Wahrscheinlich durch Ersticken«, sagte Daniel. »Ich muss jetzt weitermachen. Dazu kann ich dich nicht gebrauchen.«

»Wer hat sie gefunden?« Meine Selbstsicherheit zerrann wie Eis in meiner Hand. Ich griff mechanisch in meine Hemdtasche und erinnerte mich, dass ich die Zigaretten zu Hause liegen gelassen hatte. Jetzt hätte ich sie gebraucht, um mich an irgendetwas festzuhalten.

»Ein Kollege der Stadtpolizei sagte mir, dass sie kurz vor sechs Uhr einen Anruf aus dem Hotel neben der Zentralbibliothek bekommen haben.«

»Von wem?«

»Keine Ahnung. Scheinbar wollte er seinen Namen nicht nennen.«

Ich war erstaunt über das Tempo der Stadtpolizei. Möglicherweise war eine Patrouille in der Nähe oder sie war im Quartier auf Streife gewesen.

»Kann ich jetzt mit meiner Arbeit anfangen?«, rief Werner. Er kam zielstrebig ins Zelt. Seine Kamera hing ihm über den Bauch. Er sah nicht sehr glücklich aus. Einsätze an Wochenenden waren anstrengend und stellten die Betroffenen auch vor Bewährungsproben innerhalb ihrer Familie. Ich hatte einmal gelesen, dass die meisten Geschiedenen unter Polizisten zu finden seien.

Ich musste immerzu auf die schwarze Handtasche starren, auf den Lackbeutel neben der Toten. Ich stellte mich zu Daniel und schaute ihm bei der Arbeit zu. Seine Handgriffe waren Routine, ihn erschütterte kaum mehr etwas – oder er hatte ganz einfach die Gabe, solches wegzustecken. Die Leiche hier war beinahe unversehrt. Daniel hatte sich weiss Gott schon mit anderen Körpern auseinandersetzen müssen, mit fast bis zur Unerkenntlichkeit entstellten Mordopfern, mit zerschlagenen Gesichtern und abgetrennten Extremitäten. Jeder Normalsterbliche hätte in einem solchen Moment seinen Beruf hinterfragt. Daniel aber nahm seinen Job gelassen und überspielte seine Eindrücke gekonnt mit trockenem Humor. »Du kannst jetzt nach draussen gehen!«, befahl Daniel. »Du bist nicht steril genug.«

»Nur noch einen Augenblick. Wolltest du mir nicht noch etwas sagen?«

Hatte er die Handtasche schon gesehen? Mir ging sie nicht mehr aus dem Kopf. Vielleicht würde man etwas darin finden, was nicht jedermann zu Gesicht bekommen sollte. Vor allem nicht meine Kollegen. Ich verabscheute den Gedanken.

Daniel richtete sich auf. Sein Gesicht war rot angelaufen. »Wie kann man eine so schöne Frau kaltblütig umbringen?« Er besass also doch eine Seele.

Ich unterliess es, darauf etwas zu erwidern. Ich hätte auch kaum einen Ton herausgebracht. Die Handtasche beschäftigte mich. Vielleicht hätte ich sie einfach wegnehmen sollen. Daniel hätte es nicht bemerkt. Ich versuchte, ihn abzulenken, während ich mich der Sitzfläche wieder ein Stück näherte. Die Tasche war so klein, dass sie zwischen meinem Hemd und dem Bauch genug Platz hatte. Jetzt war ich plötzlich froh über meine Bier-Physiognomie. Ich war mir bewusst, dass ich mit diesem Griff einen gravierenden Fehler in Bezug auf die kriminaltechnischen Aufgaben machte. Hoffentlich schaute mir Werner nicht zu.

»Du entschuldigst mich«, sagte ich an Daniel gewandt. »Ihr könnt mich rufen, wenn ihr fertig seid. Ich werde mich da hinten mal ein wenig umsehen.« Ich verliess die Abdeckung.

Ich schaute Werner an, der die nähere Umgebung des Fundortes kritisch absuchte und fotografierte. Vielleicht würde er später verdächtige Dinge entdecken, die jetzt an Ort und Stelle nicht zu sehen waren oder ganz einfach nicht wahrgenommen wurden. Und die Tasche? Ich realisierte meine momentane Fahrlässigkeit, ohne genau zu benennen, warum das so war.

Mir schnürte es die Kehle zu. Ich musste hier weg. Ich ging zurück zu meinem Wagen.

Es war schwülheiss. Die Brise aus dem Süden mutete wie ein trockener Atem an, der mir das Atmen erschwerte. Meine Zunge fühlte sich an wie Fliesspapier, worauf kleine Staubpartikel klebten oder Sand aus der Wüste Nordafrikas. Seit Anfang Mai hatte es nicht mehr geregnet. Die Luft hing wie eine Glocke über der Stadt.

Im Wageninneren war es noch unerträglicher. Ich legte die Lackhandtasche der Toten vor mich auf die Knie und betrachtete sie. Ich hatte noch nie eine solche Tasche gesehen. Sie war aus teurem Material gefertigt, es war keine aus diesem billigen Lack, wie man sie in den Warenhäusern kaufen konnte. Ich drehte den Verschluss und kippte den Inhalt auf meine Beine. Zum Vorschein kamen eine kleine Geldbörse, ein Lippenstift, ein farbiges Kondom, zwei verschiedene Wohnungsschlüssel, ein angebrochenes Zigarettenpäckchen und ein vergoldetes Feuerzeug. Ich hätte mir am liebsten eine Zigarette angezündet, konnte aber der Versuchung widerstehen. Im Portemonnaie befanden sich ausser ein paar Münzen dreihundert Franken in Scheinen und eine Kreditkarte. Raubmord war schon einmal auszuschliessen. Es schien eher so, dass der Mörder bewusst wollte, dass man die Tote an Ort und Stelle nach ihrem Namen identifizierte. Ich hatte gedacht, etwas mir Vertrautes zu finden, und fühlte Erleichterung, weil es nicht der Fall war. Ich überprüfte die beiden Schlüssel, deren Nummerierung mir nicht bekannt vorkam. Ich schaute die Kreditkarte näher an. Sie war auf den Namen *Catherine Mahler* ausgestellt. Das Foto am unteren linken Rand auf der Rückseite der Karte konnte mit der Toten übereinstimmen. Sollte ich aufatmen? Sie hiess Catherine und nicht Salomé. Ich zwang mich, ruhig zu bleiben. Und genau dieser Zwang bewirkte, dass es mir den Boden erneut unter den Füssen wegzog. Das Bild war nicht sehr scharf. Aber es kam mir bekannt vor. Eine dunkelhaarige Frau mit aussergewöhnlichen Augen. Salomés Augen. Irgendwo hatte ich dieses Bild schon einmal gesehen. In einem grösseren Format.

Gestern noch war sie bei mir gewesen. Ihr Name war Sehnsucht. Begehren. Lebenslust. Wir hatten uns regelmässig in meiner Wohnung getroffen. Dann gab es nichts, worüber wir sprachen. Unsere Körper sprachen für sich. Ich erlebte sie jedes Mal wie beim ersten Mal. Ich sah sie vor mir, ihre olivefarbene Haut, diese zarten, feinen Läppchen, die sie hemmungslos vor meinen Augen aufblätterte.

Ich ertappte mich dabei, wie ich lange und nachdenklich auf das kleine Bild auf der Kreditkarte starrte. Das hier war nicht Salomé. Nicht meine Salomé. Ich wollte nicht, dass sie es war. Da glaubte ich, eine Frau zu kennen, ihren Körper, ihre verborgensten Winkel. Und auf einmal erschien sie mir wie ein fremdes Wesen. Eine seltsame Leere breitete sich in mir aus. Ich hatte nicht einmal den Familiennamen von ihr. Das war so nebensächlich gewesen. Sie arbeite im Kantonsspital, hatte sie mir gesagt. Insgeheim hatte mich ihr Beruf beruhigt, und ich nahm ihre Schichtarbeit genauso in Kauf wie sie meine.

Ich stieg wieder aus. Die Tasche liess ich im Wagen liegen, mir keiner Konsequenz bewusst. Ich ging zurück in den Park. Daniela Schneider war verschwunden. Alle anderen mir bekannten Gesichter waren noch da. Und eine Menschentraube, die sich ständig vergrösserte: neugieriges Volk, das sich am Leid ergötzte, erregt darauf wartend, dass sie die Tote sehen würden.

In der Zwischenzeit war auch Conradin Caflisch, der Chef des Ermittlungsdienstes eingetroffen. Ich sah, dass er sich mit Daniel unterhielt. Ich ging zu ihm und grüsste ihn knapp. Nach mehr war mir nicht zumute. Conradin war mein unmittelbarer Vorgesetzter, gross, schlank und agil, der es mich immer wieder unverblümt wissen liess, dass er in der Leiter der Hierarchie eine Sprosse höher stand als ich. Er war bündnerischen Ursprungs, schnauzbärtig und dunkelhaarig, ein etwas sturer Mensch, der fast zur gleichen Zeit wie ich zur Kapo gekommen war. Die einengenden Berge im Prättigau hatten seinen Charakter geprägt; die Weitsicht fehlte ihm. Trotzdem schätzte man ihn in der Abteilung, weil er wie niemand sonst mit einer unerschütterlichen Vehemenz an eine Sache herangehen konnte.

»Hast du schon Zeugen befragen können?« Conradin bugsierte mich zur Seite.

Plötzlich erinnerte ich mich an den Clochard, der sicher immer noch im Dienstauto der Stadtpolizei wartete, falls ihn nicht schon jemand anderer befragt hatte. »Ich werde mit der ersten Zeugenbefragung anfangen«, wich ich aus.

Conradin schaute auf seine Armbanduhr. »Ich möchte, dass du dir danach den Empfangschef des Hotels da drüben mal unter die Lupe nimmst. Er hat die Stadtpolizei benachrichtigt. Ich kümmere mich um den Rest.«

»Wann werden wir uns wiedersehen?«

»Wenn hier alles erledigt ist«, antwortete Conradin. »Spätestens um elf in Hellers Büro. Bis dahin wissen wir vielleicht mehr.«

Später traf der Leichenbestattungsdienst ein, um die Tote in die Gerichtsmedizin nach Zürich zu bringen.

Den Polizeiwagen fand ich auf dem Parkplatz neben der Bibliothek. Im Wageninneren sass ein Mann in abgewetzten Hosen und mit nacktem Oberkörper. Ich setzte mich zu ihm. »Haben Sie die Frau gefunden?«

Der Mann reagierte zuerst nicht. Er starrte wie gebannt auf seine Hände. Helle, feingliedrige Hände. Die Hände eines Akademikers, durchfuhr es mich. »Sie müssen mir ein paar Fragen beantworten«, sagte ich.

Der Mann erschrak. Sein Blick war feindselig. »Ja, ich habe sie gefunden«, antwortete er mit Verzögerung. Ein saurer Geruch von abgestandenem Alkohol ging von ihm aus.

Ich lehnte mich zurück. »Und etwas anderes haben Sie nicht bemerkt oder gehört? Ein Auto oder Personen?«

»Ich habe da hinten geschlafen«, sagte er, »... tief geschlafen«, ergänzte er und machte eine ausschweifende Körperbewegung gegen die Fensterscheibe.

Das nahm ich an, weil er mit Sicherheit betrunken gewesen war.

Ich reichte ihm einen Schreibblock. »Notieren Sie Ihren Namen und Ihre genaue Anschrift«, sagte ich und wusste im gleichen Moment, dass er dies wahrscheinlich nur zur Hälfte erledigen würde. Ich sah ihm zu, wie er mit zittrigen Buchstaben seinen Namen auf das Papier kritzelte »Max Sommerhalder«, lächelte der Clochard verzerrt. »Wollen Sie die Sommer- oder die Winteradresse wissen?«

Ich nahm ihm den Block aus der Hand. »Das reicht fürs Erste.«

Seine Schrift wäre ein spannendes Austüfteln für die Grafologen gewesen. »Vielleicht sollten Sie zuerst ausnüchtern«, schlug ich vor.

In Sommerhalders Augen trat ein Leuchten. »Sie halten mich wohl für einen Vollidioten.« Er lächelte, während er dies sagte. »Ich sehe zwar aus, als hätte ich von den Dingen des Lebens keine Ahnung, aber immerhin habe ich einmal studiert. Lassen Sie sich von meiner Schnapsfahne nicht irreführen. Aber mit irgendetwas muss man sich schliesslich sein Leben versüssen.«

Doch ein verhinderter Akademiker. Ich ging nicht weiter darauf ein. »Wem haben Sie den Fund gemeldet?«, fragte ich und erhielt nur ein unverständliches Kopfschütteln.

»Ich mag mich nicht erinnern.«

Sein Kurzzeitgedächtnis schien ein paar Sprünge zu haben und gab meinem Gefühl, dass er nicht mehr auf seinem geistigen Hoch war, recht. Oder machte er das absichtlich? Wusste er am Ende mehr, als er zugab? »Melden Sie sich am Montag um neun Uhr bei der zuständigen Instanz«, wiederholte ich. Ich reichte ihm meine Karte. Meine Unterhaltung mit ihm war somit beendet. Meine Energie am Nullpunkt angelangt, und es schien, als hätte ich noch einen langen Tag vor mir. »Sie können wieder gehen«, sagte ich und stieg aus dem Wagen.

Noch im Davongehen hörte ich den Clochard von seiner unfeinsten Art. Er schoss mir eine Salve Flüche hinterher, die an Obszönem nichts unterliessen. Ich verstand ihn.

***

An der Ecke, wo sich Sempacher- und Murbacherstrasse kreuzten, befand sich ein Hotel mit einem Restaurant im Keller, in das man von der Strasse aus durch eine schräg gestellte Fensterfront sehen konnte. Ich war in *The Hotel* noch nie eingekehrt. Aber mein Kollege Werner war dort einmal eingeladen gewesen. Wie nicht anders zu erwarten, hatte er sich damit mir gegenüber gebrüstet.

Schon in der Empfangshalle witterte ich den Geruch von Putzmittel. Es roch steril. Genauso kam mir der Mann hinter der Rezeption vor. Er grinste mir künstlich entgegen. Er tat so, als hätte er von der Hektik draussen nichts bemerkt. »Guten Morgen, was kann ich für Sie tun?« Ein professionelles Lächeln. Einstudierte Gestik. Auf eine bestimmte Gattung Gäste mochte das positiv wirken. Mich provozierte es. Er hatte keine Ahnung von der harten Realität des Lebens. Es fand ausserhalb des Hotels statt. Hier drinnen herrschte Bühnenromantik, und der Mann hinter dem Tresen wirkte so, als wäre er derjenige, dem die wichtigste Rolle seiner Karriere zugefallen war. Er war mittelgross, blond, selbstsicher und roch penetrant nach Rasierwasser, was ich bei meinem Nähertreten bemerkte. Es übertraf alles. War er derjenige, der die Tote gemeldet hatte? Ich räusperte mich. »Wann haben Sie Ihren Dienst angetreten?«

»Wie bitte?« Jetzt war er verdattert und das gefiel mir. Schnell fiel er ins Klischee zurück. »Was meinen Sie damit?«

Ich rückte meinen Ausweis heraus und hielt ihn nahe an seine Augen. »Sie haben mich schon richtig verstanden.«

Er machte einen Schritt zurück. »Ich kann nicht hellsehen«, sagte er in gebrochenem Deutsch und setzte wieder dieses kitschige Lächeln auf. Ich spürte instinktiv, dass er nicht gewillt war, mehr von sich preiszugeben. Ohne auf seine Bemerkung einzugehen, was mir allerdings schwerfiel, wiederholte ich meine Frage.

»Ich beginne meine Arbeit um sechs«, antwortete er.

»Haben *Sie* die Polizei benachrichtigt?«

Er schwieg eisern, was ich nicht verstand.

»Ich kann Sie vorladen, wenn Ihnen das lieber ist«, sagte ich lauter.

Das missfiel ihm offensichtlich. »Okay, ich habe die Stadtpolizei angerufen. Der Zigeuner aus dem Park hatte wohl keine andere Wahl, als mich um Hilfe zu bitten. Ist das ein Verbrechen?«

»Nein, aber Ignoranz.«

»Ich habe nicht gewusst, wie wichtig es für Sie sein würde.«

»Wollen Sie mich zum Narren halten?«

»Sie müssen wissen, dass das hier ein renommiertes Hotel ist und die Gäste ...«

Ich liess ihn nicht aussprechen. »Zum Teufel. Da drüben ist eine Frau tot aufgefunden worden. Und Sie machen sich Sorgen um Ihre Gäste?«

»Ich tue meinen Job wie Sie auch«, kam es barsch zurück.

Mir genügte es, noch bevor ich richtig angefangen hatte. »Gibt es noch andere Mitarbeiter, die vor sechs ins Haus kommen?«, fragte ich.

»Nein, niemand sonst. Die anderen fangen erst nach sechs an.« Seine Stimme hatte sich wieder normalisiert.

»Gut, am Montagmorgen um zehn haben Sie Zeit, sich in unserem Büro eingehend mit dem Thema zu beschäftigen.«

»Aber dann muss ich arbeiten.«

Wir blickten uns an, als wären wir Bluthunde, die einander nächstens an die Kehle springen wollten. Ich hatte den Mann vom ersten Augenblick an verachtet, als er mir seine Gleichgültigkeit demonstrierte. Ich wandte mich von ihm ab und ging. Unter der Türe drehte ich mich noch einmal nach ihm um. »Wie heissen Sie eigentlich?«

Er hüstelte: »Dante Ripiosi.«

Ich nahm meinen Notizblock zur Hand, um den Namen zu notieren, weil ich ihn wohl kaum behalten konnte.

»Ich bin gebürtiger Sizilianer«, rief er mir nach. Beim ersten Moment klang es so, als wollte er mich mit seiner Herkunft warnen. Ich verwarf den Gedanken. Er hatte mir schlichtweg eine Erklärung seines kuriosen Namens geben wollen. Vielleicht würde ich ihn doch nicht vergessen.

Zurück in meinem Wagen, stellte ich die Nummer von Salomés Mobiltelefon ein, bekam aber ausser der Dienststimme des Betreibers nichts zu hören. Ich wusste nicht, ob ich beruhigt aufatmen oder mir Gedanken machen sollte. Ich verspürte plötzlich ein starkes Bedürfnis, Salomé in die Arme zu nehmen.

***

Später fuhr ich zur Kasimir-Pfyfferstrasse, zur Einsatzzentrale. Der Verkehr hatte zugenommen. Die Stadt war so abrupt erwacht wie jeden Tag. Nicht einmal während der Wochenenden schien Ruhe einzukehren. Die Autokolonnen wälzten sich doppelspurig zwischen den Häusern durch. Fahrradfahrer schlängelten sich todesmutig um die Wagen herum, schlossen die Lücken, die von den Linienbussen entstanden, wenn sie an den Haltestellen stoppten. Der Tag versprach, wieder heiss zu werden, wie alle die Sommertage zuvor. Ich dachte an die Badenden im Lido oder beim Alpenquai, an schattige Plätze unter Linden, an ein kühles Bier. Aber ich musste mich wohl auf viel Arbeit einstellen.

Wer war die Frau, die mich an Salomé erinnerte? War sie verheiratet? Hatte sie Familie? Im Büro würde ich ihre Adresse ausfindig machen können. Ausser meiner Mitarbeiterin Nina Buholzer war noch niemand anwesend. Und meinen Kollegen Julien Roduit hatte ich an diesem Morgen noch nicht erreicht. Ich erinnerte mich, dass er dieses Wochenende keinen Bereitschaftsdienst hatte.

Nina schaute mich mit ihren kugelrunden, dunklen Augen an, als ich in ihr Büro trat, wo sie vor dem Computerbildschirm sass. Sie galt als das Argusauge der Abteilung schlechthin. Sie war bald sechzig, sah aber jünger aus, was sicher an ihrem sportlichen Kurzhaarschnitt und dem dezent geschminkten Gesicht lag. Ich war mir nie sicher, wie diese Frau es schaffte, in allen Lagen, und waren sie noch so verzwickt, mit ihrer ansteckend guten Laune präsent zu sein. Ich lächelte ihr zu. Ein schwacher Versuch, ihrer sympathischen Art näherzukommen. »Könntest du mir ein paar Dinge abklären?«

Sie nickte kurz und strich sich mit der Hand durch ihre flippige Frisur. »Klar doch. Geht es um die Tote im Sempacherpark?«

»Du weisst davon?«

Mein Erstaunen quittierte sie mit einem heftigen Kopfnicken. »Der Chef hat mich schon darüber informiert. Leider haben wir sie noch nicht identifizieren können.«

Verdammt, die Handtasche. Ich musste mich setzen.

»Ist dir nicht gut?« Nina sah mich besorgt an.

»Ich komme gleich wieder«, sagte ich und stand auf.

Auf dem Korridor rief ich auf Daniels Mobiltelefon an. Er meldete sich mit Verzögerung.

»Bist du allein?«

»Ja, wo brennt's? Wir haben gerade die Tote zum Transport bereit gemacht.«

»Erinnerst du dich an die Handtasche auf der Parkbank?« Meine Hände fühlten sich feucht an, der ganze Rücken, die Brust.

»Was für eine Handtasche?«

Ich war überrascht. Das konnte doch nicht sein, dass Daniel sie übersehen hatte. Ich befürchtete, dass er die Nacht nicht ganz im Trockenen verbracht hatte. Vielleicht mein Glück. »Hat Werner sie erwähnt?«

»Was erzählst du da?« Daniel war hörbar erstaunt.

»Hör' zu«, sagte ich. »Ich habe da ein kleines Problem. Die Handtasche ist in meinem Wagen. Ich weiss nicht, was ich mir dabei gedacht habe, als ich sie von der Bank weggenommen habe.«

«Bist du bescheuert?» Daniel geriet ausser sich. »Hast du wenigstens Handschuhe getragen?«

»Nein, woher sollte ich die denn haben?«

Ich hörte lange nichts mehr. Jetzt dachte er über meine Dummheit nach und wie er mich aus dieser miserablen Lage wieder befreien konnte. »Gut«, sagte er nach einer Weile. »Du kannst die Tasche in mein Büro bringen. Lege sie in die oberste Schreibtischschublade.« Er unterbrach die Verbindung.

Ich kehrte zu Nina zurück. »Ihr Name ist Catherine Mahler«, sagte ich, um den Eindruck zu hinterlassen, dass ich deswegen vor der Tür gewesen war. »Bitte überprüfe, wo sie wohnt und ob sie Familie hat.«

Ich ging wieder auf den Korridor und ärgerte mich erneut, dass ich keine Zigaretten dabeihatte. Ich liess einen lauwarmen Kaffee aus dem Automaten und trank ihn in einem Zug aus. Mein Körper reagierte mit einem Schweissausbruch. Mir wurde schwindlig. Nur ganz unterschwellig verspürte ich eine Unsicherheit, die so schnell vorüber war, wie sie sich bemerkbar gemacht hatte.

***

Der erste Lagebericht fand in Hellers Büro statt. Toni Heller war der Untersuchungsrichter und zuständig für die Stadt. Ein rundlicher Mann mit grauen Geheimratsecken. Korner war jetzt da. Seine charismatische Erscheinung übertraf alle, selbst den korpulenten Heller. Er hatte sich die Haare geschnitten, was mir als Erstes auffiel. Etwas zwischen Bürstenschnitt und Radikalrasur, wohl der Hitze wegen. Er war dann auch der einzige Anwesende, der nicht schwitzte. Den anderen stand die harte Arbeit des Morgens ins Gesicht geschrieben. Daniel erschien etwas später. Er zwinkerte mir zu, was für mich wieder alles ins Lot brachte. Ich atmete auf.

»Meine Damen, meine Herren«, sagte Heller, was mir in Erinnerung rief, dass wir auch ein paar weibliche Mitarbeiter in unserer Abteilung hatten. Es würde uns guttun, hatte Korner gesagt, als irgendwann einmal zur Diskussion stand, ob die Frauen der Arbeit in der Kripo überhaupt gewachsen wären, ob sie dem Druck psychisch standhalten würden. Immerhin hatten wir im letzten Halbjahr gleich vier neue Mitarbeiterinnen bekommen. Vier Frauen, die die Polizeischule mit Bravour gemeistert hatten. Vier Polizistinnen, die jene Auflockerung in unsere Büros brachten, die Korner prophezeit hatte. Seit die Damen hier arbeiteten, waren die Herren in ihrer Ausdrucksweise um einiges gesitteter geworden. Wenn man es aus dieser Sicht betrachtete, so hatte die Gleichberechtigung doch etwas gebracht.

»Wir haben eine weibliche Leiche auf einer Bank im Sempacherpark«, sagte Heller. »Zum jetzigen Zeitpunkt wissen wir lediglich, dass die Frau nicht am Fundort umgebracht worden ist. Es sind Reifenrückstände gefunden worden, die nicht aus dem Park stammen. Sie werden im Labor untersucht.« Heller räusperte sich hinter vorgehaltener Hand. »Fest steht, dass die Frau durch Strangulieren oder durch einen Genickbruch ums Leben gekommen ist.«

Das war neu für mich. Davon hatte Daniel nichts erwähnt. Ich schaute ihn zwischen den glänzenden Köpfen der Anwesenden hindurch an. Aber er bemerkte mich nicht.

»Die genaue Todesursache wird in der Rechtsmedizin abgeklärt«, sagte Heller.

»Gibt es Zeugen?« Die Stimme kam aus der linken Ecke. Sie gehörte Marcel Jenny, dem Kommunikationschef. Soweit ich im Bilde war, hatte er Germanistik studiert, war dann während rund fünf Jahren Sekundarlehrer in einer ländlichen Gegend gewesen und hatte dann zur Kapo gewechselt. Ein intellektueller Medienmann, ein schlanker stattlicher Typ um die vierzig, genau die richtige Person für Korner und nicht für ein Dorf am Ende der Welt.

»Leider konnten erst zwei Zeugen ermittelt werden«, fuhr Heller fort. »Ein Dauergast aus dem Sempacherpark und der Empfangschef von *The Hotel* gleich nebenan. Es wird sich herausstellen, wie nützlich diese sind.« Er machte eine Pause. »Es ist nicht viel, meine Damen und Herren, und ich hoffe auf Ihren gewohnten Einsatz.«

Daniel hielt auf einmal die schwarze Lacktasche in den Händen und kippte deren Inhalt vor Korner auf den Tisch. »Vielleicht sollte man die Zylinder zu den Schlüsseln hier ausfindig machen«, sagte er.

»Die Schlüssel zur Wohnung der Toten«, stellte Korner fest.

»Es sind zwei verschiedene Schlüssel«, berichtigte Daniel, »jeder anders nummeriert.«

»Wir werden die Schlüssel überprüfen«, sagte Korner und steckte sie in einen Plastikbeutel. Insgeheim hoffte ich, dass er den Beutel nicht verlegte.

»Andy!« Conradins Stimme neben mir riss mich aus meinen Gedanken. »Du wirst zusammen mit Julien an die Sache herangehen und vorerst das nähere Umfeld der Toten ausfindig machen.«

Ich wusste, was das hiess: Zeugenbefragungen im Umfeld der Ermordeten. Akribisch genaue Analysen der Personen und deren familiärer Strukturen. Und da ich an diesem Samstag nicht mit Julien rechnen konnte, musste ich mich auf einen Alleingang vorbereiten. Auf den weiteren Verlauf des Rapportes konnte ich mich nicht mehr konzentrieren. Ich hörte zwar Hellers Stimme, Korners Einwände und Befehle, aber an deren Wortlaut erinnerte ich mich im Nachhinein nicht mehr. Meine Gedanken waren wie aufgelöst. Meine Sinne durcheinander. Wo steckte Salomé?

Erst später informierte Conradin die Leute meiner Abteilung über ihre Arbeit und wies uns entsprechend zu. Viel gab es nicht zu sagen. Und die Möglichkeit, dass sich dies kurzfristig ändern sollte, war gering. Ich fühlte mich leer und stand nicht einmal an einem Anfang. Ich machte mich auf den Weg zur Hertensteinstrasse und parkierte dort meinen Wagen im Autosilo.

Die Altstadt war sehr belebt. Menschen hasteten, spazierten, verweilten. Ihnen schien die Hitze nichts auszumachen. Sie waren unterwegs und freuten sich offensichtlich über das tolle Wetter. Lachende Münder. Krause Nasen. Schlitzaugen. Ein Strom aus bunten Stoffen, weil Sommer war. Eine Gruppe Schüler kam mir entgegen, Fähnchen schwenkend und die Schweizer Nationalhymne singend, alle mit einem roten Shirt bekleidet, auf dem ein grosses Schweizerkreuz prangte. Eidgenössisch nationalsozialistisch. Ich musste über diesen aufgesetzten Patriotismus schmunzeln, wo wir doch in einer Zeit lebten, in der Globalisierung und Fusionierung über die Landesgrenzen hinaus in aller Munde waren. War das die neue Rebellion gegen zu viel Glasnost im eigenen Land? Eine Opposition gegen den Liberalismus? Wie hatten sich die letzten zehn Jahre verändert!

***

Die Adresse hatte ich schnell gefunden. Mit dem Aufzug fuhr ich in den fünften Stock. *Mahler* stand auf dem kleinen Türschild rechts des Einganges. Ich drückte die Glocke. Sie klang schrill, aber es passierte nichts. Ich klingelte noch einmal. Nach einer Weile wurde die Tür zögerlich geöffnet. Ein blonder, ungekämmter Wuschelkopf kam zum Vorschein, dann nahm ich den ganzen Körper wahr. Ein langes, schlaksiges Mädchen in zerschlissenen Jeans und einem bauchfreien Top, das ein blaues Bauchnabelpearcing zum Vorschein brachte.

»Sie wünschen?« Eine zarte Mädchenstimme.

Ich nannte meinen Namen und musste mich im Nachhinein räuspern. Sie war sehr jung, hatte aber trotzdem etwas Anrüchiges an sich. Ich versuchte ein krampfhaftes Lächeln, was mir in der jetzigen Situation doch nicht gerade passend erschien. Ich musste schliesslich eine sehr traurige Nachricht überbringen. »Ich komme wegen Catherine Mahler«, sagte ich mit trockenem Mund.

»Meine Mutter ist nicht hier«, kam es spontan zurück.

Ich wich einen Schritt rückwärts und blickte die junge Frau an. Mit einer Tochter hatte ich nicht gerechnet. »Kann ich Ihren Vater sprechen?«, fragte ich, in der Annahme, dass es einen Vater gab.

»Der ist auch weg.«

»Darf ich einen Moment reinkommen?« Ich erklärte, wer ich war, und zeigte ihr meinen Dienstausweis. Sie warf kaum einen Blick darauf und öffnete stattdessen die Türe ganz.

»Kommen Sie herein.«

Ohne mich eines weiteren Blickes zu würdigen, schritt sie voraus in die Küche. Sie hatte lange, schmale Beine. Dieser wippende Gang kam mir bekannt vor. Ich sah, wie sie vom Küchentisch eine Zigarette aus einem angebrochenen Päckchen angelte. »Wollen Sie auch?«

»Ich bin im Dienst«, erwiderte ich und merkte gleichzeitig, wie banal das klang. Ich lechzte geradezu nach Tabak.

Sie machte grosse Augen, schöne Augen, was mir nicht missfiel. »Gilt das auch für Nikotin?« Sie war nicht auf den Mund gefallen. »Was wollen Sie von meiner Mutter?« Sie zündete die Zigarette an, machte einen tiefen Zug und blies den Rauch gleich wieder heftig aus. Sie lehnte jetzt lässig an der Kombination. Sie tat übertrieben selbstbewusst. »Ich heisse übrigens Sophia Glorianda, aber Sie können mich ruhig Sophie nennen.« Ich hatte das Gefühl, sie versuchte, eine innere Unsicherheit geschickt zu kaschieren. »Habe ich mein Fahrrad falsch parkiert oder haben Sie mich beim Kiffen erwischt?«

Da war es schon. Sie lachte. Ihre eingezäunten Zähne entgingen mir dabei nicht. Die heutigen Zahnärzte proklamierten ein perfektes Gebiss. Der Oberkiefer musste etwas über den Unterkiefer hinausstehen, damit die Speisen richtig zermahlt werden konnten. Ich fragte mich nur, was die heutigen Kinder zu zermalmen hatten, wo ihnen doch diese aufgummierten Schnellimbiss-Brote kein Kauen mehr abverlangten und die Jugend nicht mehr gewillt war, auf die Zähne zu beissen. »Ich bin nicht deswegen hier.« Ich würde sie Sophie nennen und meinen ersten Eindruck korrigieren.

»Ach, etwa wegen der Vormundschaftsbehörde? Hören Sie mal, ich bin seit einem Monat volljährig. Ich brauche keine Anstandsbeihilfe.« Sie stiess sich von der Kombination weg und kam einen Schritt auf mich zu. »Hat sie etwas Dummes angestellt?«

»Wer?«

»Meine Mutter.« Abrupter Themenwechsel, als wollte sie mich irreführen. Sie blies mir den Zigarettenqualm ins Gesicht. »Ich sage Ihnen, mein Vater ist ein armes Schwein. Er arbeitet wie der grösste Trottel, und meine Mutter führt ein Leben in Saus und Braus. Immer die neuesten Klamotten, die besten Kosmetika, Fitnessclubs und all den Scheiss, der die Hausfrauen glauben lässt, dass nur dieses Zeugs sie attraktiv hält. Aber wenn man erst mal dreissig ist, so ist der ganze Kram doch gelaufen. Da schaut dir keiner mehr nach.« Die Sätze sprudelten aus ihr heraus, als hätten sie vom eigentlichen Thema ablenken müssen, was mich wiederum misstrauisch werden liess. Ein Charakterzug, der zu meinem Job gehörte, eine Folge auch von einem abgebrochenen Psychologiestudium. Täter sind wie Kinder, welche die Flucht nach vorn in Augenschein nehmen. Hatte sie ihre Mutter umgebracht?

»Ich bin hier, um Ihnen zu sagen, dass Ihre Mutter heute früh tot aufgefunden worden ist«, sagte ich monoton.

Ein gefährliches Schweigen herrschte zwischen uns. Ganz gedämpft vernahm ich das Stimmengewirr auf der Strasse unterhalb der Wohnung, Kindergeschrei, das Bellen eines Hundes. Die ganze Farbe aus Sophies Gesicht war verschwunden. Sie zwang sich zu einem krampfhaften Lächeln. »Das ist wohl ein Irrtum«, brachte sie zögernd heraus. »Meine Mutter ist gestern Abend ins Konzert gegangen. Sie wollte in einem Hotel übernachten, um mich spätnachts nicht zu stören.« Sophie rang um Haltung. »Machen Sie das immer so?« Ihre Augen füllten sich mit Tränen.

»Setzen Sie sich erst einmal hin«, schlug ich vor. »Haben Sie ein Auto?«

Sophie wischte sich die Tränen aus dem Gesicht. »Wie kommen Sie darauf?«

»Können Sie Auto fahren?«

»Wie man's nimmt«, sagte sie. »Ich übe noch.«

Sollte ich ihr glauben? Sie verschwand in einem Zimmer. Ich schaute mich um. Die Wohnung war grosszügig ausgestattet, modern eingerichtet und sauber. Durch das Küchenfenster erkannte ich einen Teil der Museggmauer, einen Turm und Wäsche auf einer Dachterrasse. Ich dachte an meine Zweizimmerwohnung beim Bahnhof und nahm dies hier neidvoll zur Kenntnis.

Nach einer Weile kam Sophie mit einem Bilderrahmen in der Hand zurück. »Das ist meine Mutter«, sagte sie und reichte mir ein gerahmtes Porträt.

»Kann ich das Bild mitnehmen?« Sophie nickte. Ich schaute es an. Genau wie Salomé. Ich merkte, wie meine Beine wegzusacken drohten. Gleichzeitig wunderte ich mich über Sophie, die keine Anstalten machte, Näheres über den Umstand des Todes zu erfahren. Vielleicht stand sie unter Schock und verdrängte die Tatsache ganz einfach.

»Hat sie noch eine Schwester?« Ein trostloser Versuch, meine innere Spannung zu beruhigen.

»Nein, sie ist Einzelkind«, sagte Sophie. Es fiel ihr sichtlich schwer zu sprechen.

»Wann kommt Ihr Vater zurück?«

»Der ist auf einer Geschäftsreise und vor Montagabend nicht da.«

»Kann ich ihn erreichen?«

»Kaum, er ist im Ausland. Ich weiss nicht einmal, wo.«

»Hat er Ihnen keine Adresse hinterlassen?«

»Wozu? Wir sind erwachsene Leute in diesem Haushalt. Wir können tun und lassen, was wir wollen, ohne dem anderen Rechenschaft abzulegen.«

Ich räusperte mich. »Was hat Ihre Mutter beruflich gemacht?«

Es dünkte mich, als lachte Sophie gequält auf. »Sie hat ihr Leben auf Kosten meines Vaters voll ausgeschöpft. Sie ist immer unterwegs gewesen, hat sich mit Freunden getroffen und sich die Nächte in Bars um die Ohren geschlagen …«

Meine Frage war damit nicht beantwortet. Sophie zündete eine neue Zigarette an, nachdem sie die heruntergebrannte im Ascher ausgedrückt hatte.

»Ging das immer so?«

»Ja, schon eine Ewigkeit.« Sie machte eine wegwerfende Handbewegung.

»Wie alt war ihre Mutter?«

»39.«

»Und wie war die Ehe?«

»Wie soll die schon gewesen sein?« Sophie zog ihre Schultern hoch. »Meine Eltern haben sich auseinandergelebt. Das ist doch wohl normal, oder?«

»Kann ich einmal ihr Zimmer sehen?«

»Mein Zimmer oder das meiner Mutter?« Sophie drehte sich um.

»Das von Ihrer Mutter selbstverständlich.«

Das Zimmer lag gleich neben der Küche mit einem Fenster auf den Hinterhof. Ein französisches Bett stand darin, frisch bezogen und unbenutzt. Und an der Wand ein modernes Pult mit Computer und Bildschirm. Nicht etwas, was mir bekannt vorkam. »Darf ich mal?« Ich schritt auf die Einbauschränke rechts der Türe zu. Ich öffnete den ersten Türflügel. Fünf Gestellbretter, die spärlich mit Pullover, Shirts und Unterwäsche belegt waren. Im nächsten Stauraum hingen Kleider in meist dunklen Farben, im letzten Hosen, Jacken und ein Mantel – alles sorgsam sortiert und aufgehängt. Kein mir bekanntes Teil. Nicht der feinste Geruch, an den ich mich erinnern konnte. In einer Schuhschachtel auf dem Schrankboden allerlei Papierkram. Vielleicht wurde ich da fündig. »Die nehme ich mit«, sagte ich und klemmte sie mir unter den Arm. »Hat Ihre Mutter irgendwelche Kontakte gepflegt?«

»Natürlich hat sie das. Aber nicht solche, wie Sie denken.«

»Ich meine, hat sie einen Freund gehabt?« Vielleicht hätte ich mich mit dieser Frage selbst mit Problemen belastet. Was, wenn Sophie die Frage mit Ja beantwortete? Wollte ich es überhaupt wissen? Sophie schaute mich verblüfft an. Sie öffnete den Mund, um mir etwas zu sagen, wie es schien, hielt dann aber abrupt inne. Ich stellte fest, dass sie mich auf gar keinen Fall schon einmal gesehen hatte.

»Sie ist eine attraktive Frau gewesen«, sagte ich, auf das Foto zeigend.

»Sie hat gemeint, sie sei attraktiv«, entgegnete Sophie altklug. Es kam mir vor, als hätte sie soeben die Rolle mit der ihrer Mutter vertauscht. »Aber sie hat in Visionen gelebt. Sie hat sich mit Oberflächlichkeiten abgegeben. Irgendwie war sie nicht die Mutter, die man sich unter einer Mutter vorstellt. Eher wie eine Kollegin. Ich glaube, sie hatte irgendwelche Probleme mit sich selber. Nur hat mich das nie interessiert.« Sophie zog die Schultern hoch, als begriffe sie das, was sie sagte, selber nicht. Vielleicht hatte sie ein typisches Konkurrenzdenken. So etwas sollte es scheinbar zwischen Mutter und Tochter geben. »Aber ich kann Ihnen beim besten Willen keine bessere Auskunft erteilen.«

Wieder diese Zweifel. Ich wurde das Gefühl nicht los, dass Sophie mehr über ihre Mutter wusste, als sie zugab.

»Hat Ihre Mutter den Computer oft benutzt?«

»Manchmal hat sie bis spät in die Nacht hinein gearbeitet, hat sie zumindest gesagt. Was genau das gewesen ist, weiss ich nicht. Vielleicht hat sie Spiele gemacht oder E-Mails verschickt. Aber ich weiss es wirklich nicht.« Sie wippte jetzt ungeduldig auf den Zehenspitzen.

»Kann ich den mal in Betrieb setzen?«

»Meinetwegen, wenn Ihnen das weiterhilft.«

Ich startete den Rechner auf. Aber beim Passwort kam ich nicht mehr weiter.

»Kennen Sie den Code?«

»Schreiben Sie doch einfach *Sophie* oder *Hans*, so heisst mein Vater. Aber sie wird wohl ein pfiffigeres Schlüsselwort verwendet haben, *Loveparade* oder so.«

Ich hörte einen zynischen Unterton aus ihrer Stimme.

»Sie haben ihre Mutter nicht besonders gern gehabt«, stellte ich fest.

»Merkt man das?«, Sophie schniefte. »Sie hat meinen Vater zugrunde gerichtet. Wie ist sie umgekommen?«

Themenwechsel. Diese Frage kam für mich unvorbereitet.

»Man hat sie erdrosselt.«

Sophie blieb ruhig. Ich staunte über ihre plötzlich gefasste Haltung. »Kann ich meine Mutter noch einmal sehen?«

»Ich glaube, es ist besser, wenn Sie warten, bis Ihr Vater zurück ist.« Um die nächste Frage kam ich nicht herum. »Was haben Sie von gestern Abend bis heute Morgen gemacht?«

»Das ist wohl ein Scherz?« Sophie schaute mich verblüfft an.

»Ich muss alles in Erwägung ziehen«, antwortete ich. »Das bringt leider mein Beruf mit sich.«

»Ich war da in der Wohnung.« Sie zog die Augenbrauen hoch und spitzte den Mund, tat, als wäre sie sehr überrascht.

»Allein?«, fragte ich.

»Nein, nicht allein. Mit einem Lover. Wir haben die ganze Nacht durch...«, sie schmunzelte und schaute mich mit einem kecken Blick an, »...gebumst.« Sie verschränkte ihre viel zu langen

Arme. In diesem Moment kam sie mir wie eine riesige Spinne vor. »Sie sollten sich wieder mal rasieren«, sagte sie. Das veranlasste mich, im Spiegel neben dem Eingang unbemerkt einen Blick von meinem Gesicht zu erhaschen. Was ich da im Bruchteil einer Sekunde erkannte, liess die Frage offen, ob ich in den letzten Tagen zu wenig geschlafen hatte. Salomé. Ich musste mich im Krankenhaus nach ihr erkundigen, obwohl sie das nie gewollt hatte. Ich streckte Sophie meine rechte Hand hin, zog sie jedoch wieder zurück, als sie keine Anstalten machte, die Geste zu erwidern.

»Ersparen Sie sich das«, sagte sie stattdessen. »Solange Sie mich verdächtigen, bleiben wir Feinde.« Sie bückte sich, um ihre Hosenbeine über den hohen Schuhen zu ordnen, ein völlig sinnloses Vorhaben, wie mir schien. Dabei rutschte ihr kurzes Top über ihre linke Brust, die praktisch flach war. Sie hatte eine helle Haut und rosa Knospen. Ich dachte an eine berechnende Absicht, die hinter ihrer Bewegung steckte. Sie warf dann auch den Kopf provozierend in den Nacken, bevor sie sich wieder vor mir aufrichtete. Ihre Augen blitzten. Sie hatte ungewöhnliche Augen.

Im Hinausgehen drehte ich mich noch einmal um. »Hat Ihre Mutter im Krankenhaus gearbeitet?«

Sophie reagierte schneller als erwartet. »Nein. Von Blut wurde ihr schlecht.«

Ich ging. Mein Hemd war nass vor Schweiss und dies nicht nur der Hitze wegen.

***

Ich hätte das Recht gehabt, einen Dienstwagen der Kantonspolizei zu fahren. Eine dieser Zwei-Liter-Limousinen. Aber da mir nun einmal mein alter schäbiger Golf lieber war und ich aufgehört hatte, die Beulen an der Karosserie zu zählen, zeigten auch meine Arbeitskollegen viel Verständnis dafür. Die Versicherung zahlte längst nicht mehr.

Den Weg zum Kantonsspital nahm ich über meine bekannten Abkürzungen und war froh, dass ich wenigstens am Ziel gleich einen Parkplatz fand.

Das Krankenhaus war ein riesiger Bau aus den späten Sechzigerjahren und ragte über ganz Luzern. Seit Jahren war da oben eine Baustelle, und ich fragte mich, wie die Patienten bei so viel baulicher Tätigkeit genesen konnten. Es schien wohl eher so, als wären sie die Mitfinanzierer dieses ewigen Projektes.

In der Eingangshalle ging es geschäftig zu und her. Patienten kamen, Patienten gingen. Vor den Informationsschaltern standen die Leute Schlange. Es war auch hier drinnen schwül und roch stark nach Chloroform. Ich wusste nicht, wo ich mich hinbegeben sollte. Ich musste allerdings endlich Gewissheit haben, dass Salomé hier war und noch lebte. Gleich würde sie mir um den Hals fallen, mich dafür schelten, dass ich, gegen unsere Abmachung, an ihren Arbeitsplatz gekommen war. Das würde nicht mehr wichtig sein, wenn ich sie nur sah und meinem inneren Kampf ein Ende bereiten konnte.

Die Schwester mit dem blauen Haarband kam gerade richtig. Ich stellte mich ihr in den Weg. »Hallo, haben Sie Zeit für mich?«

Sie zeigte ein zaghaftes Lächeln. Ihre Augen rollten unsicher. Eine Schwesterschülerin, ahnte ich und ich hielt sie sachte am Ärmel fest, damit sie mir ja nicht entkommen konnte. »Sie können mir sicher helfen. Ich suche Schwester Salomé.«

Die junge Frau mit dem Haarband nahm eine abwehrende Haltung ein. »Ich bin noch nicht so lange hier«, sagte sie und ihr Lächeln verstärkte sich noch ein wenig.

»Aber können Sie mir wenigstens sagen, wo ich mich nach ihr erkundigen kann?«

»Da gehen Sie am besten zur Anmeldung«, sagte sie und bewegte ihren Kopf in die Richtung, in der die Leute Schlange standen. Ich bedankte mich und stellte mich bei der Anmeldung hinten an.

Zwei Krankenpfleger eilten mit einer Bahre Richtung Ausgang, wo soeben ein schwarzes Taxi gehalten hatte. Hinter mir stellten sich weitere Personen in die Reihe. Ein kleines Mädchen hielt tapfer seinen Teddy im Arm und unterdrückte ein paar Tränen. Ich sah es an seinem zuckenden kleinen Mund. Die grosse, geschminkte Frau, bestimmt seine Mutter, beachtete es kaum und redete stattdessen ununterbrochen mit ihrer Nachbarin. Ich schaute die Kleine an, weil sie mir in diesem Moment leid tat. Als sich bei ihr doch eine Träne löste, nahm ich rasch ein Taschentuch aus meiner Hosentasche und gab es dem Kind. Ich erntete dafür ein dankbares Lächeln.

»Wie heisst du?«, fragte ich leise und kauerte mich vor ihm hin. Aber bevor mir das Mädchen Antwort geben konnte, riss es die Frau von mir weg. Langsam begann ich doch, an meinem Aussehen zu zweifeln.

Die Dame bei der Anmeldung war künstlich nett. Sie konnte mir auch meine Frage schnell beantworten. »Salomé hat soeben ihre Arbeit angetreten«, informierte sie mich, nachdem sie einen prüfenden Blick auf den Computer-Bildschirm geworfen hatte. »Sie finden sie im ersten Stock im Ambulatorium.«

»Ich dachte, sie habe Nachtdienst?«

Die Sekretärin schaute mich lächelnd an. »Vielleicht ist sie anders eingeteilt worden.«

»Können Sie bitte auch nachschauen, ob eine Catherine Mahler hier arbeitet oder gearbeitet hat?« Vielleicht kannte ich ihre Antwort bereits.

Ihre rechte Hand fegte die Maus über das Pad. Klickte an. »Nein, tut mir leid.« Sie fragte nach keinem Grund, was mich irritierte. »Sie müssen gehen. Sie sehen ja, was los ist«, sagte sie jetzt nicht mehr künstlich.

»Ist das immer so?«

»Ja, das ist immer so«, seufzte sie. »Die Krankheit nimmt keine Rücksicht auf Jahreszeiten.«

»Wenigstens gibt es hier keinen Stellenabbau«, sagte ich.

»Das liegt nicht in meiner Hand, auf Wiedersehen.«

Das war eine klare Aufforderung. Ich bedankte mich und ging. Vielleicht lag es schlussendlich doch in ihrer Hand.

Ich begab mich in den hinteren Bereich zum Aufzug. Es roch nach Sterilium, nach gewachsten Linoleumböden, nach Milchkaffee. Die beiden Krankenpfleger kehrten mit der Trage zurück, auf der jetzt ein Patient lag, und verschwanden in einem der Aufzüge.

Wenig später standen wir uns gegenüber: ich und eine mollige kleine Frau mittleren Alters mit einem kugelrunden, gutmütigen Gesicht und Wangen, die wie Äpfelchen im Herbst kurz vor der Ernte rot glänzten.

»Wo finde ich Schwester Salomé?«

»Haben Sie sich schon angemeldet?« Die erfahrene, emsige Art einer Alteingesessenen. Wenn sie sprach, kam dies einem Donnern gleich.

»Ich bin wegen Schwester Salomé hier«, berichtigte ich.

»Sie stehen vor ihr.« Wenn sie lachte, bebten ihre Falten auf dem vollen Gesicht. Da Vinci hätte die grösste Freude an ihr gehabt.

»Die Frau, die ich suche, ist ein wenig jünger als Sie«, versuchte ich, höflich zu dokumentieren.

»Wir haben sonst keine andere Angestellte mit diesem Namen hier im Haus. Und ich kenne mich aus, mein Lieber. Ich bin schon seit mehr als vierzig Jahren im Dienste der Kranken.«

»Aber vielleicht erinnern Sie sich an eine Krankenschwester mit langen, schwarzen Haaren …« Ich hielt inne, weil mir in diesem Moment bewusst wurde, wie hilflos und komisch das klang.

»Ja?«, fragte sie. Ihr Mund klaffte vor Neugierde weit auf.

»Eine Schönheit von einer Frau«, sagte ich und verhaspelte mich. Ich bemerkte, welch eigenartigen Eindruck ich hinterliess.

»Wer sind Sie eigentlich, und weshalb suchen Sie die Frau?« Salomé griff nach meinem Arm und schob mich auf die Seite des Korridors, weil ein betagtes Paar an uns vorbeiging. »Ich ermittle in einem Mord«, flüsterte ich.

»Grosser Gott, und die Spur führt zu mir?« Sie schaute mich skeptisch an. Bevor ich mich auf eine Diskussion einliess, suchte ich jedoch das Weite. Ich bedankte mich mit ausgesucht netten Argumenten, entschuldigte mich für meinen Irrtum.

Ich fühlte mich so elend, als wäre ich soeben auf das fiese Vorgehen eines Komplotts gegen mich aufmerksam geworden. Die Leere, die ich schon am Morgen verspürt hatte, kehrte zurück. Ich hatte in meiner Tätigkeit als Kriminalbeamter grundsätzlich gelernt, über den Dingen zu stehen und Distanz zu wahren, und merkte jetzt unweigerlich, dass diese Prinzipien an Boden verloren, wenn persönliche Aspekte in den Vordergrund traten. Da nützte einem auch die Fähigkeit nichts, Dinge des Lebens einzugrenzen und voneinander zu unterscheiden. Noch einmal versuchte ich, meine Salomé zu erreichen, hatte aber wieder kein Glück.

***

Am frühen Nachmittag rief mich Gaby an. Sie hatte ich am allerwenigsten erwartet. Gaby, meine verflossene grosse Liebe, die mir vor zwei Jahren einen reichen Industriellen aus Basel vorgezogen hatte. Ich hatte mich oft gefragt, wie lange diese Ehe wohl dauern würde. Immerhin war ihr Angetrauter dreissig Jahre älter als sie. Aber aus Frauen wird man nie wirklich klug und was sie dazu veranlasst, gewisse Schritte in entgegengesetzte Richtungen zu tun, bleibt wohl immer ein Geheimnis. Sie klang nicht sehr glücklich, als ich ihre Stimme auf meinem Mobiltelefon vernahm.

»Gott sei Dank habe ich dich erreicht«, meldete sie sich und seufzte tief und anhaltend.

Es beruhigte mich, dass sie sich ihre Theatralik noch immer nicht abgewöhnt hatte. Sie hatte es schon zu meiner Zeit ausserordentlich gut verstanden, ihre Probleme durch wirkungsvolle Geräusche zu unterstreichen. Und dass sie ein Problem hatte, merkte ich an ihrer Stimmlage. Schliesslich hatte ich mit dieser Frau fast sieben Jahre zusammengelebt.

»Schön, dich zu hören«, log ich und schluckte meinen Kloss herunter. »Was verschafft mir die Ehre?«

»Wie kannst du aus meiner Notlage auch noch Scherze machen?«, schniefte sie beleidigt. »Mir geht es nicht gerade gut. Ich bin von zu Hause ausgerissen.«

Das hörte sich nach verletztem Teenager an. Ich unterliess es, ihr zu sagen, dass ich damit vom ersten Tag ihrer Ehe an gerechnet hatte. »Und da bin ich dir als rettender Engel in den Sinn gekommen?«, fragte ich stattdessen.

»Ich weiss nicht, wo ich hin soll. Aber ich halte es bei Karl nicht mehr aus.«

»Jetzt alles der Reihe nach«, versuchte ich, sie zu beruhigen. »Ich nehme an, dass du ein wenig Kleingeld bei dir hast und dich irgendwo in einem Hotel absetzen kannst.«

Ich hörte sie wieder seufzen. »Das ist es ja, ich habe keinen roten Cent bei mir. Ich bin Hals über Kopf geflüchtet. Kann ich zu dir kommen?«

In meinem Kopf rasselte es. Wenn ich ihr jetzt zusagte, war es mit meiner Ruhe vorbei. Spontan dachte ich an Salomé, an ihre sinnliche Art, an ihren Duft, wenn sie am Morgen nach dem Duschen zu mir in die Küche kam und sich auf meine Knie setzte, noch feucht vom Wasser und benommen von der Nacht. Ich wusste nicht, ob ich Gaby ertragen würde. »Du kannst kommen«, sagte ich zu ihr und hörte sie entspannt aufatmen.

»Das werde ich dir ein Leben lang danken«, entgegnete sie. »Ich kann ja dann wieder für dich da sein.«

Das hatte ich nicht erwartet. »Ich meine«, korrigierte ich, »dass du vorerst bei mir wohnen kannst, bis man eine geeignete Lösung gefunden hat. Du musst wissen, dass ich auch kein Mönch gewesen bin nach deinem Abgang.«

Ich hörte Gaby kichern. »Ich werde dir bestimmt keine Umstände machen«, versprach sie, und ich glaubte ihr. »Kannst du mir einen Schlüssel hinterlegen?« Sie tönte so, als wären wir nie getrennt gewesen.

Gaby war eine Frau, der man nie böse sein konnte. Als sie mich nach sieben Jahren Freundschaft aus heiterem Himmel damit konfrontiert hatte, dass sie den Heiratsantrag eines älteren Herrn nicht habe abschlagen können, dachte ich zuerst an einen üblen Scherz oder an eine ihrer berühmten Ideen, unserer Beziehung einen neuen Kick zu geben. Als aber nach einer Woche, während der sie von mir ferngeblieben war, eine Ansichtskarte aus Las Vegas mit Honeymoon-Grüssen bei mir eintraf, wusste ich, dass sie

Ernst gemacht hatte. Seither war Funkstille zwischen uns gewesen. Ich hatte noch lange unter ihrem Entschluss gelitten. Denn mit ihr hatte ich nicht nur meine Geliebte, sondern auch meine beste Arbeitskollegin verloren.

***

Im Büro traf ich endlich auf Conradin. Er warf Akten auf mein Pult. »Übermorgen wird die Leiche freigegeben«, sagte er. »Sie befindet sich in der Rechtsmedizin und ich möchte, dass du heute Abend noch dahin fährst und sie ihn Augenschein nimmst. Ein paar Informationen haben wir schon.« Er wies auf das Papierpaket auf meinem Schreibtisch. »Sieh dir die Akten durch.« Er taxierte mich mit einem trüben Blick. »Was ist los, Andy? Ich vermisse deine Geistesgegenwart«, sagte er. »Dein Desinteresse an dem Fall gibt mir zu denken. Gibst du schon auf?«

Darüber hatte ich mir noch zu wenig Gedanken gemacht. Und der Zeitpunkt, um mir dies an den Kopf zu werfen, schien verfrüht. Was sollte ich ihm sagen? Dass mir das Klima zu schaffen machte, dass ich schon lange Urlaub nötig hatte? Dass es mir im Grunde beschissen ging? Er hätte sich nur über mich lustig gemacht. Noch ehe ich ihm antworten konnte, war er schon wieder aus meinem Blickfeld verschwunden.

Nina trat ins Büro. Sie warf mir einen vielsagenden Blick zu. Sie kannte Conradin besser als ich und liess sich schon gar nicht mehr von ihm einschüchtern. Das Wissen, dass der Leiter des Ermittlungsdienstes während des Sommers ohne sie aufgeschmissen war, verlieh ihr eine gewisse Gleichgültigkeit. Sie galt als Mädchen für alles und ersetzte Conradins und manchmal sogar Korners Sekretärin, wenn diese im Urlaub weilten.

»Die Tote scheint ein unbeschriebenes Blatt zu sein. Einwandfreier Lebenswandel, tadelloser Leumund. Vielleicht hat man sie verwechselt.« Nina setzte sich hin.

Ich nahm den Papierstapel auf, überflog die Zeilen. Ihre Eltern lebten in Bern. Ihr Vater war Arzt im Ruhestand. »Wenn du mir einen Gefallen tun könntest«, sagte ich zu Nina, die unverzüglich aufschaute. »Benachrichtige die Eltern in Bern.«

Sie öffnete erstaunt ihren Mund, schloss ihn aber gleich wieder. Vielleicht hatte sie gerade das Gleiche sagen wollen wie Conradin und entsann sich eines Besseren. Ich verschwieg ihr, dass ich unter Druck stand. Sie merkte es bestimmt selber. Flüchtig lächelte sie. »Wenn ich dir irgendwie hilfreich unter die Arme greifen kann, lasse es mich wissen.« Sie schien tatsächlich Fühler zu besitzen, die jede noch so geringe Kleinigkeit genauestens registrierten.

Ich legte das Porträt der Toten auf den Tisch. »Wenn man irgendwie veranlassen könnte, dass ein Bild der Toten in den Medien veröffentlicht wird ...« Ich musste mich räuspern. »Man müsste die Gesellschaft da draussen aus den Socken heben. Irgendjemand muss sie ja gekannt oder gesehen haben.«

Nina nickte schweigend. Ich hatte sie wohl überfordert. »Ich glaube nicht, dass Korner damit einverstanden wäre«, sagte sie, weil sie wie ich genau wusste, wie delikat es war, in Korners Medienpläne einzugreifen. Wenn er die Idee als hilfreich erachtete, würde er früh genug Marcel Jenny den Auftrag erteilen, um die Zeitung zu orientieren. »So ist das hier mit dieser Hierarchie«, endete sie.

»War ja auch nur ein lauter Gedanke«, sagte ich.

»Hat es persönliche Gründe?« Nina stützte ihren Kopf in die Hände und schaute mich ungeniert eindringlich an. »Ich darf wohl nicht annehmen, dass dich Conradin aus dem Konzept bringt.« Sie hatte mich wieder einmal durchschaut. Ich überlegte mir, wie ich darauf reagieren sollte. Eigentlich konnte ich gar nicht darüber sprechen, weil ich selbst nicht wusste, was genau geschehen war. Es stand etwas im Raum, als wäre es erstarrt, und hinderte mich daran, meine Gedanken zu Ende zu denken. Ich spürte nur, dass es mir meine ganzen Energien aus meinem Körper zog. Aber das hätte niemand verstanden, auch eine Nina Buholzer nicht. Also schwieg ich.

***

Am späten Nachmittag fuhr ich nach Zürich. Ich mochte diese Stadt nicht besonders, die wie eine alte Glucke zwischen Zürichsee und Limmat lag und mich immer wieder herausforderte. Sie erinnerte mich an die grossen Weltstädte New York und Tokio, ein Moloch, der den Moder der Zeit gnadenlos ausstiess. Der heisse August schien hier in der City noch unheilvoller zu sein als ausserhalb. Die Hitze flimmerte wie eine Fata Morgana über den aufgeweichten Asphalt. Die Strasse zum Universitätsspital war verstopft. Ich kam nur mühsam voran.

Später traf ich Dr. Metzler in den Räumen der Rechtsmedizin. Ich hatte meinen Besuch angemeldet und er empfing mich mit ein paar makabren Anekdoten über Leichen aus seinem pathologischen Witzvorrat. »Willkommen in der Katakombe der Seelenlosen«, schloss er zynisch ab. Er schüttelte mir die Hände. Mich fror heute zum ersten Mal. Der Geruch von Formaldehyd, von medizinischem Konservierungsmittel, hing schon im Korridor penetrant in der Luft und schnürte mir fast die Kehle zu. Mein Beruf brachte es mit sich, von einem ins andere Extrem zu kommen. Trotzdem spürte ich ein Unwohlsein in mir aufsteigen. Dr. Metzler schritt mir voraus in den Kühlraum. Da lagen sie nebeneinander in sterilen Säcken mit Reissverschluss, in grauen Folien: die Opfer von Unfällen und Morden. Alle waren mit Zettel versehen. Wie auf der Post. Im hinteren Teil des Raumes stand ein Mann in grüner Schürze und beschäftigte sich damit, eine Leiche zu waschen. Ich überlegte mir, weshalb die Toten alle aufgebahrt und nicht einzeln verstaut waren.

»Alles Körper aus den vergangenen achtundvierzig Stunden«, beantwortete Dr. Metzler meine diesbezügliche Frage. Zielstrebig ging er auf die letzte Leiche zu. »Die anderen sind bereits schubladisiert.« Er hatte eine harte Sprache, was wohl an seiner jahrelangen Arbeit in dieser fast okkulten Welt lag. Ich hatte mir einmal sagen lassen, dass Gerichtsmediziner einen gewissen Hang zum Sadismus haben und ihre Urängste, was den Tod betrifft, durch ihren trockenen Humor wettmachen.

»Sie meinen, dass diese hier alle aus Zürich sind?«

Dr. Metzler nickte. »Ausser zwei. Ein Drogentoter, ein Opfer einer Messerstecherei, zwei Verkehrsunfälle. Gestern war Vollmond. Da spielen die Leute verrückt. Sie können sich nicht vorstellen, was dann hier unten los ist. Die fragwürdigen Todesfälle gelangen immer zuerst zu mir.« Er zog ein grünes Tuch vom leblosen Körper.

Die Frau wirkte schmal und zerbrechlich. Ihre Hüftknochen hoben sich scharf von ihren übrigen Konturen ab. Das fiel mir zuerst auf. Mir wurde übel. Neben ihrer schwach behaarten Scham erkannte ich eine bogenförmige Narbe. Ein Unfall mit dem Fahrrad, als sie sieben gewesen sei, hatte sie mir erzählt. Ein Nagel habe ihr dieses Muster verpasst. Ich erinnerte mich, wie es mir den ganzen Unterleib zusammengezogen hatte, während sie davon erzählte.

Ich spürte, wie ich zu schwanken begann, wie die Linien der Toten in weisse Fetzen zerflossen, wie Blitze durch meinen Kopf jagten und eine Bestie ihren Rachen aufriss, mich aufleckte und verschlang. Mir kam das ganze Mittagessen hoch, und noch ehe ich etwas dagegen unternehmen konnte, übergab ich mich mit einem Schwall über die halbe Leiche. Dann gähnte ein Loch in meinem Bewusstsein. Das Einzige, woran ich mich im Hinfallen noch erinnern konnte, war eine Entschuldigung, die ich vor Salomé stammelte. Dann wurde es schwarze Nacht.

Ich kam zu mir, als ich auf einem fahrbaren Bett ausserhalb des Leichenraumes lag. Eine Krankenschwester beugte sich über mich, sodass ich den Ansatz ihrer Brüste im weissen Kittel sehen konnte. Wenigstens funktionierte mein Verstand noch richtig.

»Wie ist denn *das* passiert?« Ihre Stimme wirkte beruhigend. »Sind Sie immer so zart besaitet?«

Ich wollte ihr widersprechen, unterliess es aber. Der peinliche Zwischenfall im Leichenschauraum wollte mir indes nicht aus dem Sinn. Sie lag tatsächlich da: meine Salomé. Jetzt bestand kein Zweifel mehr. Ich wusste es, seit ich sie im Park gesehen und verzweifelt versucht hatte, dies zu verdrängen. Wie konnte ich diese Frau vergessen, wo ich jeden Winkel ihres so liebeshungrigen Körpers ausgekostet und genossen hatte? Hatte jemand über die Liaison zwischen uns erfahren, und hatte sie deshalb sterben müssen? Ich fühlte mich mitschuldig. Diese Erkenntnis veränderte meinen momentanen Zustand nicht zum Positiven. Salomé hatte mir nie gesagt, dass sie verheiratet war, dass sie eine Tochter hatte. Ich war ihr heimlicher Geliebter gewesen, stellte ich nüchtern fest, daher ihre Ausrede, sie habe viel zu arbeiten. Sie hatte mich benutzt und im Glauben sein lassen, dass ich ihre grosse Liebe sei. Vielleicht war ich sie ja auch gewesen. Ich war ihr deswegen nicht böse. Ich hatte sie letztendlich besessen, wie sie wohl kaum ein anderer Mann besessen haben konnte. Sie hatte sich mir geöffnet, wenn auch nur im Ausdruck ihres Körpers. Ein grosser Kloss machte sich in meinem Hals bemerkbar. Nie mehr würde ich ihre warme, zärtliche Nähe spüren. Nie mehr ihre weichen Brüste liebkosen. Nie mehr zwischen ihre Schenkel sinken. Nie mehr.

»Geht es wieder?« Dr. Metzler stand plötzlich vor mir. »Können wir weitermachen?«

Ich versuchte, aufzustehen. Eigenartigerweise ging es fast von alleine. Ich kehrte mit Dr. Metzler in den Leichenraum zurück.

Den zweiten Blick auf die tote Salomé ertrug ich mit Fassung. Sie lag da, als schliefe sie den Schlaf der Gerechten. Ich hatte sie oft im Schlaf betrachtet, nachts, wenn ich wach war. Im fahlen Schein der Strassenbeleuchtung, der durch die Lamellen gefallen war, sahen ihre Gesichtszüge genauso unwirklich aus wie jetzt. Und wenn sie sich seufzend auf die Seite gedreht hatte und ihr Haar über die Wangen gerutscht war, war ich oft versucht, sie an mich zu ziehen und sie nie mehr loszulassen. »Was haben Sie herausgefunden?«

»Sie ist stranguliert worden«, sagte Dr. Metzler. »Die Male am Hals deuten darauf hin. Wahrscheinlich zwei parallel verlaufende Kordeln oder dünne textile Seile, die mit einer ungebändigten Kraft zugezogen wurden. Direkt über dem Kehlkopf. Der ist zusätzlich noch eingedrückt. Muss ein ganz brutaler Mensch sein, der ihr dies hier angetan hat. Zudem hat sie einen Genickbruch.«

Daniel hatte also Recht gehabt.

»Scheint so, als wollte der Mörder auf Nummer sicher gehen«, fuhr Dr. Metzler fort. »Oder er agierte aus voller Aggression heraus. Der Tod dürfte zwischen zehn und zwölf Uhr nachts aufgetreten sein. Der Fundort ist nicht der Tatort zugleich. Ich habe Kratzspuren an ihren Beinen entdeckt, die von spitzen Steinen herrühren.«

Ich erinnerte mich an die schwarzen Strümpfe, die noch völlig ganz gewesen waren. Hinten hatte ich nicht nachgesehen. Oder vielleicht hatte man ihr die Strümpfe im Nachhinein angezogen. Ich fragte mich schon die ganze Zeit, weshalb sie bei dieser Hitze überhaupt Strümpfe getragen hatte. »Hat man sie vergewaltigt?«

»Nein, es gibt keine Zeichen von sexueller Gewalt. In ihrer Vagina ist auch kein Sperma vorhanden. Das heisst, ich habe vermehrt Vaginalsekrete festgestellt und winzig kleine Spuren von Latex, die von einem Präservativ stammen könnten. Es ist nicht auszuschliessen, dass sie unmittelbar vor ihrem Tod Geschlechtsverkehr hatte. Aber auf jeden Fall hat der Mann keine Spuren hinterlassen. Und aus Erfahrung ziehen sich Vergewaltiger keine Kondome über.«

Ich musste mich kurz auf dem Schragen abstützen. Ich erinnerte mich an das farbige Präservativ in Salomés Handtasche. Wenn sie mit mir zusammen gewesen war, hatte sie nie Präservative mitgebracht. Hatte sie ihren Mörder gekannt? »Hat sie sich gewehrt?« Sie musste sich verteidigt haben, anders konnte ich es mir nicht vorstellen. So schnell hätte sie nicht aufgegeben.

»Unter ihren Fingernägeln habe ich Hautpartikel gefunden und Blutspuren. Sie muss sich wohl stark gewehrt haben. Ich habe die Blutgruppe bestimmt. Sie befindet sich im Protokoll. Aber ohne Gegenvergleich kann ich unmöglich zu diesem Zeitpunkt eine Analyse machen. Zudem hat sie Kaviar und Blinis gegessen und dazu Champagner getrunken.«

Ich schluckte leer. Mir hatte sie immer erzählt, dass sie solche Dinge nicht ausstehen könne, dass sie diese Art zu speisen widerwärtig finde. Ich begriff nicht, wie ich mich in dieser Frau so getäuscht haben konnte.

Dr. Metzler machte ein ernstes Gesicht. »Heute ist alles möglich«, sagte er. »Ich kann Ihnen sogar sagen, wann genau sie dies gegessen hat.«

»Können Sie mir auch sagen, wo?« Es sollte ironisch klingen, war aber der vergebliche Versuch, meiner Stimme einen gefassteren Ton zu verleihen.

Dr. Metzler grinste und schlug mir kameradschaftlich auf die Schultern. Er hatte keine Ahnung von meiner Beziehung zu der Toten.

»Ich habe noch etwas anderes herausgefunden«, sagte Dr. Metzler. »Sie hat wahrscheinlich in ihrer Panik Wasser gelassen.«

»Wie meinen Sie das?«

»In ihrem Höschen waren Spuren von Urin, auch am unteren Teil des Kleides.«

Ich musste mich wieder abstützen. Ihr Tod war ein Kampf gewesen. Ich wehrte mich gegen innere Krämpfe, die vielleicht verhinderten, dass ich meinen Verstand verlor.

»Wollen Sie eine Beruhigungspille?« Dr. Metzler zog mich zur Seite.

»Es geht schon wieder«, entgegnete ich, obwohl ich mir dessen nicht sicher war.

Meine Arbeit sah ich bereits vor mir. Ich würde in nächster Zukunft sämtliche Hotels in Luzern und Umgebung von Vierstern an aufwärts auskundschaften, um zu erfahren, ob Kaviar und Blinis auf der Speisekarte standen. Was, wenn Salomé privat zum Essen eingeladen gewesen war? Ich würde die berühmte Stecknadel im Heuhaufen suchen. Ich bemerkte den Irrsinn dieser Gedanken, die Ironie, die mir meine eigene Unzulänglichkeit brutal vor Augen führte. Ich musste noch einmal zu ihrer Tochter nach Luzern fahren. Vielleicht war in der Zwischenzeit auch der Ehemann aus dem Ausland zurückgekehrt. Ich war ganz sicher, dass Sophie mehr über ihre Mutter wusste, als sie zugeben wollte.

***

Es dämmerte, als ich mit dem Gutachten des *IRM* unter dem Arm zu meinem Wagen zurückkehrte. Ich musste wohl eine ganze Weile bewusstlos gewesen sein. Dr. Metzler hatte mir vor dem Weggehen eine Kalziumspritze verabreichen wollen, was ich verweigerte. Ich fühlte mich miserabel, aber immerhin so gut, dass ich klar denken konnte. Zudem befand sich in meinem Wagen Aspirin für besondere Fälle. Auf dem Parkplatz zündete ich eine Zigarette an. Jetzt konnte mich nichts mehr aufhalten, so schnell wie möglich aus Zürich hinauszufahren. Ich hatte Sehnsucht nach meiner Stadt, nach meiner Wohnung, nach meinem Bett. Den Tag liess ich noch einmal Revue passieren, als ich mich langsam in den Verkehr einordnete. Die Luft hatte noch immer über dreissig Grad. Mein Kopf fühlte sich an, als führten unbekannte Mächte in ihm einen Krieg gegeneinander, als kämpfte der Verstand gegen das Irrationale, das Wissen gegen das Erahnen.

***

Ich hatte kaum die Tür zu meiner Wohnung aufgeschlossen, als auch schon das Mobiltelefon klingelte. Ich musste an Gaby denken. Aber es war nicht Gaby, sondern Daniela Schneider, die Kollegin aus meiner Schulzeit, die jetzt bei der Luzerner Zeitung arbeitete. Ich wusste nicht, wen ich lieber erwartet hätte. Aber diese hier hatte mir wirklich gerade noch gefehlt.

»Hey Andy, wie geht es dir?«

Nicht sehr passend für meine momentane Gemütslage. Ich war skeptisch. Was hatte sie so früh im Park gesucht? »Hallo Daniela«, sagte ich müde und nahm ein kühles Bier aus dem Kühlschrank. Es war das erste Bier seit Tagen. Ich hatte versucht, es mir abzugewöhnen, weil sich Salomé über meinen Bauchansatz lustig gemacht hatte. Salomé. Catherine. Was spielte es eigentlich noch für eine Rolle? Ich nahm einen langen Schluck aus der Dose und hörte mir Daniela an.

»Kannst du mir ein paar Informationen zuspielen wegen dem Mord heute Morgen?«

»Wer hat denn gesagt, es sei Mord?«

»Ach hör mal, wenn Conradin anwesend ist, muss es sich doch um Mord handeln. Zudem habe ich dich gesehen, auch wenn du mir ausgewichen bist. Du fällst mir immer auf.«

Ich hörte sie lachen. Ich erwiderte nichts. Ich war nicht in der Stimmung, um überhaupt darauf einzugehen.

»Oder ist sie aus dem Drogenmilieu und hat sich den goldenen Schuss verpasst?«, bohrte Daniela weiter.

»Inwieweit bist du schon aufgeklärt?« Ich setzte mich mit dem Bier ins Wohnzimmer. Unsinnigerweise fiel mir auf, dass ich ausnahmslos von Frauen umgeben war.

»Ich bin dran«, versicherte mir Daniela, »aber aus deinen Dienstkollegen werde ich nicht schlau. Und bevor ich mit irgendwelchen Spekulationen an die Öffentlichkeit gelange, möchte ich es von dir persönlich erfahren, capito?«

Oh, was für eine überhebliche Art. Ich hätte ihr am liebsten den Mund gestopft.

»Das finde ich fair von dir«, sagte ich sarkastisch. Ich kannte ihre Maschen. »Können wir uns morgen treffen? Ich habe einen langen Tag hinter mir.« Ich verschwieg ihr, dass dieser Tag der absolute Wahnsinn gewesen war.

»Ich auch«, entgegnete sie und schniefte. »Ich möchte den Bericht am Montag in der Zeitung haben, bevor die Konkurrenz vorgreift. Wer ist die Frau?«

Salomé!

»Ich kann dir nichts dazu sagen. Es ist noch zu früh für irgendwelche Informationen, die uns nur unnötig in unseren Recherchen behindern würden.«

Meine Geliebte!

»Heisst sie Catherine Mahler?«

Das sass. Ich schwieg. Daniela schwieg. Ich hätte am liebsten das Gespräch abgebrochen. »Wer hat dir das gesagt?«

Daniela kicherte. »Jemand hat es mir ins Ohr geflüstert.«

»Dann weiss ich nicht, weshalb du mich anrufst«, sagte ich genervt.

»Ich recherchiere auch, auf meine Art.«

»Verdammt, warum kann die Presse nicht einfach warten?«

»Hey, jetzt hör aber auf. Ich möchte bloss ein paar Fragen beantwortet haben.« Sie war hartnäckig. »Was ist los, Andy?«

Ihre Fragerei störte mich. »Ich möchte heute in Ruhe gelassen werden. Ich habe einen langen Tag hinter mir.«

»Ich höre, du wirst langsam alt«, sagte sie mit einem sarkastischen Unterton und kicherte.

»Noch bist du ein halbes Jahr älter als ich«, fiel ich prompt herein. Ich versuchte, sie mir vorzustellen, wie sie in abgewetzten Jeans barfuss auf ihrem Designersofa sass. Eine Frau mit Gegensätzen, vergleichbar mit heissem Kaffee und Eiscrème. Und immer noch mit einem Bein im Backfischalter. Ich hatte sie erst vor zwei Wochen in der Stadt getroffen. Da hatte sie mir verraten, dass sie wieder solo sei und dies in vollen Zügen geniesse. Wahrscheinlich gab es den Mann noch gar nicht, der sie aushielt.

»Ja, aber biologisch gesehen bist du schon weit über die Grenze deines potenziellen Hochs. Ich stehe dagegen erst am Anfang«, fuhr sie fort.

Ich tappte wieder einmal voll in die Venusfalle. »Du mit deiner Männchen-Weibchentheorie.« Manchmal brachte sie es sogar zustande, meine schlechte Laune zu vertreiben. Sie war tatsächlich wie Kaffee und Eis.

»Soll ich zu dir kommen?«

Mein Verstand riet mir zur Vorsicht: Man hüte sich vor dreiunddreissigjährigen Singlefrauen. Zudem hatte ich es satt, immer als Seelentröster ausgenutzt zu werden. Und ich kannte ihre Absichten ganz genau. Sie wollte mich schon lange als Trophäe in ihrer immensen Sammlung haben. »Nein, ich brauche jetzt dringend Schlaf.« Und die Bewusstheit, wie weit mich meine Gedanken an Salomé bei Verstand hielten. Aber das sagte ich nicht.

»Aber dann verrate mir, verflixt noch mal, was du heute herausgefunden hast. Ich brauche einen Aufhänger. Zwei Zeilen nur, die würden genügen. Ist sie vergewaltigt worden?«

»Nein.« Sie hatte den Liebesakt vor ihrem Tod gewollt.

»Aber hat man sie brutal ermordet?«

»Nein.« Ihr Mörder war mehr als brutal gewesen: Er war bestialisch.

»Hey Andy, jetzt mache mal einen Punkt. Warum muss ich dir die Würmer aus der Nase ziehen?«

»Du bist unmöglich«, sagte ich. Langsam belustigte mich diese Konversation. »Schreib, dass sie stranguliert worden ist.«

»Als ob das nicht brutal wäre«, motzte sie. »Wo?«

»Ich kann dir nicht mehr sagen, weil ich es selbst noch nicht weiss. Und wenn ich es wüsste, würde ich es mir lange überlegen.«

»Du hast dich überhaupt nicht verändert«, sagte Daniela zynisch. »Der einsame Wolf in seinem Revier. Hast du Angst, dass ich dir von deinem Kuchen ein Stück abschneiden könnte? Oder tappt die Polizei wie üblich im Dunkeln?«

Langsam verlor ich meine Geduld. »Der Mord ist noch keine vierundzwanzig Stunden alt. Ich kann dir auch nicht mehr sagen. Ich glaube, damit ist unser Gespräch beendet.« Sie nervte allmählich. Mir fiel indes fast das Mobiltelefon aus der Hand. Ich ging zurück in die Küche, dorthin, wo mein Rechner auf dem Tisch stand, direkt neben der Kaffeemaschine.

»Bist du noch da?« Danielas Stimme wieder.

»Ja, halbwegs«, entgegnete ich gähnend. »Ich lasse dich jetzt.«

Eigentlich hätte das anders formuliert werden müssen, dass sie mich nun gefälligst in Ruhe zu lassen habe. Daniela begriff es trotzdem.

Ein Geräusch aus dem Schlafzimmer schreckte mich auf. Ich dachte an Nachbars schwarzen Kater, der ab und zu über die Balkonbrüstung in meine Wohnung schlich. Ich hatte ihm einmal eine Scheibe Schinken spendiert, seither besuchte er mich regelmässig. Und die Balkontür liess ich im Hochsommer immer offen stehen, sodass er einfach Zutritt hatte. Ich kümmerte mich nicht weiter darum. Ich stellte den Rest des Bieres in den Kühlschrank zurück, wohl wissend, dass ich ihn anderntags ausschütten würde, weil das Getränk dann schal geworden war, als ich in meinem rechten Augenwinkel einen Schatten an der Küchentür wahrnahm. Reflexartig drehte ich mich um. »Was zum Teufel ...«, entfuhr es mir.

Unter der Tür stand Gaby in meinem Pyjamaoberteil und mit meiner Pistole in den Händen, mit der sie wie ein Profi aus einem Fernsehkrimi auf mich zielte. Ihre Beine waren braun gebrannt.

Sie trug die Haare länger, sonst hatte sie sich kaum verändert. Sie war immer noch auf eigenartige Weise schön.

»Die ist geladen!«

Keine Reaktion.

»Wie bist du hier hereingekommen?« Ich hatte mich von meinem Schrecken schnell erholt.

»Die Tür stand offen und du warst am Telefon.« Sie kicherte. »Du bist sehr fahrlässig. Lässt einfach dein Schiesseisen auf dem Bett liegen.«

»Waren meine Zigaretten auch da? Die habe ich nämlich vermisst.«

Gaby schmunzelte. »Du bist doch immer noch der Gleiche.«

Hatte ich dasselbe heute nicht schon einmal gehört? Sie zog mein Pyjamaoberteil verführerisch über ihre Schenkel. Üblicherweise hätte sich bei mir bei einem solchen Anblick der Testosteronspiegel um ein Zehnfaches erhöht. Aber heute wäre ich am liebsten im Boden versunken. Ich musste wohl wie ein grünes Männchen auf Gaby wirken, denn sie blickte mich skeptisch an.

»Ist dir nicht gut?«

Ich sah, wie ihr Körper nach vorne sackte. Theatralik wie gewöhnlich. Sie legte die Pistole auf den Küchentisch. Hätte ich nicht auf Gaby zugehen und sie in die Arme nehmen sollen? Männer sind dazu da, die Frauen zu trösten, vor allem, wenn mir wieder einmal brutal vor Augen geführt wurde, wozu sie fähig sind. Warum dachte ich jetzt voreingenommen an einen Mörder? Vielleicht war es auch eine Mörderin. »Willst du etwas trinken?« Ich öffnete den Kühlschrank wieder und suchte nach einer Flasche Mineral. »Ich kann dir Cola anbieten.«

Gaby näherte sich mir und stiess die Kühlschranktür zu. »Ist schon gut«, sagte sie milde. »Ich weiss, dass du einen anstrengenden Tag hinter dir hast. Ich habe es gehört. Ich will dich ja nicht auch noch zusätzlich belasten. Du gehst jetzt schön in dein Bett, und ich schlafe auf dem Sofa im Wohnzimmer. Und sage nichts, tue es einfach.«

Ihr Vorschlag beruhigte mich. Ich zog Gaby an mich und küsste sie in ihr Haar. »Danke.«

Nachts spürte ich plötzlich, wie sich ein warmer Körper von hinten an mich schmiegte und anfing, sich langsam ganz rhythmisch an meinen Oberschenkeln zu bewegen.

Ich ignorierte dies.

Sonntag, 3. August 2003

Als ich am Morgen erwachte, war Gaby schon auf und machte sich in der Küche an der Kaffeemaschine zu schaffen. Sie lachte mir fröhlich entgegen. Ich stellte verärgert fest, dass sie wieder mein Pyjamaoberteil trug. Wie in alten Tagen. Ob sie vorhatte, sich jetzt wieder in mein Nest zu setzen? Ich sagte nichts.

»Hast du die Maschine noch immer nicht repariert?« Sie verzog ihren Mund.

Ich setzte mich. »Sie läuft ja noch.«

»Typisch Mann«, sagte Gaby. »Solange alles einigermassen funktioniert, braucht man sich ja nicht darum zu kümmern. Deine Kaffeemaschine macht einen Lärm wie ein Presslufthammer.«

»Ich habe mich daran gewöhnt.«

»Eben, da haben wir's. Der Mann ist ein ausgesprochenes Gewohnheitstier.«

»Sag mal, hat dir das Karl beigebracht?« Es lag mir auf der Zunge, sie auf gestern Abend anzusprechen und auf den Vorfall in der Nacht. Ich schaute ihr zu, wie sie meine Tasse unter den Filter stellte und den Hebel drückte und liess meine Frage sein. Sie war ja auch zu banal. Es zischte und rasselte wirklich wie auf einer Baustelle, bevor der Kaffee in die Tasse tröpfelte. An seinem Aroma war nichts auszusetzen. Feinster italienischer Espresso. Ich genoss ihn und rauchte dazu meine Zigarette.

»Komm, lass Karl aus dem Spiel. Der ist jetzt weit weg.« Gaby nahm ihre Kaffeetasse und setzte sich mir gegenüber. »Lieb von dir, dass ich eine Zeit lang bei dir wohnen darf.«

Das erste nette Wort, seit ich wach war. Ich zog kräftig an der Zigarette, sagte aber nichts.

»Ich möchte dir wirklich nicht auf den Geist gehen. Im Gegenteil, wenn ich dir behilflich sein kann, so sage es mir. Es würde mir Spass machen, wieder mit dir durch die Gegend zu ziehen. Ich könnte mich dabei ein wenig ablenken.«

Ich trank den Kaffee aus. Ich zündete mir eine zweite Zigarette an. »Dieser Fall hier ist sehr heikel«, sagte ich dann, und ich berichtete über die Tote im Park, von meinen bisherigen Abklärungen und dem Besuch im *IRM*. Dass Catherine Mahler, alias Salomé, meine Geliebte gewesen war, verschwieg ich. Man sollte nicht noch mehr Öl ins Feuer giessen. Obwohl vielleicht gerade die Tatsache, dass Catherine Mahler fremdgegangen war, mehr Licht ins Dunkel gebracht hätte. Beziehungskonflikte oder Eifersuchtsdramen machten einen hohen Prozentsatz der Tötungsdelikte aus. Und Gaby hätte gewiss viel Verständnis aufgebracht.

»Vielleicht solltest du nochmals mit der Tochter der Toten reden. Ich könnte mir in der Zeit ihren Ehemann vorknöpfen«, schlug Gaby vor.

Es ärgerte mich, dass ich mich ihr gegenüber über meinen Fall geäussert hatte.

»Weisst du, dass wir immer gut recherchiert haben?«

Ich wusste es. Wir hatten Detektivarbeit im Duo-Pack geleistet.

»Wann ist der Rapport?«

Sie erinnerte mich daran, dass ich in Hellers Büro fahren sollte. Ich würde mich telefonisch über den Stand der Dinge erkundigen.

»Also leidet ihr immer noch unter Personalmangel«, stellte Gaby sachlich fest, als ich ihr auf ihre Frage keine Antwort gegeben hatte.

»Was heisst hier immer noch? Wir haben nie unter Personalmangel gelitten«, sagte ich bestimmt. »Viele ziehen jetzt ihren Urlaub ein.«

Sie legte ihre Stirn in Falten. »Wann machst du welchen?«

»Keine Zeit und kein Geld.«

»Im Untertreiben warst du schon immer Weltmeister.« Gaby stellte die Kaffeetassen in die Spüle. »So, dann werde ich jetzt ein bisschen aufräumen.«

Das wollte ich aber nicht. »Du kannst ja ins Lido gehen.«

Mein Vorschlag schien ihr keinen Spass zu machen.

»Meinst du, ich möchte mich exponieren?«

Ich musste lachen. Ich ging in mein Schlafzimmer und holte ein frisches Hemd aus dem Schrank. Gaby kam hinterher. »Wer macht dir eigentlich die Wäsche?«

»Ich selbst, wer denn sonst?«

»Kannst du das?«

»Na hör mal, für wen hältst du mich eigentlich?«

»Dann bügelst du auch?«

»Selbstverständlich.«

Gaby schaute mein Hemd kritisch an. »Muss schon sagen, ich könnte es nicht besser. Hätte ich mir schon früher merken sollen.«

»Bist du deshalb gegangen, weil du mir die Hemden hast bügeln müssen?«

Gaby verzog ihren Schmollmund. »Man müsste die Männer oft sich selber überlassen.«

Ich hatte keine Lust, darauf einzugehen. Ich zog mir Kleider und Schuhe an und steckte die Zigaretten in meine Hemdtasche. »Soll ich dich in die Stadt mitnehmen?«

»Ich habe es mir doch anders überlegt«, erwiderte Gaby. »Ich möchte noch ein paar Besorgungen machen.«

»Ich dachte, du hättest kein Geld?«

Gaby strahlte mich an. »Na ja, ein bisschen habe ich schon dabei.«

Ich machte mir weiter keine Gedanken darüber und rief Conradin an, damit er mich über meinen nächsten Einsatz informieren konnte. Conradin beorderte mich in die Hertensteinstrasse, wo ich mich noch einmal mit Sophie Mahler treffen sollte. Ich meldete mich bei ihr an. Dann ging ich mit dem Gedanken, dass ich mir mit Gaby doch einiges eingebrockt hatte. Mit der Ruhe war es endgültig vorbei.

Draussen schlug mir gleich dicke schwüle Luft entgegen. Der rostige Eisengeruch der Bahnschienen. Ich warf einen Blick zur Güterabfertigung. Die Arbeiter dort trugen zu jeder Jahreszeit dieselben orangefarbenen Uniformen. Die müssten eigentlich bei dieser Hitze umkommen, dachte ich. Ich holte meinen Wagen und fuhr in die Altstadt.

Beim *Barbatti* in der Töpferstrasse bestellte ich einen doppelten Espresso. Heute war es ausnahmsweise ruhig in den Gassen. Es war Sonntag, und da schliefen die Leute aus. Der Tisch neben mir war mit Italienern besetzt. Sie redeten in ihrer Landessprache und spielten *Scoppa*. Aus der Bar an der Ecke zur Hertensteinstrasse traten vier Gestalten mit Lederhosen und ärmellosem Oberteil. Sie trugen Ketten um den Hals und Piercings im Gesicht. Mir graute vor diesem Anblick. Beim Optikergeschäft Knüsel stand eine ältere Dame mit Hut, die ihre Nase platt ans Schaufenster drückte. Man sah, dass sie eine Brille brauchte. Das kleine Hündchen an der Leine tänzelte vor dem Blumentopf und hob sein Bein. Ich überlegte mir, wie viel mehr Rechte Hunde haben. Ich wollte das Geld für den Espresso auf den Tisch legen, als mir gegenüber ein Ständer mit der Sonntagszeitung auffiel. Die Schlagzeilen schrien mir in roten Lettern entgegen. Ich erhob mich.

»Sie haben noch nicht bezahlt«, rief der Kellner mir nach.

Ich stammelte eine Entschuldigung und gab ihm das Geld. Zielstrebig holte ich eine Zeitung aus dem Gestell und faltete sie auseinander.

Tote im Vögeligärtli – geht ein Frauenmörder um?

Ich überflog die folgenden Zeilen. Das durfte doch nicht wahr sein! Daniela hatte mich hereingelegt. Hatte sie sich ihren Lohn aufbessern wollen? Für die Sonntagszeitung waren solche Berichte ein gefundenes Fressen. Mit diesem Artikel hatte Daniela den schlafenden Hund geweckt. Die Polizei würde nicht mehr in Ruhe arbeiten können. Heute Abend würde ich Daniela die Leviten lesen müssen. Wütend machte ich mich auf den Weg zu Sophie Mahler.

Diesmal musste ich schon unten klingeln. Der Türöffner surrte. Ich trat ein. War Hans Mahler zurückgekehrt?

Aus dem Aufzug kommend sah ich, dass die Tür zur Wohnung offen stand.

»Kommen Sie ruhig herein«, rief Sophie aus der Küche. »Wollen Sie auch einen Kaffee?« Sie war heute besonders nett zu mir. Ich sah dann auch schnell den Grund dafür. Einer der gepiercten Typen aus der Bar stand an der Kombination und grinste mich mit seinem Froschmaul frech an. »Das ist Roger, mein Lover«, sagte Sophie und stellte sich besitzergreifend neben ihn. »Ich dachte, dass ich mein Alibi gleich einlade.«

Ich war sprachlos. Dieser lederbezogene Kahlkopf war wirklich ein Mensch und durchwegs freundlich. Er forderte mich sogar auf, Platz zu nehmen. Der metallfarbene Knopf auf seiner Zunge fiel mir auf. Hatte er sich auch noch anderswo gestochen und verlöchert? Ich war froh, dass ich mich setzen konnte. Sophie stellte mir eine Tasse Espresso hin. Ich zündete eine meiner Zigaretten an.

»Sie rauchen ja doch im Dienst«, schmunzelte Sophie.

Ich schmunzelte zurück. Wir verstanden uns. Der Bann schien endlich gebrochen. Ich war trotzdem vorsichtig. Es hätte ja sein können, dass sie sich ihres Freundes wegen keine Blösse geben wollte.

»Wie ist Ihr voller Name?« Ich wandte mich an den Gepiercten.

»Roger Dürrenmatt. Habe aber nichts mit dem Dichter am Hut«, sagte er in breitem Berner Dialekt. Er lachte entwaffnend. Die Piercings auf dem Gesicht lachten mit, das kleine auf seiner Zunge ebenfalls. Ich musste zwanghaft immer wieder darauf schauen. Ob er damit Sophies Lust vollumfänglich befriedigen konnte? »Haben Sie die Nacht von vorgestern auf gestern in dieser Wohnung verbracht?«

»Natürlich. Soll ich noch sagen, wie?« Dürrenmatt steckte sich einen Kaugummi in den Mund.

»Ihre Intimitäten interessieren mich nicht.«

»Ich dachte, die Polypen wollen alles wissen.« Dürrenmatt schmatzte ausgiebig. Er war harmloser, als er aussah.

»Waren Sie die ganze Nacht mit Sophie zusammen?«

»Ja klar«, sagte jetzt Sophie, »und wir haben nicht einmal ein Auge zugetan.« Sie blickte Dürrenmatt verliebt an.

Ich dachte mir meine Sache. »Wann kommt Ihr Vater zurück?«

»Ich habe Ihnen doch gesagt, dass ich es nicht weiss. Er hat nicht mal angerufen.«

»Hat er kein Handy?«

»Schon, aber es ist nicht eingeschaltet. Ich habe ihm schon *gesimst*. Er hat nicht reagiert.«

»Wie bitte, *gesimst*?«

Sophie zog ihre Mundwinkel frech nach oben. »Ja, das ist das Verb für SMS schicken.«

Man lernte tatsächlich nie aus. »Kann ich noch einmal den Computer Ihrer Mutter sehen?«

»Wozu? Der kann Ihnen keine Antwort geben.« Sophie schritt trotzig zum Schlafzimmer und öffnete die Tür. Ich ging ihr nach.

»In welchem Konzert war Ihre Mutter übrigens am Freitagabend?«

»Das weiss ich nicht. Sie wollte es mir nicht sagen. Aber ich denke, sie war im Kultur- und Kongresshaus. Die Musikfestwochen finden ja jetzt statt.«

»Vielleicht war das ja nur eine Ausrede, und sie hat sich mit jemandem getroffen«, sagte ich.

»Das nehme ich an«, entgegnete sie. »Ich würde auch nicht alleine hingehen.«

»Hat sie Freundinnen?«

»Ja, aber diese kenne ich nicht.«

»Was wissen Sie eigentlich über Ihre Mutter? Sie wohnen zusammen unter einem Dach und kennen sich kaum.« Langsam machte mich dieses Katz- und Mausspiel wütend.

»Es interessierte mich ganz einfach nicht. Ist das ein Verbrechen?«

»Nein, aber ich ermittle in einem Fall, in dem Ihre Mutter einem Verbrechen zum Opfer gefallen ist.«

»Dann suchen Sie am falschen Ort!« Das war eindeutig. Sophie kam ihrer Art von gestern wieder näher. Ich trat ins Schlafzimmer und startete den Rechner. Einer Eingebung folgend gab ich den Code *Salomé* ein. Sofort öffnete sich der Desktop. Sophie schaute mir über die Schultern. »Was machen Sie da?« Sie war sichtbar überrascht. »Haben Sie einen Durchsuchungsbefehl?« Sophie war nicht dumm.

»Nein, aber ich könnte ihn innerhalb von vierundzwanzig Stunden haben und dann wären wir wieder gleich weit.«

»Dann besorgen Sie sich ihn«, sagte Sophie schroff.

Mir passte das nicht. Ich glaubte, ihre Absichten zu kennen. »Ich kann ihn auch innerhalb Stundenfrist besorgen«, sagte ich. Ich wollte das Programm wieder schliessen, aber Sophie wehrte sich vehement.

»Lassen Sie das!«

Ich drehte mich abrupt um. »Damit Sie Zugriff zu eventuellen Beweisen haben? Sie können mich nicht in den Ermittlungen behindern, meine Liebe.«

»Ich bin nicht Ihre Liebe!«

»Entschuldigung.«

Dürrenmatt räusperte sich lautstark. »Schliessen Sie ruhig und besorgen Sie sich den Durchsuchungsbefehl.«

Ich klopfte auf den Schreibtisch. »Ich bedanke mich für die kooperative Zusammenarbeit«

»Sie sehen doch, dass Sophie leidet«, sagte Dürrenmatt.

»Wenn sie sich so miserabel fühlt, wie sie tut, dann sollte sie mich zumindest machen lassen.« Und zu Sophie: »Sie wollen doch auch, dass das Verbrechen an Ihrer Mutter geklärt wird.« Ich fuhr den Computer herunter. »Rufen Sie mich an, wenn Ihr Vater zurück ist, oder sagen Sie ihm, dass er sich bei mir melden soll.«

Ich überliess Sophie meine Visitenkarte.

Unbefriedigt verliess ich das Haus in der Hertensteinstrasse. Im Schnellimbiss gegenüber würgte ich einen Hamburger mit Pommes herunter und fühlte mich danach nicht besser. Ich musste meinen Kopf befreien. Ich konnte es nicht fassen, was da geschehen war. Salomé war tot. Weg. Fort. Für immer. Ich dachte an unsere Beziehung, die keine gewesen war. Die Affäre, die auf rein sexuellem Interesse beruht hatte. Salomé hatte mir oft gesagt, welche arbeitsintensiven Tage sie habe und dass sie sich deswegen nicht binden wolle. Anfangs war mir das recht gewesen, ich hatte sie verstanden, obwohl ich mich schon nach dem ersten intimen Treffen in sie verliebt hatte. Und nach jedem Besuch von ihr mehr. Sie war wie ein Virus gewesen, der von mir Besitz ergriff, wie eine Droge, die mich süchtig machte und deren Entzug mich schmerzte. Das ihr gegenüber zuzugeben, hätte mich in meinem Stolz gekränkt, wäre es doch gegen unsere Abmachung gewesen. Sie hatte Sex gewollt. Ich auch. Ohne Schnörkel und Emotionen. Oft hatte sie mich spontan besucht, ohne lange Voranmeldung, und war dann auch gleich zur Sache gekommen.

Ich hatte sie im *Casablanca* kennengelernt. Einem auf Hollywood getrimmten Restaurant, an dessen Wänden Filmutensilien jeglicher Art hingen. Von Filmrollen über Beleuchtungskörper bis hin zu Plakaten verblichener Stars und Sternchen. Dort verkehrte ich in der Regel nie. Aber ich hatte damals in der Nähe dienstlich zu tun, als ich nach Feierabend Lust auf ein Bier hatte.

Sie hatte an der Bar gesessen. Mir fiel gleich auf, dass sie viel älter war als alle anderen Gäste, was sie aber überhaupt nicht zu stören schien. Im Gegenteil, sie genoss es. Und sie genoss auch die Blicke der jungen Männer, die wohlwollend auf ihr ruhten. Das machte mich neugierig. Ich setzte mich abseits an einen der kleinen runden Tische und liess die Dame an der Bar nicht aus den Augen. Seit Gabys unüberlegtem Entscheid, mich wegen eines reichen Alten zu verlassen, hatte ich mich nie mehr für eine Frau interessiert. Ich wurde zu einem Arbeitssüchtigen und schuftete in zahlreichen Überstunden, die ich nie kompensieren wollte. Meine Gemütsverfassung war auf dem Sinkflug bis zu jenem Abend im März, wo sich mein Testosteronspiegel ganz eindeutig wieder zu regen begann.

Sie trug ihre schwarzen Haare offen. Sie reichten ihr bis zu den Schultern. In ihrem Blick bemerkte ich etwas Melancholisches und etwas Abtrünniges zugleich. Und ich dachte mir, dass die Frau genau wusste, was sie wollte. Sie nippte an einem Cocktail. Ihre vollen, sinnlichen Lippen umschlossen den farbigen Strohhalm. Ich erkannte klar die Zeichen ihrer Erotik, die sie ohne Scheu zutage brachte. Sie erregte mich, ich konnte kaum noch ruhig sitzen. Das sah sie und schmunzelte. Ihre Augen waren dunkel und schimmerten. Aber das Melancholische verloren sie nicht.

»Kennen wir uns?« Sie erhob sich mit dem Glas in der Hand. Ohne zu zögern, setzte sie sich zu mir an den Tisch.

»Das könnte sich ändern«, erwiderte ich. Etwas Vernünftigeres fiel mir im Augenblick nicht ein.

»Sind Sie allein in der Stadt?«, fragte sie.

»Ich bin mit meiner Arbeit fertig«, versicherte ich und prostete ihr zu. »Ich heisse Andy.«

Sie lachte. Zwei hübsche Grübchen kamen an ihren beiden Wangenseiten zum Vorschein. »Mein Name ist Salomé.«

Ich reagierte überrascht auf ihren Namen. Der klang in meinen Ohren ein bisschen zu prosaisch. »Ein biblischer Name! Arbeiten Sie beim Theater?« Es war der gewagte Versuch, eine handfeste Konversation anzufangen.

Sie lachte. »Ich bin Krankenschwester.« Dann eine Pause. »Bist du nun enttäuscht?« Wieder lachte sie.

»Dann passen wir ja zusammen«, sagte ich und erzählte ihr von meinem Job bei der Kriminalpolizei. Danach fragte sie mich über alles Mögliche aus. Erst später wurde mir bewusst, dass ich über sie gar nichts erfahren hatte. Sie wirkte geheimnisvoll, gab mir aber ganz konkrete Zeichen, dass ich ihr nicht gleichgültig war.

Ihre Augen sprachen Bände, ihre Stimme schwang in einem Timbre, das mich elektrisierte und erregte. Was für eine Frau!

Zwischen uns war an diesem Abend schon alles klar. Sie schaute auf ihre Uhr und glitt vom Barhocker. »Ich muss gehen.«

Als sie unter der Tür stand und mit ihrem Mobiltelefon ein Taxi bestellte, fühlte ich einen unbeschreiblichen Stich im Magen, einen warmen Schmerz, der sich in mir ausbreitete und in meine Lenden strömte. Ich sah ihr zu, wie sie in ihre Jacke schlüpfte. Plötzlich war Salomé neben mir. Dann packte sie mich um den Hals und zog meinen Kopf in ihre Richtung, küsste mich. Ich rang nach Luft. Sie hatte mich überrascht. Sie lächelte, als sie mich wieder losliess. »Wenn du mir deine Adresse sagst, werde ich morgen Abend zu dir kommen.«

Natürlich hatte ich sie ihr gegeben.

***

Später brachte mich ein Gang die Reuss entlang auf andere Gedanken. Trotz der gnadenlosen Hitze machte ich mich auf den Weg von der Seebrücke über den Rathausquai bis zum Nölliturm. Sonnenschirme an der Reuss, welche bunte Farbtupfer in den blauen Himmel malten. Junge Leute auf den eng bestuhlten Terrassen. Sonnenhungrige am Ufer des Flusses, fast nackt. Sie schien es nicht zu stören, dass das Thermometer bereits wieder hoch hinaufgeklettert war. 38 Grad im Schatten zeigte es an. Der Schweiss rann mir den Nacken herunter. Ich wusste nicht, wo ich beginnen sollte. Die Hitze lähmte meinen Verstand. Bei der Geissmattbrücke kehrte ich um. Ich wählte jetzt den Weg durch den Löwengraben. Mein Hemd war völlig durchtränkt. Überall in den Geschäften sah ich die Auslagen der neuesten Herbstmode. Dicke flauschige Jacken, lange Bouclëröcke in den Farben Camel und Rost. Wollene Strumpfhosen. Rosarot schien der letzte Schrei zu sein und wurde wohl nur von ganz mutigen Damen getragen. Ich musste plötzlich an den rosaroten Strampler meiner jüngeren Schwester denken, den sie als Baby getragen hatte. In der Weggisgasse herrschte Hochbetrieb. Eine Horde Asiaten nahm den schmalen Durchgang ein, der zur Eisengasse führte. Ich fragte mich, was da so sehenswert sein sollte. Wieder kam ich mir wie ein Fremder in der eigenen Heimat vor. Bis ich spätestens an der Spitze des Völkerauflaufes den Grund erkannte. Ein goldfarben besprayter Pantomime vollführte seine Künste. Ich überlegte mir, was ich bei seinem allfälligen Hitzekollaps unternehmen würde. Eine Cardiopulmonale Reanimation? Doch schien mir, als gäbe es hitzebeständigere Menschen, als ich es war. Das Kopfsteinpflaster unter meinen Füssen war mit zahlreichen Kaugummis verklebt. Eine leere Coladose lag einsam zwischen zwei Blumentöpfen, aus denen dichtes Schilfrohr wucherte.

***

Der Geruch von angebratenen Zwiebeln schlug mir wie eine Faust entgegen, als ich am Nachmittag heimkehrte. Es roch hier immer nach abgestandener Luft, hier unten beim Eingang zum Treppenhaus. Im Winter konnte man die Feuchtigkeit spüren, den Moder vergangener Tage. Der Hauswart war ein alter Mann und kaum noch fähig, irgendetwas für die Sauberkeit des Hauses zu unternehmen. Heute fiel mir zum ersten Mal auf, wie tief hier die Lebensqualität in den letzten Jahren gesunken war. Die Wände zum Keller waren schimmlig, die graue Farbe löste sich.

Auf der untersten Stufe hatte jemand eine Flüssigkeit ausgeleert und nicht wieder aufgewischt. In der Ecke bei den Briefkästen lagen Zeitungen und Reklameprospekte. Ein Kinderwagen stand da mit kaputten Rädern. Vielleicht hätte ich mich schon lange mit dem Gedanken auseinandersetzen sollen, von hier auszuziehen. Im obersten Stockwerk, wo ich wohnte, war es erträglicher. Hier störte mich niemand, und an die intimen Geräusche um mich hatte ich mich gewöhnt.

Gaby sass im Wohnzimmer auf dem Boden; ausser einem schmalen Slip und dem Büstenhalter trug sie nichts. Sie wühlte entschlossen in der Schuhschachtel, die ich von Salomés Schlafzimmer entwendet hatte. Gaby war vertieft in ihre Sache und hörte mich nicht. Meine Werkzeugkiste stand auch da, jedes Teil nach aussen gelegt: Hammer, Nägel, Schraubenschlüssel, Abdichtungen, Kupferdrähte. Ich war nicht sicher, ob ich wütend sein sollte. Als Gaby mich entdeckte, schaute sie mich mit dem Lächeln eines Unschuldsengels an. »Hallo. Ich glaube, ich habe gefunden, wonach wir suchen.« Sie klang wie früher. Wie in den Tagen, an denen wir uns an knifflige Fälle herangemacht hatten.

»Und was zum Teufel hast du mit meiner Werkzeugkiste zu tun?«

»Ich brauchte sie, um die Agenda aufzuknacken«, sagte sie und richtete sich voll auf. Sie hatte immer noch einen schönen Körper. Ein bisschen mollig, ein bisschen weich, vielleicht vor Sehnsucht ausgehungert, sonst hätte sie sich am Vorabend nicht an mich herangemacht. Ich wollte sie nicht mehr berühren.

»Mit dem Hammer?«

»Kann ich etwas dafür, wenn bei dir die Zange zuunterst liegt?«

Wir lachten beide. Ich half ihr beim Aufräumen.

»Wo ist die Agenda?« Meine Neugierde war plötzlich da. Aber

auch ein etwas komisches Gefühl. Das schlechte Gewissen, das mich plagte, weil mir bewusst war, wichtiges Beweismaterial unterschlagen, zumindest für mich behalten zu haben.

Gaby reichte mir die Agenda. »Schaue dir die Einträge vergangener Tage an.« Sie blätterte mir vor der Nase die Seiten um. »Da zum Beispiel, vor ihrem Tod, hat sie *KKL* hingeschrieben. *17.00 zum Apéro.* Kein Name. Aber hier, sieben Seiten vorher steht: *19.30 Mad Max.* Und einen Tag später: *Ich war mit Mad Max im Bett. Hätte ich es nicht getan, hätte er mich umgebracht. Habe seine Augen gesehen.* Da ist noch etwas, was mir aufgefallen ist. Am letzen Donnerstagabend ein Eintrag: *21.00 bei Andy.*« Gaby schaute mich prüfend an. »Kennst du die Tote?«

Es klang ironisch. Trotzdem fiel ich darauf herein. »Jetzt spinnst du«, entgegnete ich.

Gaby lächelte verheissungsvoll. »Ehrlich gesagt, finde ich es sonderbar, dass du mit dem Fund da nicht auf direktem Weg zu Conradin gehst.«

Ich lachte. Sie lachte.

»Spitzfindig wie früher«, sagte ich und riss ihr die Agenda aus der Hand. Ich fühlte mich von ihr ertappt. Ich blätterte weiter, schaute mir die diversen Notizen an. Aufs Jahr verteilt waren es viele Termine, stets am Abend, auch unter der Woche, die Salomé eingetragen hatte. Aber aus den Namen, die hier standen, wurde ich nicht schlau. *25. Juni: Fantasmo um 19.00*, dahinter ein Fragezeichen. Und am *17. und 18. Juli: Poseidon.* Am *19. Juli: Hammer.* Dazwischen immer wieder *Andy.* Die Zeiten, die da angegeben waren, hätten mit meinen Daten übereinstimmen können. Da war Salomé bei mir gewesen. Mir lief es kalt und heiss den Rücken hinunter.

Gaby machte mich auf die letzten Seiten der Agenda aufmerksam. Unter Memory ein paar stichworthaltige Eintragungen: *Hammer liebt mich. Testament geändert. – Mad Max, 25, sein Pseudo sagt alles! – Andy: Sex mit ihm ist das Allergrösste. – Poseidon: einzigartig!!! Fantasmo: Ich möchte ihn endlich treffen.*

Ich musste mich setzen. Der Hamburger lag mir plötzlich schwer im Magen.

»Soll ich dir etwas zum Trinken holen?« In Gabys Stimme schwang ein besorgter Ton mit. »Was ist los mit dir? Du kannst mir doch nichts vormachen, Andy. He, ich kenne dich doch.« Sie berührte meine Wangen. »Macht dich dieser Fall denn so verrückt?«

Ich wusste nicht, ob ich ihr die Wahrheit hätte sagen sollen. Ich klappte die Agenda zu. »Wovon redest du?«

»Ich werde den Verdacht nicht los, dass du die Tote gekannt hast.« Sie gab nicht auf.

Ich schüttelte den Kopf. Wollte sie mich verhören? Sie war neugierig und zäh, und wenn sie sich etwas in ihren hübschen Kopf gesetzt hatte, so verfolgte sie es bis zum bitteren Ende. Sie kannte mich. Und es fiel mir schwer, sie anzulügen. Sie schien meine Gedanken zu erraten.

»Hör auf!«, herrschte ich sie an. »Was soll das?«

»Ach«, sagte sie, »es ist so ein Gefühl.«

»Du mit deinem Gefühl.« Jetzt wurde ich wütend.

Aber sie fuhr hartnäckig fort: »Du kannst mir alles sagen, ich kann schweigen.« Sie holte ein Glas Orangensaft und stellte es vor mich hin. Während ich trank, wurde mir plötzlich klar, wie unwirklich sich das Ganze anfühlte. Ich stand nicht mehr ausserhalb eines Falles, sondern mittendrin. Die Perspektiven hatten sich verändert.

»Willst du dich hinlegen?« Gaby machte sich offensichtlich Sorgen um mich. Sie fühlte instinktiv meinen Puls. Aber ich war nicht krank.

»Okay, ich habe die Frau gekannt.« Ich konnte mich nicht mehr zurückhalten. Am liebsten hätte ich losgeheult, um mich vom tiefen Schmerz der letzten beiden Tage zu befreien. »Ich habe sie sogar geliebt.« Und wie ich sie geliebt hatte. Diese Mischung aus zärtlicher Hingabe und wilder Leidenschaft. Ich war süchtig nach ihr gewesen. Süchtig nach ihrer Unersättlichkeit.

Gaby sagte nichts. Sie wusste zu schweigen, wo Worte zu früh oder zu spät kamen. Diese Eigenschaft hatte ich ihr schon früher hoch angerechnet. Trotz ihrer quirligen Art besass sie ein erstaunliches Feingefühl.

»Ich weiss nicht, was passiert ist«, fuhr ich fort und kämpfte gegen die Tränen. Nicht nur ihr Tod, sondern auch die Tatsache, dass ich mich in dieser Frau so geirrt hatte, setzte mir sehr zu. Wut wechselte sich mit Scham ab, Traurigkeit mit abgrundtiefer Enttäuschung. Vielleicht hätte ich mich ihrer mehr annehmen müssen, sie ausfragen. Aber sie hatte immer den Anschein hinterlassen, als wäre sie überglücklich. »Was habe ich bloss falsch gemacht?«

»Hör auf damit. Du weisst genau, dass das nicht stimmt. Du bist zu gutmütig. Da liegt der Unterschied. Was immer dir diese Frau bedeutet hat, sie hat es nicht verdient, dass du ihr nachtrauerst.«

»Du hast sie nicht gekannt.«

»He, he, jetzt aber Schluss! Ich glaube, dass ich die Frauen besser kenne als du. Ich bin schliesslich vom gleichen Schlag. Sie können hinterhältig und intrigant sein und ihre Moral vergessen.«

Ihre Unverblümtheit erstaunte mich. »Aber nicht Salomé. Irgendetwas gefällt mir nicht an dieser ganzen Geschichte.«

»Salomé?«

»Catherine. Bei mir war sie Salomé.«

Mir entging Gabys entgeisterter Blick nicht. »Das weist auf schizophrene Züge hin«, sagte sie.

»Vielleicht hat sie etwas verbergen wollen«, entgegnete ich.

»Natürlich, ihr Doppelleben. Ob ihr Mann von diesen Dingen gewusst hatte?« Sie verdrehte ihre Augen wieder mit dieser angeborenen Theatralik.

»Dann hätte er ein Motiv«, sagte ich.

»Das ist zu einfach.«

»Das reale Leben ist einfacher als man glaubt.«

»Das würde ich nicht sagen.« Gaby nahm mir das leere Glas aus der Hand und stellte es zurück in die Küche. »Du kannst dir gar nicht vorstellen, wie viele Frauen es gibt, die ihr Haushaltsgeld mit heimlichen Jobs aufbessern. Ich rede vom horizontalen Gewerbe. Die Moral ist nicht mehr dieselbe wie vor ein paar Jahren, vor allem bei den Dreissig- bis Vierzigjährigen. Die verkaufen sich. Die wollen Spass und glauben, damit ihr Selbstwertgefühl aufzubessern. Sie wollen sicher sein, dass sie noch begehrt sind, wenn der Mann zu Hause schlappmacht, einen Bierbauch ansetzt und nach Feierabend seine Ruhe haben will. Nicht die Frauen, die Männer lassen sich gehen, wenn sie erst einmal verheiratet sind. Und dann angeln sich die frustrierten Frauen junge Liebhaber, rassige Hengste, ungebundene Söhne der Prärie.«

Ich schwieg. Was erzählte sie mir da? Warum ereiferte sie sich so? Sie, die sich mit einem um dreissig Jahre älteren Mann eingelassen hatte? Einer, der ihr Vater hätte sein können. Und auf einmal tat sie so, als verstünde sie etwas von den Neigungen gewisser

Frauen. Ich dachte gleichwohl an Salomé. Sie war auch fast sieben Jahre älter als ich. Vielleicht hatte sie noch Jüngere gehabt, Mad Max zum Beispiel. 25 hiess es in der Agenda.

Gaby räusperte sich. Sie reichte mir ein Taschentuch. Sie hatte bemerkt, dass meine Wangen nass waren. Nicht einmal bei Gabys Wegzug vor zwei Jahren hatte ich geweint.

»Du brauchst dich nicht zu schämen.« Und nach einer Weile: »Sie muss wohl eine aussergewöhnliche Frau gewesen sein.«

Nach einem doppelten Whisky und zwei Valium ging ich früh zu Bett. Mit dem Gedanken, dass ich es versäumt hatte, Daniela anzurufen, schlummerte ich ein. Die Kombination von Alkohol und Medikamenten wirkte wie ein Hammer. Ich schlief tief und traumlos, fühlte mich aber am Morgen keine Spur besser.

Montag, 4. August 2003

Pünktlich um acht kam ich auf dem Polizeirevier an. Conradin war schon da, Julien Roduit, wenn auch ziemlich verschlafen, Leo Meier, auch aus meiner Abteilung, Willy Balmer und Daniel Betschard vom Kriminaltechnischen Dienst. Untersuchungsrichter Heller und Korner waren nicht anwesend, was mich erstaunte.

»Setzen Sie sich«, sagte Conradin. »Wir werden den Rapport heute in zwei Etappen durchführen. Anweisung von oben. Sie dürfen demzufolge auch mitdenken.« Das klang zynisch. Aber meine Zweifel waren damit beseitigt.

Es ärgerte mich, dass ich keine Zeit für Kaffee und Zigarette hatte. Auch Nina war in ihrer Sitzposition. Computer und Mensch waren fast zusammengewachsen. Ein nicht mehr wegzudenkendes Duo. Wie es schien, hatte sie die Arbeit von Conradins Sekretärin übernommen, die gute Seele.

»Haben wir schon etwas Neues, was uns in den Ermittlungen weiterbringt?« Conradin sah mich an.

Aber ich glaubte kaum, ihn befriedigend informieren zu können. Was sollte ich ihm sagen, dass ich in meiner Arbeit gehemmt war und den Fall delegieren wollte, dass Catherine Mahler vom Donnerstagabend bis zum Freitagmorgen bei mir zu Besuch gewesen war? Dass sie mir gesagt hatte, dass sie am Freitag zum Friseur gehen wolle, dass sie mich angelogen hatte und gar nicht Krankenschwester war? Dass ich im Grunde ein Versager war und nicht der Polizist, für den er mich hielt? »Ich habe ihre Agenda gefunden. Es macht den Anschein, dass die Tote mehrere Liebhaber hatte.« Es fiel mir schwer, dies zu sagen. »Ich werde versuchen, die Männer ausfindig zu machen.«

Ein Raunen ging durch das Büro.

»Also hat die Frau doch Dreck am Stecken«, sagte Conradin und warf Willy einen verschwörerischen Blick zu. »Es gibt auch weisse Westen über den schwarzen oder den Wolf im Schafspelz. Dunkle geheime Seiten, kriminelle Energien, die man auf den ersten Blick nicht sieht.«

Diese Äusserungen hielt ich für fehl am Platz. Sie machten das Opfer offensichtlich zum Täter. Was wollte Conradin damit bezwecken? Hatte er vielleicht selber ein Problem damit? Ich machte auf den Durchsuchungsbefehl aufmerksam, und Conradin versprach mir, diesen vom Untersuchungsrichter umgehend anzufordern. Über Dr. Metzlers Bericht brauchte ich mich nicht zu verausgaben.

„Die pathologischen Befunde habe ich eingesehen", sagte Willy und räusperte sich. „Sie können den Autopsiebericht selber durchsehen."

Dr. Metzler hatte die Leiche geöffnet. Er hatte Salomés Körper geschändet. Er hatte ihre intimsten Stellen sorgfältig untersucht. Kurz machte sich wieder ein Schwindel bemerkbar, den ich aber schnell wieder in den Griff bekam.

„Etwas hätte ich noch gern gewusst", sagte Conradin und schaute mich eindringlich an. „Weshalb ist die Agenda der Ermordeten nicht in meinem Besitz?"

Ich wusste darauf keine Antwort.

„Kannst du mir diese Verzögerung begründen?"

„Ich arbeite daran", erwiderte ich.

„Ich möchte, dass dieses Buch, oder was auch immer es ist, unverzüglich ins Labor kommt." Conradins Augen versprachen nichts Gutes. „Ich nehme an, dass solche Dinge in Zukunft nicht mehr vorkommen."

Das war eine klare Rüge.

„Wir sprechen uns noch", sagte er, mich mit verkniffenem Blick fixierend. Dann wandte er sich Julien zu.

„Ich habe Hans Mahler aufgespürt", sagte dieser. Ich stellte fest, dass er zündrote Augen hatte. Wen er wohl diesmal anvisiert hatte? „Er war seit letztem Mittwoch in Nairobi und befindet sich jetzt auf dem Rückflug."

„Was hat die Spurensicherung ergeben?", fragte Willy. Er und Conradin arbeiteten eng zusammen. Man nannte sie *die siamesischen Zwillinge der Kripo.* Soviel ich wusste, waren sie auch privat befreundet, eine undurchsichtige Freundschaft allerdings, welche bei den Mitarbeiterinnen unausgesprochene delikate Fragen im Raum stehen liess, weil die beiden ledig und ungebunden waren. Für mich waren es bloss zwei karrieresüchtige Männer, die einander jagten. Conradin wäre mit Sicherheit verheiratet gewesen, hätte er die Frau gefunden, die sich mit seinem Job voll identifizieren könnte. Bei Willy war ich mir nicht so sicher.

Daniel berichtete von den Untersuchungen im Sempacherpark. Ich wusste, wie wenig man zurzeit damit anfangen konnte. „Zudem gibt es Fingerabdrücke auf den Schuhen der Toten, die nicht von ihr sind", fuhr er fort.

Er hat ihr die Schuhe ausgezogen, durchfuhr es mich.

„Sie hat neue Kleider getragen", sagte Daniel, „aus denen die Etiketten herausgetrennt sind." Er schob Nina gleichzeitig einen Berg Fotos über den Tisch. „Auf der Handtasche sind verschiedene Fingerabdrücke sichtbar gemacht worden."

„Damit können wir wenig anfangen", sagte Willy, was mich dagegen beruhigte. „Eine solche Tasche kann durch mehrere Hände gegangen sein. Stützen wir uns auf das Wesentliche."

Daniel zählte die Utensilien auf, die er in der Tasche gefunden hatte. Ich erinnerte mich an die Schlüssel, die Korner bereits konfisziert hatte. Nina legte die Bilder nebeneinander und betrachtete sie eingehend. Ich nahm mir vor, die Bilder anzusehen. Hätte ich sagen sollen, dass Salomé gar nicht geraucht hatte? Ich überlegte mir, ob ich mich auch als ermittelnder Polizist strafbar machte, wenn ich nicht mit der ganzen Wahrheit herausrückte.

„Ich möchte den Fall baldmöglichst abschliessen", sagte Conradin und warf mir einen abschätzenden Blick zu. „Ich appelliere an deinen Scharfsinn."

Ich wusste nicht, wen er damit angesprochen hatte. Und da wir sowieso nichts anderes zu tun hatten... das behielt ich aber für mich.

„Hast du etwas dagegen, Andy?", fragte Conradin. Er kannte meine Körperhaltung und was sie aussagte. „Ich rekonstruiere also", sagte er und schniefte. „Eine Frau wird im Sempacherpark tot aufgefunden. Nach dem Stand der Dinge wissen wir heute, dass sie ausserhalb des Fundortes umgebracht worden ist. Das Motiv ist noch nicht bekannt. Es könnte aber durchaus sein, dass es hier um ein Eifersuchtsdelikt geht. Die Agenda mit den eingetragenen Männernamen...", Conradin warf mir schnell einen Blick zu, „oder zumindest die Übernamen derjenigen, beweisen ganz offensichtlich, dass es einen oder mehrere Liebhaber im Leben der Toten gegeben hat. Wir wissen auch, dass der Ehemann der Toten zur Tatzeit in Afrika weilte. Fahren wir also fort: Roduit, Sie kümmern sich um die Eltern der Ermordeten und allenfalls um diesen Mahler, sobald er zurück ist. Meier, Sie suchen nach weiteren Zeugen im Umfeld der Toten." Er blickte Juliens schmächtigen Kollegen an, der erst seit vier Wochen in unserer Abteilung arbeitete. „Eventuell Hausmitbewohner, Sie wissen ja, was zu tun ist. Ich möchte über jeden Schritt umgehend Bescheid bekommen."

Conradin blickte dabei mich kritisch an. Die Bilder bei Nina vergass ich.

Später auf dem Korridor stellte ich mich Julien in den Weg. „Wie zum Teufel bist du an diese Informationen gekommen?"

„Du meinst wegen Mahler?" Julien grinste mich frech an. „Köpfchen, mein Lieber. Ich rief die Versicherung an, in der er arbeitet. Ich habe da Beziehungen. Wochenende hin oder her. Diese Versicherung ist in der Regel immer präsent. Hat mich allerdings einen halben Tag gekostet."

„Wie kommt es, dass du hinter meinem Rücken recherchierst? Ich habe dich das halbe Wochenende gesucht, und jetzt getraust du dich, mir mitzuteilen, dass du auf eigene Faust losgezogen bist."

Julien klopfte mir auf die Schultern. „Ich weiss, dass du mir dafür dankbar bist. Ich merke doch, dass du neben den Schuhen stehst."

„Ich spendiere dir einen Drink nach Feierabend", sagte ich zynisch. Warum sollte er mein Befinden kennen? „Ich werde mir Mahler vornehmen."

Sie kannten mich wohl alle auf der Abteilung. Sie spürten meine Veränderung. Mein Dilemma. Wollten sie auf mich Rücksicht nehmen? Ahnten sie etwas? Oder wussten sie es?

„Er wird heute Abend wieder in Luzern sein. Ich überlasse ihn dir gern", sagte Julien. „Du hast da das bessere Gespür als ich."

„Seit wann sagst du mir, was ich zu tun habe?" Ich war perplex.

„Okay", sagte Julien. „Conradin rief mich im Verlaufe des Samstags an und teilte mir mit, dass er dich nicht erreichen könne. Ich sollte mich mal um diesen Mahler kümmern. Also tat ich es, obwohl ich keinen Bereitschaftsdienst hatte. Entschuldige, es wird nicht wieder vorkommen.“

Ich wusste darauf nichts zu erwidern.

Ich kehrte ins Büro zurück, um die Post durchzusehen. Um neun Uhr hätte der Clochard aus dem *Vögeligarten* bei mir eintreffen sollen. Ich wartete bis halb zehn und gab es dann auf. Ich hatte mir auch nicht sonderlich viel von diesem Gespräch erhofft. Endlich konnte ich einen Kaffee trinken und die Zigarette rauchen.

Pünktlich um zehn meldete sich Dante Ripiosi aus dem Hotel beim Park. Er kam in Jeans und T-Shirt daher, was mich sehr verwunderte. Ich bat ihn, Platz zu nehmen. Er war heute viel gesprächiger und zugänglicher als vorgestern und bereit, mir ausnahmslos alles zu berichten, was vorgefallen war. Es machte den Anschein, als hätte er sich auf das Treffen mit mir präzise vorbereitet und sich seine Formulierungen genau ausgedacht. Wohl befürchtete er einen weiteren Tadel meinerseits und wollte dem geschickt ausweichen. Ich installierte das Aufnahmegerät und setzte es in Betrieb.

Ripiosi hatte tatsächlich die Polizei angerufen, nachdem ihm der Clochard von der Frau auf der Parkbank berichtet hatte.

„Ich habe die Türe um fünf vor halb sechs zum Hotel geöffnet“, sagte er. „Etwas Verdächtiges ist mir nicht aufgefallen. Da es immer viel Zeit in Anspruch nimmt, mich umzuziehen, weiss ich nicht, was sich vor dem Hotel abgespielt hat.“

Das konnte ich mir vorstellen: Bis der sich in seine Yuppiekleider gezwängt und die halbe Parfumflasche über sich gegossen hatte, musste eine geraume Zeit vergangen sein.

„Der Clochard hat um etwa zwanzig vor sechs an der Türe gestanden. Ich habe ihm aufgemacht und bin zu ihm auf die Strasse getreten", sagte Ripiosi.

Er betonte, dass es ihm zuwider gewesen sei, den Zigeuner ins Hotel zu lassen. Die Polizei sei aber kurz vor sechs Uhr schon beim Park angekommen. Dies stimmte denn auch mit meiner zeitlichen Berechnung überein.

„Haben Sie bei Ihrer Ankunft nichts bemerkt?"

„Nein."

„Hat Ihnen der Clochard erzählt, dass er etwas Verdächtiges gesehen hat?"

Ripiosi verneinte wieder. „Die Tote liege einfach da, sagte er mir. Wie eine schlafende Elfe. Mir war es nicht geheuer, weil sich im Park nie so gut gekleidete Frauen zum Schlafen legen."

„Dann haben Sie sich zuerst vergewissert, ob die Aussage des Mannes stimmt?"

„Nein, ich glaubte ihm und rief die Stadtpolizei an. Was hätte ich denn anderes tun sollen?"

Diese Frage schien mir überflüssig. Ich legte Ripiosi ein Bild der Toten vor die Nase. „Haben Sie diese Frau jemals gesehen?"

Er schaute die Fotografie eingehend an und lehnte sich dann zurück. Er schlug die Beine übereinander. Mir fielen seine kräftigen Oberschenkel auf.

„Ja", sagte er, „die war mehrmals in unserem Restaurant. Ich weiss es so genau, weil sie immer mit einem sehr viel älteren Herrn hier war. Sie war eine aussergewöhnlich hübsche Frau, hat überhaupt nicht zu ihm gepasst. Die Kellner haben denn auch Scherze über die beiden gemacht." Er hüstelte, ohne mich dabei anzusehen. „Was ich natürlich nicht tolerierte."

Salomé mit einem ältern Herrn. Das Bild hatte in meinem Kopf keinen Platz. „Wissen Sie, wie der Mann heisst?"

„Nein, da müsste ich den Oberkellner fragen", antwortete Ripiosi, „aber der ist im Moment im Urlaub."

„Der Name ist nicht zufällig bei der Reservation notiert?"

„Nein, die haben sich nie angemeldet, sind einfach so hereinspaziert. Aber sehr gesittet."

„Wann kommt Ihr Mitarbeiter wieder zurück?"

„Erst in einer Woche."

Ich notierte mir die Anschrift des Kellners und liess den Empfangschef wieder gehen.

Mittags lag bereits der Hausdurchsuchungsbeschluss für die Wohnung Mahler auf dem Tisch.

Wider Erwarten war Sophie Mahler zu Hause, als ich sie anrief und meinen Besuch anmeldete. Sie hatte auch nichts dagegen, dass ich gleich bei ihr vorbeischaute. Ob sie den Computer manipuliert hatte? Was wusste sie über ihre Mutter? Ich wurde nicht schlau aus dieser Frau. Sie war intelligenter, als sie sich gab, heimtückischer und berechnender. Sie faszinierte mich. Sie provozierte mich. Sie besass etwas, was mich schon bei Salomé angezogen hatte.

Ich unterliess es, Gaby anzurufen, obwohl sie mich gebeten hatte, es zu tun, falls ich nochmals bei Mahlers vorbeischauen sollte. Ich wollte allein sein. Bevor ich ging, versuchte ich, den Kellner aus dem Hotel in seinem Feriendomizil zu erreichen, musste aber nach mehreren Versuchen feststellen, dass ich absolut keine Chance hatte, eine Verbindung mit Italien herzustellen. Vielleicht streikten sie.

***

Sophie trug einen langen schmalen Rock. Sie war barfuss, was sie kleiner erscheinen liess. Sie wirkte heute ausgesprochen feminin und hatte sich sogar geschminkt. Sie wartete an der Türe, bis ich eingetreten war. Anschliessend öffnete sie mir die Türe zu Salomés Schlafzimmer. „Ich habe nichts angerührt", sagte sie spitz und schob mir den Bürostuhl zu. Ob sie ihr schlechtes Gewissen plagte?

„Wollen Sie den Durchsuchungsbefehl nicht sehen?"

Sophie schüttelte den Kopf. „Machen Sie schon."

Ich war schnell im Programm. Ich schaute mir die Seite mit den Mails an. Posteingang, Postausgang. Sogar die gelöschten Objekte. Aber nichts deutete darauf hin, dass Salomé mit irgendwelchen Männern oder Frauen korrespondiert hatte. Das war sonderbar. Kein einziger Eintrag. Die Seiten gähnten mir leer entgegen. Ich wandte mich Sophie zu. „Haben Sie irgendwelche Sachen vernichtet?"

„Ich kenne ja nicht einmal ihren Code", sagte sie.

„Lügen Sie mich nicht an!"

„Ich schwöre, dass ich nichts angerührt habe." Sophie setzte sich vor mir neben den Computer. „Ich will doch auch, dass man den Mörder meiner Mutter findet." Ihre Stimme klang wie ein leises Wispern. Entweder spielte sie ein perfektes Theater oder sie meinte es wirklich ernst.

„Und Ihr Freund, war der am Computer?"

„Ich weiss nicht, was Sie meinen", sagte sie leise und nachdenklich, als versuchte sie, sich daran zu erinnern, ob nicht doch Dürrenmatt den Computer manipuliert hatte.

„Was hätte Ihre Mutter Ihrer Meinung nach noch mit dem Computer anstellen können?"

„Spiele oder Zeichnungen", antwortete Sophie eine Spur zu schnell.

„Was würden Sie ausser arbeiten am Computer machen?"

Sie lachte nervös. „Ich gehe oft ins Netz. Aber das muss ich von der Schule aus. Wir arbeiten auch da über das Internet."

„Und was suchen Sie da?" Ich drehte den Bürostuhl. Meine Beine berührten ihre unbeabsichtigt. Ich schreckte zurück, ohne dass sie es merkte.

„Das Internet ersetzt mir den Gang zur Bibliothek", sagte sie, was einleuchtend klang.

Ich widmete mich wieder dem Bildschirm und der Tastatur vor mir. Ich suchte nach registrierten Einträgen unter *world wide web*. Aber auch da war alles gelöscht. „Ich muss den Computer leider beschlagnahmen", sagte ich zu Sophie. „Ich werde ihn abholen lassen."

„Tun Sie, was Sie nicht lassen können", sagte sie selbstsicher.

„Und Sie geben mir Ihr Ehrenwort, dass Sie nichts verändert haben?"

Sie hob ehrfurchtsvoll drei Finger ihrer rechten Hand. „Ich sagte es doch schon."

Ich war sicher, dass sie log. Ich öffnete noch einmal den Schrank rechts der Türe und sah mir Salomés Kleider an. Aber nichts, das mir bekannt vorgekommen wäre. Sonderbar war es schon. Sie musste ein perfekt durchdachtes Doppelleben geführt haben. „Existiert eigentlich eine Zweitwohnung oder ein Ferienhaus in Ihrer Familie?"

Sophie lachte laut heraus, mit einem bitteren Unterton, der mir nicht entging. „Was glauben Sie eigentlich? Wir sind keine Millionäre. Mein Vater verdient nicht so viel, wie es vielleicht den Anschein macht. Und meine Mutter hat das Geld gleich wieder ausgegeben. Für ihre dämlichen Fitnessclubs und Kosmetiksalons. Wir konnten uns nicht einmal Urlaub leisten, mein Vater und ich, weil meine Mutter alles verpulverte."

„Ihr Vater war eine knappe Woche in Nairobi", sagte ich und sah, wie sich Sophies Blick verfinsterte.

„Er muss oft beruflich verreisen. Es gibt sehr delikate Versicherungsfälle im Ausland. Jetzt, wo Sie es sagen, erinnere ich mich wieder. Mein Vater musste wegen zwei Todesfällen auf einer Safari nach Kenia fliegen."

Das klang nicht sehr glaubwürdig. „Jetzt hören Sie einmal gut zu", sagte ich, meine Beherrschung allmählich verlierend. „Ihre Mutter hatte eine ganze Zeile von Liebhabern. Sie wussten es."

„Das ist nicht wahr!" Sophies Stimme überschlug sich. „Ich kenne ja nicht einmal ihre Freundinnen. Es hat mich einfach nicht interessiert. Ich habe meine eigenen Probleme."

Manchmal beschlich mich das seltsame Gefühl, dass ich meine Energien unnötig einsetzte. Instinktiv spürte ich, dass mich Sophie bewusst ablenken wollte. Sie wollte Zeit gewinnen, wo die Zeit mir davonlief. Und ich stellte fest, dass ich keinen Schritt weiterkam. Warum bringt man eine Catherine Mahler um, wenn nicht aus Motiven der Eifersucht? Hätte Sophie einen Grund gehabt, ihre Mutter zu töten? Konnte sie die Art, wie ihre Mutter den Vater behandelte, nicht mehr länger ertragen? Oder hatte ihr Mann sie umgebracht, weil er gewusst hatte, dass sie einen Liebhaber hatte? Und was geschah, wenn Mahler wusste, dass ich der Geliebte seiner Frau gewesen war? Würde ich sein nächstes Opfer sein? Irgendwie schien mir diese Lösung doch zu hypothetisch. Ich entschloss mich, unten in der Imbissstube einen Hamburger zu essen und auf Hans Mahler zu warten. Ich verabschiedete mich von Sophie und versicherte ihr, dass ich bei der Ankunft ihres Vaters an Ort und Stelle sein würde. Sie drückte mir wider Erwarten die Hand.

Sie waren wie eine verrückte Horde, diese Kinder, die laut schreiend in den Imbiss-Corner drangen. Wie ein ausser Rand und Band geratener Schwarm Ungeziefer. Vielleicht mussten sie schreien, um beachtet zu werden. Die Begleiterin konnte sie kaum bändigen. Ich sass draussen an einem der kleinen runden Tische, verschlang den Hamburger, der nach nichts schmeckte, und versuchte, die rote Sauce in Schach zu halten, damit sie mir nicht über meine Hose tropfte.

Die Leute huschten wie Marionetten an mir vorbei. Während ich meinen Blick geradeaus richtete, fluteten die Farben ihrer Kleider durch mein geistiges Auge. Ein Wirrwarr von blauen, gelben und roten Tönen, die sich wie in einer rotierenden Röhre in einen zersplitterten Farbklecks verwandelten. Ein Kaleidoskop des Wahnsinns. Die Hitze in der Stadt setzte mir sehr zu. Ich kämpfte gegen meinen inneren Feind, der mich zu vernichten drohte. Ich hatte Mühe mit dem Atmen. Salomé war es gewesen, die mir riet, deswegen einen Arzt aufzusuchen. Ein starkes Gefühl, wie sehr sie sich um mich gesorgt hatte, trotz ihrer Widersprüchlichkeit. Ich würde keinen Arzt aufsuchen. Jetzt nicht mehr. Und das stete Stechen auf meiner Lunge würde ich einfach ignorieren.

Ich griff zur Zigarette und schaute mir die Fotos im gegenüberliegenden Fenster an. Porträts von Frauen. Eine Frau auf dem Fauteuil. Sie trug nichts, aber man sah ihre Blösse trotzdem nicht. Geschickt hatte der Fotograf ihre Brüste und die Scham im Schatten verborgen. Sie schaute mit halb geöffneten Augen in die Kamera. Daneben ein Bild von einer anderen, jüngeren Frau in einem züchtig hochgeschlossenen Kleid. Sie wirkte dennoch sehr erotisch.

Die Horde Kinder stürmte wieder aus dem Restaurant. Sie trugen bunte Plüschtiere mit sich und Ballone. Ich zündete die Zigarette an und rief Julien an, damit er veranlasste, Franz Notz loszuschicken, um den Computer aus Mahlers Wohnung zu holen. Ich verspürte eine gewisse Genugtuung.

Dann wartete ich. Zwei Stunden lang. Ich hatte meinen zweiten Hamburger vertilgt und mir die Luzerner Zeitung geschnappt. Daniela Schneider hatte der Toten eine halbe Seite gewidmet, was ihr ähnlich sah. Sie hatte ein ganz besonderes Talent, über Dinge zu berichten, von denen sie nur halb so viel wusste, wie sie schrieb. Sie recherchierte, philosophierte und fantasierte. Dauernd verfiel sie euphorisch irgendwelchen Spekulationen, auch wenn sie immer wieder betonte, dass sie diese Art von Journalismus nicht betreibe. Ich rechnete es ihr allerdings hoch an, dass sie die Ermittlungen der Polizei heute nicht anprangerte.

Gegen halb sieben, kurz bevor die Läden schlossen, rief mich Sophie auf meinem Mobiltelefon an. Ihr Vater sei in der Zwischenzeit angekommen. Ich machte mich auf den Weg zu ihnen.

Sophie liess mich gleich in die Wohnung und führte mich in die Küche, wo Hans Mahler sass. Sein Oberkörper war über den Tisch gebeugt; das Gesicht konnte ich vorerst nicht sehen. Sophie musste es ihm erzählt haben. Ich begrüsste ihn mit Zurückhaltung. Jetzt blickte er mich an. Ich hatte ihn mir ganz anders vorgestellt als den Mann, der sich vor mir aufrichtete. Er war eindeutig kleiner als ich, hatte schütteres Haar und trug eine Nickelbrille, durch die mich zusammengekniffene hellgraue Augen beobachteten. Er schien kurzsichtig zu sein, was durch seinen Blick noch unterstrichen wurde.

„Ich weiss“, begann er monoton, „was Sie mir sagen wollen. Ich habe die Nachricht bei meiner Ankunft auf dem Bahnhof schon gelesen. Eine elegante Art, so etwas zu überbringen. Wenn nur alle immer so schnell wären wie die Presse."

Es klang traurig. Ich überlegte mir, dass ich deswegen keine Verantwortung trug. Ich bekundete ihm mein Mitgefühl und kam zur Sache. „Können Sie sich erklären, warum man Ihre Frau umgebracht hat?"

„Tut mir leid, das entzieht sich meiner Kenntnis."

Seine Antwort irritierte mich. Mahler bat Sophie um den kalt gestellten Wein im Kühlschrank. Er war vollkommen ruhig. Keine Regung in seinem blassen Gesicht. „Trinken Sie mit?"

Ich fand das eher unangebracht und verneinte.

„Sie staunen sicher, dass ich nicht in Tränen ausbreche", sagte Mahler und goss sich den Wein ins Glas, das Sophie ihm hingestellt hatte. „Aber um ehrlich zu sein, so etwas habe ich kommen sehen." Er stellte die Flasche auf den Tisch zurück.

„Können Sie sich genauer ausdrücken?"

„Nun ja", Mahler führte das Glas zum Mund. Langsam liess er den Wein in sich fliessen. Er zog, schlürfte, degustierte, ohne seine Ruhe zu verlieren. „Meine Frau war sehr unvorsichtig in ihrem Leben. Ich habe sie oft davor gewarnt, dass sie sich nicht mit jedermann einlassen soll." Bevor ich etwas erwidern konnte, fuhr er monoton weiter: „Die Welt ist voll von schlechten Dingen. Stellen Sie sich vor, ich komme gerade von Kenia zurück. Vor drei Monaten sind dort zwei Luzernerinnen umgekommen. Sie hat es erwischt, als sie mit ihrem Wagen durch ein Flussbett fuhren. Es gab ein Gewitter und der Fluss schwoll innerhalb weniger Minuten zu einem reissenden Strom an. Sie konnten nichts mehr tun. Sie ertranken, zusammen mit einheimischen Begleitern. Ich musste die versicherungstechnischen Hintergründe eruieren. Ob die Reiseveranstalter die Verantwortung tragen müssen, weil sie ja damit rechnen mussten, dass in dieser Zeit in Kenia Regenzeit herrscht. Jetzt habe ich herausgefunden, dass die beiden Frauen auf eigenes Risiko gefahren sind. Ihre Begleiter, es waren ihre kenianischen Liebhaber, rissen sie dadurch in den Tod. Und zu Hause liessen sie ihre Ehemänner mit ihren kleinen Kindern zurück. Wissen sie, was ich damit sagen will?“ Mahler machte eine kurze Pause und kratzte sich an der Stirn. „Oft werden die schlechten Taten ohne eigenes Zutun gerächt.“

Ich erwartete, dass er irgendwann biblische Abschnitte zitieren würde.

„Ich nehme an, dass Ihre Versicherung in diesem Fall auch nicht zahlen wird“, stellte ich infrage und sah, wie sich sein Gesicht ein wenig rötete.

„Sie haben nicht begriffen, worum es hier geht“, sagte Mahler und blinzelte mich an. „Der Versicherungsfall ist Nebensache. Ich habe meine Arbeit getan. Was mir bleibt, ist das Wissen darum, dass es noch etwas Höheres gibt. Das Gute wird immer über das Böse siegen.“

Sophie, die an der Kombination stand, sah mich mit gläsernen Augen an. Ich versuchte, ihrem Blick auszuweichen. War es das, was sie mir hatte sagen wollen? Hatte Catherine Mahler ihren Mann so weit gebracht, dass er einem religiösen Wahn verfiel? Hatte sie ihn psychisch fertiggemacht? Mich schauderte. Oder führte man mich absichtlich auf die falsche Fährte?

„Wo waren Sie in der Nacht von Freitag auf Samstag?“

Ich versuchte, meine Ratlosigkeit mit einer formellen Frage zu überspielen, in der Hoffnung, dass Mahler wieder auf den Boden der Realität zurückkehrte.

„Auf dem Flughafen in Mombasa“, antwortete Mahler ohne mit der Wimper zu zucken. „Ich weiss es so genau, weil ich nämlich meinen Anschlussflug nach Nairobi verpasst habe. Ich musste die ganze Nacht eingepfercht zwischen schwitzenden Afrikanern auf dem Flughafengelände verharren. Können Sie sich vorstellen, wie das ist?"

Ich hätte ihn gern gefragt, ob es in Mombasa um diese Jahreszeit heisser sei als momentan in Luzern. „Haben Sie Ihre Frau umgebracht?"

Mahler schaute mich verdattert an. Er griff wieder zum Weinglas. Sophie räusperte sich. Ich sah, wie blass sie geworden war.

„Ist das nun eine ernste Frage?"

Ich nickte.

„Ich habe sie tausendmal umgebracht", sagte Mahler. „Ich habe sie erschlagen, erschossen, erdrosselt und aufgehängt. Tausendmal in meinem Kopf. Aber ich hätte es nie wirklich tun können. Glauben Sie mir. Zudem war ich ja zur Mordzeit in Afrika."

Warum betonte er dies? Führte er mich bewusst in die Irre oder war er einfach nur clever? Gebrauchte er seine eigenen Argumente als Absicherung seines Alibis? „Haben Sie zum Mord angestiftet?"

Langes Schweigen. Dann kam mir Sophie in die Quere. „Jetzt reicht es aber", sagte sie. „Lassen Sie meinen Vater in Ruhe! Er hat schon genug gelitten."

Daran zweifelte ich allerdings.

„Lass gut sein, Sophie", schlichtete Mahler und trank den Wein aus. „Er tut nur seinen Job." Dann schaute er mich an. „Ich habe meine Frau nicht getötet. Ich habe sie geliebt, aber nicht verstanden. Ich weiss nicht, was seit drei Jahren in sie gefahren ist. Sie hat sich sehr verändert. Auf meine Fragen hin hat sie nie geantwortet. Wir sahen uns sehr selten. Ich war auch oft unterwegs, aber wenn ich nach Hause kam, war Catherine nicht da. Sie blieb manchmal ganze Nächte einfach weg."

„Ihre Tochter hat mir gesagt, dass Sie sich in Ihrer Ehe auseinandergelebt haben."

„Ja, wer tut das nicht nach so vielen Jahren." Mahlers Stimme klang resigniert. „Aber bei allem Respekt und Anstand, wenn man unter demselben Dach lebt, so sollte man wenigstens die elementarsten Dinge voneinander wissen."

„Ihre Tochter ist da anderer Ansicht", sagte ich und schaute Sophie an, die schweigend an der Kombination stand. Sie würdigte mich keines Blickes, kaute aber an ihren Fingernägeln. In Anwesenheit ihres Vaters war sie wieder zum kleinen Mädchen geworden.

„Ich weiss", sagte Mahler, „die heutige Jugend hat andere Denkweisen, was eine Beziehung angeht."

Ich fragte mich, ob er Gewissheit hatte über den Umgang seiner Tochter. Ob er Roger Dürrenmatt kannte. „Haben Sie gewusst, dass Ihre Frau einen Liebhaber hatte?" Im Augenblick der Frage wurde mir bewusst, dass ich mich damit selbst exponierte. Ich konzentrierte mich auf Mahlers Gesichtsausdruck. Er blieb regungslos. Nicht ein leises Zucken. Nichts.

„Meine Frau ist tot", sagte er betont langsam. „Ich kann nichts dafür."

„Dann wussten Sie es?" Ich gab nicht auf.

„Ändert das etwas an der Tatsache?" Mahler nahm wieder sein Weinglas zur Hand. Führte es zum Mund. Trank. Als er es zurückstellte, sagte er gelassen: „Wenn ich Ihnen sage, dass ich es gewusst habe, mache ich mich verdächtig. Wenn ich es abstreite, fällt der Verdacht genauso auf mich, weil es unglaubwürdig klingt. Also, was wollen Sie hören?"

„Die Wahrheit."

„Die Wahrheit ist, dass ich Catherine geliebt habe. Mit all ihren Vorzügen und Nachteilen. Ich habe sie so geliebt, dass ich ihr auch ihre Eskapaden verziehen habe – unter dem Vorwand, was ich nicht genau weiss, lässt mich kalt."

Genauso schätzte ich ihn ein. Und das Wort Liebe schien bei ihm eine Floskel zu sein. Ein komischer Kauz war er.

„Hat es Sie geärgert, dass sich Ihre Frau mit Ihrem Geld ihre Annehmlichkeiten finanziert hat?"

„Welche Annehmlichkeiten?" Mahler sah mich betroffen an. Der Schatten, der kurz über sein Gesicht huschte, verschwand schnell wieder. „Das Finanzielle war nie ein Thema zwischen uns. Das regelten wir schon im Vornherein", sagte er.

Ich fand nicht heraus, was er damit meinte, und beliess es, diesbezüglich weitere Fragen zu stellen. „Ich muss Sie leider noch um einen unangenehmen Gefallen bitten", sagte ich abschliessend, bedacht darauf, das Thema in andere Bahnen zu lenken. „Sie werden nicht darum herumkommen, Ihre Frau in der Gerichtsmedizin in Zürich zu identifizieren. Erst danach können wir sie für die Bestattung freigeben." Das würde auch meine Zweifel endgültig beseitigen oder aber ihnen neuen Nährboden bieten.

Mahler erhob sich. Er schien sehr gefasst. „Natürlich. Sophie wird mich begleiten." Er sagte dies, als wäre es das Selbstverständlichste der Welt. Mahler warf Sophie einen ernsten Blick zu. Sie getraute sich nicht, ihm zu widersprechen. Ich verabschiedete mich von den beiden, drückte Mahler meine Visitenkarte in die Hand. „Falls Ihnen noch etwas zum Tod ihrer Frau einfallen sollte, so erreichen Sie mich auf meinem Handy oder im Büro."

„Ich werde mit dem zuständigen Pfarrer die Bestattung besprechen und die Möglichkeit für ein Begräbnis am Mittwochmorgen", sagte Mahler. Er schien völlig emotionslos. „Werden Sie auch kommen?"

Warum fragte er? „Ich werde da sein", sagte ich. Ich wollte da auf jeden Fall hingehen, auch wenn mich Mahler nicht danach gefragt hätte.

Ich hatte Lust, die Wohnung möglichst schnell zu verlassen. Die beiden Hamburger lagen mir im Magen. Draussen zündete ich eine Zigarette an und ging schnellen Schrittes durch die Altstadt. Die Hitze schlug mir brutal entgegen. Der Asphalt unter meinen Füssen kochte. Ich verstand die Leute nicht, die es in diesem Glühofen an der Sonne aushielten. Es war sieben Uhr am Abend und noch immer über dreissig Grad. Und die Wetteraussichten für die kommenden Tage versprachen keine Änderung.

Ich roch sie. Salomé. Ich fühlte sie auf meiner Haut. Ihre Hitze, die aus ihren Poren strömte, wenn ich in ihr war. Ich spürte ihre Fingernägel auf meinem Rücken, wenn sie in Tränen ausbrach oder in dieses exzessive Lachen während ihrer Orgasmen. Ich konnte mir Salomé nicht mit Mahler vorstellen.

Ich überquerte die Alpenstrasse und ging Richtung See. Ich brannte. Ich verbrannte. Ich lechzte nach intensiver Abkühlung. Innen.

***

Das Stadtbad hatte von seinem Charme aus längst vergessenen Tagen kaum etwas eingebüsst. Die Noblesse vor der Kulisse der Luxushotels Palace und Casino war geblieben, verändert hatten sich nur die Besucher. Waren diese Art von Bäder einst der feinen Gesellschaft vorbehalten gewesen, traf sich hier heute Jung und Alt zum Abschalten, Abkühlen und Erfrischen auf der Terrasse über dem See. Die Umziehkabinen erinnerten an die Badehäuschen der Côte d'Azur. Nur die Liegestühle fehlten.

Die Badeanstalt war voll besetzt, und ich wunderte mich, wie viel Nähe die Menschen ertrugen und sie trotzdem allesamt in bester Laune hielt. Weiss gekleidete Kellner trugen Tabletts mit Erfrischungsgetränken. Die Damen präsentierten nach Büro- und Ladenschluss ihre modischen Bikinis, die Herren ihre durchtrainierten Körper. Sie muteten seltsam unwirklich an. Wie geklonte Frauen und Männer. Sie ähnelten einander immer mehr. Katalogisierte Individualität. Kultur des 21. Jahrhunderts. Ich fühlte mich wie ein zwangsneurotischer Aussenseiter.

Den Köpfler beherrschte ich immer noch. Das Wasser prickelte auf meiner Haut. Ich kam prustend hoch. Liess mich rückwärts treiben. Der blaue Bogen über mir war mit Zuckerwattebäuschchen übersät. Der Kondensstreifen eines Linienjets, der den Himmel entzweite. Eine Welle überflutete mein Gesicht, von dem Raddampfer verursacht, beim Einlaufen in den heimatlichen Hafen. Neben mir ein fremdes Gesicht. Lachend. Prustend. Braun gebrannt. Mit dem selbstvergessenen Blick des Glückseligen, des Was-soll-mir-die-Welt-schon-anhaben-Gebarens – des Ignoranten.

Conradin hatte den Pessimisten in mir schon längst erkannt. Ich sei zwar ein natürlicher Ausgleich zu den notorischen Positivdenkern unserer Gesellschaft, aber auch die intellektuelle Ausgeburt als Gegenpol der Schönfärberei, ein Mensch, der seine Gedanken auf der Schattenseite gebiert. Vielleicht mochte er recht haben. Ich hatte mir darüber nie den Kopf zerbrochen, welches Bild ich von mir selbst den anderen vermittelte. Ich nahm mich nicht so wichtig. Ich war nur zwangsläufig ein Mitläufer in dieser hochstilisierten, elektronisierten, maroden und aufgeblähten Welt, wie sie sich manchmal um mich herum definierte. Ich hatte zu viel mitbekommen in meiner zehnjährigen Tätigkeit bei der Kantonspolizei. Ich hatte hinter die Fassaden des schönen Scheins gesehen, hatte die Machenschaften einiger Giganten erkannt, mit denen sie die Kleinen, ihre eigenen Wasserträger, auffrassen. Sie, die vor nichts zurückschreckten, auch nicht vor Mord, wenn es letztendlich um ihre Profitmaximierung ging. Sie waren selbst wie Mutanten in einer sich grotesk verändernden Welt. Geld und Macht regierten, Gier, Egozentrik und die, die über Leichen gingen. Die Entwicklung in diese Richtung machte mir Angst. Was nicht erduldet wurde in der Gesellschaft, wurde ausgelöscht, verworfen, wegrationalisiert. Ethik und Moral waren auf ein Minimum zurückgesunken. Es wurde täglich dagegen propagiert.

Was mochte den Mörder von Salomé veranlasst haben, sie aus dem Leben zu reissen? Welcher Teufel musste ihn geritten haben, sich das Recht herauszunehmen, über Leben und Tod zu bestimmen?

Sie standen nicht mehr auf, die niedergestochenen Opfer, die erschossenen und erdrosselten. Sie blieben liegen und starben, anders als in den unzählig brutalen Filmen, die uns Hollywood lieferte oder die virtuellen Kriegsmaschinen, die Playstations in den Kinderzimmern. Die Realität verwischte. Vielleicht waren wir gar nicht mehr fähig, zwischen Wirklichkeit und Fiktion zu unterscheiden.

Meine äussere Hitze war weg, was blieb, war die innere Glut, die auch das erquickende Bad im See nicht zu löschen vermochte. Ich packte meine Badehose ein und verliess die städtische Badeanstalt in der Luzerner Bucht. Manchmal kotzte mich meine Arbeit an.

***

Die Häuser flogen wie dunkelrote Würfel an mir vorbei, bevor sie von der Abendsonne vollständig aufgesogen wurden. Die Luft schwirrte und fühlte sich klebrig an.

Mein Parkplatz zu Hause war von einem weissen Mercedes SL besetzt. Das hatte gerade noch gefehlt. Mein Blick fiel auf das Nummernschild. So weit hatte sie es also gebracht. Gaby, die Hals über Kopf und ohne Kleingeld abgehauen war. Sie hatte mir nicht gesagt, dass sie die grossen Scheine mitgenommen hatte. Ich stellte meinen Wagen auf die Rückseite des Hauses.

In meiner Wohnung wehte mir der Geruch von marinierten Auberginen entgegen, der von Basilikum und Tomatensauce. Die Erinnerungen an die Zeltferien am Comersee waren da, die italienischen Nächte mit Merlot und Grissini und Gaby, der ich damals begegnet war. „Das hast du absichtlich gemacht", sagte ich und begrüsste Gaby, die unter der Küchentür erschien.

Sie hatte eine Schürze umgebunden und sah aus wie früher, als wir noch zusammengewohnt hatten.

„Wie ich dich kenne, hast du auch heute nichts Gescheites zu dir genommen", tadelte sie und konnte sich ein freches Grinsen nicht verkneifen. „Du solltest ein bisschen besser auf deine Gesundheit achten. Du siehst aus, als wärst du seit Tagen Opfer einer einseitigen Ernährung."

Ich vermied es, ihr zu sagen, dass ich seit mehr als einer Woche von Hamburgern lebte. Hamburger mit Käse. Hamburger mit Salat. Hamburger mit Tomaten. Hamburger mit Pommes. Dass ich seit Tagen zu den beissunfähigen Artgenossen gehörte, die mit Chemiezusatz aufbereitete, künstlich eingefärbte Fleischmassen verspeisten, wo ich doch gerade diese Art des Sichernährens so verabscheute, musste Gaby nicht wissen. Ich würde diese Lebensweise überdenken müssen.

Der Tisch im Wohnzimmer war festlich gedeckt.

„Haben wir etwas zu feiern?“ Ich setzte mich, weil mir das Stehen schwerfiel.

„Nein, das ist meine Art, mich gegenüber deiner Grosszügigkeit erkenntlich zu zeigen.“

„Vielleicht schenkst du mir darüber hinaus den Wagen, der da unten steht.“ Die Provokation war überfällig.

„Na ja, den habe ich aus der Tiefgarage beim Bahnhof hergeholt“, sagte Gaby betont sachlich. „Ich hoffe, der stört dich nicht.“

„Das ist doch kein Auto für Frauen wie dich.“

Gaby schaute mich böse an. „Ich mag schöne Wagen. Das war schon immer so. Der Mercedes ist übrigens das Hochzeitsgeschenk von Karl.“

Das hätte sie besser nicht sagen sollen. Ich merkte, wie das Blut in meinen Adern zu sieden begann. „Da gibt es noch viele schöne Autos, in denen du eine bessere Falle machen würdest.“

„Willst du damit sagen, dass du etwas davon verstehst?“ Sie lachte.

Das war wohl eine plumpe Anspielung auf meinen Golf. Ich holte ein Bier aus dem Kühlschrank. Mir war nicht danach, mit Gaby über Autos zu diskutieren.

„Ich habe Tagliatelle mit Gorgonzola gemacht, dazu Melanzane und einen frischen Salat mit italienischer Sauce“, sagte sie.

Das klang wie Eros in meinen Ohren. Ich setzte mich mit dem Bier an den Tisch, froh darüber, dass auch Gaby das Thema beiseite liess.

„Du wirst es nicht glauben“, sagte sie später beim Essen, „was ich gefunden habe.“ Sie holte einen Briefumschlag unter dem Tischset hervor und reichte ihn mir über den Teller. „Einen Liebesbrief neueren Datums, postlagernd an Catherine Mahler adressiert.“

Ich nahm ihr den Umschlag aus der Hand. „Wo hast du ihn gefunden?"

„Die Agenda hat hinten ein Einschubfach. Da war der Brief", antwortete sie.

„Interessant. Und warum zeigst du ihn mir erst jetzt?" Kalter Schweiss drang aus meinem Körper. Ich dachte an Heller und seinen Verweis heute Morgen.

„Du hättest sonst wieder nichts gegessen."

Warum sorgten sich die Frauen immer so rührend um mich? Ich schob die Platte mit den halb aufgegessenen Tagliatelle zur Seite. „Von wem ist er?"

„Von Peter."

„Und sonst nichts? Diesen Namen wird es bestimmt mehr als nur einmal geben."

„Er schreibt darin, dass er sie liebe und sein Testament ihretwegen geändert habe."

Ich las den Brief durch. Er war kurz und von Hand geschrieben und beinhaltete einige wenige Liebeserklärungen nebst der Mitteilung, dass er Salomé einen beachtlichen Teil seines Vermögens vererben werde. Zahlen waren keine genannt. Irgendwo hatte ich schon einmal etwas von Testamentsänderung gelesen.

„Erinnerst du dich an die Agenda?" Gaby erhob sich.

Natürlich erinnerte ich mich wieder. „Wie hiess er doch gleich?" Ich warf einen Blick auf die Tagliatelle, die schlaff unter dem zerlassenen Käse dem weiteren Verbleib harrten.

„Hammer." Sie holte die Agenda aus der Schuhschachtel und blätterte sie durch. Sie erinnerte mich daran, dass ich Erstere ins Labor bringen musste. „Da ... Bingo. Unter Memory: *Hammer liebt mich.* Testament geändert. Und vorne bei den Daten ist der letzte Eintrag am 19. Juli." Gaby schob sich die letzten Tagliatelle in den

Mund. Sie schien ihren Appetit noch nicht verloren zu haben. Ich sah mir den Poststempel auf dem Kuvert an. Der Brief war am 14. Juli in Luzern abgestempelt worden.

„Vielleicht heisst er Peter Hammer", sagte Gaby, was mir zu einfach erschien. „Soll ich mal im Telefonbuch nachschauen?" Sie wischte sich mit dem rechten Handrücken die Mundwinkel ab.

„Du kannst dich übers Internet informieren", sagte ich. Mir war der Appetit endgültig vergangen und ich dachte nicht mehr daran, wegen ein paar kalten Nudeln den Verstand zu verlieren.

„Ich kenne mich aus mit Computern", sagte Gaby, was meines Erachtens ein überflüssiger Kommentar war. „Komme gleich wieder."

Ich blickte ihr nach, wie sie in Richtung Küche ging. Ihre Bewegungen waren mir immer noch sehr vertraut. Unter der Türe blieb sie abrupt stehen und sah zurück. Lächelte. „Woran denkst du?" Sie verdrehte amüsiert die Augen.

„An nichts."

Ich hörte, wie sie den Rechner in Betrieb setzte. Das Geräusch der Tastatur, wenn Finger über sie tippten. Kurz danach ein Aufschrei. „Es gibt sechsundzwanzig Eintragungen unter Peter Hammer in der ganzen Schweiz. Einen im Kanton Luzern, aber keinen in der Stadt." Sie kam mit rotem Gesicht zurück. Sie klang euphorisch und liess es mich ungehemmt spüren. „Sollen wir gleich beginnen?"

„Womit?" Ich war erstaunt.

„Anrufen."

„Das wird Nina morgen im Büro für mich erledigen", sagte ich ruhig. Ich war müde und mir war nicht nach Telefonieren zumute. „Haben wir Whisky im Haus?"

„Weiss ich das?" Gaby lächelte. „ *Du* wohnst hier."

Ich erinnerte mich an die Flasche im Bücherregal. „Hinter ‚Martin Bernhard' steht eine." Bevor Gaby mich mit Fragen bombardierte, ergänzte ich: „Im Bücherregal hinter Bernhards Roman."

„Seit wann liest du Bernhard?"

„Ich lese ihn nicht, er ziert bloss mein Gestell", sagte ich, sonst hätte ich mich wieder auf ein weiss Gott ausschweifendes Gespräch einlassen müssen, warum ausgerechnet ich einen Bernhard las. Damit war das Thema beendet. Gaby holte zwei Gläser aus der Küche und goss Whisky ein. Ihre Solidaritätsbezeugung im Trinken wusste ich sehr zu schätzen.

Es war fast Mitternacht, als ich den Weg nur noch torkelnd ins Schlafzimmer fand. Der Alkohol hatte es dennoch nicht geschafft, mein Elend zu ertränken. Salomé war allgegenwärtig, als suchte sie mich als Geisterwesen heim. Ein Spuk, der nicht enden wollte.

Dienstag, 5. August 2003

Acht Uhr. Täglicher Rapport. Alle mir bekannten Gesichter: Heller, Korner, Conradin und Willy. Die polizeiliche Hierarchie wie aus dem Bilderbuch. Dazwischen ich, dann meine Mitarbeiter, deren Anwesenheit vor allem Korner immer ein grosses Anliegen war. Traute er mir nicht? Zu meiner Überraschung und ganz zu meinem Leidwesen war auch Daniela Schneider von der Luzerner Zeitung mit von der Partie. Sie allerdings hatte ich hier nicht erwartet.

Was hatte sie hier zu suchen? Sie wirkte wie die Faust aufs Auge mit ihrer schrillen Art, sich zu kleiden. Wie ein Paradiesvogel zwischen grauen Falken. Wie ein kunterbuntes Bonbon. Sie wusste bestimmt, dass sie damit nicht nur mich provozierte.

Nina bedachte mich mit einem belustigenden Blick. In ihrem Alter tangierte sie das nicht mehr so sehr. Umso mehr fühlte sich Julien unter Druck. Ich sah es ihm an. Daniela lenkte ihn ab. Sie trug diese verfransten Jeans mit Löchern auf Lendenhöhe, die einen ungehemmten Blick auf das Wesentliche an und für sich freilegten und dessen Stoff, den man wegliess, beim Kauf bezahlte. Mir fiel auf, dass Julien immerzu auf diese Öffnungen starrte. Litt er etwa schon unter Zwangsneurosen? Mich wunderte, dass Korner dagegen nichts einzuwenden hatte. Doch dazu schien er mir zu pragmatisch. Er liess sich nicht so schnell ablenken. Er sass an seinem Schreibtisch und las die Akten durch, während Nina vor dem Bildschirm sass, um das Protokoll einzutippen.

Nebst Daniel kamen nun auch Werner Dubach, der Fotograf und Franz Notz, der EDV-Spezialist, dazu. Ebenfalls der Kommunikationschef Marcel Jenny. Im Büro war es drückend heiss und roch nach abgestandener Luft. Ein Gemisch aus Schweiss, Kaffee und Zigaretten.

„So, meine Damen“, begann Korner, indem er seine Akten auf die Seite legte und Nina und Daniela anschaute, „und meine Herren.“ Korners Blicke machten die Runde. Mir wurde übel ob eines solch deplatzierten Umgangstons. Was hatte er vor?

„Herr Heller wird uns gleich wieder verlassen. Ich habe kurzfristig sein Mandat übernommen. Ich habe aber Frau Schneider eingeladen, weil sie in der gestrigen Ausgabe der Luzerner Zeitung etwas Wichtiges in Bewegung gesetzt hat. Sie wird unserer Sitzung kurz beiwohnen.“ Er lächelte Daniela freundlich zu, was mich ärgerte. Ich versuchte, mir den Inhalt ihres verfassten Textes in Erinnerung zu rufen. Korner wandte sich Nina zu. „Würden Sie so gut sein und die angestrichenen Sätze aus der Zeitung zitieren?“

Nina räusperte sich. Danielas Kopf flog herum. Korner schien ihr Gemüt erhitzt zu haben. „Wollen Sie mich hochnehmen?“, fragte sie theatralisch, was mich insgeheim zum Schmunzeln brachte.

„Nein, meine Liebe. Ich habe hier Ihre Papierschnipsel vor mir liegen oder, gnädiger formuliert, die Adressen der eingegangenen Anrufe bei der Luzerner Zeitung, ein paar Hinweise aus der Bevölkerung im Zusammenhang mit dem Mord. Ich muss zugeben, Frau Schneider, dass Sie die Leser aufgeweckt haben. Nur weiss ich noch nicht genau, was ich davon halten soll.“

Ich hatte den Bericht auch gelesen. Was hatte Korner wirklich vor? Hatte die Sommerhitze sein Denkvermögen gestört? Ich sah ihn Marcel einen verheissungsvollen Blick zuwerfen.

„Ich verstehe nicht“, sagte Daniela und ich sah ihr ihre Verunsicherung an. Was hatte sie denn anderes erwartet? Etwa, dass ihr Korner unverblümt über die neuesten Erkenntnisse berichtete? Ich konnte mir ein freches Grinsen nicht verkneifen. Korners Taktik war schon immer genial gewesen, wenn auch nicht jedermanns Geschmack.

„Ich muss vorwegnehmen, dass das allerdings Sache der Polizei ist, Frau Schneider", fuhr Korner fort. „Ich habe etwas gegen überstürzte Meldungen, sofern sie die Ermittlungen der Polizei stören. Und diese hier", Korner schob die Zettel wild durcheinander, „stören gewaltig."

Daniela schwieg beharrlich. An ihrer Stelle hätte ich auch nichts erwidert.

„Lesen Sie die Zeilen, Frau Buholzer", sagte Korner und lehnte sich in den Stuhl zurück, indem er sein Gesäss nach vorne schob. Sein Bauch wölbte sich possierlich unter den gefalteten Händen. Korners Daumen drehten sich blitzschnell. Ob er sich langweilte?

Nina blinzelte den Chef fragend an.

„Nun machen Sie schon!"

„Wie die Luzerner Zeitung in Erfahrung bringen konnte, war die Tote aus dem Vögeligarten eine verheiratete Frau aus der Stadt, Mutter einer Tochter und Hausfrau. Es steht noch nicht fest, ob sie vergewaltigt oder das Opfer eines Eifersuchtsdramas geworden ist. Nach wie vor undurchsichtig scheint auch, ob die Frau einem lukrativen Nebenjob nachgegangen und ob Eifersucht im Spiel gewesen ist. Laut einer Umfrage ist die Bevölkerung erschüttert über die Art und Weise des Mordes und fragt sich zu Recht, ob man in Zukunft mit weiteren solchen Morden rechnen müsse. Der Verdacht auf einen Frauenmörder ist nicht auszuschliessen ..."

Korner winkte mit einer kurzen Handbewegung ab. „Wir beenden es hier. Wenn Sie sich für den ganzen Text interessieren, können Sie ihn nach der Sitzung durchlesen. Ich erwarte jedoch, dass Sie ihn bereits kennen." Seine gewohnt überhebliche Art.

Die Sätze waren mir tatsächlich noch sehr geläufig.

„Wir haben ein paar Hinweise erhalten", fuhr Korner fort. „Wie interessant diese für unsere weiteren Abklärungen sind, bleibt offen. Es scheint aber, dass eine ermordete Frau unter den Lesern einen grossen Respekt auslöst."

Ich konnte mir vorstellen, dass diese Tatsache unter den weiblichen Konsumenten besagter Schlagzeilen eine Welle des Entsetzens ins Rollen gebracht hatte. Da ich Danielas Schreibstil zur Genüge kannte, war das auch für mich kein Novum. Nur wunderte ich mich, dass Korner Daniela hierher beordert hatte. Für ihn war sie doch bloss eine kleine Reporterin, eine auf Klatsch und Tratsch eingestellte Zeilenfüllerin, die wenig mit den studierten Redaktoren einer Zeitung zu tun hatte. Aber das war wohl einer seiner üblichen Tricks.

„Ich habe hier eine Liste von Leuten, die überprüft werden müssen. Auch wenn auf den ersten Blick nicht alles glaubhaft erscheint, so lohnt es sich vielleicht, den Hinweisen nachzugehen." Korner schob Conradin die Blätter zu. „Haben Sie dazu auch noch etwas zu sagen?"

Wen meinte er damit?

Ich hätte tatsächlich viel zu sagen gehabt. Vor allem, dass es mich aufregte, dauernd die Presse am Hals zu haben. Aber ich unterliess diese Bemerkung und sagte nur, was ich sonst nicht lassen konnte. „Wann gedenkt Frau Schneider wieder zu gehen?"

Korner sah mich verächtlich an. Ich warf einen Blick zu Daniela, die erst auf den Boden starrte, dann mir direkt ins Gesicht.

„Ich glaube nicht, dass du hier noch irgendetwas verloren hast", sagte ich ruhig.

Danielas Kopf lief dunkelrot an, was einen aussergewöhnlichen Kontrast zu ihren grünen Fransen ergab.

„Sie haben es gehört, Frau Schneider", doppelte Korner nach, was mich sehr erstaunte. „Ihre Recherchen in diesem Fall behindern uns. Damit wir uns richtig verstehen. Ich muss Sie darauf hinweisen, dass Sie in Zukunft solche Albernheiten unterlassen. Wenn wir es als wichtig erachten, so wird Herr Jenny eine einwandfreie Berichterstattung machen, wie das bis anhin der Fall war. Oder Sie können, wie andere auch, auf die Medienkonferenz warten."

Es war eine von Korners Schwächen, die Leute blosszustellen. Diejenigen, die ihn kannten, nahmen das allerdings nicht mehr so ernst und sahen es eher als eine Art Belustigung an. Daniela hatte schnell begriffen, was mich ungemein beruhigte. Mit einem hochroten Kopf und sichtlich geschockt verliess sie das Büro.

„Und vergessen Sie unsere Unterhaltung hier bei der Kripo", rief ihr Korner warnend nach. „Bei Journalisten ist man nie sicher, ob sie nicht alles, was passiert, gleich in die Zeitung setzen."

Ich lachte innerlich.

„Wir haben heute Morgen auch noch den Abschlussbericht aus der Rechtsmedizin erhalten", sagte Korner später, ohne auf den vorherigen Vorfall zurückzukommen. „Unter den Fingernägeln der Toten sind nebst Hautpartikeln und Blutspuren eindeutig Teppichflusen identifiziert worden."

Ich horchte auf. Was für ein Teppich? Wo gab es diesen Teppich? Vielleicht war er mit der Leiche zusammengerollt und abtransportiert worden. Salomé hatte sich im Angesicht des Todes gewehrt. Sie hatte ihre Hände in den Teppich gekrallt. Noch im Sterben hatte sie Hoffnung geschöpft und versucht, sich zur Wehr zu setzen. Ob ihre Gedanken bei mir gewesen waren? War ihr ganzes Leben vor ihrem geistigen Auge abgelaufen? Hatte der Film mit meinem Namen begonnen? Ich erinnerte mich an meinen

Albtraum, aus dem ich am Samstagmorgen erwacht war. Vielleicht hatte sie tatsächlich an mich gedacht. Nur, sie war in der Freitagnacht zwischen zehn und zwölf gestorben. Zwischen ihrem Tod und meinem Traum lagen mehr als fünf Stunden. Ob es so etwas wie ein Zwischenleben gab? Oder einen Zwischentod?

„Ich möchte dir einen grossen Teil der Ermittlungen übertragen", sagte Conradin gegenüber und blickte mich lange nachdenklich an. „Du bist ja geradezu prädestiniert, solche verzwickten Fälle zu lösen."

Diese Heuchelei hätte er sein lassen können. Manchmal widersprach er sich in einem Satz, was er selbst nicht bemerkte.

„Aber ich erwarte umgehend Bescheid, was du in Bezug auf das weitere Vorgehen planst. Ich habe gehört, dass deine Ex-Freundin wieder im Land ist?"

Wer hatte ihm denn das wieder gesagt? Vielleicht Daniela. „Das tut überhaupt nichts zur Sache", sagte ich, nachdem ich mich wieder gefasst hatte.

„Das will ich doch hoffen", sagte Conradin kaltschnäuzig. „Ich dulde keine detektivischen Geheimniskrämereien."

Ich schwieg. Ohne Gaby wäre ich überhaupt nicht weitergekommen. Sie hatte im Gegensatz zu mir immer einen kühlen Kopf behalten. Aber das hätte Conradin kaum interessiert. Ich hatte Daniela in Verdacht. Sie hatte mir nachspioniert, da war ich mir ganz sicher. Was wollte sie damit bezwecken? Wollte sie sich rächen, weil ich ihr klargemacht hatte, dass ich mich nicht für sie interessiere?

Es kam mir vor, als ziehe Korner die Morgensitzung bewusst in die Länge. Ich hatte Mühe, mich zu konzentrieren.

„Du kannst dann mal die verschiedenen Eingänge der Leser überprüfen", sagte Conradin abschliessend und schaute mich dabei an. Alle starrten mich jetzt an, so als hätte es nur an mir gelegen, den Mord aufzuklären. Ich hatte das Gefühl, von Conradin schikaniert zu werden. Warum sollte ich mich auf einmal mit solch banalen Dingen auseinandersetzen? Ich schwieg trotzdem. Diese Arbeit füllte einen halben Tag, an dem ich allein sein konnte. Und das war mir in der jetzigen Situation und in meiner Gemütsverfassung die grösste Sorge.

Ich holte einen Kaffee und rauchte in aller Ruhe eine Zigarette auf dem Korridor. Erst kurz vor zehn Uhr war der Rapport beendet und ich konnte mit meinem Anliegen zu Nina gehen. Daniela war verschwunden und der Rest der Abteilung hatte sich auf seine Büros verteilt.

„Du tust mir leid", sagte Nina, und ich wusste, dass sie es ehrlich meinte. „Wenn ich dir helfen kann, sage es mir."

Ich setzte mich zu ihr an den Schreibtisch und blickte auf den Monitor. „Wie geht es dir?" Eine Frage aus einem inneren Bedürfnis. Ein Ablenkungsmanöver. Für einen kurzen Moment weg aus der Bürokratie.

Das blaue Meer schwappte künstlich. Die Insel lag wie eine Schildkröte da, aus der die Palmen wie winzige Staubwedel herausragten. Ein Männchen mit einer Angelrute am Ufer. Zwei Haifischflossen näherten sich und schwupp, war das Männchen weg. Verschluckt und aufgefressen von diesem riesigen Haifischmaul. Schnell rannte ein anderes Männchen hinter der Palme hervor und stellte sich mit der Angelrute ans Ufer. Die Aktion begann von vorne.

Nina setzte ihr sympathisches Lachen auf und lehnte zurück, offenbar froh darüber, dass ich mich mit ihr auch einmal über Belangloses unterhielt.

„Einen witzigen Bildschirmschoner hast du da."

Nina lachte. „Nun ja, manch einer denkt, dass ich als die alte Bürotippse nichts anderes im Kopf habe, als einzutippen, herauszusuchen und die Befehle von oben auszuführen. Unter uns gesagt, ich bin ein exzessiver Computerfreak. Und dann kommen mir halt solche Ideen in den Sinn und ich probiere aus. Manchmal kreiere ich auch selber, wie diesen Bildschirmschoner vor mir."

Ich bekundete mein Unwissen über ihre Fähigkeiten. „Machst du das auch privat?"

„Ich habe niemanden, der mich davon abhält. Ich mache ganze Weltreisen mit dem Ding da."

Spontan dachte ich an einen Cyberhelm, an interaktive Digitalübertragung. Ob sie etwa im Besitz einer solchen futuristischen Maschine war?

Wieder hatte der Hai das Männchen verschlungen. Ich wunderte mich über Ninas kaltblütige Kreation. Vielleicht hatte sie ein Problem mit den Männern, sodass sie diese vom Hai auffressen liess. Ich hätte sie gerne gefragt, ob der Hai ein Weibchen sei. Stattdessen legte ich ihr die Liste mit den sechsundzwanzig Telefonabonnenten mit dem Namen *Peter Hammer* hin.

„Kannst du bis heute Abend abklären, ob irgendeiner von diesen Männern hier in den letzten Wochen, vor allem aber am 19. Juli, ein Treffen mit Catherine Mahler hatte? Ich verlasse mich auf deine Intuition."

„Nichts lieber als das", sagte sie. „Und wenn ich einen Verdacht habe?"

„Gehe jene Leute sorgsam an. Vielleicht habe ich mich von den Aufzeichnungen der Toten auch irreführen lassen. Aber ich muss alles in Erwägung ziehen."

Ich verabschiedete mich und suchte danach Franz Notz. Wie ich vermutet hatte, fand ich ihn in Juliens Büro. Die beiden hatten einander immer eine Menge zu erzählen, auch über Sachen, die nicht unbedingt in eine Kriminalabteilung gehörten.

„Hast du den Computer schon knacken können?"

„Nur nicht so hastig", sagte Franz. „Bis morgen Mittag musst du mir schon Zeit lassen."

„Dann überprüfe, ob irgendwelche Seiten gelöscht worden sind. Ich brauche jeden noch so kleinen Hinweis."

„Steht dir das Wasser am Hals?" Franz lachte und warf Julien einen verschwörerischen Blick zu. „Uns kannst du es ja sagen."

Ich verachtete diese Art von Gesprächen, diese leidigen Anspielungen. „Was verdammt nochmal?" Worauf wollten sie hinaus, überlegte ich mir.

„Dass du die Tote gekannt hast", sagte Franz.

„Jetzt reicht es aber", ich musste mich setzen. „Wer hat denn dieses Gerücht in die Welt gesetzt?"

„Man muss dich nur anschauen", sagte Franz, und Julien nickte zustimmend. „Du bist seit Tagen neben den Schuhen. Dein gewohnter Drive fehlt."

Ich war wütend, sagte jedoch nichts. Manchmal war es besser, einfach zu schweigen.

„Daniela hat dich letzten Monat mit ihr gesehen." Franz schien seinen Vorteil zu geniessen.

„Was für ein Zufall." Ich merkte, dass mich meine Beherrschung im Stich zu lassen schien. „Was für ein verdammter Zufall."

„Willst du es bestreiten?"

Ich fragte mich, ob ich mich in der Gesellschaft Erwachsener befand oder in einer Zusammenkunft Unmündiger. „Sie muss sich getäuscht haben", sagte ich. „Sie hat irgendetwas gegen mich und versucht, mich fertigzumachen."

Ich bemühte mich um die Kontrolle meiner inneren Erregung. Das durfte doch nicht wahr sein. Die blufften. Ich hatte mich nie mit Salomé auf der Strasse gezeigt. Sie war immer bei mir zu Hause gewesen. Heimlich. Sie war unbemerkt gekommen und unbemerkt gegangen. „Ich muss mir das nicht gefallen lassen. Tut eure Arbeit. Ich erinnere mich, dass ich euch eine ganze Liste von Aufträgen gegeben habe, Sachen, die ihr abklären sollt. Oder habt ihr das schon wieder vergessen?" Es regte mich auf, und die Spannung in mir wuchs ins Unerträgliche. Vielleicht wäre es besser für mich gewesen, den Fall abzugeben. Ich stand ganz eindeutig an einer Hemmschwelle.

Ich ging, schlug die Türe zum Büro zu. Irgendwann war das auch für einen Walker zu viel.

Ich zündete eine Zigarette an. Danach telefonierte ich mit Sophie. Sie bestätigte mir, dass die Beisetzung auf den Mittwochmorgen festgelegt war. Sie fragte nicht, weshalb ich unbedingt dabei sein wollte. Die Trauerfeier werde im engen Familienkreis der Toten stattfinden. Ich versprach ihr, dass ich rechtzeitig beim Friedhof sein würde. Ich erkundigte mich nach ihrem Vater. Es gehe ihm gut, sagte Sophie. Er sei wie gewohnt zur Arbeit gefahren. Auch Sophie klang so, als wäre sie bester Laune. Der Tod ihrer Mutter schien ihr nicht so nahegegangen zu sein. Vielleicht irrte ich mich ja auch. Es gibt Trauernde, die kaum eine Träne vergiessen, weil sie keine Tränen mehr haben.

Später rief ich Gaby an. Ich verabredete mich mit ihr zum Nachtessen im Barbatti. Ich überlegte mir, dass ich das schon gestern hätte tun sollen, anstatt mich mit ihr über Autos zu streiten.

Im Laden gegenüber der Kantonspolizei kaufte ich ein Sandwich und eine Flasche Bier und begab mich dann zurück ins Büro, wo ich meine Post durchsah. Korner und Conradin hatten für ausreichende Arbeit gesorgt, die den ganzen Nachmittag ausfüllte. Ich kam mir wie ein alberner Anfänger vor, dem man Arbeit erteilt, damit die Zeit vergeht. Aber da ich sowieso nichts anderes im Sinn hatte, verkroch ich mich in mein Zimmer. Ich liess die Rollläden herunter und schloss die Fenster. Ich stellte den Ventilator ein. Er wirbelte die heisse Luft durch den Raum, ohne dass sie abkühlte. Es ärgerte mich, dass man keine vollautomatischen Ventilatoren eingebaut hatte in einer Zeit, wo alles nicht genug elektronisiert sein konnte.

***

Es waren Notizblätter, wie man sie in Zeitungsredaktionen haufenweise fand. Abgerissene Kalenderblätter, Papier von Schreibblöcken, Schnipsel aus irgendwelchen Agenden. Daniela hatte sich nicht einmal die Mühe gemacht, die Namen und Telefonnummern sowie die mündlichen Hinweise sauber und geordnet aufzuschreiben. Bis ich die Zettel auf meinem Bürotisch sortiert hatte, herrschte totales Chaos. Unglaublich, wozu ich den ganzen Aufwand hier betrieb. Ich empfand es als Schikane. Wenn ich mir überlegte, war ich im Fall Catherine Mahler kein Stück weitergekommen. Im Grunde hatte ich gar nichts Greifbares. Keine Anhaltspunkte, ausser, dass die Tote anderswo als im Sempacherpark ermordet worden war. Die Namen in ihrer Agenda waren vielleicht aus einer Laune heraus entstanden und der Liebesbrief von Peter war ein selbst auf Papier gebrachtes Wunschdenken einer frustrierten Frau. So was sollte es scheinbar geben. Andererseits konnte ich mir nicht vorstellen, dass Salomé auch nur ein kleines bisschen frustriert gewesen war. Also mussten diese Namen wie *Hammer, Fantasmo* oder wie sie alle hiessen doch eine Bedeutung haben. Warum nannte man einen Liebhaber nicht beim Namen? Hatte Mahler Zugang in ihr Zimmer oder Sophie in die Agenda ihrer Mutter Einblick gehabt?

Die Zettel lagen wie kleine weisse Leichentücher auf dem Schlachtfeld vor mir, zugedeckte Körper, die alle ein Rätsel in sich bargen. Der Vergleich war nicht abwegig. Ich begann mit dem Aufdecken der einzelnen Tücher, der Papierschnipsel vor mir.

Beim ersten Anruf bekam ich gleich die Antwort, die ich erwartet hatte. Man habe sich getäuscht. Die Sache habe sich in der Zwischenzeit von selbst erledigt. Beim zweiten Namen hörte ich nur den Telefonbeantworter, der mir mitteilte, dass die Herrschaften im Urlaub weilten.

Und überhaupt, warum hatte Daniela alle diese Informationen zu sich ins Büro leiten lassen? Wäre dies nicht von Anfang an die Arbeit der Polizei gewesen?

Die bearbeiteten Zettel faltete ich zu Papierfliegern zusammen. Bis zum späten Nachmittag hatte ich ein ganzes Fliegerbataillon auf meinem Tisch. Der Nachmittag war dahin, gefunden hatte ich nichts, das mir in meinen Ermittlungen weiterhalf.

Die Leute litten tatsächlich unter akuter Profilierungsneurose. Es ging hier nicht um zwischenmenschliche Hilfeleistungen, sondern nur um Wichtigtuerei. Was hatten sich diese Leser gedacht, als sie das Telefon zur Hand genommen und sich bei der Redaktion der *Luzerner Zeitung* gemeldet hatten? Brauchten sie den Kick des Frage- und Antwortspieles? Wer, wie, wo, was, warum bin ich? Waren es die Einsamen, die ihre Mitteilungsbereitschaft auf diesem Weg bekundeten, auch wenn es unwichtig war, was sie zu sagen hatten? Sie würden ruhig schlafen können, weil es für sie ein gutes Gefühl war, dass man mit ihnen gesprochen und sie angehört hatte.

Was hatte Conradin mir da eingebrockt?

Ich erinnerte mich, dass ich mich mit Gaby verabredet hatte. Unbefriedigt über den verlorenen Nachmittag packte ich meine

Sachen und wollte das Büro verlassen, als mir Julien über den Weg lief.

„Sorry, Andy", sagte er. „Ich bin heute zu weit gegangen. Es war nicht meine Absicht, dich zu kränken."

Ich zündete auf dem Korridor eine Zigarette an und schaute Julien lange schweigend an. Er wich mir mit seinen Blicken aus. Seit acht Jahren arbeiteten wir in derselben Abteilung und hatten uns immer gut verstanden. Darum verstand ich seine plumpen Anspielungen von heute Mittag nicht.

„Es brodelt gewaltig in der Gerüchteküche", fuhr er fort. „Daniela behauptet steif und fest, dass sie dich mit dem Opfer gesehen habe."

„Ja und?" Ich fand es sonderbar, dass Julien, den ich als meinen Freund bezeichnete, überhaupt auf die Idee kam, mir eine solche Ungeheuerlichkeit an den Kopf zu werfen. Warum glaubte er einer Journalistin mehr als seinem Vorgesetzten? Oder war ich das etwa nicht mehr?

„Ist es das Einzige, was du dazu zu sagen hast?", fragte Julien.

Ich schwieg beharrlich.

Julien packte mich am Arm. „Du solltest vielleicht mit Conradin darüber sprechen, bevor es jemand anderer tut."

Was meinte er damit? „Ich nehme an, dass du kein Interesse daran hast, mir die Hölle heiss zu machen."

„Nicht im Geringsten. Aber du kennst ja Daniela. Sie ist bekannt dafür, aus einer Mücke einen Elefanten zu machen, auch wenn sie Gefahr läuft, ihre besten Freunde zu verlieren."

„Das ist ihre Sache", sagte ich. „Ich bin nicht ihr Freund."

Julien mochte meine Gleichgültigkeit realisieren, er verzog seine Mundwinkel und hob die Augenbrauen. „Kommst du auf ein Glas Bier?" Er gab nicht auf.

„Ich bin schon verabredet", sagte ich. „Ich möchte vorher noch ins Seebad gehen."

„Kann ich dich begleiten?"

„Was willst du von mir?"

„Ich muss mit dir reden, aber das kann ich nur ausserhalb dieser Mauern."

„Ist es dienstlich?"

„Es kommt darauf an, aus welcher Perspektive du es ansiehst."

Ich gab auf. Ich hatte keinen Grund, Juliens Wunsch abzuschlagen. Er holte seine Sachen aus dem Büro, während ich noch schnell bei Nina vorbeischaute. Sie war mit ihrer Arbeit noch nicht so weit und vertröstete mich auf morgen.

„Wenn du noch Zeit findest", sagte ich, „so wäre ich froh, wenn du dich im KKL erkundigen würdest, ob irgendwelche Karten per Internet bestellt wurden und die Namen hätte ich dann auch gern."

Nina machte einen tiefen Seufzer. „Meinst du die Namen derjenigen, die mit Kreditkarte bezahlten?"

Ich lächelte ihr entgegen. „Versuche es. Du bist die Einzige hier im Büro, der ich diese Arbeit zutraue."

„Das hört sich chefmässig an", kicherte sie und warf mir einen schelmischen Blick zu.

Ich wusste, dass ich mich hätte zurückhalten müssen.

„Wirst du morgen vor der Bestattung noch ins Büro kommen?"

Ich versprach es ihr und verabschiedete mich.

Julien wartete unten vor meinem Wagen. Er war nach Feierabend immer zu Fuss oder mit dem Bus unterwegs und schätzte es sehr, dass ihn seine Kollegen ab und zu in seiner Mobilität unter die Arme griffen. Julien war einer, der an allen Ecken und Enden sparen musste. Ein verheirateter Polizist mit drei Kindern hatte es nicht leicht. Man hörte ihn aber nur selten über seine Engpässe klagen, ausser, wenn sich wieder einmal eine exorbitante Zahnarztrechnung in seinem Briefkasten befand. Wenn er heute mit mir reden wollte, war vielleicht ein finanzielles Fiasko im Anzug, und er brauchte meine Unterstützung. Ich hatte ihm erst einmal über seine Nöte hinweggeholfen, obwohl ich auch nicht auf Rosen gebettet war, aber damals hatte sich Julien in einer ausweglosen Situation befunden. Ich schloss den Golf auf. Julien stieg ein. Während ich über die Hitze fluchte, die sich im Wageninnern breitmachte, schien er es gelassen hinzunehmen.

Ich startete den Motor und fuhr los über den Hirschengraben zur Bahnhhofstrasse, die durch den Rathaussteg und die Kapellbrücke mit der Altstadt verbunden war. Die Reuss bewegte sich träge durch die beiden Stadtteile. Am Strassenrand bestaunten Touristen den markanten achteckigen Wasserturm vor der Kulisse des Luzerner Seebeckens. Sein Dach bohrte sich in den dunstigen Himmel wie die Spitze eines Spaceshuttles. Dahinter thronten die beiden Türme der Hofkirche.

Julien schwieg während der ganzen Fahrt.

Beim Bahnhof eine Ampel, vor der wir lange warten mussten. Trotz der Hitze waren scharenweise Menschen unterwegs. Ruhig gingen sie zeitlupengleich im Strom des Stadtverkehrs. Die hohen Temperaturen verhinderten jegliche Hektik. Selbst die Töne verflüchtigten sich in der Glut des Sommertages. Mir schien, die Stadt stünde am Rande ihres Kollapses. Wir überquerten die Seebrücke in Richtung Schwanenplatz. Beim Casino fuhr ich in die Tiefgarage und stellte meinen Wagen ab.

***

Das Seebad war überfüllter denn je. Bevor wir uns umzogen, bestellten wir Bier.

Julien streifte sich sein Shirt ab. Er hinterliess den Eindruck, als löste er sich von der Schwere eiserner Ketten. Er stöhnte laut und befreit. Ein weiss gekleideter Kellner stellte uns das Bier hin. Ein Asiate, der kaum Deutsch sprechen konnte, dafür würde er sich mit den Japanern, Chinesen oder Koreanern verständigen können. Luzern war nicht hinter dem Mond. Die Stadt befriedigte durchwegs die hohen Ansprüche gewisser Touristikzentren rund um den Erdball: Vor den Hotels, Museen und öffentlichen Anlagen prangerten Plakate in deutscher und englischer und in den Zeichen der chinesischen oder japanischen Sprache. Fremde Striche, Hieroglyphen gleich. Luzern ging in fortschrittlichem Tempo durchs 21. Jahrhundert.

Ich zündete eine Zigarette an. Julien blickte nachdenklich auf sein Bier.

„Hast du Probleme?“, fragte ich ihn.

„Ich mache mir Sorgen um dich.“ Julien starrte immer noch auf sein Glas.

„Ist das dein Ernst?“ Ich glaubte, mich verhört zu haben. „Schickt dich Conradin?“ Es war so eine Vorahnung von mir.

„Sieh dich an“, fuhr Julien fort. „Ich kenne dich seit vielen Jahren, aber so schlecht hast du noch nie ausgesehen.“

Ich musste unverzüglich an Salomés Rat denken, dass ich schon lange einen Arzt hätte aufsuchen müssen. Und an meine Lungen, die mich morgens beim Aufstehen schmerzten, an die Nächte, in denen ich stundenlang nachdachte, und die Müdigkeit am Tag. „Mir geht es gut“, sagte ich und zerdrückte die Zigarette im Ascher.

„Überfordert dich der Fall Mahler?“ Julien wurde noch eindringlicher.

Ich überlegte mir, ob ich Julien einweihen sollte. Vielleicht hätte es die Sache erleichtert, wenn ich darüber sprach. „Ich stecke fest“, sagte ich und merkte, wie wenig dies aussagte. Gleichzeitig wurden mir meine eigenen Widersprüche bewusst. „Es sind irgendwelche Liebhaber da, die sich nicht ausfindig machen lassen, die sich nicht zu erkennen geben.“ Es war ein Ausweg, um vom eigentlichen Thema abzulenken. Julien merkte es nicht.

„Vielleicht können sie nicht, weil sie selbst Familie haben“, mutmasste er.

„Daran habe ich auch schon gedacht.“

Ich bestellte noch ein Bier und vergass, dass ich wegen des Badens hierhergekommen war. „Möglich, dass einer von ihnen der Mörder ist.“ Ich räusperte mich. „Aus dem Ehemann der Toten bringe ich genauso wenig heraus wie aus der Tochter. Und diese haben auch einwandfreie Alibis, wie mir scheint.“

„Du bist ja nicht der Einzige, der sich in diesem Fall bemüht“, sagte Julien und fuhr sich mit dem Handrücken über die Stirn.

„Zu viele Köche, die in der Suppe rühren“, sagte ich. „Da kann zwangsläufig nichts Gutes herauskommen. Es gibt fast keine Zeugen. Und die Zeugen, die da sind, wissen auch nichts wirklich Brauchbares.“ Ein kurzer Gedanke an den Clochard. Vielleicht hätte ich ihn noch einmal befragen sollen. Eine spezifisch auf den Fall ausgerichtete Konversation zwischen Julien und mir kam dann auch nicht zustande.

Eine Gruppe kreischender Mädchen und Buben näherte sich uns. Sie stellten sich an die Tische hinter uns und waren so laut, dass ich mein eigenes Wort nicht mehr verstand. Sie tobten und schrien, weit weg vom Normalen. Es tönte wie in einem Zoo und erinnerte mich an Schimpansen.

„Sollen wir dislozieren?“, rief Julien und winkte den Kellner herbei.

Ich legte ein paar Münzen auf den Tisch. „Lass gut sein", sagte ich, als ich sah, dass Julien sein Portemonnaie hervor holte. Ich steckte das Zigarettenpäckchen in meine Hemdtasche und schlug vor, uns doch noch schnell abkühlen zu gehen.

Der Pilatus lag im Dunst. Der See war ein Gewühl aus blau-grüner Masse und weissen Schaumkronen, die durch die Bewegungen der Schiffe und Boote entstanden. Blonde und schwarze Köpfe im Wasser; Bällen gleich trieben sie dahin.

Julien sprang vor mir. Eine Fontäne kristallener Teilchen spritzte zu mir hoch. Julien tönte zufrieden. Später schwammen wir nebeneinander. Ich spürte, wie mein Kopf klarer und mein Atem leichter wurde.

„Wir sollten uns für unser Seelenwohl vermehrt Zeit nehmen", sagte Julien.

Ich befürchtete einen euphorischen Gesinnungswandel. „Willst du jetzt darüber reden?" Ich war mir nicht sicher, ob dies taktisch gut war. Vorhin noch hatte mich Julien auf hinterhältige Art blossgestellt. „Liebst du deine Frau?", fragte ich.

Julien hatte diese Frage wohl am allerwenigsten erwartet. „Natürlich", sagte er. „Warum fragst du?"

„Könntest du dir vorstellen, sie eines Tages zu verlieren?" Ich merkte, wie er zögert.

„Ich verstehe dich nicht."

„Hast du schon einmal eine Frau geliebt, die Himmel und Hölle für dich war?"

„Meine Frau ist Himmel und Hölle", sagte Julien und spuckte Wasser aus. Er meinte es anders als ich.

Ich lachte. Er lachte nicht. Über das scheinbar Irrwitzige dieser Unterhaltung.

„Ich will damit sagen, dass ich mit meiner Frau schon durch Himmel und Hölle gegangen bin."

Ich schwamm wieder ein paar kräftige Züge. Julien holte mich gleich ein.

„Eigentlich mehr durch die Hölle ..." Und nach einer Weile: „Stimmt es, dass Gaby wieder bei dir wohnt?"

„Nur vorübergehend", sagte ich und tauchte unter. Das Wasser klatschte über meinem Kopf zusammen, ein Gurgeln in meinen Ohren. Es war trüb unter der Oberfläche. Kleine weisse Punkte zogen an mir vorüber wie Kometen in einer Spielzeuggalaxie.

„Ich habe eine Frau geliebt und sie verloren", sagte ich später zu Julien. Wir sassen auf dem Floss vor dem Seebad, auf das wir uns vor allzu vielen Wellen gerettet hatten.

„Catherine Mahler?"

„Salomé."

In Juliens Augen spiegelte sich Ratlosigkeit. Er hatte diesen Namen wohl nicht erwartet.

„Salomé", wiederholte ich, „oder Catherine. Es gibt keinen Unterschied."

„Also hatte Daniela doch Recht."

„Ich weiss nicht, woher sie es hat. Salomé hat sich nie mit mir in der Öffentlichkeit gezeigt."

„Weisst du, dass du den Kreis der Verdächtigen somit erweiterst?" Julien starrte ins Wasser.

„Wenn es Verdächtige gäbe", sagte ich.

„Und Peter Hammer? Hast du ihn ausfindig gemacht?" Ich staunte über Juliens Namensgedächtnis.

„Ich weiss nicht, ob es diesen Peter Hammer überhaupt gibt. Worüber wolltest du mit mir reden?"

Julien starrte wieder nach unten. Ich kannte ihn auch. Den ernsten Polizisten, der zwar nach mir zur Kantonspolizei gekommen war, aber ein paar Jahre mehr Erfahrungen hatte. Trotzdem hatte man mich damals über ihn gestellt. Eine Sprosse höher. Aber ich glaubte, das hatte mir Julien nie übel genommen.

Er verzog keine Miene und klang monoton. „Alice will mich verlassen. Sie sagt, dass sie sich verwirklichen möchte, jetzt wo die Kinder aus dem Gröbsten sind."

Einen Moment dachte ich an die Vorteile lediger Männer. Dann verwarf ich den Gedanken wieder. Noch einmal dachte ich an die Frage, die ich ihm vor einer Weile gestellt hatte. Aber ich hätte mir lieber die Zunge abgebissen, als nochmals darauf zurückzukommen.

„Sie kann sich doch auch verwirklichen, wenn ihr zusammenbleibt", sagte ich etwas hilflos.

„Das habe ich ihr auch gesagt. Aber sie findet in unserer Beziehung keine Erfüllung mehr."

„Du meinst ..." Ich zögerte, „ ... in der sexuellen?" Ich konnte Julien nicht vom Thema abhalten, jetzt, wo ich sein Vertrauen gewonnen hatte.

„Ja, so in etwa", sagte er. „Sie hat einen anderen Mann kennengelernt."

Ich verstand ihn nicht. „Und das lässt du dir gefallen?" Kurz zog ich Parallelen zwischen seiner und meiner Geschichte und sah darin doch einen grossen Unterschied. „Seit wann geht das denn schon?"

„Sie sagt, dass sie ihn schon ein halbes Jahr liebe." Julien blieb erstaunlich ruhig.

„Und du weisst es schon so lange?"

„Ich dachte mir, dass sich das Problem von selbst wieder lösen würde. Dass es nur eine vorübergehende Laune von ihr wäre. Du weisst ja, bevor die Frauen in die Wechseljahre kommen."

Ich sah Alice vor mir. Eine unscheinbare Frau. Dunkelblonde, kurz geschnittene Haare, blaue Augen, blasses Gesicht, ein bisschen mollig und klein. „Weisst du, wer er ist?"

„Nein, sie sagt, dass sie ihn mir vorstellen werde, wenn die Zeit gekommen ist."

Ich war sprachlos. Ich sah einem Schwanenpaar nach, das sich auf dem See majestätisch vorwärtsbewegte. Man behauptete, diese weissen Vögel seien monogam und blieben ein Leben lang zusammen. Juliens Gutmütigkeit grenzte an Dummheit. „Wo hat sie ihn denn kennengelernt?"

Er beugte sich nach vorne und schöpfte mit seinen beiden Händen, die er wie einen Löffel geformt hatte, Wasser aus dem See und spülte es sich über seine Brust. „Das ist es ja, was so sonderbar daran ist. Sie sagt, im Internet. Sie seien sich durch E-Mails nähergekommen."

Wir schwiegen beide eine Weile. Die Sonne wanderte wie eine überreife Apfelsine dem westlichen Horizont näher. Die Konturen der Stadt zerflossen in einen orange-roten unwirklichen Schimmer. Luzern sah jetzt wie ein Kunstgemälde aus. Ich überlegte mir, ob ich Gaby anrufen und das Nachtessen im Barbatti verschieben sollte. „Willst du mit Gaby und mir essen gehen?" Ich hoffte, Julien damit auf andere Gedanken zu bringen.

„Danke, aber Alice hat sicher schon gekocht. Und die Kinder sind heute aus dem Ferienlager zurückgekommen."

Julien schien voller Widersprüche zu sein. „Treffen sie sich oft, deine Frau und ihr Liebhaber?"

„Sie hätten sich noch nie gesehen, sagt Alice." Julien rappelte sich hoch. Er wirkte auf einmal wie ein gebrochener Mann, und ich wusste nicht, wie ich darauf reagieren sollte.

„Aber dann kann es doch nicht so schlimm sein", versuchte ich zu besänftigen.

„Alice sagte, dass sie sich sehr ähnlich seien und dass am Ende nicht das Aussehen entscheidend sei, sondern die inneren Werte."

Das klang sehr abgedroschen. Innere Werte. Das war wohl das Letzte, wenn man nichts anderes mehr zu bieten hatte. „Vielleicht ist das ja nur eine platonische Liebe", sagte ich, um Julien zu beschwichtigen, obwohl ich wusste, dass ich ihn damit nicht beruhigen konnte. Solche Beziehungen konnten leider auch sehr viel kaputt machen.

Wir schwammen zurück. Das Gespräch ging mir indes nicht mehr aus dem Sinn. Ich liess Julien nur ungern alleine gehen. Für eine Zeit lang vergass ich meine eigenen Nöte und dachte darüber nach, wie sich die zwischenmenschlichen Beziehungen in den letzten Jahren rapide verändert hatten. Ich erinnerte mich an den Film *E-Mail für Dich!* mit Tom Hanks und Meg Ryan, den ich vor Jahren im Kino gesehen hatte: eine Liebesgeschichte zweier Menschen, die sich durchs Internet kennen- und lieben lernten. Damals hatte Gaby noch bei mir gelebt und ich wusste noch, dass ich im Nachhinein mit ihr darüber diskutierte, ob es solche Romanzen im täglichen Leben geben würde. Wir konnten es uns beide nicht vorstellen.

Doch es war nichts Neues, dass das amerikanische Klischee nach Europa schwappte, Hollywood als die fiktive Traumfabrik nur allzu schnell zur Realität wurde. Ich liess Julien beim Bahnhof aus dem Auto steigen.

***

Die Tische im Barbatti waren bis auf den letzten Platz belegt. Gaby hatte sich in die hinterste Nische verkrochen und studierte mit ihrem gewohnt hungrigen Blick die Speisekarte. Ich war froh, dass ich mich setzen konnte. Das Barbatti war eines der wenigen Restaurants der Stadt, wo ich ungeniert meinen kulinarischen Neigungen frönen konnte, ohne dass mich die Kellner schräg anblickten. Zudem liebte ich dieses italienische Flair, wie es im Barbatti übertrieben präsentiert wurde. An den Wänden hingen Gemälde von verschiedenen Künstlern neben Bildern verflossener Generationen. Eine Ahnengalerie wie im Bilderbuch. Spiegel in antiken Ausführungen. Plastikfrüchte und Textilblumen vermischten sich mit frischen Pflanzen. Die Bar war überfüllt mit Flaschen, Boccalini, Vasen und Gläsern. Es sah hier aus wie auf dem Trödlermarkt.

Ich hatte mir vorgenommen, den heutigen Abend nicht mit Beruflichem zu belasten. Ich bestellte eine Flasche Merlot, was Gaby mit einem herzlichen Lachen quittierte. „Erinnerungen an Como?"

„Nein, ich denke wohl eher an ein Besäufnis. Ich muss den heutigen Tag aus meinem Gedächtnis streichen oder zumindest den Versuch starten."

„Ärger gehabt?"

Der Kellner brachte den Wein an den Tisch und schenkte uns ein.

„Den gewohnten Zoff", wich ich aus. „Wie hast du den Tag verbracht?"

„Ich hatte Besuch."

Mir verschlug es fast die Sprache. Einen Moment lang musste ich innehalten. „In meiner Wohnung?"

Gaby lächelte. Ihr Gesicht hatte etwas Kindliches, Weiches, ein belustigendes Spiel mit den Augen. Vielleicht lag es an ihrem niedlichen Doppelkinn. Sie hatte es, seit ich sie kannte. Ihr Markenzeichen, wie sie mir beim ersten Treffen stolz verkündet hatte. „Du kennst sie“, sagte sie strahlend.

Mir fiel es wie Schuppen von den Augen. „Du bist wirklich nicht mehr zu retten.“ Ich stand auf, überlegte mir, ob ich gleich gehen sollte. Setzte mich wieder, zündete eine Zigarette an. Langsam begann sich das Ganze zusammenzufügen. „Und du hast frisch-fröhlich über mich und die Beziehung zu Salomé berichtet?“

„Nein, wo denkst du hin. Gaby hob das Weinglas. „Wir sollten anstossen.“

„Ich denke nicht dran.“

„Sie hat sich ein wenig umgesehen.“

„Sie hat auch etwas mitgenommen“, äffte ich Gaby nach und merkte erst zu spät, wie kindisch das von mir war.

„Sie hat das Foto von Salomé gesehen“, sagte Gaby, als wäre es die normalste Sache der Welt. „Das Foto aus dem Schlafzimmer.“

Ich sah das Bild vor mir: Salomé auf dem Balkon, im Hintergrund der Pilatus, sie davor. Unbekleidet. So schön, wie Gott sie geschaffen hatte. Ich hatte sie fotografiert, weil mir ihre Pose so gut gefiel. Ihre Nacktheit, ihre Art, dazustehen, die Art, wie sie mich ansah. Der ein wenig verruchte Ausdruck in den Augen. Ich hatte es nicht lassen können, sie in dem Moment abzulichten. Später, als ich das Bild sah, war ich stolz darauf. Vielleicht war Daniela eifersüchtig geworden. Sie, die mit ihren nymphomanischen Zügen hinter fast jedem Mannsbild her war. Sie, die mich nicht bekommen hatte, obwohl sie es schon lange auf mich abgesehen hatte. Was musste in ihr vorgegangen sein, als sie Salomés Fotografie betrachtete?

„Habe ich einen Fehler gemacht?“ Gaby schniefte.

„Du doch nicht", sagte ich. „Ich hätte meine Sachen einschliessen sollen, als du in meine Wohnung gekommen bist."

„Du bist unfair. Ich habe auch einmal da gelebt."

„Stellst du jetzt auch noch Ansprüche?" Ich sah bereits Korner, wie er mir die Dispens in die Hand drückte.

„Sie wird mit Sicherheit niemandem etwas erzählen", tröstete mich Gaby. Ein schwacher Trost und unglaubwürdig obendrein.

„Das hat sie bereits getan. Und was dich angeht, ich dachte, dass du die Frauen kennst. Du hast mir erst kürzlich darüber einen Vortrag gehalten."

Jetzt stand Gaby auf. „Ich kann Daniela einladen, wir könnten zusammen essen und uns über die Angelegenheit unterhalten."

Mir fehlten die Worte. Das war diese weibliche Logik, die ich noch nie begriffen hatte. Gaby setzte sich wieder, als sie bemerkte, dass sie bei den anderen Gästen in den Mittelpunkt gerückt war. Ich überlegte, ob ich sie aus meiner Wohnung schicken sollte. Ob ich diesen Karl Sowieso anrufen und ihn bitten sollte, seine Frau abzuholen. Dann tat sie mir auf einmal leid. Sie wirkte wie eingefallen, als hätte sie sich über die Situation Gedanken gemacht und sich bewusst negativ hineingesteigert. Ich streckte meine Arme über den Tisch, berührte ihre Hände. Gaby konnte nun einmal nichts dafür, dass sie einen solchen Charakter hatte.

Ich fand mich wieder im Wechselbad meiner eigenen Emotionen. Ich sei zu gutmütig, hatte mir schon Julien gesagt. Und Salomés Worte waren das auch gewesen. Lebt man zusammen, so hat man unweigerlich die Auseinandersetzung mit dem anderen. Da wird man geradezu gezwungen, seine Stirn zu bieten, den Kopf hinzuhalten, damit der andere ungeniert angreifen kann. Verbal. Vorbei mit der Ruhe. Mit dem seligen Zustand des Alleinseins. Beziehungen sind anstrengend und zermürbend.

Gaby zog ihre Hände weg, öffnete den Mund.

„Sage jetzt nichts", bat ich sie. Die Pappardelle assen wir schweigend.

Bevor wir gingen, sagte sie: „Daniela war gestern schon bei mir."

Mittwoch, 6. August 2003

Conradin stierte vor sich hin. So hatte ich ihn noch nie erlebt. Nicht in meiner Anwesenheit. Mir schien, als suchte er nach einer plausiblen Erklärung. Nach einem begründeten Einwand, den er mir jetzt gleich, in Anwesenheit der gesamten Abteilung, an den Kopf werfen konnte. Aber nichts dergleichen geschah. Er stand auf, nahm das beschriftete Papierbündel vom Tisch und blätterte es durch. Ich bemerkte, dass es meine Akten waren, die ich von Nina hätte bekommen sollen. Ich sah auf die Uhr. Die Totenmesse in der Hofkirche war bald zu Ende. Ich hatte noch ein wenig Zeit.

Daniela tauchte vor meinem geistigen Auge auf. Sie hatte mir nachspioniert. Wollte sie mich mit ihrem Wissen um Salomé erpressen?

„Wie ich sehe, haben Sie hier einige Namen von den Konzertbesuchern notiert, die am letzten Freitag im KKL waren." Conradin sah Nina an, die vor ihrem Computer am Schreibtisch sass. „Würden Sie mir bitte erklären, was dieser Unsinn soll?" Conradin reckte sich, als müsste er in Achterstellung strammstehen. Er hatte etwas Militärisches an sich, was mich unverzüglich an seinen Rang in der Armee erinnerte. Auch er hatte es zumindest bis zum Oberleutnant gebracht. „Und können Sie mich aufklären, wer Ihnen diesen Auftrag gegeben hat?"

Nina liess sich nicht aus der Ruhe bringen. Ich aber hielt es für notwendig, ihr aus dem Dilemma zu helfen. „Wie ich erfahren habe, hat Catherine Mahler am Freitagabend um achtzehn Uhr das Konzert im KKL in Begleitung eines Herrn besucht", sagte ich und warf Julien, der nachdenklich neben mir sass, einen Blick zu.

„Seit wann erteilst du Frau Buholzer solche Order?“, fuhr mich Conradin an.

„Ich dachte, es sei eilig“, rechtfertigte ich mich und ignorierte seine schlechte Laune.

Conradin brummte etwas vor sich hin. „Sie hätte ebenso gut das Konzert mit einer Dame besuchen können oder allein“, fuhr er fort.

„Ich ziehe alles in Erwägung“; sagte ich. „Auf jeden Fall hat diese Art der Ermittlung mehr Gehalt an Glaubwürdigkeit als die Informationen, die man von Frau Schneider erhalten hat. Diese sind ausnahmslos im Sand verlaufen.“ Ich erinnerte mich an das Flugfeld auf meinem Schreibtisch und konnte mir ein Grinsen nicht verkneifen.

„Das alles hat nichts mit Frau Schneider zu tun“, sagte Conradin. Ob er mir als Nächstes gleich die Kündigung an den Kopf warf? „Und was ist mit Peter Hammer?“ Er gab nicht auf. „Und überhaupt, wer hat dir gesagt, dass du die Ermittlungen auf eigene Faust führen sollst? Ich möchte zumindest über deine Schritte informiert werden.“

Da war sie wieder, seine unfaire Art, die oft die Frage offen liess, ob er noch weiter gehen würde. Wie Nadelstiche, die immer an einer anderen Stelle auftauchten, meistens dort, wo man sie am wenigsten erwartete. Eine psychologisch geführte Machtkundgebung gegen den kleinen Subalternen. Es erinnerte mich allzu stark an das Vorgehen in der Armee. Conradin war ein Mensch, der sich seine Stellung so erarbeitet hatte, dass er unersetzlich war. Ich wusste nicht, woran es lag, dass er meine Vorgehensfreiheit plötzlich hinterfragte. Ich erinnerte mich, dass er mir, was diesen Fall betraf, noch gestern eine Menge Rechte eingeräumt hatte.

Wusste er das nicht mehr? Hatte das mit seiner Engstirnigkeit zu tun? Mit seinem Bündner Kopf? Oder hatte er von Korner einen Rüffel bekommen und liess seine Frustrationen nun an mir aus?

„Es wurde keiner gefunden, der mit dem Fall nur annähernd etwas zu tun haben könnte", sagte Nina ruhig, auf Conradins Frage zurückkommend, seine weiteren Bemerkungen liess sie jedoch ungeachtet. Sie sah mich mit einem verwegenen Seitenblick an.

„Es war niemand zur Stelle, den ich hätte fragen können", sagte ich schnell. Conradin war sichtbar überrascht. Sein Mund klaffte auf, schloss sich aber von alleine wieder. Ich war einerseits enttäuscht, dass die Nachforschungen nichts gebracht hatten, andererseits beruhigt, dass ich mit meinem Gefühl richtig lag.

„Sie müssten vielleicht die hintersten Seiten anschauen", sagte Nina und sah wieder Conradin an. „Gestern Abend hat sich Ripiosi, der Empfangschef von ‚The Hotel', gemeldet und mir mitgeteilt, dass er seinen Kellner in den Ferien erreicht habe. Somit wissen wir zum heutigen Stand, dass einer der Begleiter von Catherine Mahler den Namen Peter Emmenegger trägt."

Ich warf Nina einen dankbaren Blick zu.

„Das heisst aber nicht, dass dies derselbe Mann ist, der Frau Mahler ins Konzert begleitet hat", sagte ich.

Conradin blickte mich zornig an. „Ja, also, das ist ja schon mal etwas", sagte er daraufhin. „Gut, nehmen wir also an, Frau Mahler war mit diesem Emmenegger im Restaurant von ‚The Hotel', hat jedoch das KKL mit einem anderen Mann besucht, das bringt uns aber den Mörder nicht." Conradin blätterte wieder in den Akten. Suchte scheinbar nach Namen, nach Informationen, die er noch nicht kannte. Aber da musste er lange suchen. „Ist dieser Emmenegger irgendwo erwähnt?"

„Vielleicht hat er bar bezahlt“, wendete Nina schnell ein, was Conradin nicht zu beachten schien. „Bringe mir diesen Emmenegger“, sagte er und sah mich an und zu Nina gewandt: „Wir sprechen uns noch!“

Indessen tippte Nina auf der Tastatur ihres Computers. Conradins Bemerkung liess sie kalt. „Drei Einträge in Luzern, einundsechzig in der ganzen Schweiz“, sagte sie und schenkte Conradin ein bezauberndes Lächeln, was mir nicht entging.

Conradin legte die Akten zurück und drehte sich zum Gehen um. „Wir sehen uns morgen wieder“, versprach er. Er schien für einmal zufrieden zu sein. Oder hatte es aufgegeben. Zwei zu eins. Ich schickte Nina eine Kusshand, was sie schmunzelnd quittierte. „Soll ich so weitermachen?“

„Genauso wie bis anhin“, sagte ich und warf Conradin schnell einen kurzen abschätzigen Blick nach. Er bemerkte das nicht.

Die Atmosphäre in der Abteilung schien vergiftet zu sein. Es hingen unausgesprochene Worte in der Luft, die jene Spannung verursachten, die ich allzu gut kannte. Vielleicht lag es wirklich an mir. Oder am Klima.

Ich ging hinaus auf den Korridor und holte das Zigarettenpäckchen aus der Hemdtasche. Ich klopfte eine Zigarette heraus. Tabak regnete auf den Boden wie feiner, brauner Staub. Ich zündete die Zigarette an. Mir ging Daniela indes nicht aus dem Kopf. Irgendetwas hatte sie vor. Julien kam mir entgegen, grüsste mich kurz, machte eine abwehrende Handbewegung, um mir zu demonstrieren, dass er keine Zeit hatte. Ich sah auf die Uhr. Ich musste zur Beisetzung gehen.

***

Der katholische Friedhof von Luzern lag ausserhalb der Stadt hinter dem Kantonsspital Richtung Sankt Karlistrasse im Friedental. Die Augusthitze hatte mittlerweile ein Ausmass angenommen, das an einen Ausnahmezustand erinnerte. Und immer noch war kein Regen in Sicht. Allmählich musste sich die Behörde ernsthaft Sorgen über die Wasserversorgung in der nahen Zukunft machen. Das Friedental tat seinem Namen alle Ehre. Hier draussen war es friedlich und der Grossstadtrummel weit entfernt. Aber die Sommerglut machte auch unter den Schatten spendenden Bäumen nicht halt. Ich entschloss mich, bei der Blumenboutique einen Strauss gelber und oranger Lilien zu kaufen. Diese Farben hatte Salomé ganz besonders gern gemocht.

Hinter dem schmiedeisernen Friedhofstor versuchte ich vergebens, mich zu orientieren. Vor mir ein bizarres Gräbermeer, auf dem Monumente von Grabsteinen und üppige Pflanzen standen. Ganze Reihen künstlerisch gemeisselter Steine, geschmiedeter Kreuze und geschnitzter Holzfiguren. Ich schritt langsam über den breiten Weg, in der Annahme, dass ich weiter hinten auf die Trauernden stossen würde. Die Hitze war wieder unerträglich. Ein paar Frauen begegneten mir, die mit schweren Zinnkannen vom Brunnen zu den Gräbern schritten, um diese zu begiessen. Ein Tropfen auf den heissen Stein.

Ganz hinten entdeckte ich die dunkel gekleideten Leute. Ich erkannte Sophie am offenen Grab am anderen Ende des Weges, wo sich die Trauergemeinde zum stillen Gebet versammelt hatte. Der Priester hob ehrfurchtsvoll die Hände, als hätte er vom Himmel über ihm einen unsichtbaren Gegenstand auffangen müssen. Trotz der Hitze trug er die traditionelle Kutte. Ich sah die Schweissperlen auf seiner Stirn glänzen, während ich mich dem Grab näherte. Neben dem Pfarrer ein älteres Ehepaar, Salomés Eltern vermutete ich. Die Frau stützte den Mann, der am Stock ging. Er machte einen sehr gebrochenen Eindruck; sie dagegen wirkte wie versteinert. Es gibt eine Trauer, die findet tief im Innersten eines Menschen statt und blockt jegliche Gefühlsregung nach aussen ab. Ich hatte dies an mir selbst erfahren. Hans Mahler und Sophie standen gegenüber. Sophie wirkte zusammengesunken, während ihr Vater offensichtlich die Haltung bewahrte. Die Dame im langen, schwarzen Kleid hatte ich noch nie zuvor gesehen. Mir fielen ihre verweinten Augen auf. Sie machte aus ihrer Trauer keinen Hehl. Ihr Blick war starr und auf das Erdloch gerichtet, die Wangen gerötet. Ich fixierte sie länger als nötig. Sie drehte auf einmal den Kopf. Für den Bruchteil einer Sekunde trafen sich unsere Blicke. Mir schien, dass meine Anwesenheit sie irritierte. Der Rest der Leute, es war etwa ein Dutzend, stand in kleinem Abstand weiter hinten. Ich nahm an, dass es Mitbewohner waren, Menschen, die ihre Solidarität bezeugten. Ich glaubte nicht, dass sich Salomés Liebhaber hierher verirrt hatten.

Ich wäre gern näher an das Grab herangetreten. Wollte der Toten meine letzte Ehre erweisen, ihr die mitgebrachten Lilien neben die ausgeschaufelte Erde legen. Ich erinnerte mich an die erste Nacht, an den Abend nach unserer Begegnung im Casablanca. Sie war plötzlich vor meiner Tür gestanden und hatte mich verklärt angelächelt. Ich sah ihre Augen, diesen fordernden Blick. Die zwei Grübchen auf ihren Wangen. Sie trat in die Küche, legte ihre Tasche ab, drehte sich zu mir um, und als sie ihre Arme um meinen Hals schlang, fühlte ich mich einer Eruption gleich. Gierig suchte sie meinen Mund, küsste mich wie eine Ertrinkende. Ich packte sie fester als gewollt. Die Zeitungen auf dem Küchentisch fegte ich mit einer einzigen Handbewegung weg. Salomé bog sich zurück. Ihr Lachen war dunkel. Unter ihrem Kleid trug sie nichts. Ich grub mein Gesicht an ihren Hals, mein Finger fuhr in sie hinein. Sie lachte wieder und nestelte an meinem Hosenbund. Ich schob ihr den Rock hoch. Sie glitt rücklings über den Tisch, während ich in ihre saftige Höhle stiess. Wir konnten die ganze Nacht nicht mehr voneinander lassen, so ausgehungert wie wir gewesen waren.

Ich sah, dass Sophie eine Handvoll Erde aufhob und sie über den Sarg rieseln liess. Niemand tat es ihr gleich, und ich fragte mich, wozu diese Geste gut sein sollte. Hatte ihr die Mutter doch mehr bedeutet als angenommen? Die Trauernden gingen auseinander, nachdem sie den Hinterbliebenen die Hände geschüttelt und ein paar Worte des Trostes zugesprochen hatten. Zurück blieb einzig die Dame im langen Kleid. Sie harrte fast regungslos am Grab und wischte sich mit einem Taschentuch immer wieder ihre Tränen weg.

Wer war sie? Was machte sie hier? Weshalb hatte ich das Gefühl, dass sie die einzig wirklich Trauernde hier war? Erst als sie aufschaute, bewegte ich mich auf sie zu. Zögernd kam sie mir entgegen. „Ich bin Milena Viano." Sie hatte eine warme Stimme. „Ich nehme an, Sie sind Andy Walker."

Für einen Moment war ich sprachlos. Ihre Mundwinkel bewegten sich kaum scheinbar nach oben, deuteten ein zaghaftes Lächeln an, das sogleich wieder verschwand. „Catherine hat mir von Ihnen erzählt", sagte sie.

„Warum haben Sie sich nicht bei der Polizei gemeldet?"

„Ich bin nie danach gefragt worden." Sie senkte beschämt ihre Augenlider. „Catherine wird dadurch nicht wieder lebendig." Verstohlen wischte sie sich eine Träne weg.

Ihre Antwort überraschte mich nicht. Das war ein Satz, der in solchen Momenten oft ausgesprochen wurde, dessen tiefere Bedeutung aber niemandem wirklich bewusst war. „Haben Sie Catherine schon lange gekannt?"

„Wir sind uns vor drei Jahren im Fitnessclub begegnet. Daraus hat sich eine unverbindliche Freundschaft ergeben."

Ihre Aussage deutete bereits darauf hin, dass Milena Viano kaum bereit war, mir Näheres zu erzählen. Unverbindlichkeit ist so etwas wie ein Fass ohne Boden. Man steigt wohl ein, aber man kann zu jeder Zeit auf der anderen Seite herauskommen, ohne etwas zu berühren. Aber ich täuschte mich.

„Ich mochte sie sehr", fuhr Milena fort. „Sie war mir ähnlich."

Ich hätte sie gerne gefragt, ob sich die Ähnlichkeit auf die zahlreichen Liebhaber bezog. „Wann haben Sie Catherine denn das letzte Mal gesehen?"

Milena dachte angestrengt nach. Ich hatte Zeit, sie ungeniert anzusehen. Sie hatte eine Alabasterhaut und grüne Augen. Wenn sie mich anschaute, fiel mir auf, dass sie ein wenig schielte. Ihre Haare hatten jenes Tizianrot, das selten vorkommt, kinnlang und glatt wie Seide. Ihr Alter war schwer zu schätzen. Sie hätte bereits über vierzig oder knapp dreissig sein können.

„Das war am Mittwoch, bevor sie ins KKL zum Konzert eingeladen war. Jetzt erinnere ich mich wieder. Sie zeigte mir das neue Abendkleid."

„Hat sie auch gesagt, mit wem sie das Konzert besuchen wollte?"

„Ich dachte, sie würde mit *Ihnen* hingehen." Milena schaute mich jetzt sehr direkt an. Ihre Augen bohrten sich in mich.

Ich wich ihr aus: Ihr Blick verunsicherte mich. Ich wusste nicht, wo ich hinschauen sollte. Ich fragte mich, ob Milena imstande war, dreidimensional zu sehen, ob sie ihre Augen hätte korrigieren können. Irgendwie faszinierten sie mich: Das leichte

Schielen hatte etwas sehr Sinnliches an sich. „Hat sie denn gesagt, dass sie von mir eingeladen war?"

„Nein, nicht direkt. Aber sie hat immer nur von Ihnen gesprochen. Da dachte ich mir meine Sache."

Ich überlegte mir, was genau Salomé über mich erzählt hatte. Ob sich die beiden Frauen über die intimsten Angelegenheiten unterhalten hatten? Ich räusperte mich. „Haben Sie gewusst, dass Catherine verheiratet war und eine Tochter hatte?"

„Natürlich. Ich kannte ja ihre familiäre Tragödie." Milena zog ein Taschentuch aus ihrer Handtasche.

Was für eine Tragödie? Gab es in Salomés Familie irgendwelche dunklen Punkte, von denen ich noch nichts erfahren hatte?

„Hat sie sich dahingehend geäussert?", fragte ich.

Milena schnäuzte sich die Nase, tupfte ihre Augen ab. Sie machte eine abwehrende Geste. „Ich sollte wieder zur Arbeit gehen", sagte sie bestimmt. „Aber, wenn Sie möchten, können wir uns ja nächste Woche einmal treffen."

Ganz unverbindlich, wollte ich sagen, liess es dann aber sein. Ich kramte meinen Ausweis aus der Gesässtasche und hielt ihn Milena vor die Augen. „Es tut mir leid, dass ich Sie damit belästigen muss, aber Sie sollten morgen Vormittag zwischen neun und elf in mein Büro kommen."

Milena streckte ihren Oberkörper straff durch. Sie hatte durchtrainierte Brüste und für eine Frau ungewöhnlich breite Schultern. Trotzdem ging das Feminine an ihr nicht verloren. Ihre Gesichtszüge waren weich und sinnlich. Ich sah tatsächlich Parallelen zu Salomé. Im Ausdruck und in den Gebärden.

„Könnten Sie nicht besser zu mir kommen?" Sie schniefte erneut.

Ich wusste nicht, wie ich darauf reagieren sollte. „Gut, ich werde zu Ihnen kommen, ausnahmsweise."

Über ihr schönes Gesicht huschte eine zarte Röte. „Aber bitte kommen Sie lieber vor neun."

Vielleicht ist sie eine Frühaufsteherin, durchfuhr es mich. Bevor ich mich entsann, mit welcher Mühe ich normalerweise den Tag begann, gab ich Milena meine Zusage. Sie blickte mich mit einem sonderbaren Gesichtsausdruck an.

„Ich dachte, Sie seien Arzt?"

„Hat das Salomé gesagt?"

„Salomé?"

„Ich meine Catherine", entgegnete ich schnell.

Sie schüttelte ungläubig den Kopf. „Catherine beschrieb Sie mir so klar, dass ich Sie vorher erkannt habe", sagte sie. „Sie erzählte mir, dass Sie im Kantonsspital arbeiten. Darum nahm ich an, dass Sie Arzt sind."

„Sie bringen da wohl etwas durcheinander", sagte ich halb belustigt, halb verwirrt. Irgendwie schien Salomé unter einer Neurose gelitten zu haben: Weshalb dieser fieberhafte Hang zum Krankenhaus? Ich verwarf den Gedanken gleich wieder.

„Das tut eigentlich nichts zur Sache", sagte Milena. „Manchmal stand sie ein bisschen neben den Schuhen. Aber Sie entschuldigen mich, ich muss leider ein Haus weiter."

Ich reichte ihr meine Karte. Sie nahm sie entgegen und betrachtete sie eingehend. Während sie sie in ihre Tasche steckte, schaute sie mich offenen Blickes an, was mich erneut irritierte. Dann holte sie ihre Visitenkarte hervor und steckte sie mir zu. Abrupt drehte sie sich um und ging, ohne ein weiteres Wort zu sagen, davon. Ich wartete und schaute, ob sie sich noch einmal umdrehte. Aber sie entschwand. Ihre Hüften schwangen provokativ, das schwarze Kleid, ihre Pobacken.

Ich sah auf ihre Karte. *Milena Viano* stand da und darunter die Anschrift ihres Fitnessstudios. Ihr Zuhause? Ich wollte mir in Zukunft ein paar Muskeln antrainieren gehen.

Ich blieb noch eine Weile am Grab stehen. Erst jetzt legte ich die Blumen nieder. Die orangen und die gelben Lilien. „Salomé. Wer warst du wirklich?" Ich kauerte mich vor dem offenen Grab nieder. Die Sonne zeichnete nervöse Kringel auf den Sargdeckel. Trockene Erdklumpen rieselten darauf, von meinen Schuhen in Bewegung gesetzt. Bald würden die Leichenbestatter den ganzen Haufen Erde auf den Schrein werfen. Und Salomé würde für immer eingeschlossen sein. Ich musste weg von hier. Mir ging es nicht gut.

An welche Tragödie hatte Milena wohl gedacht?

Vor dem Mittag kehrte ich zur Polizeidienststelle zurück.

***

„Ich habe schon ein paar Mal versucht, dich zu erreichen."

„Ich war auf der Beerdigung."

„Hast du das Handy nicht in Betrieb?"

„Nicht während einer Totenmesse."

„Ich glaube", sagte Conradin und wedelte sich mit einem Aktenbund kühle Luft ins Gesicht, „wir sollten in mein Büro gehen."

Was hatte er vor?

„Hast du ein Problem, Andy?"

Und wieder waren sie da, diese unausgesprochenen Worte, diese Dinge, über die er ganz sicher Bescheid wusste. Über meine Liaison mit dem Opfer. Warum sprach er mich nicht direkt darauf an? Oder tat er nur so, als hätte er eine Ahnung? Ich schaute mich um und stellte fest, dass ich schon eine Ewigkeit nicht mehr in diesem Büro gewesen war. Die Skulptur auf dem Regal hinter dem Schreibtisch war neu. Sie war aus Bronze und kaum grösser als dreissig Zentimeter. Eine auf den Hinterpfoten aufrecht stehende Katze. Mit den Vorderpfoten trug sie ein Tablett, was mich unweigerlich an ein Fabelwesen erinnerte. Ich dachte darüber nach, weshalb man sich für solche Kunst interessieren konnte, da sie ja bestimmt ein Vermögen gekostet haben musste. Ob dieses Stück auch schon anderen Mitarbeitern aufgefallen war? „Ich vermisse deine Geistesgegenwart", sagte Conradin und setzte sich hinter den Bürotisch. Er wählte eine Nummer auf seinem Telefon. Ich hörte, dass er mit Korner einige Worte tauschte. „Hast du nichts dazu zu sagen?" Er legte den Hörer auf die Gabel zurück.

„Der Fall ist verzwickter, als ich gedacht habe", sagte ich in meiner Hilflosigkeit, in meiner Trauer und fragte mich erneut, weshalb er mich sehen wollte.

Später kam Nina zu uns. „Ich habe Peter Emmenegger gefunden", sagte sie und schob einen Stuhl in meine Nähe.

Mein Interesse war geweckt.

„Jetzt pass mal auf", fuhr sie fort. „Der ist vor drei Wochen gestorben."

„Bist du sicher, dass es der Richtige ist?"

„Es kam nur derjenige in Frage."

„Eines natürlichen Todes?"

„Herzstillstand." Nina drehte sich schmunzelnd zu mir. „Und rate einmal, wo."

Ich zog unwissend meine Schultern hoch.

„Vor dem Hotel Schweizerhof." Sie räusperte sich. „Geht die Treppen hinunter, und schwupp, stirbt er, bevor er in sein Auto steigen kann."

„Vielleicht hat ihn etwas zu sehr aufgeregt", sagte ich, einen Blick auf Conradin werfend.

Nina schmunzelte vielsagend. „Er war schon über sechzig."

Das war meines Erachtens nicht alt genug. Oder was meinte sie damit?

„Und weisst du, mit wem er die Nacht verbracht hat?", mischte sich Conradin ein und grinste mir entwaffnend entgegen. Danach warf er Nina einen verheissungsvollen Blick zu. „Mit unserer Ermordeten aus dem Sempacherpark."

Es war mir, als hätte mir in diesem Moment jemand erbarmungslos einen Stoss in die Magengegend gegeben. Ich schwieg, innerlich aufgewühlt. Das musste ein Irrtum sein. Was alles musste ich noch ertragen?

„Der Clou kommt erst", informierte Nina weiter. Sie schien von meinem Gefühlschaos nichts mitbekommen zu haben. „Catherine Mahler erbt einen beträchtlichen Teil seines Vermögens."

„Wie kommt es, dass die Testamentseröffnung schon so früh stattgefunden hat?" Ich war erstaunt, wie klar meine Stimme klang.

Conradin blickte mich nachdenklich an. „Innert Monatsfrist, wie üblich. Es gibt aber Gott sei Dank Leute in unserer Abteilung, die sich für diesen Fall engagieren." Er schenkte Nina ein freundschaftliches Lächeln, was mir nicht entging. Es war eindeutig eine Provokation. Ich steckte sie weg.

„Woher stammen die Informationen?" Ich wollte Klarheit haben.

„Der Portier des Schweizerhofes hat sich an die Frau erinnert, die eine Nacht lang mit dem Herrn zusammen war, der am Tag danach vor dem Hotel zusammengebrochen ist."

„Das Bild in der Zeitung?", fragte ich.

„Das Bild in der Zeitung“, sagte Conradin.

„Also hat unser Zeugenaufruf in der Öffentlichkeit doch etwas bewirkt“, stellte ich fest.

„Daniela Schneiders Arbeit“, sagte Conradin zynisch. „Das kommt davon, wenn du dich mit ihr privat anlegst.“

Ich wusste nicht, was er damit meinte. Ich tat so, als überhörte ich diesen Satz.

„Ich habe ihr das Bild gegeben“, flüsterte Nina und warf mir einen triumphalen Blick zu. Sie hatte meine anfängliche Idee also doch umgesetzt. Wie gut, dass es Daniela Schneider gab. Wenigstens hatte man jemanden, dem die Schuld der aggressiven Vorgehensweise zugeschoben werden konnte. Ich hoffte, dass es Conradin nicht mitbekommen hatte.

„Bleiben wir beim Wesentlichen“, sagte dieser, obwohl ich ihm seine Wut geradezu ansah. „Auf jeden Fall hat sich dieser Mensch im Hotel Schweizerhof daran erinnert.“

Wahrscheinlich hätte ich mich auch daran erinnert. Wer stirbt schon in der Folge einer Nacht mit einer jungen Frau? Ob sie ihn überfordert hatte? Ich sah Salomé vor mir und konnte es nicht begreifen. Was für ein Spiel hatte sie gespielt? „Hat man die Frau von diesem Emmenegger schon befragt?“ Ich schaute Conradin an. Er sass in seiner für ihn typischen Stellung, den Bauch nach vorne, die Füsse nach hinten unter den Stuhl geschoben.

„Ich nehme an, dass du diesen Job übernimmst.“ Er grinste mich dümmlich an.

Ich ärgerte mich über diese bedeutungslose Äusserung und erhob mich. Nina tat es mir gleich. Mein Blick streifte kurz Conradin, dann die stehende Bronzekatze auf dem Regal hinter ihm. Vielleicht hatte er seinen finanziellen Überschuss in diese Statue investiert, oder er versuchte zumindest, bei seinen Angestellten den Eindruck zu erwecken, dass er von Kunst etwas verstand.

„Die ist von Giacometti“, sagte Conradin, ohne zu wissen, was genau ich fixierte. Er rang mir dabei bloss ein schwaches Lächeln ab. „Ich werde Korner über deinen nächsten Schritt informieren. Er musste leider kurzfristig weg, sonst hätte er sich mit dir persönlich unterhalten.“

„Aus welchem Grund persönlich?“

„Weil ich in dieser Woche eigentlich meine Überstunden einziehen wollte. Ausnahmsweise hättest du mit ihm direkt zu tun gehabt.“

Es war Sommer, die meisten aus meiner näheren Umgebung waren ferienabwesend. In dieser Zeit liess sich sogar ein Korner auf die Stufen meines Niveaus herunter. Ungeduldig wie er war liess ihn die Abteilungsrangfolge kalt, wenn er mit seiner Machtmaschinerie in unseren Etagen für Furore sorgen konnte. Es schien, als wäre er der Einzige, der keine Schubladenpolitik betrieb. Ich war froh, dass ich ihn nicht sehen musste.

Ich entfernte mich aus dem Zimmer.

„Die Adresse findest du in den Unterlagen“, rief mir Conradin hinterher, als ich das Büro schon verlassen hatte. Nina folgte mir.

„Der Chef hat sich mir buchstäblich aufgedrängt“, entschuldigte sie sich. „Ich wollte dir die Akten zuerst geben.“

„Hat er sonst noch etwas von Daniela Schneider erwähnt?“

Nina verneinte und stiess die Tür zur Garderobe auf. „Sage mir Bescheid, wenn du mich brauchst. Ich gehe jetzt essen.“

Genau das hätte ich im Moment auch gern getan. Ich erinnerte mich, dass Gaby für heute Abend eine italienische Spezialität auf dem Speiseplan hatte, auf die ich unmöglich verzichten konnte. Ich würde den Hunger noch ein wenig aushalten müssen.

***

In der Habsburgerstrasse hatte ich Mühe, einen Parkplatz zu finden. Eine Hälfte der Strassenseite war aufgerissen, ein Bagger und zwei Presslufthämmer standen am Rand, ausser Betrieb, weil Mittag war. In Luzern gab es jedes Jahr typische Anzeichen dafür, dass der Sommer in der Stadt seinen Einzug hielt. Anfang Frühjahr begann man vielerorts mit Renovationsarbeiten, mit dem Aufreissen von Belägen, mit dem Sanieren von Gasleitungen und dem Flicken von Abwasserkanälen. Das dauerte dann den gesamten Sommer lang. Ich wunderte mich oft, warum es dem Bauamt nicht gelang, die anfallenden Arbeiten im Kollektiv durchzuführen. Manchmal wurden ganze Strassenabschnitte mehrmals hintereinander auf- und wieder zugemacht.

Ich fand die Adresse schnell. Theres Emmenegger. Das musste sie sein. Mir fiel das neue Namensschild auf. Ich stieg die Treppe hoch und drückte die Türglocke. Von drinnen vernahm ich Hundegebell, dann das metallene Geräusch, als der Schlüssel umgedreht wurde. Eine resolute Stimme, die den Hund zurechtwies.

„Sie wünschen?“ Theres Emmenegger öffnete die Türe eine Handbreit. Eine Kette verhinderte das vollständige Öffnen. Zuerst sah ich nur zwei silbrige, sorgfältig geschminkte Augen, eine lange schmale Nase und einen hellrot bemalten Mund mit den typischen Fältchen eines älteren Menschen. Ich zeigte ihr meinen Ausweis und stellte mich vor. Die Tür fiel wieder ins Schloss, um darauf ganz geöffnet zu werden. Aus dem Wohnungsinneren vernahm ich wieder das Hundegekläff. Ich nahm an, dass Frau Emmenegger den Vierbeiner in ein Zimmer gesperrt hatte.

„Treten Sie ein“, sagte sie und machte eine einladende Geste. Sie war gross und schlank und hatte etwas Vornehmes an sich, fast aristokratisch, was wohl ihr aufrechter Gang ausmachte. Stolz und selbstbewusst. „Gehen Sie schon mal ins Wohnzimmer. Ich komme gleich nach."

Sogleich umhüllte mich ein abgestandener Küchenmief. Ein Geruch von Zwiebeln oder Knoblauch, ein wenig definierbares Gemisch. Die Würzkünste der Leute versetzten mich immer wieder ins Staunen. Und in alten Häusern funktionierte meistens die Abluft nicht richtig oder es existierte gar keine. Als hätte Frau Emmenegger meine Gedanken gelesen, riss sie im Wohnzimmer die Fenster weit auf. Heisse Luft drang in den Raum.

„Setzen Sie sich", sagte sie später und brachte ein antikes Tablett an den Tisch. Mit feinem Porzellan. „Ich wollte gerade Kaffee trinken", sagte sie. „Trinken Sie mit?"

Ich liess es mir nicht zweimal sagen. Theres Emmenegger goss ein. Sie hatte eine ruhige Hand, lange manikürte Nägel und trug edle Ringe. „Womit kann ich Ihnen dienen?", fragte sie, als sie sich mir gegenüber gesetzt hatte. Ihr gesamtes Äusseres wirkte gepflegt. Ich sah in ihr keine einzige Spur von Trauer. Ob diese schon vorüber war? Theres Emmenegger sass auf dem Rand des Sofas und hielt die Kaffeetasse mit spitzen Fingern. Ich erklärte ihr meine Anwesenheit und weshalb ich auf ihren verstorbenen Mann zu sprechen kam. Salomé verschwieg ich vorerst. Ich war ein wenig beschämt, was sie mit einem vagen Lächeln quittierte. „Gut, dass Sie da sind. Sie können ruhig offen mit mir reden", sagte sie. „Mein Mann, Gott hat ihn selig", mit einem theatralischen Augenaufschlag sah sie kurz zur Decke, „ist knapp vor seinem Tod einer Betrügerin begegnet." Sie machte kaum Anstalten, dass sie dies aufregte.

Ich spürte einen Kloss im Hals. „Wie haben Sie das festgestellt?"

Theres Emmenegger stellte die Tasse mit dem Unterteller auf

den Tisch zurück und erhob sich. Ich schaute ihr zu, wie sie aus dem Wohnzimmerschrank einen Briefumschlag holte. „Das hier habe ich nach seinem Tod unter dem Kopfkissen gefunden."

Ich nahm das Kuvert und öffnete es. Ein Foto fiel heraus, sonst nichts. Ich sah mir das Bild an. Es bestand kein Zweifel, die Frau war Salomé. Ich drehte das Bild um. Catherine stand da, in winziger, fast unleserlicher Schrift. Und darunter *In Liebe für Peter.* Ich schlucke leer.

„Ist Ihnen nicht gut?" Theres Emmenegger sah mich besorgt an. „Ich weiss, die Hitze", fuhr sie unbeeindruckt fort. „Darunter leidet im Moment jeder. Soll ich Ihnen ein Glas Wasser holen? Oder möchten Sie lieber einen Cognac?"

Ich verneinte. „Seit wann kannte Ihr Mann die Frau?" Mein Körper fühlte sich an, als wäre er eine kraftlose Masse. Mein Verstand drohte, im nächsten Augenblick auszuschalten. Je länger ich darüber nachdachte, umso mehr nahmen die düsteren Gedanken von mir Besitz. Es schien, als hätte sich Salomé an nichts ahnende Männer herangemacht. Weshalb? Hatte sie sich finanziell bereichern wollen? Irgendwie ging die Rechnung nicht auf. Oder hatte sie sich prostituiert? Hatte Gaby mit ihrer Vermutung doch recht gehabt? Und doch fanden diese Schlüsse kaum Platz in meinem Kopf. Salomé war anders gewesen. Ich konnte mich doch nicht so getäuscht haben.

„Ich weiss es nicht", sagte Theres Emmenegger. „Er wurde vor einem halben Jahr pensioniert. Seither ging er seinem Hobby nach. Ab und zu machte er Ausflüge. Blieb aber nie länger als eine Nacht weg. Sie müssen wissen, dass ich das Reisen nicht mehr vertrage. Aber wenn man so lange verheiratet ist, wie wir es waren, akzeptiert man die Marotten des anderen und fragt nicht dauernd nach, wo er war. Man kennt die Schwächen und vertraut ihm."

Ich nickte verständnisvoll. Das klang einleuchtend, jedoch nicht sehr überzeugt.

„Woraus bestand denn sein Hobby?"

Theres Emmenegger hielt inne, so als hätte sie auf meine Frage gar keine Antwort geben können.

„Womit beschäftigte er sich?"

„Ich weiss es nicht genau. Es hatte mit seinem Beruf zu tun. Davon verstand ich allerdings nicht viel. Ich kümmerte mich deshalb auch nicht darum."

Ich hatte nichts anderes erwartet. Das war wohl ein Generationenproblem. Frauen, die von der Tätigkeit ihrer Ehemänner nichts wussten, nichts wissen wollten oder nichts wissen durften. Sie waren nur dazu da, ihren Männern den Rücken frei zu halten, ihnen das Zuhause so angenehm wie möglich zu gestalten, für die Kinder zu sorgen und ihren Repräsentationspflichten nachzukommen. Sie hatten keine Ahnung, weshalb sie es taten. Sie taten es einfach. Unvoreingenommen. Selbstlos. Wenn sie Glück hatten, wurden sie von ihren Ehegatten angemessen entschädigt. Für ihren Vollzeitjob. Wenn sie Pech hatten und die Männer schlecht verdienten, blieben die Frauen irgendwo auf der Strecke. Man hätte die Hausfrauen vom Staat subventionieren müssen.

„Ist Ihnen keine Veränderung in seinem Wesen aufgefallen?", fragte ich.

„Nein, er war wie immer."

„Wann haben Sie erfahren, dass Ihr Mann das Testament geändert hat?"

Ich sah, wie sie auf einmal ihre Gesichtsfarbe verlor. Sie streckte ihren Oberkörper nach vorn, als hätte sie einem unsichtbaren Gegenstand ausweichen sollen. Die Kaffeetasse in ihrer Hand fiel klirrend auf das Tablett. „Sie wissen davon?“ Sie sah mich verstört an. „Ich habe dies bei der Testamentseröffnung vor acht Tagen erfahren“, sagte sie und rang um Fassung.

„Und dann haben Sie sich mit Catherine Mahler getroffen?“

„Nein, wie kommen Sie darauf?“

„War sie auch anwesend?“

„Bei der Testamentseröffnung?“

„Ja.“

„Nein. Nur ich war da. Die Dame war scheinbar verhindert zu kommen.“

„Haben Sie Kinder?“

„Ja, einen Sohn. Der lebt in Washington.“

„Der war auch nicht anwesend?“

„Nein, ich sagte doch, dass ich alleine da war.“

„Werden Sie das Testament anfechten?“

„Selbstverständlich. Warum sollte eine Betrügerin von meinem Mann profitieren? Sie hat Peter übers Ohr gehauen. Sie wollte doch nur an sein Geld. Etwas anderes gab es bei ihm nicht zu holen.“

„Vielleicht Liebe?“

Theres Emmenegger sah mich grimmig an. Dann verzog sich ihr Gesicht zu einem bitteren Lachen. „Mein Mann war seit zehn Jahren impotent. Der Grund war ein Unfall, verstehen Sie. Ich wüsste nicht, wie er eine Frau hätte beglücken können.“

Ich schwieg. Dachte über die Ignoranz dieser Frau nach. Ihre Unaufgeklärtheit. Ihr Unvermögen, sexuelle Befriedigung in etwas anderem zu sehen als nur in einem erigierten Phallus.

Ich fand noch immer keine Worte. Grundsätzlich ging es mich auch nichts an. Ich suchte nach dem greifbar anderen, nach einer konkreten Frage, um von diesem, für mich heiklen, Thema abzulassen. „War Ihr Mann vermögend?“

Theres Emmenegger dachte nach, bevor sie ihren Mund aufmachte, als hätte sie sich jedes Wort vorsichtig zurechtlegen müssen. „Ja, er war sehr vermögend", sagte sie endlich.

Ich konnte es mir nicht richtig vorstellen. Weshalb dann diese Stadtwohnung und nicht irgendeine Villa auf dem Land? Andererseits standen hier so viele erlesene, teure Gegenstände herum, dass man den Reichtum geradezu aufgezwungen bekam. „Wohnen Sie schon lange hier?"

„Wir mussten vor einem Jahr hierherziehen, weil es mir gesundheitlich nicht gut ging. Meine Schwester wohnt im selben Haus. Sie kümmert sich ab und zu um mich. Wir haben unser früheres Heim unserem Sohn vermacht."

„Und der lebt trotzdem in Washington?"

„Er kommt nur noch während der Ferien in die Schweiz", antwortete sie.

„Wo hat denn Ihr Mann gearbeitet?"

„In der Computerbranche."

Sie kam. Aus dem Hinterhalt erst kaum erkennbar machte sie sich an mich heran. Eine wahnsinnige Erkenntnis. Etwas, das ich jedoch nicht klar definieren konnte.

„Stehen Sie mir zur Verfügung, wenn wir noch Fragen an Sie haben?" Ich erhob mich. Theres Emmenegger begleitete mich zur Tür. Sie wirkte wie eingefallen. „Und weshalb sollte ich das tun?"

„Catherine Mahler, die Geliebte Ihres Mannes, ist ermordet worden!"

Theres Emmenegger stützte sich am Türpfosten ab. Ihr Erstaunen war echt. „Dann sind Sie nicht meines Mannes wegen gekommen?", fragte sie kaum hörbar. „Sie dachten, dass Sie den Mörder hier in dieser Wohnung finden würden?" Ihr Blick veränderte sich plötzlich. Es schien, als fiele ein Vorhang über ihre Augen, ein grauer Schleier, der ihr aristokratisches Wesen vollkommen veränderte. „Ich habe diese Person nicht umgebracht!", rief sie schrill. „Aber vielleicht hätte ich es tun sollen. Um solche in unserer Gesellschaft wäre es nicht schade."

„Beruhigen Sie sich", versuchte ich, sie zu besänftigen.

„Sie hat wohl ihre verdiente Strafe erhalten. Und jetzt gehen Sie, bitte."

Ich war kaum draussen, schon schlug sie mir die Türe vor der Nase zu. Theres Emmenegger hatte ihre Haltung völlig verloren und es gab plötzlich Indizien, die gegen sie sprachen.

Der Boden unter meinen Füssen vibrierte. Der Lärm der Presslufthämmer drang mir durch Mark und Bein. Ich schritt durch den aufgewirbelten Staub und bekam prompt einen Hustenanfall. Schwer lag die Sommerhitze über der Stadt. Vom Asphalt strahlte Glut aus. Ich setzte mich in meinen Wagen und liess den Motor laufen. Vergeblich versuchte ich, die Frischluftzufuhr zu regulieren. Heiss und dumpf blies es mir entgegen.

In der Pilatusstrasse ordnete ich mich in den zähflüssigen Verkehr ein, der sich in Richtung Bahnhof bewegte. Anders als üblich waren heute Aggressionen spürbar. Die hohen Temperaturen vernichteten jegliche Toleranz zwischen den Automobilisten. Die Nerven lagen blank. Die Gemüter waren erhitzt. Und noch waren keine Niederschläge in Sicht, ganz zu schweigen von einer Abkühlung der Luft. Ich konnte mich nicht erinnern, wann wir das letzte Mal unter solch einer Hitzewelle gelitten hatten. Seit drei Wochen brannte die Stadt.

Ich vermisste sie. Der Gedanke an Salomé schmerzte tief in meinem Inneren. Vom Donnerstag auf den Freitag, die Nacht vor ihrer Ermordung, hatten wir auf meinem Balkon geschlafen. Sie hatte die Matratze vom Bett hinaus auf den Boden gelegt. Wir liebten uns, während der Himmel über uns von Sternen übersät war und der Mond langsam seine Bahn dem Horizont entgegenzog. Ihre Umarmung war nicht wie sonst, intensiver noch, als je zuvor. Sie weinte, als sie den Höhepunkt erreichte. Sie fiel dann, anders als üblich, gleich ins Bodenlose und bat mich, sie einfach nur zu halten. Wir lagen wach nebeneinander und schwiegen in die Nacht hinein. Jeder mit seinen eigenen Gedanken beschäftigt. Niemals erzählte sie mir über ihre Vergangenheit, noch dachte sie über die Zukunft nach. Sie lebte in der Gegenwart, als müsste sie jene festhalten oder sie aus Angst vor allzu vielen Enthüllungen aus Vergangenem nicht erwähnen. Es fiel mir erst jetzt auf, dass sie mir auf spezifische Fragen hin ausgewichen war. „Lass es einfach fliessen", war ihr Lieblingssatz. Ihre Person schien tabu zu sein. Reden konnte ich mit ihr nur über Gott und die Welt. Manchmal philosophierten wir den Rest der Nacht. Bevor der Morgen dämmerte und Salomé bald wieder von mir gehen musste, berührte sie mich wieder. Ihre Hände waren dann überall gewesen und hatten mich erneut in den Wahnsinn getrieben.

***

Ich kehrte heute nicht mehr ins Büro zurück. Ich hatte das Bedürfnis, nach Hause zu fahren. Daheim duschte ich lange und ausgiebig. Aber mir kam es vor, als entfernte sich der klebrige Schmutz nur ganz langsam aus meinen Poren. Gaby stand in der Küche und kochte die italienische Spezialität, die sie mir versprochen hatte. Es roch angenehm. Ich holte mir eine frische Hose aus dem Schlafzimmer und trat auf den Balkon. Die Sonne prasselte immer noch vom Himmel wie ein Feuerwerfer im Gefecht mit dem unsichtbaren Feind. Ich war gleich wieder in Schweiss gebadet. Unten auf den Schienen des Hauptbahnhofes liefen sporadisch provisorische Sprinkleranlagen auf Hochtouren, um das Verbiegen der Geleise zu verhindern. In einer mühseligen Nacht- und Nebelaktion hatte die Feuerwehr deshalb Seewasser hoch gepumpt. Später rief ich noch einmal Nina an. Ich erreichte sie zu Hause, weil sie heute früher als üblich Dienstschluss hatte.

„Kreierest du eine neue Website?“, fragte ich sie und vernahm ihre Belustigung durch ein lautes unhaltbares Kichern.

„Der Computer ist mein liebstes Kind“, sagte sie durchs Telefon. „Ich tue, was ich nicht lassen kann.“

„Wieder ein Hai, der das Männchen auffrisst, oder ist es diesmal ein Aasgeier?“

„Ich bin im Internet.“ Sie lachte, war guter Laune, was ich von mir nicht unbedingt behaupten konnte. Ich hätte sie gern gefragt, ob sie sich in der virtuellen Welt der Erotik aufhielt, was ich dann doch zu unverschämt fand. Und was ging es mich überhaupt an, wie und womit sie ihre Abende verbrachte.

„Hast du den Computer auch laufen?“ Ich hörte, wie ihre Finger über die Tastatur glitten.

„Wie schaffst du es zu telefonieren und zu tippen?“ Ich war erstaunt.

„Meine neueste technische Errungenschaft“, kam es zurück. „Telefon mit Kopfhörer und Mikrofon. Ich könnte morgen bei der Auskunft anfangen.“

Ich wechselte das Thema. „Hast du gewusst, dass Peter Emmenegger bei einer Computerfirma beschäftigt war? Könntest du bis morgen Mittag mal herausfinden, um welche es sich handelt? Er muss da frühzeitig pensioniert worden sein.“

„Ich weiss, um welche es geht. Man hat ihn hinausgeschmissen."

„Wie bitte?" Ich war verblüfft. Warum hatte mich dann seine Frau falsch informiert? Hatte sie etwas verbergen wollen? „Weisst du, weshalb?"

Nina räusperte sich. „Es gehen Gerüchte um, dass Emmenegger seine Arbeit nicht mehr pflichtbewusst ausgeführt habe. Einige seiner Mitarbeiter hätten ihn bei der Direktion verpfiffen. Emmenegger habe scheinbar die ganze Bürozeit am Computer verbracht."

„Das war der Grund für seine Entlassung?" Daran zweifelte ich allerdings.

„Das habe in einer regelrechten Manie ausgeartet", klärte mich Nina auf.

Wo hatte sie bloss diese Informationen her? „Könntest du überprüfen, ob sich Catherine Mahler auf irgendeiner Website als Verkäufliche angeboten hat?" Ich hielt eine Zeit lang inne, musste mich räuspern. „Als *Salomé*." Es fiel mir schwer, dies auszusprechen. Meine Zunge fühlte sich wie Blei an.

„Ich werde auch dies überprüfen", sagte Nina.

„Ich werde dich dann morgen Mittag sehen", sagte ich. „Am Vormittag habe ich noch einen Termin in einem Fitnessclub."

„Oh, das hört sich gut an", tönte es aus dem Telefon. „Achte darauf, dass du keinen Muskelkater kriegst."

„Es ist nicht so, wie du denkst." Ich erklärte ihr, weshalb ich den Club aufsuchen musste. „Und finde heraus, wer Milena Viano ist", sagte ich und verabschiedete mich dann.

Gaby hatte schon alles aufgedeckt.

***

Abend. Die Stadt stöhnte fiebrig. Ich rauchte auf dem Balkon. Rauchkringel stiegen in den trüben Dämmerhimmel, der sie gleich gierig verschlang. Es roch nach schwerem Schmutz, nach versengtem Metall, nach Öl. Der Bahnhof lag im Dunst eines umbrabraunen Lichts, das aus der Altstadt flimmerte. Unwirklich. Ein Komet, der durch den Äther schoss: eine FA 18 auf dem Trainingsflug. Der Knall hallte noch lange nach. Ich war paralysiert. Fühlte mich, als stünden meine Füsse im Morast, in einem Sumpf, in den ich unweigerlich sinken würde. Ein Moor, das mich verschlang, aus dem es kein Entkommen mehr gab. Ich trat an Ort, wie mir Conradin hie und da einredete, in den seltenen Momenten, wo ich stecken blieb, gefangen in mir selbst, in meinem Gehirnchaos des Nicht-Wahrhaben-Wollens. Dann wurden meine Knie weich, mein ganzer Körper drohte, vornüber zu kippen. Die unbarmherzige Glut in der Atmosphäre, die wallende Hitze in mir. Das vergebliche Suchen nach dem Ventil, das den Druck aussen und den von innen gleichermassen abliess. Wieder die Frage, ob ich mich distanzieren sollte. Dann der Gedanke an Milena Viano, die vielleicht doch etwas Licht in das ganze Dunkel bringen würde. Dann Gaby, die vergeblich versuchte, mich aufzuheitern. Mit einem italienischen Nachtessen bei Kerzenschein. Sie hatte Penne all'arrabbiata gekocht und Merlot dazu serviert. Früher wäre ich meilenweit gelaufen, für diese Teigwaren.

Jetzt hatte ich mit all dem Mühe. Mit der täglichen Einöde in den vier Wänden. Mit Gaby. Ihre Geschichten nervten mich. Ich wusste, dass sie meine eigenen widerspiegelten. Ich wollte allein sein. In meinem Kummer. In meinem Schmerz. Ich hatte sie satt: Gabys übertriebene Theatralik, mit der sie mich ständig nervös

machte. Vor zwei Jahren war mir das nicht bewusst gewesen. Vor zwei Jahren hatte es Salomé nicht gegeben.
Ich hörte, wie Gaby in der Küche das Geschirr verräumte. Ich hatte sie vielleicht verletzt, vorhin, als ich nicht mit ihr sprach, als ich mich nicht für ihre Kochkünste bedankte, obwohl ich wusste, mit welcher Liebe sie das Nachtessen zubereitet hatte. Für mich. Mir war nicht nach Reden zumute. Ich brauchte meine Ruhe, um meine innere Ohnmacht im Zaum zu halten. Das begriff sie nicht. Und ich erklärte ihr mein Schweigen nicht. Sie konnte es sich nicht vorstellen, dass ich ihre Hilfe im Moment nicht mehr brauchte, dass ich allein sein wollte.

„Wie kannst du deine Meinung von einer Sekunde auf die andere um hundertachtzig Grad ändern?“, hatte sie mich angefaucht, und als ich nichts erwiderte, räumte sie das Geschirr brüsker als sonst ab und trug es in die Küche. Ich war im Unrecht. Aber das wollte ich nicht zugeben.

„Du hast Augenringe“, sagte sie, als sie wieder zurückkam, um die restlichen Teller abzuräumen.

„Das ist der Unterschied zu den Verheirateten.“ Ich versuchte widerwillig, eine humoristische Einlage zu bieten. „Diese tragen die Ringe an den Händen.“ Ich wollte keinen Streit heraufbeschwören.

Trotzdem hatte sich die Stimmung nicht zum Positiven verändert.

„Soll ich mich aus dem Staub machen?“ Gaby kam aus der Küche, ein Geschirrtuch über die Schultern gehängt, als hätte sie mir ihre Emsigkeit demonstrieren wollen. Vielleicht hatte sie ja ihre Tage. Ich erinnerte mich, dass sie während unserer Beziehung arg unter dem prämenstruellen Syndrom gelitten hatte. Schon damals hatte sie mit einer unglaublichen Vehemenz grundlos gegen alle und jeden gegiftet. Ich verneinte, was sie zwar erstaunte, aber offensichtlich aufatmen liess.

„*Ich* werde gehen", sagte ich, um mich definitiv aus ihrem Schussfeld zurückzuziehen. Ich steckte das Zigarettenpäckchen in meine Brusttasche. Ihre Kulleraugen hätte ich nicht gesehen, falls sie welche machte. Ich trat auf den Gang hinaus und schlug hinter mir die Türe zu. Ich hatte nur noch ein Bedürfnis: allein zu sein.

Es war Nacht. Ich trat gegen eine Wand aus Hitze, Staub und schwerer Luft. Unten auf der Strasse. Raschen Schrittes ging ich zu meinem Wagen, der hinter dem Haus stand, seit der weisse Mercedes SL von Gaby die Front zierte. Ich setzte mich ans Steuer und fuhr in die Stadt hinein.

In der Tiefgarage des Hotels Schweizerhof fand ich einen Parkplatz.

Die Altstadt hatte von ihrer Lebendigkeit noch nichts verloren. Die Restaurants entlang der Reuss waren überfüllt, die Tische bis auf den letzten Stuhl belegt. Schweissgesichter, die mich anstarrten, nackte Oberkörper im fahlen Schein der Laternen, um die sich ein zäher Dunst klammerte. Ein Gemurmel, Gestöhne, Geplapper von Menschen, die mir fremd vorkamen. Vergeistigte Wesen, deren Bewegungen ich nur schemenhaft wahrnahm. In meinem Hitzetaumel. Vor dem Rathaus setzte ich mich an den Fluss. Zündete eine Zigarette an. Müde floss die Reuss ihren gewohnten Weg, trug die Lichter des gegenüberliegenden Ufers ins Endlose. Oder blieben sie stehen? Vor mir lag ein Liebespaar halbnackt im Wasser. Ihre Küsse konnte ich hören, das Raunen ihrer Stimmen. Die Frau hatte einen Körper wie Salomé. Ich hätte sie jetzt berührt, wenn sie neben mir gesessen hätte.

Wir waren nie draussen am Fluss gewesen. Sie wollte das nicht. Mir war heute bewusst, weshalb. Sie hatte sich wohl verstecken müssen. Aber ich fragte sie nie nach ihren Beweggründen. Nur sie war wichtig. In ihrer Anwesenheit vergass ich mein eigenes Ich. Über ihr lag ein Zauber, dem ich gnadenlos verfiel. Sie überraschte mich immer wieder. Mit der Art, sich mir gegenüber zu offenbaren. Mit ihrer zügellosen Sexualität. Manchmal setzte sie sich mit weit geöffneten Beinen vor mich hin und legte ihre Schenkel über meine. Nahe genug, um mir an ihr alles zu zeigen. Ihre Arme stützte sie hinter sich ab. Sie lachte. Dieses haltlose Lachen. Sie liess mich warten, bis mich meine Erregung fast schmerzte, ein Schmerz, den ich fast nicht ertrug. Sie nannte es tantrische Zelebration. Ich hatte nie darüber nachgedacht, ob dies nicht etwas Erfundenes von ihr war. Ich fand es irgendwie verrückt. Ich genoss den Augenblick, endlich in ihr zu sein. Ihre Bewegungen waren langsam und klammernd. Manchmal warf sie den Kopf wild zurück. Liess es einfach geschehen. Vergass ihre ganzen Hemmungen. Ich hatte mich oft gefragt, ob sie überhaupt welche hatte.

Ich sass eine weitere Zigarettenlänge da, unfähig, auch nur einen einigermassen klaren Gedanken zu fassen. Ich beschloss, trotz fortgeschrittener Stunde, noch einmal bei Mahlers vorbeizusehen.

Vor dem Schnellimbiss in der Hertensteinstrasse das Übliche. Grölende Halbwüchsige stürmten das Restaurant. Papierbeutel und leere Plastikbecher lagen über den Boden verstreut. Überquellende Abfalleimer. Zerplatzte Ballons. Der Geruch von abgestandenem Frittieröl stieg mir in die Nase. Vor meinen Augen das Bild einer übersättigten Gesellschaft, die nicht mehr wusste, wie blöd sie sich anstellen soll.

***

Ich drückte die Klingel, unten vor Mahlers Haus. Gleich ertönte eine Stimme. Unartikulierte Laute wie aus einer Geisterbahn. Ein knisternder Ton durch die Gegensprechanlage. Dann das Surren des Türöffners. Hatte wohl auch unter der Hitze gelitten.

Ich fuhr mit dem Fahrstuhl nach oben.

Sophie guckte mich überrascht an. Hinter ihr tauchte Roger Dürrenmatt auf. Er lachte mit klaffendem Mund. Sein Zungenpiercing glänzte provokativ. Meinen allzu intimen Gedanken liess ich heute keine Chance.

„Sie schon wieder?“ Sophie rollte mit ihren Augen. „Es ist spät“, stellte sie fest. Sie trug nur einen knappen Tanga und ein winziges Nichts von einem Büstenhalter. Ich realisierte erst jetzt, wie mager sie war. „Ich möchte noch einmal Ihren Vater sprechen“, entgegnete ich, nach Luft schnappend.

„Den hat man heute Mittag mit dem Krankenwagen abgeholt.“

„Was ist denn geschehen?“ Ich war erstaunt.

„Ich weiss nicht“, sagte Sophie. „Er brach ganz plötzlich zusammen. Muss wohl an der Hitze liegen.“

„Kann ich hereinkommen?“

Sophie blickte mich linkisch an. „Wenn es unbedingt sein muss.“

„Ich möchte Ihnen noch ein paar Fragen stellen.“ Sie spürte nicht, dass ich einfach hier sein wollte, in dieser Wohnung, in diesen Räumen, wo Salomé gewesen war.

„Ich habe Ihnen schon alles gesagt.“ Sophie versetzte der Türe einen Tritt. Mit einem lauten Knall fiel sie ins Schloss. „Kommen Sie.“

Ich schritt hinter ihr her ins Wohnzimmer, wo es sich Dürrenmatt der Länge nach auf dem Sofa bequem machte. Sophie setzte sich zu ihm. Sofort legte er ihr eine Hand auf die Brust, um mich eindeutig zu provozieren. Ich sah, wie ihre Knospen hart durchschienen wie zwei erstarrte Rosinen. „Ich bezweifle, dass Sie mir alles gesagt haben, was Sie wissen“, sagte ich lauter als gewollt. Es war der verzweifelte Versuch, meiner Stimme einen sicheren Klang zu verleihen. Ich musste mich trotzdem räuspern. Sophie schaute mich schweigend an. „Wo ist das Mobiltelefon Ihrer Mutter?“

„Reden Sie mit mir?“ Sophie lachte verächtlich. „Keine Ahnung. Sie trug es immer bei sich.“ Sie seufzte, weil Dürrenmatt sie immer noch streichelte. „Hat man es denn nicht gefunden?“

Ich ging auf die Frage nicht ein. „Kennen Sie Milena Viano?“

„Ich habe sie gestern zum ersten Mal gesehen“, entgegnete Sophie, und es klang ehrlich. „Sie hat sich als Freundin meiner Mutter vorgestellt. Echt, ich hatte keine Ahnung von ihrer Existenz. Vater hat sich auch sehr gewundert.“

„Sie hat eine Andeutung auf eine Tragödie innerhalb Ihrer Familie gemacht. Wissen Sie, was sie damit gemeint hat?“

Sophies Gesichtsfarbe verschwand plötzlich und machte einer fahlen Blässe Platz. Sie richtete sich steif auf. Dürrenmatts Hand rutschte weg.

„Verschweigen Sie mir etwas, Sophie?“

„Ich kann Ihnen wirklich nicht weiterhelfen, tut mir leid.“

Dürrenmatt setzte sich auf. „Hat man schon irgendetwas auf dem Computer gefunden?“, fragte er auf einmal.

„Warum interessiert Sie das?“

Er verzog seinen Mund zu einer Grimasse.

„Was arbeiten Sie?“, fragte ich.

„Nicht als EDV-Spezialist“, antwortete er und grinste.

Ich fragte mich, ob er überhaupt etwas arbeitete. Ob er sich auf Kosten der Steuerzahler seine Haare scheren und den Körper verlöchern liess, um dann gegen diese Steuerzahler zu rebellieren?

Vielleicht war er Student, der durch Abwesenheit brillierte. Auf jeden Fall war er ein sehr undurchsichtiger Mensch.

„Falls Sie und Sophie irgendwelches Beweismaterial unterschlagen, werde ich Sie zur Rechenschaft ziehen“, sagte ich und schaute mich um. Nichts erinnerte mich an Salomé.

Ich begab mich zum Ausgang. Ich ärgerte mich über diese zwei aus den Schuhen gewachsenen Kinder, welche die Grenzen zum Erwachsenwerden noch nicht überschritten hatten. Tendenziell war das heute so. Irgendwo fehlten die Limits, die zu setzen man nicht mehr gewillt war. Rituale, die den Schritt in den nächsten Lebensabschnitt anzeigten. Ein Zeichen, das den Schritt rückwärts verhinderte. So würde man das Kindsein bis ins hohe Alter beibehalten und somit die Eigenverantwortung ablehnen können. Ich verabschiedete mich.

***

Später wanderte ich durch die Altstadt. Allmählich verzog sich die Gluthitze des Tages. Zurück blieb ein undefinierbarer Geruch, der unheilvoll durch die Gassen zog. Vielleicht konnte ich das Ozon riechen. Das Gas, vor dem sich die Betagten fürchteten. Meine Lungen schmerzten wieder. Trotzdem zündete ich eine Zigarette an.

Vielerorts waren die Lichter im Schaufenster gelöscht, die Stadt starrte mich schwarzäugig an. Der Schatten einer Katze an der Fassade neben mir. Ich überquerte den Grendel und bog in die Weggisgasse ein. Auch hier war es plötzlich wie ausgestorben. Kaum ein Geräusch. Bloss das laute Klacken meiner Schuhe, die mich daran erinnerten, dass ich mir neue kaufen musste. Weiter vorne drei Typen, die irgendwo aus einem Hauseingang gekommen waren. Sie sprachen leise miteinander. Ihre Stimmen waren gedämpft. Durch das Werchlaubengässli erreichte ich die Kapellgasse und ging dann zurück bis zum Schweizerhofquai. In der Zwischenzeit hatte sich auch der Verkehr gelichtet. Niemand war mehr unterwegs. Einzig ein leerer Trolleybus, der seine Pflichthalte machte.

Vor dem Hotel Schweizerhof blieb ich eine Zeit lang stehen, unschlüssig darüber, womit ich die Nacht verbringen wollte. Das Hotel an der Luzerner Seebucht zog mich fast magisch an. Nur zu gern hätte ich persönlich erfahren, weshalb Salomé hier verkehrt, wer sie an besagtem Abend mit Peter Emmenegger gesehen hatte. Ob sich noch andere an sie erinnerten?

An der Bar im Hotel Schweizerhof bestellte ich ein Bier. Auch da war kaum etwas los. Es kam mir vor, als hätten sich die Leute auf ein unsichtbares Zeichen hin alle aufgelöst. „Kein Jazzabend?“, fragte ich den Barmann, der das Bier vor mich hinstellte.

„Am Mittwochabend nie. Zudem ist bald Polizeistunde.“

Ob er mich gleich wieder wegschicken würde? „Ich bin Polizist“, sagte ich und nahm seinen erstaunten Gesichtsausdruck schmunzelnd zur Kenntnis.

„Ausser Dienst?“ Der Kellner tippte auf mein Bier.

„Trinken Sie etwas mit?“, fragte ich.

„Gern danke. Ist ja bald Feierabend. Und Sie sind der letzte Gast. Einen Martini?“

„Giessen Sie sich ein, der geht auf mich.“

Er bedankte sich höflich. Ich schaute ihm zu, wie er die Flasche vom Gestell holte, Eiswürfel ins Glas plumpsen liess und es mit der goldgelben Flüssigkeit auffüllte. Ein Zaubertrank, der die Leichtigkeit von Schmetterlingen verleiht oder die Schwere von Blei bei exzessivem Genuss.

„Prost“, sagte der Kellner und nickte mir zu.

„Erinnern Sie sich an einen Peter Emmenegger?“, fragte ich, obwohl ich die Antwort schon kannte, und zündete die Zigarette an. Schnell legte ich den verbrannten Rest des Streichholzes zurück in den Ascher.

„Der Name sagt mir nichts. Soll er hier an der Bar gewesen sein?“ Der Barmann stellte das Glas ab. Er tönte völlig unwissend.

„Er hat vor etwa vier Wochen hier im Hotel übernachtet. Da dachte ich mir, dass er vielleicht bei Ihnen war.“

Der Kellner lächelte wieder charmant. „Es kommen so viele Leute an die Bar, alles namenlose Menschen, ausser einige wenige, die ich schon lange kenne: meine Stammkundschaft.“

Ich zog ein Foto von Salomé aus meiner Hosentasche, jenes, das mir Sophie gegeben hatte, und hielt es dem Kellner hin. „Haben Sie diese Frau schon einmal gesehen?“

Er nahm mir das Bild aus der Hand und betrachtete es eingehend. Ich sah, dass er nachdachte. „Ich weiss nicht recht. Irgendwie kommt sie mir bekannt vor, andererseits sehe ich täglich so viele Frauen hier, dass es mir schwerfällt.“ Er schlug sich plötzlich mit der rechten Hand an die Stirn. „Ist das nicht die, die am Montag in der Zeitung abgebildet war?“

„Ja, die Ermordete aus dem Vögeligarten“, sagte ich.

„Darum ist mir das Bild bekannt vorgekommen.“ Er schüttelte den Kopf. „Nein, tut mir leid, aber ich kann mich nicht erinnern. Vielleicht sollten Sie einmal den Empfangschef fragen.“

Ich bedanke mich und legte einen Geldschein auf den Tresen. „Stimmt so.“

Ich rutschte vom Barhocker und ging in Richtung Rezeption, die sich auf der gegenüberliegenden Seite befand. Ich schritt durch einen Wald von Marmorsäulen, der sich in den rückwandig angelegten Spiegeln wiederholte. Ausgelegte Perserteppiche verschlangen meine Schritte. Die Lüster über mir hingen tief und üppig wie von Glasäpfeln gefüllte Messing-Äste. Das Licht wirkte schummrig, beinahe gespenstisch. Wie aufs Kommando kam ein kleiner Mann aus dem Büro. Als er mich sah, lachte er freundlich. Einstudierte Gesichtsgymnastik, durchfuhr es mich. „Sie wünschen?"

Ich zeigte ihm meinen Ausweis und das Bild mit Salomé. „Erinnern Sie sich an den Herrn, der vor etwa vier Wochen vor diesem Hotel an einem Herzinfarkt gestorben ist?"

„Ja, mein Kollege hat mir davon erzählt." Ich sah, wie der Mann ein paar Zentimeter wuchs. Vielleicht schlug er demnächst sein Rad.

„Ist Ihr Kollege nicht da?"

„Nein, aber vielleicht kann ich Ihnen auch helfen. Ich hatte an diesem Tag auch Dienst."

Ich nannte meinen Namen. Er nannte seinen. Antonio. Er schaute sich das Foto an. „Die Dame war hier. Ich weiss es genau. Ihre Haare waren kürzer als auf diesem Bild. Aber das Gesicht ist dasselbe."

„War sie mit Peter Emmenengger hier?"

„Ich glaube, die Polizei hat schon nachgefragt."

„Ich bin die Polizei", sagte ich. Antonio bückte sich. Er gestikulierte so, als hätte er etwas Unsichtbares aus der Luft wegfegen müssen. Er hatte ein unverkennbar südliches Temperament. „Moment, ich kann das schnell überprüfen." Antonio verschwand im Büro. Ich hörte das Geräusch der Tastatur. Etwas später den Drucker. Mit einem Blatt in den Händen kehrte Antonio zurück. „Hier sehen Sie, Peter Emmenegger hat vom 19. bis 20. Juli ein Zimmer gebucht."

„Allein?"

„Nein, da steht für zwei Personen. Ich bin ganz sicher, dass diese

Frau bei ihm war." Antonio tippte auf das Foto.

„Ist Ihnen an den beiden etwas aufgefallen?"

„Nichts Besonderes. Waren sehr anständige Leute."

„Ging die Dame denn schon früher ausser Haus?"

„Ja, sie hatte es sehr eilig. Sie kam vor ihm aus dem Aufzug. Herr Emmenegger bezahlte dann seine Rechnung und ging."

„Ist Ihnen etwas Ungewöhnliches an diesem Emmenegger aufgefallen?"

„Nein, wir waren alle sehr erstaunt. Er machte vorgängig noch Witze mit meiner Kollegin, die einkassierte. Danach schritt er zum Ausgang."

Ich staunte ein wenig über die exakten Aussagen. Es schien, als hätte sich Antonio voll auf Emmenegger konzentriert. Im Nachhinein begriff ich es allerdings. Emmeneggers Tod hatte wohl alle ziemlich durcheinandergebracht.

„Hat es Spekulationen wegen des Toten gegeben?"

Antonio grinste hinter vorgehaltener Hand. Er räusperte sich. „Was man sich halt so erzählt, wenn ein älterer Herr mit einer jungen Dame, na, Sie wissen ja schon ..."

Ich versuchte ein Lachen.

„Vielleicht hat er sich ja verausgabt." Antonio schmunzelte.

Dasselbe dachte ich auch, obwohl mir dieser Gedanke Mühe bereitete. Er führte mir unweigerlich vor Augen, dass Salomé mich betrogen hatte. Warum hatte sie mir das angetan?

Ich bedankte mich für die Auskünfte und ging. Mein Hemd klebte auf der Brust. Ich war müde. Gegen meinen Willen kehrte ich in meine Wohnung zurück. Gaby schlief auf dem Sofa, worüber ich sehr froh war. Ich holte ein Glas Wasser und zwei Valium und begab mich damit ins Schlafzimmer. Ich schluckte sie beide auf einmal. Den Rest der Nacht würde ich mit Sicherheit in Narkose verfallen.

Donnerstag, 7. August 2003

Noch bevor ich aus dem Aufzug stieg, vernahm ich laute Musik, die aus dem Fitnessstudio drang. Ein schneller rhythmischer Bass und dazwischen das Gekreische einer Frauenstimme, polternde Füsse auf dem Parkett. Durch den Türspalt sah ich Körper an Körper, die wie irr durch Zeit und Raum hüpften, Kopf und Rumpf im Wirrwarr verschlungener Extremitäten. Ganz klar, dass die Leute da drinnen eine Aerobic-Stunde absolvierten.

Ich ging an der Tür vorbei und kam gleich in den Kraftraum. Der Typ, der an der Kraftmaschine seine Brust stählte, machte das sicher nicht zum ersten Mal. Sein Oberkörper steckte in einem hautengen Leibchen und gab mir einen unverfälschten Blick auf die durchtrainierten Muskeln frei, die sich rollend unter der Anstrengung der Übung bewegten. Sein überdehnter Brustkasten hinterliess den Eindruck falschen Atmens. Das Mannsbild würdigte mich keines Blickes, zu sehr war er mit sich und seinem narzisstischen Gebaren beschäftigt. Sonst war niemand da. Ich setze mich auf den einzigen Stuhl im Raum und wartete. Meine Augen nahmen die Umgebung ins Visier. Ein langer Tresen, auf dem überall Prospekte lagen. Kraftnahrung in einem Ständer. Hinter der Bar ein Regal, das die ganze Wand einnahm, voll bepackt mit Durstlöschern verschiedener Marken, ein paar Hanteln und Gummiseile. Daneben ein Getränkeautomat mit drei Tanks, in denen sich gelbe, orange und hellgrüne Flüssigkeiten befanden. Schwappende Vitaminbomben. Physische Assoziationen. Ein chemikalisches Elixier für

Kraftprotze oder für diejenigen, die glaubten, es dadurch zu werden. Weiter hinten ein Schlüsselbrett.

Dann tauchte Milena Viano auf. Ich musste zweimal hinsehen, um sicher zu sein, dass sie es war. Das Klassische von gestern war verschwunden. Die verweinten Augen waren strahlenden gewichen. Jetzt war sie nur noch die gestählte Powerlady, durch und durch trainiert. Ihre roten Haare hatte sie hochgesteckt. Sie trug einen knallengen Anzug, der ihre sportliche Figur zusätzlich unterstrich. Ihre helle Haut war ungewöhnlich. Zarter Alabaster, der mir bei unserer ersten Begegnung schon aufgefallen war.

„Sie sind spät dran." Sie stellte sich hinter den Tresen.

„Ich hatte noch zu tun." Ich verschwieg, dass ich verschlafen hatte. Ich liess meine Blicke ungeniert auf ihr ruhen. Dies quittierte sie mit einem Lächeln. Sie wusste um ihre Wirkung. An ihr leichtes Schielen hatte ich mich mittlerweile gewöhnt. Ich fand es erotisch. Aus dem Aerobiczimmer vernahm ich weniger schrille Musik. Wahrscheinlich waren jetzt die Bodenübungen an der Reihe. Seitenlage links und hoch das Bein. „Gehört das alles Ihnen?", fragte ich.

„Seit mein Mann gestorben ist, führe ich den Club."

„Oh, das wusste ich nicht." Ich war beschämt.

„Tun Sie sich keinen Zwang an", sagte sie. „Das ist schon ein paar Jahre her."

Ich fragte mich, ob sie in der Zwischenzeit eine neue Beziehung eingegangen war. „Wann haben Sie Catherine Mahler kennengelernt?"

Ein finsterer Schatten legte sich über ihre Augen. „Vor etwa drei Jahren. Sie kam in mein Studio mit der Bitte um ein Trainingsprogramm."

„Hat sie regelmässig trainiert?“

„Nicht so, wie sie es am Anfang wollte. Aber es machte den Anschein, als stünde sie unter einem enormen Druck.“

„Hat sie Ihnen über ihre Familie erzählt?“

„Wir kannten uns schon einen Monat, als ich sie zu einem Drink einlud. Ich glaube, dass sie an diesem Abend in ihr Elend trank, denn sie wurde auf einmal sehr redselig. Ihre Ehe klappte nicht mehr. Ihr Mann ist ein widerliches, Wein trinkendes Ungeheuer. Und wissen Sie was?“ Milena ereiferte sich masslos und unterstrich dies mit einer wilden Gestik. „Er hängt da in irgendeinem religiösen Ring. Fragen Sie mich nicht, wie dieser heisst. Aber scheinbar tolerieren die den Alkohol.“ Ein sarkastischer Unterton schwang in ihrer Stimme.

„Ist Catherine von ihrem Mann missbraucht worden?“ Ich versuchte, mir Hans Mahler vorzustellen. Er hatte nicht den Eindruck erweckt, ein brutaler Mensch zu sein. Aber ich konnte mich täuschen.

„Missbraucht?“ Milena schüttelte heftig den Kopf. „Er vergewaltigte sie im Alkoholexzess.“ Sie lehnte über den Tresen und stützt ihr Kinn auf die Hände. „Ich weiss“, fuhr sie fast wütend fort, „man sieht es ihm nicht an. Er scheint der integere Versicherungsmann zu sein. Ein Saubermann mit einem geölten Mundwerk. Ja, rhetorisch ist der stark. Jeder geht ihm auf den Leim. Jeder lässt sich von ihm einschleimen. Er ist ein Oberhirsch. Er gehört zu denen, die am Sonntagmorgen zwischen zehn und elf Uhr in der Kirchenbank sitzen und Gebete herunterleiern. Letztendlich geht es ihm ja nur darum, gesehen zu werden. Das Krokodil im Schmetterlingsgewand.“

Ich hörte den bitteren Unterton aus ihrer Stimme und musste trotzdem über den Vergleich schmunzeln. Ich erinnerte mich, dass

Mahler bei meinem Besuch fast eine halbe Flasche Wein getrunken und mir seinen fanatischen Religiositätssinn offenbart hatte. Aber ein Angeber? Er kam mir eher wie ein Ignorant vor. „Wusste ihre Tochter Bescheid?“ Ich musste daran denken, wie Sophie die Partei ihres Vaters ergriffen hatte.

„Nein, die Tochter hat er geschickt aus dem Spiel gelassen. Dafür bedeutet sie ihm zu viel.“

„Hat sich Catherine denn nicht gewehrt?“

Milena richtete sich wieder auf. „Wie sollte sie? Sie war auf ihn angewiesen. Und ich glaube, sie hatte auch die Kraft nicht dazu, dem Ganzen ein Ende zu bereiten.“

„Hat sie einen Psychiater aufgesucht oder sich sonst irgendwo Hilfe geholt?“

Die Geschichte zersplitterte in Widersprüche.

„Ich war ihre Psychologin“, sagte Milena und lächelte gequält. „Mir erzählte sie alles.“

Ich musste mich räuspern. Ob sie über die verschiedenen Liaisons auch Bescheid wusste? „Wann ging sie zum ersten Mal fremd?“

Ich bemerkte, wie sich Milenas Blicke von mir wegbewegten. „Ciao Lea, wie geht es dir?“

Ich schrak hoch. Milena nickte mir kurz zu und entfernte sich von mir. Sie holte einen Schlüssel vom Brett und reichte ihn der Kundin, der die Begrüssung gegolten hatte. Die Frau beim Eingang schaute mich mit einem frechen Blick an. Sie richtete ihren Oberkörper demonstrativ auf und hob den Kopf an. Körpersprache in Reinkultur. „Muss wieder einmal etwas für meinen Po tun.“ Sie verschwand Hüfte wackelnd rasch in einem hinteren Raum. Diese Aussage passte jedoch nicht ganz zu ihrer Haltung. Hatte sie mich etwa provozieren wollen?

„Sie hatte ein ziemliches Trauma, die Ärmste“, sagte Milena sich mir wieder zuwendend. „Ich half ihr, mit gezielten Massagen ein wenig Freiheit ins Gehirn zu bringen. Ich bin gelernte Physiotherapeutin.“ Milena schaute auf den Boden. Vielleicht war das Thema zu intim für sie. Ich konnte mir nicht vorstellen, dass ein Defizit in der Psyche durch Massagen geheilt werden kann.

„Sie können mir ruhig alles erzählen“, half ich ihr aus dem Dilemma. „Catherine war meine Freundin.“

„Das ändert nichts an der Situation.“

„Wann und mit wem ging sie fremd?“, wiederholte ich meine Frage.

„Wollen Sie mich veralbern?“, sagte Milena. „Mit Ihnen natürlich“, sagte sie, dass ich ihr glauben musste. „Sie war wie ein Teenager nach dem Abend im Casablanca.“

Ich erinnerte mich an die erste Nacht mit Salomé. Da war sie eher wie eine reife, erfahrene Frau gewesen, die genau wusste, was sie wollte. „Hat sie nach mir noch andere Männer kennengelernt?“

„Nein.“

„Sind Sie sicher?“

„Ja.“ Es klang überzeugt. „Sie sagte mir, dass sie mit Ihnen so glücklich sei wie noch nie in ihrem Leben.“

Wenn es nur so gewesen wäre. Ich änderte das Thema. „Sie hat mir erzählt, dass sie im Kantonsspital arbeite.“

Milena schaute mich entgeistert an. „Das würde mit Catherines Behauptung übereinkommen, dass Sie Arzt sind.“

„Wie konnte sie nur.“

„Ihr Vater ist Arzt“, fuhr Milena fort. „Vielleicht hatte sie irgendwelche Wunschvorstellungen in ihrem unbefriedigten Leben. Zudem besuchte sie oft die Wöchnerinnenabteilung, um sich die Neugeborenen anzusehen. Sie entwickelte einen richtigen Fanatismus.

Vielleicht ein unbefriedigter Kinderwunsch. Ich weiss es nicht."

Doch eine Neurose. „Hat sie Ihnen E-Mails geschickt?"

„Wie kommen Sie denn darauf?" Milena war sichtlich überrascht. Das musste wohl an meinen ungewohnten Fragen liegen.

„Sie habe viel am Computer gearbeitet, hat mir ihre Tochter gesagt, doch ich habe noch nicht herausgefunden, weshalb."

„Knacken Sie ihn." Milena schenkte mir andeutungsweise ein Lächeln.

„Wir sind dran", sagte ich und wollte mich verabschieden. „Ich danke Ihnen."

„Apropos knacken", Milenas Augen blitzten, „möchten Sie sich nicht einen knackigen Körper antrainieren?"

Ich drehte mich um, schaute zu dem Muskelprotz an der Hebemaschine. Darauf lehnte ich mich über den Tresen, nahe genug, sodass sich Milenas Gesicht mit meinem fast berührte. „Unter uns gesagt, mein Körper gefällt mir besser."

„Wer sagt denn, dass er mir nicht auch gefällt?", erwiderte sie mit ebenso leiser Stimme.

Ich verabschiedete mich. Später irrte ich durch die Luzerner Altstadt und kehrte in zwei verschiedenen Bars ein, unschlüssig darüber, weshalb. Ich wusste nicht genau, wie spät es war, als ich zur Kripo zurückkehrte.

***

Die Türe zu Ninas Büro stand offen. Ich warf einen Blick auf den Rechner. Keine Haie mehr. Kein angelndes Männchen. Der Bildschirm gähnte mir grau entgegen. Ich schaute mich auf dem Pult um. Das Übliche. Stapel von ungeöffneter Post, Zeitungen und Akten von alten Fällen. Was sie wohl gesucht hatte? Eine leere

Kaffeetasse mit den Spuren roten Lippenstifts am Rand, eine aufgebrochene Packung Florentinerli. Der Feigenbaum neben dem Schreibtisch hatte viele seiner Blätter verloren, der Boden um den Topf war davon übersät. Da war jemand daran gestossen. Nina war ein ordentlicher Mensch. Es machte den Anschein, als hätte sie ihr Büro in grosser Eile verlassen. Mechanisch bückte ich mich und nahm die Blätter auf dem Boden zusammen, bevor ich sie in den Papierkorb warf.

Ich trat auf den Korridor, horchte in die Räume hinein. Erst jetzt wurde mir klar, dass es Mittag war. Ich musste den gesamten Morgen im Fitnessclub und in den Bars verbracht haben. Ich ging in mein Büro. In der Post war nichts, was für mich wichtig gewesen wäre. Auf meinem Pult fand ich einen handgeschriebenen Zettel. Ninas Schrift. Ich solle am Nachmittag zu ihr kommen. Sie habe etwas gefunden, was mit dem Fall Catherine Mahler zu tun habe. Mein Puls war deswegen nicht schneller. Ich hatte keine Illusionen mehr.

Um halb zwei kehrte Nina zurück. Gleich nahm ich sie in Beschlag, was sie wohlwollend zur Kenntnis nahm. „Neugierig?"

Ich setze mich zu ihr ans Pult. „Nein, wohl routinemüde."

Sie lachte über meine Worte. „Ich habe mich gestern Abend mal ein wenig in den verschiedenen Chat-Räumen im Internet bewegt", sagte sie, was mich allerdings gleich aufhorchen liess.

„Dem Chat-Fieber verfallen?"

„Manchmal ja, aber behalte das um Gottes Willen für dich." Nina schaute mich mit einem tadelnden Blick an. „Ich war schon lange nicht mehr drin. Aber ich glaube, dass sich deine Tote mit der gleichen Leidenschaft angefreundet hat. Solche kuriosen Namen, von denen du sprachst, werden von den Chattern als Pseudonyme verwendet. Du wirst es kaum glauben, wie sich die Leute da nennen. *Nostradamus, Highheel-Lover, Hotter, Titan, Rigoletto, Mustang* oder *Flirter*, um nur einige zu nennen. Solche Namen können sehr aufschlussreich sein. Ich bin mir heute ganz sicher, dass sich Catherine Mahler in diesen Kreisen bewegt hat."

„Jetzt pokerst du aber", mutmasste ich.

„Nein, ich bin nur einer Eingebung gefolgt." Nina startete ihren Computer. „Wollen wir einmal in die Unterwelt der Anonymen abtauchen?" Sie klickte das Internet an und loggte sich gleich in den Chat-Raum. Ich konnte mich mit der Idee nur langsam anfreunden. „Du hast alle Möglichkeiten offen", sagte sie und suchte mit dem Cursor ein Feld. „Nickname?"

„Wie bitte?"

„Erfinde einen Namen, der zu dir passt."

Das überstieg mein geistiges Potenzial. Ich musste unweigerlich lachen, obwohl es überhaupt nichts zu lachen gab. Ich erinnerte mich an die Agenda mit den grotesken Namen. „Fantasmo", sagte ich. „Schreibe Fantasmo."

Ein Fenster ging auf. Wir waren drin.

„Erstaunlich", sagte Nina, „was schon am Nachmittag abgeht. Konzentriere dich auf die Konversationen. Und das sollen erwachsene Leute sein." Sie grinste vor sich hin.

Ich staunte über den primitiven Wortschatz der Beteiligten. Ich konnte mir unmöglich vorstellen, dass sich Salomé mit solchen Dingen abgegeben hatte. „Hast du damit Erfahrung?", fragte ich.

„Das tun doch heutzutage alle", erwiderte Nina. „Für mich ist es purer Zeitvertreib. Manchmal trifft man auch Intelligentere, mit denen man durchwegs ein anständiges Gespräch führen kann." Nach einer Weile ergänzte sie: „Das stärkt das Selbstbewusstsein."

Ich konnte es nicht nachvollziehen und dachte, dass sie sich damit wohl selbst qualifizierte, was eigentlich nicht zu ihr passte. Ob es Zeiten gab, in denen sie sich einsam fühlte? Ich wartete vergebens, dass mich jemand ansprach. *Fantasmo* war wohl nicht gefragt.

„Du musst das anders anstellen“, belehrte mich Nina. „Versuchen wir es mal mit einem weiblichen Pseudonym.“

„Salomé“, sagte ich und hätte mir am liebsten gleich die Zunge abgebissen. Doch Nina hatte den Namen schon eingegeben. Meldete sich bei den anderen mit einem *Hallo* an. Aber nichts geschah. Auch *Salomé* blieb unbeachtet.

„Kann man irgendwie feststellen, aus welcher Gegend die Verbraucher kommen?“

„Das findest du in der Regel nur durch die Gespräche heraus und durch die nationale Fahne vor dem Pseudonym.“

„Wenn man den Provider kennt, müsste es doch möglich sein, die Benutzer aufzuspüren.“

„Ich weiss es nicht“, sagte Nina. „Vielleicht kann dir Franz darüber Auskunft geben. Ich an deiner Stelle würde es auf die konventionelle Tour versuchen. Oder soll ich das für dich erledigen?“

„Das ist nett von dir“, sagte ich. „Aber ich werde mich selbst in diesen Flirt-Channels bewegen. Du hast mich echt neugierig gemacht.“ Ich überlegte mir, ob ich nach Hause fahren oder den Nachmittag im Büro verbringen sollte. Ich entschloss mich für die zweite Variante, da ich keine Lust verspürte, mit Gaby den Weg zu kreuzen.

Mit einer Tasse Kaffee und einem neuen Paket Zigaretten verschanzte ich mich in meinen vier Wänden. Manchmal verschafften mir solche Nachmittage durchwegs Befriedigung. Niemandem begegnen, mit niemandem reden und schon gar nicht jemanden ausfragen. Im Büro schaltete ich den Computer ein. Der Chat war Neuland für mich. Ich war nie auf die Idee gekommen, mich in diese Seiten einzuklicken, ganz zu schweigen davon, mit irgendjemand Unbekanntem ein blindes Gespräch anzufangen. Ich hatte einmal gehört, dass diese denkwürdigen Seiten im Internet nur von jenen besucht werden, die eindeutige Absichten hegten. Organisiertes Treffen im Hinterhalt oder die Lust auf die Katze im berühmten Sack. Musste wohl eine ganz spezielle Art von Verbrauchern sein, die sich hier bewegte. Meine Neugierde war erwacht. Ich nannte mich ganz einfach *m-33*. Es wäre falsch gewesen, die Gespräche als solche zu benennen. Es war wohl eher ein Analphabetismus für Fortgeschrittene. Ich schmunzelte über die Lappalien, über die geredet wurde, über die Bagatellen einer in die Dummheit treibenden Gesellschaft, die sich im Nichtvorhandensein von Wichtigkeiten den Rang ablief. Die Leute sagten viel und doch nichts. Sie beschränkten sich auf die immer wiederkehrenden Wörter, die kaum etwas Geistreiches beinhalteten. Das eigentliche Ziel der erotischen Anpeilung wurde zwar geschickt umschrieben, aber weder eingehüllt noch zu zementiert. Ich staunte über die holde Weiblichkeit, die hier als unerkannte Scharfmacher den Mann in imaginäre Netze katapultierte. Wenn ich mir ihre Pseudonyme ansah, so erkannte ich ganz klar ihre Mittel, die sie zum Zweck einsetzte. Ein Lobgesang auf ihre Weiblichkeit. Eigenwerbung. Was sonst bezweckten diese Frauen, die sich als *Julia, Amor-be, Molly, Electra* oder *Tantra* eintrugen, als zu verführen? Und wie anders konnte ich es verstehen, als dass diese Männer hier sich von eben diesen Frauen pervertieren liessen?

Als Mann hatte ich niemandem Interesse geweckt. Ich versuchte es nochmals mit *Salomé*.

Hallo, da bin ich wieder.

Es funktionierte. Schneller noch, als ich gedacht hatte. *Kios* klickte mich an und schmiss mich in ein freies Feld. Jetzt war ich abgeschottet. Weg von der Masse. Es mutete fast intim an.

Lust auf was Erotisches?

Und schon war es da. Dieses exhibitionistische Ergötzen. Dieses Fieber in den Lenden des Mannes, wenn das Hirn Titten und Arschbacken registriert. Ich lachte in mich hinein. Wenn der gewusst hätte, wer sich wahrlich hinter meinem Pseudonym verbarg. Ich liess mich mit *Kios* ein. Schlüpfte für einmal in die Haut einer Frau, was mich im Angesicht der Tatsachen mehr als nur faszinierte.

Kennen wir uns?, tippte ich ein.

Was nicht ist, kann noch werden. Woher kommst du? Kios schien, wie erwartet, keine Hemmungen zu kennen.

Aus Luzern, antwortete ich.

Ich aus dem Zürcher Oberland. Wie siehst du aus?

Der direkte Schritt zum Ziel. Aufspüren, anmachen, zuschlagen. Der kannte wirklich nichts. Ich dachte darüber nach, ob ich Salomé beschreiben sollte, und liess mich auf das Spiel ein. Ich fragte mich, ob ich jemals ihren Körper so wiedergeben konnte, wie er in Wirklichkeit gewesen war. Diese vollendeten Formen, die mich an den Gipsguss einer Venus erinnerten. An die Bronzestatue eines Künstlers, der wohl die gleichen Gedanken zu hegen pflegte wie ich in diesem Moment, als ich bedauerte, Salomé nie in Gips gegossen zu haben. Es war ihr Vorschlag gewesen, dies zu realisieren. Eine von ihren verrückten Ideen. Für die Beschaffung des Materials hatte ich mir Zeit gelassen. Jetzt war es zu spät.

Ich sah Salomé vor mir. Ihre zwei Grübchen auf den Wangen, wenn sie lachte, das ebenmässige Gesicht, ihre schimmernden Augen, in die ich jeweils am liebsten versunken wäre. Augen, die nur in der Erregung schwarz gewesen waren, aber darüber schwieg ich.

Dann passen wir ja zusammen, schrieb Kios nach Salomés Beschreibung selbstsicher. *Ich bin 185 Meter gross und 90 Kilogramm schwer, gross, sportlich und blauäugig.*

Meine Zeilen genügten ihm vollkommen, um die Mutter mit der Schraube zu vereinigen, wenn auch nur in seinem Kopf. Wirklich blauäugig. Ein Hüne, dachte ich. Ein Norweger oder Finne. Ein Seebär. Ob er einen Bart trug? Es war ein seltsames Gefühl, mit jemandem über die intimsten Dinge zu plaudern, ohne sich dessen Gesicht vorzustellen oder einen mir bekannten Menschen dahinter zu sehen. Schlimmer noch, als sich vor einer Menschenmenge auszuziehen. Hier wurde die Seele entblättert, das Schamgefühl zerstört, wenn überhaupt noch ein kleiner Rest davon übrig geblieben war. Meine Vorstellungskraft reichte nicht aus. Er dagegen sah wohl nur zwei gespreizte Frauenbeine.

Und, was hast du jetzt vor?

Ich bin scharf auf dich, stand da. Also hatte ich mit meiner Vermutung recht gehabt.

Machst du das immer so? Ich konnte meine Neugier kaum noch bezähmen.

Bis jetzt hat es funktioniert, kam es spontan zurück.

Konnte ich mir vorstellen. *Du hast also schon Frauen auf diese Weise getroffen?* schrieb ich, meiner angewandten Naivität bewusst.

Ja. Schon viermal, antwortete Kios und fiel prompt darauf herein. Sein Gehirn schien es nicht mehr zu geben.

Und war es das, was du dir vorgestellt hast? Mein Voyeurismus hatte eine gefährliche Dimension angenommen.

Ja, es war total gut.

Wo habt ihr euch getroffen?

Bei mir zu Hause.

Ich staunte über den Mut gewisser Frauen. Oder wollte mich Kios bloss bluffen? Jetzt klickte ein anderer dazwischen. Kios war weg.

Störe ich?, schrieb Mad Max. Dieser Name kam mir bekannt vor. Ich erinnerte mich. Von meinen Haarwurzeln aus ging eine feuchte Hitze und breitete sich schnell über den ganzen Kopf aus.

Nein, wie kommst du darauf, dass du mich stören könntest. Meine Finger rasten über die Tastatur in meiner Bange, einen wichtigen Moment zu verpatzen.

Habe schon lange nichts mehr gehört von dir, schrieb Mad Max.

Gleichfalls, antwortete ich schnell. Du machst dich auch rar.

Hast du wieder einmal Lust und Zeit für ein Glas Wein?

Ach so ging das. Meine Spannung stieg. Wenn das der Mad Max war, der in Salomés Agenda vermerkt war, so war ich jetzt ganz nahe daran. Ich durfte jetzt einfach keinen Fehler machen. Können wir uns nochmals treffen?, schrieb ich.

Du weisst ja, wo ich zu finden bin, schrieb Mad Max zurück.

Ich war blockiert. Geschockt. Überrascht. Salomé hatte mit ihm geschlafen, weil sie betrunken gewesen war. So interpretierte ich ihren Eintrag. *Hilf mir, das ist schon so lange her.* Mein verzweifelter Versuch, seine Adresse ausfindig zu machen.

Aha, ich bin wohl nicht der Einzige, dem du den Schwanz leckst.

Ich war perplex. Die Sprache gefiel mir nicht. Diese Abgedroschenheit, diese Respektlosigkeit. Er kannte keine Grenzen und hatte nicht die leiseste Ahnung von Anstand. Gab ihm die Anonymität im Chat-Raum das Recht, sich jeglichen Feingefühls zu widersetzen?

Zudem hast du ja meine Handynummer. Oder hast du die auch verlegt?

Mir fiel seine Aggression auf. Ich konnte sie fast körperlich spüren.

Beschreibe dich, befahl er mir. *Ich muss sicher sein, dass du es bist.*

Ob er Verdacht schöpfte? Ich schlüpfte wieder in Salomés Gestalt und rückte mich ins beste Licht. Mad Max schien zufrieden zu sein und fiel in eine gesittetere Schreibart.

Du weisst ja, wo der Römerhof ist. Da fährst du hoch über die Rütistrasse bis zum Sennhauserweg. Da findest du mich. Hat es bei dir geklimpert? Ich erwarte dich heute Abend um 20.00 Uhr bei mir. Habe sturmfrei.

Interessiert es dich denn gar nicht, ob ich überhaupt kommen möchte?, fragte ich.

Ich glaube, dass dir der letzte Abend mit mir so gefallen hat, dass du ihn wiederholen möchtest, schrieb er.

Er war sehr selbstsicher. Ich konnte ihn mir jedoch sehr schwer vorstellen.

Werde da sein, tippte ich auf die Tastatur, um nicht den Faden zu verlieren. *Ciao Max.*

Er tappte prompt in die Falle.

Alex ist mein Name, schrieb er, dieser selbstherrliche Fremde.

Wo stand der Römerhof? Meine Gedanken schweiften zu Nina. Sie würde es für mich herausfinden. Und Alex, der am Sennhauserweg wohnte. Ich klickte den Chatroom aus. So viele Erfolgsmomente an einem Nachmittag hatte ich mir nicht erträumt. Ich war zufrieden.

Mit dem Stadtplan von Zürich und der vollen Adresse von Alexander Thommen kehrte ich am späten Nachmittag zurück in meine Wohnung. Nina kannte sich in der Schweizer Geografie weit besser aus als ich und hatte mich auf die Stadt an der Limmat verwiesen.

***

Vor meiner Wohnungstüre wartete ich einen Moment. Aus dem Inneren drang laute Musik. Ungewöhnlich für Gaby. Sie hatte sich nie sonderlich viel aus Musik gemacht. Schon gar nicht aus Techno. Es brachte mich zum Schmunzeln. Ob sie sich in meiner immensen Sammlung zu schaffen gemacht hatte? Ich dachte unweigerlich an Salomé. Salomé, für die Musik immer sehr wichtig gewesen war. Sie hatte es geliebt, was immer wir taten, dass Musik diese Stimmungen unterstrich. Am liebsten legte sie *Unfinished sympathy* von *Massive Attack* auf, wenn sie mich aufforderte, sie so lange zu verwöhnen, bis sie in einer orgasmischen Apokalypse endete. Dieser Song erregte sie so, dass sie sogar die Wiederholtaste einschaltete. Manchmal hatten wir das Stück bis zu zehnmal hintereinander angehört.

Ich trat ein, überrascht, als ich Gaby den Koffer packen sah. Es mutete seltsam fremd an. Sie war nur mit BH und Slip bekleidet, ihr Körper glänzte, ihr Kopf war rot vor Anstrengung.

„Ich denke, dass es besser ist, wenn ich mich aus dem Staub mache", sagte sie, sich vor mir aufrichtend, bevor ich irgendwelche Fragen stellte. Ich schritt auf sie zu und packte sie an der Schulter. „Jetzt halt mal inne!" Ich wusste nicht, ob ich so etwas wie Erleichterung verspüren sollte. „Wenn ich mich gestern wie ein Idiot aufgeführt habe, so tut es mir leid. Aber das ist noch lange kein Grund, dass du gehst."

„Brauchst du mich etwa noch?" Ihre Stimme klang zaghaft. Mechanisch strich sie sich eine Strähne aus ihrem Gesicht, das mit Schweissperlen übersät war, die wie Diamanten aussahen oder winzige Plastikkügelchen.

Ich zog meine Hände wieder zurück. Und schwieg.

„Für deinen Fall?" Sie gab nicht auf.

Ich erwiderte nichts.

„Ich glaube nicht, dass ich dir in irgendeiner Weise noch helfen kann", sagte sie spröde. „Dein Fall bedarf weit mehr als einer polizeilichen Abklärung."

Ich war wie vor den Kopf gestossen. „Wie meinst du das?"

„Du bist krank. Mehr fällt mir dazu nicht ein."

Das war eine krasse Unterstellung. So viel Pietätlosigkeit hätte ich von Gaby nicht erwartet. „War das jetzt deine weibliche Intuition oder muss ich davon ausgehen, dass du auf eine Tote eifersüchtig bist?" Mein Bedürfnis, mich ihr gegenüber zu rechtfertigen, war grösser, als ihre Anspielungen wie gewohnt wegzustecken.

„Das möchtest du wohl." Gaby blickte mich mit blitzenden Augen an. „Wer war sie denn? Kann ich etwas dafür, dass du dich mit einer solchen Schlampe eingelassen hast?"

Ich hatte keine Lust, darauf einzugehen, obwohl ich ihre Laune missbilligte. Aber diese niederschmetternden Tiefschläge war ich aus der Vergangenheit gewohnt, auch, dass sie nie so gemeint waren, wie sie klangen.

„Du hast dich gestern kolossal aufgeführt", fuhr sie fort. Sie lenkte von ihrem Unvermögen ab, das spürte ich jetzt.

„Ich sagte doch, dass es mir leidtut", wiederholte ich.

Gaby war völlig aufgelöst. Sie kam mir vor wie in einer Seifenoper, in einer dieser Rollen der blindwütigen Aktrice, welche im Begriff war, im nächsten Augenblick alle möglichen Dinge über den Haufen zu werfen. Ihr Mikrokoffer platzte dann auch tatsächlich aus allen Nähten. Gaby brachte das Schloss kaum zu. Hätte ich ihren pseudoenervierenden Hang zum Übertriebenen nicht schon gekannt, hätte ich ihr den Koffer aus der Hand gerissen, ihn in die Schlafzimmerecke geworfen und Gaby hinterher. Ich konnte mich beherrschen.

„Überlege es dir doch noch einmal“, besänftigte ich sie.

„Ich weiss nicht, was es da noch zu überlegen gibt“, zischte sie. „Ich bin wohl zu einem sehr ungeeigneten Zeitpunkt in deinem Leben aufgetaucht.“

Da war ich ihrer Meinung. „Ich dachte, dass wir uns verstehen.“ Ich mochte keinen Streit mit ihr, jetzt nicht. „Du kannst mich nach Zürich begleiten, wenn du willst“, sagte ich ihr deshalb, bloss darauf aus, sie zu besänftigen.

Gaby schwieg mit offenem Mund.

„Ziehe dir etwas über“, forderte ich sie auf.

„Ich dachte schon, dass ich dir völlig gleichgültig bin.“ Sie hängte sich plötzlich demonstrativ um meinen Hals.

Ich wusste nicht, was ihren Gesinnungswandel veranlasst hatte. Und uns Männern wird weisgemacht, wir sollten die Frauen verstehen. Ich schob Gaby von mir.

„Brauchst du mich als Lockvogel?“, fragte sie.

„Nein“, antwortete ich, nun nicht mehr sicher, ob meine Idee so gut war, wie ich sie mir eben noch vorgestellt hatte. Ich kam mir wie ein Arschkriecher vor.

„Und warum nimmst du Julien nicht mit?“

„Ich weiss nicht.“

„Ich dachte, dass ihr zusammenarbeitet?“

„Wir arbeiten alle irgendwie an diesem Fall“, sagte ich.

„Warum machst du es dann allein?“

Ich konnte ihr darauf keine Antwort geben. Oder hätte ich ihr die Wahrheit sagen sollen? Zugeben, dass ich bei diesem Fall ein persönliches Problem hatte und allein sein wollte? Dass ich mir nicht in die Karten schauen lassen wollte, weil ich

Angst vor einer Entlarvung hatte? „Wir sind im Moment alle ziemlich unter Druck“, log ich und winkte ab, als Gaby den Mund erneut aufmachte. „Sage jetzt einfach nichts mehr. Ich bin ziemlich fertig mit den Nerven.“

„Das sehe ich“, sagte Gaby, erneut in ihrem Element. Sie hörte nicht auf. „Vielleicht solltest du Conradin einfach die Wahrheit sagen. Du setzt dich selbst enorm unter Druck, wenn du schweigst. Wie willst du dich rechtfertigen, wenn die herausfinden, dass du mit der Toten liiert gewesen bist? Also, ich finde deine Handlungsweise extrem kontraproduktiv.“

Ich schwieg. Ich schwieg auch noch, als wir nach einer Viertelstunde miteinander vor das Haus traten. Ich war mir auf einmal nicht mehr sicher, ob mein Vorhaben gerechtfertigt war und ich doch besser Conradin informiert hätte.

***

Am frühen Abend fuhr ich mit Gaby in Richtung Zürich. Die Autobahn bis Sihlbrugg war wie immer stark frequentiert. Im Sihltal wälzte sich die Kolonne zum Glück auf der gegenüberliegenden Fahrbahn. Bis Brunau kamen wir gut voran. Dann standen auch wir im Stau. Ich war froh, dass ich die Zeit mit der Verkehrssituation einkalkuliert hatte. Gaby hatte tatsächlich in der Schnelle ein paar belegte Brote gemacht, mit Schinken, Tomaten und Käse bestückte Baguettes, die sie nun genüsslich vor meinen Augen aus dem Zellophanpapier schälte. Kichernd streckte sie mir eines dieser Brote unter die Nase. Ich konnte unmöglich widerstehen und gleichzeitig wurde mir bewusst, dass ich das Mittagessen heute vergessen hatte.

„Irgendjemand muss sich ja um dich kümmern“, sagte sie lakonisch, als sich ihre mit meinen Augen trafen. Sie klang wieder völlig vernünftig und frei von jeglichem Arg. Während ich das Sandwich verspeiste, fragte ich mich ein paar Mal, weshalb sich Gaby in die Wechselwirkung ihrer Gefühle begeben hatte, sie, die ich eher als eine ausgeglichene, wenn auch dramatische Frau kannte. War ich schuld daran?

„Hast du Ärger gehabt?“, wagte ich eine zaghafte Frage.

Aus meinen Augenwinkeln sah ich, dass sich Gabys Körper anspannte. „Vielleicht habe ich mir zu viele Hoffnungen gemacht“, sagte sie plötzlich.

„Dann steht es um deine Ehe also doch nicht so gut?“

„Habe ich das jemals beschönigt?“

Ich überlegte mir, ob Gaby mit ihrem Mann von meiner Wohnung aus telefoniert hatte. Ich hatte es nicht kontrolliert. Oder hatte sie sich am Ende gedacht, mit mir ein neues Leben beginnen zu können? War es das, was sie bedrückte? Und warum war sie genau zu dem Zeitpunkt wieder in meinem Leben aufgetaucht, in dem ich Salomé verloren hatte? Hätte ich nicht auch sie in den Kreis der Verdächtigen aufnehmen müssen?

Wir erreichten Zürich. Die Stadt stöhnte unter der Last der heissen, schweren Luft. Es war mir, als erkannte ich die Glocke aus Schmutz über den Dächern, die Schale aus Ozon, die Decke schwelenden Giftes. Der dumpfe Geruch drang durch die Belüftung in mein Wageninneres und erschwerte mir das Atmen. Ich steuerte meinen Wagen durch die Kolonnen, die sich über die Quai-Brücke in Richtung Rämi- und Hottingerstrasse wälzten. Eine Schlange aus gleissenden Karosserien. Erst in der Asylstrasse lichtete sich der Verkehr. Vor dem Römerhofplatz brachte ich mein Auto zum Stehen. Hier musste ich die Stadtkarte zur Hand nehmen.

„Hast du die Orientierung verloren?" Gaby lächelte. „Ich weiss", sagte sie. „Zürich ist wie ein Albtraum."

„Wohl eher wie ein surrealistisches Labyrinth", entgegnete ich. „Ich komme mir jedes Mal wie ein Eindringling vor, der sich unter eine optimal organisierte Schrebergartengemeinschaft mischt." Dies drückte denn auch genau die Gefühle aus, die ich für diese Stadt empfand.

„Du bist zynisch", sagte Gaby.

„Jeder hier weiss, wo sein Pflänzchen steht, wo das Türchen in sein Geheimstes ist", fuhr ich fort. „Eine Stadt mit einer feudalen Strategie für Insider. Wehe, es kommt ein Fremder daher. Nicht einmal sichtbare Strassenschilder können die anbringen, damit man sich nur einigermassen zurechtfindet. Und überall diese Einbahnstrassen."

„Jetzt beruhige dich", sagte Gaby, scheinbar froh darüber, dass ich das Gespräch von vorhin auf andere Bahnen gelenkt hatte. Sie faltete indes den Stadtplan auseinander. „Du hast mir noch gar nichts darüber erzählt, was du von mir bei diesem Einsatz erwartest."

Ich schaute auf die Uhr. Wir hatten noch genügend Zeit. „Ich erwarte gar nichts. Du kannst im Wagen warten, wenn du willst."

„Warum?"

„Weil ich dich nachher zum Essen einladen will."

Für eine Weile schwiegen wir.

„Falls dieser Thommen irgendetwas mit dem Tod von Catherine Mahler zu tun hat, wird er nicht ungefährlich sein", sagte Gaby später, ohne auf meinen Vorschlag von vorhin zurückzukommen.

„Ich bin auf der Hut."

Gaby tippte mit ihrem rechten Zeigefinger auf den Plan, um mir zu demonstrieren, dass sie die Adresse gefunden hatte. „Na, dann wollen wir einmal", sagte sie und klappte die Karte wieder zu. „Hast du Angst?"

Ich liess den Motor wieder an. „Warum sollte ich? Ich tue meinen Job."

Gaby warf ihren Kopf nach hinten. „Vielleicht ist er der Mörder."

Ich fuhr via Klosbachstrasse in die Carmenstrasse und fand nach ein paar Metern endlich die Zufahrt zum Sennhauserweg. Die Häuser erinnerten mich alle an die Zeit der vorletzten Jahrhundertwende: Herrschaftsbauten im Jugendstil, zum Teil frisch renoviert, im Charakter aber kaum verändert. Ich liess mein Auto einfach am Strassenrand stehen. Wir stiegen aus und schauten uns gleichzeitig um. Die Gegend wirkte wie ausgestorben.

„Da muss es sein", sagte Gaby und schritt auf ein graues Haus zu. Mutig öffnete sie ein Gartentor und verschwand hinter zwei Büschen.

Ich sah an den Fassaden hoch und die hohen Fenster mit den bemerkenswerten Verzierungen an. Die Rollläden waren überall heruntergelassen. Neben dem schmiedeisernen Tor standen zwei Gipsstatuen, die mit einer grün-grauen Patina überzogen waren. Römische Götter mit dem Feigenblatt auf einer viel zu kleinen Anatomie des Geschlechts. Ich erreichte das Tor, als Gaby beim Eingang stand. Wild entschlossen wollte sie die Klingel betätigen. „Jetzt halte mal inne", rief ich ihr hinterher. „Ich möchte mich zuerst ein wenig umsehen. Vielleicht existiert irgendwo ein Durchgang zur vorderen Seite des Hauses." Ich ging durch einen dicht verwucherten Garten. Ein kleiner Rasenplatz breitete sich vor mir aus, wohl kaum von jemandem als Ort zum Ausspannen benutzt. Das Gras war hoch und mit dürrem Unkraut durchsetzt. Ich schaute an die Fassade. Auch hier waren die Fenster geschlossen.

Das Haus wirkte unbewohnt. Ich ging zurück zu Gaby, die ungeduldig auf dem Absatz zum Treppenhaus wartete.

Sie sah mich erwartungsvoll an. „Hast du die Pistole?"

„Ich möchte, dass du hier unten auf mich wartest", sagte ich, ohne auf ihre Frage einzugehen.

„Und Munition?"

„Du gibst wohl nie auf."

Gaby lachte und stieg die Treppen vor mir hoch. Sie ignorierte mich.

Die Bretter unter unseren Füssen knarrten. Unebene Hölzer, an denen der Zahn der Zeit nagte. Man hatte vergebens versucht, mit durchsichtigem Lack die Wurmlöcher zu übermalen, die Risse auszufüllen. Es war nicht immer einfach, die Vergangenheit zu kaschieren.

Bevor wir im obersten Stockwerk ankamen, vernahm ich den dröhnenden, hämmernden Bass einer Musikanlage, ganz vage eine Melodie. Gaby drückte den Klingelknopf. Sie musste ein zweites Mal klingeln, bevor die Türe geöffnet wurde. Vor uns erschien ein schlaksiger junger Typ in abgewetzten Jeans und mit blossem Oberkörper. Ich war perplex. Er hatte halblange schwarze Haare, die wirr in ein feminines Gesicht fielen. Seine Augen waren so dunkel, dass ich die Pupillen nicht erkennen konnte. Die Haut war fast durchsichtig weiss, der Körper mutete kränklich an. Ein sonderbarer Kontrast. Keine Spur von dem Mannsbild, das ich mir in meinen Fantasien vorgestellt und mir im Verlaufe des Chatgespräches zusammengereimt hatte.

„Guten Tag." Thommen entblösste provokativ ein perfektes Gebiss. Nichts deutete darauf hin, dass er über unseren Besuch erstaunt war. Wenigstens war diese Eigenschaft geblieben: vertrauensselig und frech wie im Internet. Ich stellte mich vor und hielt ihm meinen Ausweis hin, was Thommen augenzwinkernd zur Kenntnis nahm.

„Treten Sie ruhig ein." Er hielt uns die Türe auf.

Das hatte ich nicht erwartet. Ich warf Gaby einen raschen Blick zu, was sie lächelnd quittierte. Die Wohnung war so, wie ich mir Altwohnungen nie vorgestellt hatte. Ein Entree, aus dem in jede Richtung Türen gingen. Der Boden knarrte bei jedem Schritt. Thommen beorderte uns ins Wohnzimmer, das spärlich mit ein paar einfachen Möbeln bestückt war: ein Sofa, ein Tisch, ein Schrank, gerade das Notwendigste zum Leben, das Existenzminimum. Ihnen gegenüber befand sich ein Gestell mit einer neuen Stereoanlage und Türmen von CDs. Eine unübertreffliche Diskrepanz. Solche Momente muteten seltsam an. Ich fragte mich, welche Prioritäten sich die Leute im Allgemeinen setzten. Am Boden eine elektrische Gitarre. Ich revidierte meinen ersten Eindruck und setzte mich unaufgefordert auf das Sofa. Thommen stellte die Musik ab.

„Sie wissen dann wohl auch, weshalb wir hier sind", fragte ich.

Thommens Augen begannen zu leuchten und wie idiotisch lächelte er. Ich zweifelte plötzlich an seiner Zurechnungsfähigkeit. „Wie sollte ich? Oder vielleicht wollen Sie ja ein Autogramm von mir."

Instinktiv rutschte ich auf die Seite, was er mit einer abwehrenden Handbewegung erwiderte. Ich fragte mich, ob er geistig zurückgeblieben war.

„Sie sind doch Alexander Thommen, nicht?"

„Ja, der bin ich. Von oben bis unten." Wieder sein unverschämtes Lachen.

„Haben Sie nicht jemand anderen erwartet?" Ich fixierte ihn. Er wich mir mit seinen Blicken nicht aus, was mich überraschte.

„Muss ich das?“ Wieder dieses freche Grinsen.

„Salomé zum Beispiel“, sagte ich.

Jetzt war er verdattert. Starr. Stumm. Und kriegte seinen Mund nicht mehr zu. Über sein blasses Gesicht zog eine feine Röte, bevor er mit einer ungewöhnlichen Bewegung den Kopf in Gabys Richtung drehte. „Ach, so ist das“, sagte er, nun wieder gefasst. „Kennen Sie sie?“

„*Ich* bin Salomé.“ Ich bemerkte, dass ihm nicht mehr so wohl zumute war.

„Aha, Sie waren also im Chat“, sagte er zögernd. „Schwul, was?“

Sein hämisches Grinsen versuchte ich zu überhören.

„Und ich Trottel habe Ihnen noch meine Adresse gegeben.“

Ich wollte ihn nicht mehr länger hinhalten und erklärte ihm den Grund unseres Besuchs, dass wir Nachforschungen anstellen würden.

„Vielleicht habe ich Ihnen heute Nachmittag ein falsches Bild von mir vermittelt“, sagte jetzt Thommen. Er war aufgestanden und ging nervös umher.

„Ja“, gab ich zu. „Um ganz ehrlich zu sein, Sie haben sich mit ihrer frechen Art verdächtig gemacht.“

Thommen lachte und entblösste wieder seine unwiderstehlichen Zähne. Ob er als Kind eine Spange getragen hatte?

„Es fällt einem leichter, inkognito frech zu sein, als wenn man den Gesprächspartner real vor einem sitzen hat“, gab Thommen zu. „Ist etwas passiert?“

Ich ging nicht auf seine Frage ein. „War Salomé bei Ihnen zu Besuch?“

„Sie nennt sich nur im Chat so“, antwortete Thommen und setzte sich wieder. Diesmal auf einen Stuhl, den er sich vor dem Tisch nebenan genommen hatte. „In Wirklichkeit heisst sie Catherine." Er beugte sich mit dem Oberkörper leicht nach vorne und holte eine Fotografie aus seiner Gesässtasche. Schnell streckte er sie mir hin. Auf dem Bild erkannte ich Thommen und Salomé, die Köpfe eng beieinander. Eine Nahaufnahme, wie sie nur mit dem Stativ und dem Selbstauslöser entstehen konnte. Der Hintergrund war stark anvisiert, was das eigentliche Objekt seltsam unscharf wirken liess.

„Sie ist eine aussergewöhnliche Frau", sagte Thommen und seine Augen strahlten wieder.

Ich warf Gaby einen raschen Blick zu. „Catherine ist tot."

Das Szenarium war wie immer. Es wurde plötzlich ganz still im Wohnzimmer. Nur die Geräusche von aussen waren zu vernehmen. Die gedämpften undefinierbaren Laute, die in der Luft schwangen. Das Knattern eines elektrisch betriebenen Rasenmähers in der Ferne. Ein typischer Sommerklang. Ich sah, wie sich Thommens Gesicht allmählich verfinsterte, als hätte er die Tragweite dieser Worte nur zögernd begriffen. „Jetzt verstehe ich", sagte er, das Schweigen brechend. „Die Spur führt zu mir."

„Sie waren einer der Letzten, der Catherine lebend gesehen hat", sagte ich.

„Das ist nicht wahr", wehrte sich Thommen.

Er war in der Zwischenzeit aufgestanden. Mit beiden Händen strich er sich die schwarzen Strähnen aus dem Gesicht. Er hatte lange, schmale und sehr weisse Hände. „Sie hat mir erst noch eine SMS geschickt. Von ihrem Handy aus." Thommen begab sich zum Schrank. „Soll ich es Ihnen zeigen? Ich habe die Nachricht noch nicht gelöscht."

Er öffnete die Schranktür und holte sein Mobiltelefon hervor. Der Schrank war fast leer.

„Hier, sehen Sie selber." Thommen drückte ein paar Tasten und reichte mir das Gerät.

Danke Sweetheart, ohne den Wein hättest du mich wohl kaum aufs Kreuz gelegt, las ich und erinnerte mich an den Eintrag in Salomés Agenda. Ich sah, dass das Sendedatum am Tag vor ihrem Tod gewesen war. An dem Tag, an dem wir uns geliebt hatten. Salomé und ich. Diese Gewissheit schmerzte mich. Kommentarlos reichte ich Thommen sein Handy zurück.

„Und", fragte er, „was schliessen Sie daraus?"

„Haben Sie mit ihr geschlafen?"

„Ist das wichtig für Sie?", fragte Thommen. Und ohne meine Antwort abzuwarten, fuhr er fort: „Sie ist doch deswegen hierhergekommen."

Es klang, als wäre es das Normalste der Welt gewesen. Als wäre Salomé schnell über die Strasse gegangen, um den Bäcker aufzusuchen oder den Briefkasten. Sie hatte Thommen besucht, um mit ihm zu schlafen, um die Lust zu befriedigen, den Überschuss an Sexualhormonen abzubauen, so als hätte sie den Hunger mit einem Brötchen gestillt.

„Und Sie haben sie mit Wein abgefüllt?", fragte ich.

„Na ja, als ich merkte, dass sie zögerte, half ich halt ein bisschen nach. Aber ich glaube, es hat ihr gefallen."

Mir wurde schwindlig. Ich hätte Thommen am liebsten ins Gesicht geschlagen, in dieses blasse, jungenhafte Gesicht mit dem Hollywoodgebiss. Ich glaubte nicht, was ich hier hörte. Ich konnte mir Salomé nicht mit ihm vorstellen. Niemals.

„Haben Sie Drogen konsumiert?", fragte jetzt Gaby. Sie freute sich offensichtlich über ihre unfreiwillige Rolle.

Thommens Augen nahmen die Form von kleinen Schlitzen an. „Nein, natürlich nicht. Nur französischen Rotwein." Er lachte wieder.

„Was hat Ihnen Catherine noch alles offenbart – ausser ihrem Körper?" Es fiel mir schwer, diese Frage zu stellen.

„Wir haben über alles Mögliche geredet", sagte Thommen und strich sich wieder die Haare zurück. „Vor allem über Musik. Ich erzählte ihr, dass ich Gitarrist in einer Band bin, das interessierte sie sehr. Sie sagte, dass sie früher einmal als Leadsängerin in einer Rockgruppe aufgetreten sei. Dann spielte ich auf der Gitarre und sie sang. Sie hatte wirklich eine schöne Stimme."

Salomé war wohl sehr betrunken gewesen, wenn sie dabei auch noch sang. Oder bluffte Thommen nur?

Ich räusperte mich, unfähig das aufzunehmen, was Thommen erzählte. Salomé entpuppte sich als eine Fremde, als etwas Unwahrscheinliches, als Fiktion in meinem Hinterkopf. Vielleicht hatte ich mich zu sehr auf ihren Körper konzentriert, auf ihre Sexualität. Sie hatte mich abgelenkt vom Wesentlichen in ihr, von ihrer Zwiegespaltenheit, von einer Schizophrenie. Ich erinnerte mich an das Gespräch mit Milena Viano. Allmählich erkannte ich die Puzzleteile, die jede Person, die mit Salomé zu tun gehabt hatte, mitbrachte. Ein Glied einer verworrenen Geschichte, ein Hinweis vielleicht auf ein Krankheitsbild, von dem ich als Laie nicht die geringste Ahnung haben konnte. Ich spürte, wie ich mich allmählich in meine eigenen Zweifel verhedderte.

„Hat Sie ihr Alter nicht gestört?", fragte Gaby.

„Nein, im Gegenteil, sie war sehr erfahren", antwortete Thommen.

Ich ertappte mich dabei, wie ich versuchte, Thommen mir unbekleidet vorzustellen. Ich stand auf und spürte gleichzeitig, dass sich meine Beine schwertaten, mich zu tragen. Die gesamte Energie schien aus meinem Körper zu weichen. Ich musste hier weg. „Sie müssen uns eventuell für weitere Fragen zur Verfügung stehen", sagte ich und schritt zum Eingang. Ich fühlte mich wie ein geschlagener Hund. Mein Blick fiel hinter eine offen stehende Türe in ein Zimmer auf einen Computer und den Bildschirm am Boden. Daneben eine Matratze in der Zimmermitte. Darauf zerwühltes Bettzeug. Ob sie es mit ihm auf dieser Unterlage getrieben hatte?

Wir verabschiedeten uns, Thommen und ich. Gaby ging mir voran die Treppe hinunter. Ich schwebte ihr nach. Beklemmenden Gefühls. Mit einem schalen Geschmack im Mund. Draussen war es dunkel geworden. Die Hitze war geblieben.

Ich schloss die Autotüre auf und liess mich auf den Sitz fallen. Gaby kroch neben mich. Sie sagte nichts.

„Vielleicht kannst du mir verraten, wie Salomé an diesen Thommen herangekommen ist", sagte ich in die Stille hinein, ohne den Gedanken zu haben, dass sie mir diese Frage beantworten würde. „Hat sie sich den Rock hochgeschoben?"

„Jetzt bist du aber unfair." Gaby schniefte.

Wollte sie ihresgleichen auch noch schützen? Ich hatte eine ungebremste Wut in mir.

„Sie war vielleicht einfach neugierig und verabredete sich nichts ahnend und unvoreingenommen zu diesem Date. Er war es doch, der sie verführt hat."

Sie hatte ihre Meinung wohl wieder geändert, von wegen Schlampe. „Also, weibliche Intuition." Ich startete den Motor.

„Was hat das damit zu tun?"

„Ich kann mir nicht vorstellen, dass sich Salomé so erniedrigen liess. Hast du ihn dir angesehen? Was ist dir an ihm aufgefallen? Was hat er denn so Besonderes an sich, worauf eine Frau wie Salomé fliegt?"

„Ich kannte deine Freundin ja nicht", sagte Gaby leise.

„Würdest du dich mit so einem Kerl einlassen?"

„Nein“, gab Gaby zu, „aber die Chemie und deren Auswirkungen auf das andere Geschlecht war schon immer ein Rätsel.“

„Vielleicht strömte er irgendwelche Reizstoffe aus, auf die Salomé reagierte“, sagte ich zynisch. „Ein besonderer Duft. Vielleicht hat er sein Revier bepinkelt.“

„Findest du nicht, dass du mit deinem Zynismus ein wenig zu weit gehst?“

„Ich kann mir einfach nicht vorstellen, weshalb Salomé zu diesem Thommen Vertrauen gefunden hat. Um mit einem Mann zu schlafen, braucht ihr doch dieses Gefühl ...“

In solchen Momenten erschienen mir die Frauen fremd. Manchmal kamen sie mir vor, als wären sie sich über ihr Tun nicht im Klaren, als hätte sich bei ihnen der gesunde Menschenverstand ausgeschaltet. Eine an Dummheit grenzende Naivität.

„Haben wir uns denn gekannt, als wir zum ersten Mal miteinander geschlafen haben?“, fragte Gaby. „So wie ich unsere erste Nacht in Erinnerung habe, kannten wir uns keine zwei Stunden.“

Ich wollte mich jetzt nicht daran erinnern. „Hast du neben mir auch noch andere Männer warmgehalten?“, fragte ich nur.

„Verliere nicht deine Objektivität“, sagte Gaby beschwichtigend. „Deine Salomé hat sich prostituiert. Sie ist nicht die Einzige, die das tut.“

„Hat Thommen sie bezahlt?“

„Keine Ahnung. Du hättest ihn fragen sollen.“

„Warum tut das eine Frau?“ Eine Frage, die ich weniger Gaby, als mir selbst stellte.

„Ich habe nie Psychologie studiert“, sagte sie ruhig und nach einer Weile: „Warum hast du dein Studium eigentlich aufgegeben?“

Wollte sie mich jetzt wieder aufheizen? „Ich fühlte mich zu konkreter Arbeit berufen.“ Ich verschwieg ihr, dass mich die endlosen Lehrbücher von Sigmund Freud und C.G. Jung mit der

Zeit überfordert hatten, wie schwer ich an der Psychoanalyse genagt hatte, weil mir meine eigene logische Denkweise in die Quere kam und weil ich nicht bereit war, in die unbewussten, dunklen Abgründe der menschlichen Seele zu dringen. „Mein damaliger Universitätsprofessor riet mir, das Studium aufzugeben und mir einen Job zu suchen, der meine wirklichen Talente förderte. Er musste es ja wissen."

„Welche Talente denn?" Gaby schaute mich schief an.

„Haben wir uns darüber nicht schon früher unterhalten?" Ich musste grinsen.

„Du hast mir nie alles erzählt", sagte Gaby.

„Das ist auch nicht wichtig."

„Und warum nicht?"

„Das ist Vergangenheit."

„Aha", kam es vage zurück. „Wenn dir die Vergangenheit nur immer so gleichgültig wäre."

Ich wusste, worauf sie hinauswollte und schwieg. Wir gingen dann doch nicht essen.

Die Stadt war nach wie vor rastlos. Die Verkehrslawine wälzte sich unermüdlich über den Asphalt, während sich auf den Gehsteigen dunkle Gestalten wie Insekten im Kegel der Strassenlaternen bewegten. Ihre Emsigkeit des Tages hatten sie in die Nacht verlegt. Aus den Tagfaltern waren Nachtfalter geworden. Das Alltagsgrau war zu glamourösem Schwarz mutiert. Die Zürcher Schickeria war unterwegs zu den Bars, in die Viertel der Noblesse, zu den denkwürdigen Treffpunkten einer Weltstadt.

„Ich kriege den Gedanken nicht los, dass ich mich von Salomé dermassen habe täuschen lassen", sagte ich, während wir über die Limmatbrücke fuhren.

„Man wird nur aus Fehlern klug“, entgegnete Gaby weise, „was nicht heisst, dass ich nicht mit dir fühle. Wer weiss, vielleicht ist das Mordmotiv in dieser Richtung zu suchen.“

„Vielleicht ist ihr der Mörder tatsächlich im Chat begegnet“, sagte ich. „Wenn zwei-, dreimal nichts geschieht, wird man vielleicht allzu tollkühn.“

„Ein gefährliches Spiel“, sagte Gaby. „Ich wüsste gerne, wie viele Leute sich auf solche Abenteuer einlassen.“

Ich versuchte, zwischen den Gefühlen zu Salomé und mir ein wenig Distanz zu schaffen. Je mehr Einblick ich in ihre Vergangenheit bekam, umso leichter fiel es mir, ihre Person in eine andere mir weniger zugewandte Rolle zu verschieben. Nicht Salomé, ihrem Körper war ich letztendlich verfallen gewesen. Ich hatte mich die ganze Zeit selbst verleugnet. Ich würde aus dieser Erfahrung erwachen und mich als den Mann wiedererkennen, der ich wahrhaftig war. Ein Polizist, der den Auftrag hatte, Zusammenhänge, die zu einem Mord führen, zu eruieren und den Mörder dingfest zu machen.

Salomé würde in den Hintergrund treten. Diese Weitsicht der Dinge bestärkte mich darin, meine Pflicht als Fahnder schlussendlich erfüllen zu können, meinem beruflichen Erfolgsmoment wieder ein wenig näherzukommen und die Grundsätze zu befolgen. Ich musste mir eingestehen, dass auch meine polizeilichen Ambitionen von persönlichen Erfahrungen geprägt waren. Wie so oft gingen berufliche mit privaten Erlebnissen Hand in Hand. Dieser Fall zeigte mir einmal mehr, dass ich mit meiner Ansicht nicht danebenlag, und öffnete mir auch unweigerlich den Blick auf andere Dimensionen, die ich bis anhin zu verdrängen versucht hatte.

Freitag, 8. August 2003

Conradins Begrüssung wirkte heute wie ein Hammerschlag. „Warum bist du gestern nicht zum Rapport erschienen?" Ich wusste darauf keine plausible Antwort und setzte mich stattdessen auf meinen Stuhl.

„Hat sich dein Fall wenigstens in eine positivere Richtung entwickelt?"

Warum war es auf einmal *mein* Fall? Conradin thronte in seinem Sessel, die Hände über seinem Bauch gefaltet. Wie Korner, verglich ich. Er machte ein verdriessliches Gesicht, was einiges über seine Laune aussagte. Ich kannte diese Mimik. Es machte nicht den Anschein, dass das die einzigen zwei Fragen waren, die er mir stellen wollte. Dass ich mit meinen Vermutungen recht hatte, zeigte deutlich sein nächster Kommentar. „Mir ist da etwas zu Ohren gekommen, wozu ich gerne deine Stellungnahme hätte, Andy." Er machte eine kurze Pause und schaute mich eindringlich an. Seine Augen gefielen mir nicht. „Hast du die Tote gekannt?"

Ehrlich gesagt hatte ich nicht damit gerechnet, nicht heute, nicht jetzt. Andererseits war ich beruhigt, dass mir Conradin wenigstens die Zeit gelassen hatte, um mich von der Person Salomé zu distanzieren und den Fall auf neutralerer Basis zu betrachten. Ich war mir ganz sicher, dass er den Stand der Dinge schon früher erfahren hatte. Ich rechnete ihm seine Diplomatie hoch an.

„Muss ich meine Frage anders formulieren?" Conradins Stimme hatte einen quiekenden Ton bekommen.

„Ich habe nichts zu verbergen“, antwortete ich.

„Wie kommt es, dass du mir eine solche Ungeheuerlichkeit verschweigst?“

„Jetzt verstehe ich deine Frage tatsächlich nicht“, wich ich aus, um Zeit zu gewinnen.

„Ich glaube, als Chef deiner Abteilung das Recht zu haben, alle im Zusammenhang mit laufenden Ermittlungen bestehenden Querverbindungen zu erfahren.“

Mich haute es fast vom Stuhl. Querverbindungen nannte er es. Und seine Formulierungen taten ihr Übriges. Tatsache war, dass Conradin immer wieder betonen musste, welch feudale Ausbildung er genossen hatte. Wie wortgewandt er sich mitteilen konnte, welche Attitüden er gegenüber uns, den kleinen Arbeitnehmern, an den Tag legen konnte, um sein Ego über alles erhaben zu machen. Die Meinung über sein einstweilen unausstehliches Verhalten hatte noch nie jemand aus unserer Abteilung ausgesprochen. Nicht heute, wo jeder froh war, seinen Beruf ausüben zu können. Die Angst, seinen Job über Nacht zu verlieren, machte alle mundtot.

„Die Tatsache, dass ich mit Catherine Mahler befreundet war, ändert nichts daran, dass ich meine Ermittlungen nicht zufriedenstellend durchführe.“ Ich war wütend, liess es mir aber nicht anmerken.

„Du hast Beweismaterial beschlagnahmt, das unmittelbar nach dessen Auffinden in die Spurensicherung gehört hätte“, zeterte Conradin und blickte kurz in die Richtung der sich öffnenden Tür. Ich war froh, dass er das Wort *unterschlagen* nicht in den Mund genommen hatte. In diesem Moment trafen Korner, Nina und Julien zu uns. Sie kamen mir wie ein lächerliches Trio vor. Ich traute meinen Augen nicht. Warum war Korner mit dabei?

Conradin wandte sich wieder mir zu. „Hast du deine eigenen Spuren verwischen wollen?"

„Soll es ein Witz sein?" Ich spürte, wie Unbehagen sich breitmachte.

„Ich nehme an", fuhr Conradin unbeeindruckt fort, „dass du dir bewusst bist, gewisse Verdachtsmomente auf dich zu ziehen."

„Rein theoretisch", sagte ich, möglichst ruhig.

„Unter diesem praktischen Aspekt muss ich Sie vorläufig vom Dienst suspendieren", mischte sich nun Korner ein.

Jetzt war es heraus. Später zwar als geahnt. Aber die Wirkung war deshalb nicht kleiner. Es kam mir vor, als hätten sich die beiden zu einem Komplott gegen mich verschworen.

„Roduit wird Ihre Arbeit übernehmen." Korner beugte sich tief über den Tisch, an dem ich sass. Er hatte einen fürchterlichen Mundgeruch. Seine massige Gestalt drohte, vornüber zu kippen. Einen Moment lang stellte ich mir das Szenario vor, wie sein Körper über meinen rollte und mich darunter vergrub.

„Das kann er nicht", sagte ich, so leise, dass es Julien nicht hörte. „Ich bin in meinen Ermittlungen ein schönes Stück weitergekommen. Bis Roduit den Faden gefunden hat, vergeht wertvolle Zeit."

„Sie verschweigen uns doch etwas", sagte Korner gefährlich langsam. „Hat es private Gründe?"

„Ich möchte nicht, dass dem Opfer irgendetwas angehaftet wird, mit dem es nichts zu tun hat."

„Das Opfer ist tot", schnaubte Korner.

Ich blickte auf, sah, wie sich Korner und Conradin anstarrten, nur den Bruchteil einer Sekunde mochte es sein. Aber ich begriff, was da gerade ablief. Die Kälte erfasste mich zuerst an den Füssen, wo sie erschreckend schnell gegen meine Körpermitte schoss. „Aha, Sie denken, ich hätte den Verstand verloren. Ist es das? Geben Sie es doch zu!"

„Jetzt beruhige dich doch." Es war Julien, der mir den Arm auf die Schultern legte. „Du bist überfordert. Ist ja auch normal."

„Was ist normal? Dass ich mich für die Aufklärung am Mord meiner Freundin einsetze und dafür gerügt werde?"

Jetzt waren sie alle gegen mich. Meine innere Kälte war weg und hatte einer unnatürlichen Hitze Platz gemacht. Alle starrten mich an.

„Wir haben ja nicht gesagt, dass Sie sie umgebracht haben", beschwichtigte Korner, „aber wir müssen uns an die Richtlinien halten."

„Welche Richtlinien? Ich pfeife auf die Richtlinien."

„Beruhige dich", wieder Julien. Langsam nervte mich seine moralische Masche.

Korner stiess einen tiefen, tierischen Seufzer aus. „Ich nehme an, dass die zwischenmenschliche Kommunikation in der nächsten Viertelstunde reibungslos abläuft, meine Herren", sagte er daraufhin gelassen und warf Conradin einen raschen Blick zu. Er ging zur Tür. „Ich habe noch zu tun."

„Das wird schon klappen, Chef", sagte Conradin. *Chef* hatte er ihn genannt. Wie anständig von ihm.

„Wollt ihr mich alle verarschen?" Ich sprang auf. Der Stuhl hinter mir kippte um. Er schug dumpf auf dem Teppichboden auf.

Nina schien die Einzige zu sein, die den Überblick behielt. Sie schüttelte zwar ungläubig den Kopf, liess sich aber nicht so schnell aus der Fassung bringen. „Soll ich nochmals mit ihm reden?" Sie stellte den Stuhl kommentarlos wieder auf.

Die gute Seele. Ich lächelte in mich hinein. Es wäre zwecklos gewesen. Ich versuchte, mich zu beruhigen. Vielleicht hätte ich ein paar stressfreie Tage geniessen können. Nach Hause gehen und mich hinlegen. Ausschlafen und den späten Nachmittag im Lido verbringen. Nicht mehr grübeln. Den Büromief nicht mehr einatmen müssen. Abschalten - und über Salomé nachdenken. Ich merkte, dass die Distanz von mir zu ihr doch noch keine akzeptable Dimension angenommen hatte. Auf einmal überschäumten mich die Emotionen wieder. Ich würde Salomé nie vergessen können und war mir im Augenblick der Situation mehr als je zuvor sicher, dass ich alles unternehmen würde, um den Mord an ihr aufzuklären. Mit oder ohne Rückhalt der Kriminalpolizei.

In meinem Büro begann ich damit, meine Sachen zusammenzuräumen.

„Das tut mir sehr leid", sagte Julien und rückte sich einen Stuhl zurecht, auf den er sich verkehrt herum setzte. Es sah fast so aus, als wollte er mich bemuttern.

„Das braucht dir nicht leidzutun", entgegnete ich.

„Ob die Schneider dahintersteckt?"

„Mit Sicherheit tut sie das. Aber das ist mir im Moment scheissegal. Ich kann warten." Ich legte den Gurt mit meiner Pistole auf den Tisch und wurde mir erst jetzt bewusst, was dies bedeutete. Ich trat einen Zwangsurlaub an. Das erste Mal in meiner beruflichen Laufbahn als Polizist. „Soll ich dir die Akten gleich überlassen?"

Julien ging nicht darauf ein. „Du wirst sehen, dass auch dies seine guten Seiten hat." Er glaubte wohl, mich mit seinen Argumenten aufmuntern zu können. „Du wirst endlich Zeit haben, dich deiner Gesundheit zu widmen."

„Sehe ich so krank aus?" Ich versuchte ein Lachen. „Vielleicht hast du recht." Ich schob die Akte *Catherine Mahler* über den Schreibtisch Julien zu. „Falls du Fragen hast, kannst du mich anrufen. Im Moment habe ich weder Zeit noch Lust, mich darüber zu unterhalten."

Korner hatte ich nicht kommen hören. Plötzlich stand er wieder vor mir und nahm die Pistole an sich. „Den Ausweis hätte ich auch noch gern." Das war eindeutig. Schweigend reichte ich ihn ihm. „Ich möchte, dass Sie Ihre Fingerabdrücke beim Erkennungsdienst deponieren", fuhr Korner fort.

Ich glaubte, ich hörte nicht richtig. „Ist das Ihr Ernst? Verdächtigen Sie mich?"

„Eine reine Routineübung", entgegnete Korner. „Ich will nichts ausser Betracht lassen."

Ich musste mich einen Moment hinsetzen. Vielleicht war das bereits eine abgemachte Sache zwischen ihm und Conradin gewesen. „Sie kennen mich seit rund zehn Jahren, Herr Korner. Ich habe Ihnen nie Anlass für irgendwelche Beanstandungen gegeben. Ich habe in all den Jahren meine Arbeit als Polizist gewissenhaft erfüllt."

„Es ist immer einmal das erste Mal", sagte Korner unbeeindruckt. Er wollte mich schlicht demütigen. Ich merkte, wie ich allmählich unter die Linie einer Selbstbemitleidung fiel. Ich fühlte mich im Angesicht der Tatsachen wie ein Weichei. Ich drohte, unter Korners Charisma zusammenzubrechen.

„Ich nehme an, dass Sie genügend Zeit finden, um über Ihren Affront nachzudenken", sagte Korner, als hätte er nicht schon genug Pfeile gegen mich geschossen.

„Ich wüsste nicht, wann ich Sie beleidigt habe", gab ich zurück.

„Du hast die ganze Abteilung entblösst", fuhr jetzt auch noch Conradin dazwischen. Er schlich wie eine Katze um uns herum.

„Das war nie meine Absicht." Und zu Korner gewandt: „Sie hätten mit mir das Gespräch suchen können, anstatt auf eine schlagzeilengeile Journalistin zu hören." Kalte Wut stieg in mir hoch.

Korner schwieg eisern, als hätte er sich die nächsten Sätze erst zurechtschmieden müssen. Ich überlegte mir, ob ich mich auf weitere Diskussionen einlassen wollte, die am Ende doch nichts brachten. Er vertrat vehement seinen Standpunkt, auch wenn er im Unrecht war und das auch hätte wissen müssen. Aber seine Arroganz blendete über alles hinweg, seine Unnachgiebigkeit war Tagesordnung.

„Jetzt halten Sie ganz einfach Ihren Mund", konterte Korner. „Es gibt zum Glück Leute in dieser Abteilung, die sich nicht auf den Lorbeeren ausruhen."

Was hatte das mit unserem Fall zu tun? Und was meinte er damit? „Dann haben Sie meine neuesten Erkenntnisse noch gar nicht berücksichtigt", sagte ich.

„Sie sind befangen", entgegnete Korner. „Wir werden die Ermittlungen neu aufnehmen müssen."

„Ich wüsste nicht, weshalb."

„Es gibt Lücken in Ihren Recherchen." Er wedelte sich mit einem Stapel Papier Luft ins Gesicht, obwohl er nicht schwitzte. Ein ungewöhnliches Phänomen.

Es war wohl besser, wenn ich jetzt den Mund hielt.

„Möchten Sie nicht erfahren, um welche unterlassenen Dinge es sich handelt?"

„Nein."

Ich ging auf Julien zu.

„Du weisst ja, wo ich zu finden bin", sagte ich und hoffte, Korner damit zu provozieren.

„Sie können nicht so ohne Weiteres das Büro verlassen", knurrte Korner hinter mir her. Ich drehte mich schnell um.

„Wollen Sie mich daran hindern?" Ich schlug die Türe vor seiner Nase zu. Wenn in diesem Büro noch etwas von meiner Seite zu tun war, so hatte ich dies gerade erledigt.

Vor dem Hauptportal stand ich zum ersten Mal still und inhalierte die heisse Sommerglut. Es war ein sonderbares Gefühl, das Büro ohne die Gewissheit verlassen zu haben, dass ich jetzt meinen legalen Urlaub antrat. Mein Puls pochte schneller als üblich.

Ich schlug den Weg in Richtung Hallwilerweg zum Pilatusplatz ein, zu Fuss, weil ich meinen Wagen demonstrativ eine Weile vor der Kantonspolizei stehen lassen wollte. Ziellos schlenderte ich die Pilatusstrasse entlang, schaute in die vielen Auslagen in den schon herbstlich dekorierten Fenstern der zahlreichen Geschäfte und sinnierte über die Ironie des Schicksals. Ich war mir plötzlich nicht mehr sicher, was genau in der letzten Nacht, in der Salomé bei mir gewesen war, geschah. Hatten wir nicht zu viel Champagner getrunken? Hatten wir uns nicht gestritten, draussen auf dem Balkon? Ich erkannte auf einmal Wortfetzen aus einem Gespräch zwischen uns. Ich hatte Salomé vorgeworfen, dass ich unsere kurzen Treffen so nicht mehr akzeptiere. Dass ich an ihrem Leben teilhaben wollte. Dass ich nicht nur ihr Geliebter auf Zeit, sondern auch ihr Freund sein wollte. Sie lachte nur. Sie war an diesem Abend anders als sonst. Aber irgendwann später hatten wir uns wieder in den Armen gelegen.

Nach wenigen Metern rann mir der Schweiss wie ein Bach vom Nacken aus über den Rücken. Die Hitze in Luzern mutete tropisch an. Vor meinem geistigen Auge sah ich lange schlanke Palmen beim Hotel Astoria, hörte den Wind knatternd in die Fächer fahren, das Rauschen des Meeres durch die Geräusche der an- und abfahrenden Autos vor den Ampeln. Die Côte d'Azur. Unverkennbar die englische Promenade, wo elegante Damen mit ihren Pekinesen die teuren Geschäfte entlang spazierten. Eine Woge von Halluzinationen, die sich gefährlich klar in meinem Kopf manifestierte. Ich hielt mit den Schritten inne. Meine Gedanken überwarfen sich. Fuhren höllisch Achterbahn ...

Eine metallene Stimme, die mich nach meinem Befinden erkundigte. Ein feuchtes Tuch auf meinem Gesicht, das nach Kölnischwasser roch. Erst jetzt bemerkte ich, dass ich auf dem harten Asphalt sass. Tausend fragende Augen auf mich gerichtet. Hinter mir ein wütendes Hundegebell. Vielleicht hatte ich seinen Platz unter dem Baum eingenommen. Seine Pinkelstelle. Ich versuchte, mich aufzurichten, wieder auf die Beine zu kommen.

„Sind Sie in Ordnung?“ Eine Frauenstimme neben meinem Ohr.

„Was ist passiert?“ Ein vergeblicher Versuch, mir die letzten Minuten in Erinnerung zu rufen.

„Sie sind hingefallen“, sagte die Frau. Sie war es, die mir das Tuch auf die Stirn gelegt hatte.

„War es schlimm?“ Mir fiel nichts Besseres ein.

Die Frau griff mir unter die Arme, damit ich hochkam. „Ein Stunt hätte nicht besser sein können.“ Sie lachte verhalten.

Auf den Beinen wischte ich mir den Strassenstaub von der Hose. Die Situation erinnerte mich an eine Zirkusvorführung. Allmählich löste sich die Menschentraube um mich. Ich musste wohl eine ganz besondere Nummer gezeigt haben. „Ich hatte ein Blackout“, entschuldigte ich mich und reichte der Frau meine rechte Hand. Ich musste plötzlich an den Sekundentod denken.

„Soll ich Sie zu einem Arzt fahren?“ Sie blickte mich besorgt an. Sie hatte ungewöhnlich klare Augen. Es erinnerte mich an das tiefe Blau von Fjorden, deren Blau ich mir immer als besonders eindrücklich vorgestellt hatte. In Norwegen war ich noch nie gewesen. Vielleicht trug sie ja farbige Kontaktlinsen. „Es geht schon wieder", sagte ich und ordnete meine Kleider. Ich sah an mir herab. Das Hemd, das einmal weiss gewesen war, troff vor Schmutz. Die Hose war völlig aus der Form geraten. Ich war filmreif. Indiana Jones war nicht weit von mir entfernt. Ich bedankte mich für die Hilfe und hatte danach nur ein Ziel: möglichst schnell und unauffällig von hier zu verschwinden. Ich überquerte die Pilatusstrasse, um auf der anderen Seite zurück zur Kasimir-Pfyffer-Strasse zu gelangen. Die fragenden, belustigenden und mitleidigen Blicke der Passanten entgingen mir nicht. Aber ich war an einen Punkt gelangt, wo es mir egal war, wie ich auf die Leute wirkte. Mein alter Golf stand endlich im Schatten, was ein kleiner Trost war. Ich setzte mich hinters Steuer und richtete den Rückspiegel so, dass ich mich darin sehen konnte. Was mir da entgegenblickte, war nicht wirklich ich. Eine schauerliche Maske in grünen Schattierungen. Dass ich darüber lachen konnte, bestätigte mir nur, dass ich wieder klaren Verstandes und die Einlage vor dem Hotel Astoria das Resultat einer Kumulation von Eindrücken in den letzten Tagen gewesen war. Womöglich war ich ein zartbesaiteter Mensch. Vielleicht hatte ich eine ganz neue Seite an mir entdeckt. Ich startete den Motor. Jeder Meter, der mich von der Kantonspolizei wegbrachte, erleichterte mir das Atmen. Ich fuhr zum Bundesplatz über die Tribschenstrasse nach Hause.

Gabys weisser SL in meinem Quartier störte mich nicht mehr. Ich stellte meinen Wagen hinter dem Haus ab. Als ich in die oberste Etage stieg, begegnete mir der Hauswart, der – mit Eimer und Lappen bewaffnet – den Eindruck hinterliess, als reinigte er die

Treppen. Er mutete seltsam hilflos an. Ich hätte ihm am liebsten den Wasserkessel aus den Händen genommen, um ihm die Arbeit abzunehmen. Mit heiserer Stimme murmelte ich eine Begrüssung, was der Mann freundlich lächelnd quittierte.

Gaby war nicht da, was mir im Augenblick mehr als recht war. Der Kühlschrank lief auf Hochtouren. Wenigstens etwas, das noch einwandfrei funktionierte. Ich holte ein Bier und setzte mich damit ins Wohnzimmer. Da Gaby den Briefkasten schon geleert und den Inhalt heraufgebracht hatte, schaute ich die Post durch. Der gewöhnliche Kram. Die Hälfte bestand aus Reklameprospekten. Dann die Lokalzeitung, die wegen ihrer Stellengesuche das doppelte Volumen als üblich einnahm. Die Arbeitslosen waren wieder auf dem Vormarsch. Ein Brief an Gaby, den ich öffnen wollte, aber mich nicht getraute. Ich fragte mich, wem und weshalb sie meine Adresse gegeben hatte. Ich zündete eine Zigarette an, inhalierte den Qualm, als wäre es die einzige Aktion, die mir den Verstand bewahrte.

Das Badezimmer war mein nächster Zufluchtsort. Ich liess kühles, frisches Wasser in die Wanne laufen. Dem Spiegel an der Tür hatte ich schon lange keine Beachtung mehr geschenkt. Heute kam er mir wie ein guter Freund vor, der mir unverhüllt mein optisches Befinden und somit die ganze Wahrheit an den Kopf warf. Mein Repertoire an schrecklichen Wörtern reichte nicht aus, um das zu beschreiben, was der Spiegel reflektierte. Ich schämte mich vor mir selbst und musste mir eingestehen, dass ich so nicht weitermachen konnte.

Ich tauchte in das kühle Nass, das ich mit einem Badeöl aus Gabys Vorrat angereichert hatte. Die Halluzinationen waren wieder da, aber diesmal berechnend herbeigeführt. Ich spürte, wie mich wohlige Entspannung und Müdigkeit übermannten.

Die Insel lag wie ein Diamant im Wasser, von türkisfarbenen Wogen umspült, ein ins Meer geworfenes Juwel. Ich sprang an Land und vertäute das Boot. Salomé kletterte auf den Steg. Eine Schaumgeborene, die sich im Nebel auflöste. Konturen, die in den Palmenfächern zerflossen. Als wäre die Zeit stillgestanden im Augenblick ihres Todes, der sie mir nahm …

Ich schreckte hoch, weil Wasser in meine Nase drang und mich am Atmen hinderte. Ich musste tatsächlich eingeschlafen sein. Draussen hörte ich Gaby hantieren. Sie pfiff vor sich hin, was mich der Realität ein Stück näher brachte. Ich zog den Stöpsel heraus und liess das Wasser abfliessen. Ein Blick auf die Uhr. Es war später Nachmittag. Ich musste eine geraume Zeit geschlafen haben.

Gaby öffnete die Badezimmertür und trat ein, bevor ich mir ein Frotteetuch angeln konnte. Mit einem lauten Schrei wich sie zurück und konnte sich danach vor Lachen kaum mehr halten. „Entschuldigung", kicherte sie. „Ich habe nicht daran gedacht, dich hier zu finden. Hast du schon Feierabend?"

Ich verschwieg ihr meinen Rausschmiss. „Ich muss noch weg", versicherte ich ihr, ohne jegliches Ziel vor Augen, wo mich mein Gang hinbringen würde. Mir ging Milenas Fitnessstudio durch den Kopf. Ein Vorwand, der mir bewusst machte, dass ich eigentlich Milenas Nähe vermisste. Die vagen Momente auf dem Friedhof vergangenen Mittwoch, die Begegnung in ihrem Studio – sie hatten Spuren in mir hinterlassen. „Kannst du mir einen Gefallen tun?" Ich schnappte mir das Badetuch am Türhaken und schlang es um meinen Bauch.

„Wenn es dich glücklich macht, warum nicht", sagte Gaby mit hoher melodiöser Stimme. Ihre unverhohlene Humoreske.

„Ich möchte, dass du dich heute Abend im Chat bewegst."

„Das hört sich an, als sollte ich mich deswegen in eine Robe stürzen. Hast du noch auswärts zu tun?"

Ich bejahte, ohne Gaby dabei anzublicken. Ich rubbelte mir mit dem Handtuch den Rücken trocken. Früher war das Gabys Beschäftigung gewesen. Heute hätte es mir etwas ausgemacht.

„Dann muss ich wohl alleine essen", stellte sie sachlich fest. „Okay, soll ich die Pseudonyme aus Catherines Agenda eingeben?"

„Da müssen noch andere Verdächtige sein, da bin ich mir ganz sicher."

Mein Bedürfnis, sie mit irgendetwas zu beschäftigen, war gross und befreite mich vom schlechten Gewissen ihr gegenüber. Gaby lächelte mich seltsam verklärt an. Ihre Augen sagten mir, dass sie das, was ich ihr soeben gesagt hatte, nicht so ganz für voll nahm. Dafür kannte ich sie viel zu gut. Ich unterliess einen Kommentar.

Im Schlafzimmer zog ich mir frische Kleider an. Ich fühlte mich ein bisschen besser.

Erst von meinem Wagen aus rief ich Milena Viano an, um mich für einen Besuch bei ihr anzumelden. Sie schien erfreut zu sein, was mich heimlich in meinem Ego bestärkte.

„Darf ich Sie nach Feierabend zum Essen einladen?"

Ich hörte ihre dunkle Stimme. „Ich kann heute erst später nach Hause gehen. Zudem steht meine Mahlzeit schon bereit." Sie machte eine kurze Pause. „Aber für zwei Personen würde sie allemal reichen."

Das war eine eindeutige Einladung. „Soll ich Sie abholen?"

„Ich muss doch bloss zwei Treppen hochsteigen", sagte sie etwas verwirrt. Ich erinnerte mich nicht, dass sie mir von ihrer Wohnsituation erzählt hatte.

„Ich werde da sein", sagte ich, bevor ich sie wegdrückte.

Auf dem Weg in die Altstadt rief ich Franz an, um zu erfahren, ob die Daten aus Mahlers Computer zu einem Ergebnis geführt hatten.

„Ich dachte, Korner hätte dich beurlaubt?" Franz machte den Anschein, als genösse er es, diese Feststellung auszusprechen. Er merkte aber sehr schnell, dass er mich damit nicht beeindrucken konnte. „Okay, ich habe etwas gefunden", sagte er. „Eine E-Mail-Adresse auf den Namen Poseidon."

„Ist das alles?"

„Scheint so", erwiderte er. „Die anderen Dinge sind allesamt gelöscht. Das muss jemand gemacht haben, der davon etwas versteht."

Ich musste unverzüglich an Dürrenmatt denken, an sein zynisches Lachen während meines letzten Besuchs in der Hertensteinstrasse. „Und du hast keine einzige Möglichkeit, die gelöschten Objekte zu reproduzieren?" Das wollte mir nicht richtig in den Kopf. „Bist du sicher, dass da nicht noch mehr Daten herauszuholen sind?"

Ich hörte, wie Franz zögerte. Sein schweres, schnelles Atmen, das die Ahnung in mir aufkeimen liess, dass er ziemlich unter Druck stand.

„Hör zu", sagte er. „Ich dürfte dich gar nicht darüber informieren. Wenn Korner dies erfährt, bin ich auch draussen." Was ich eher für unwahrscheinlich hielt. Franz hätte man nicht so ohne Weiteres ersetzen können. „Kannst du wenigstens herausfinden, wer hinter dem Namen Poseidon steckt?" Ich war nicht bereit, aufzugeben.

„Das habe ich schon."

„Nun mache es nicht so spannend", sagte ich. Ich musste vor einem Rotlicht anhalten.

„Dr. Franco Galizzi aus Bern", flüsterte Franz, als hätte er Angst, von jemandem belauscht zu werden.

„Also, das ist doch schon mal etwas." Erleichtert atmete ich auf und notierte den Namen schnell in meiner Agenda. Dann verabschiedete ich mich von Franz.

Ich liess mich im Fluss des Abendverkehrs weitertreiben. Im Löwencenter parkte ich meinen Wagen und begab mich zu Fuss zu Milenas Fitnessstudio.

***

Es war zehn Uhr, kurz vor der Schliessung der Fitnessräume. Eine Gruppe junger Typen mit Sporttaschen über den Schultern überrannte mich fast, als ich mich zum Eingang begab. Dahinter zwei Frauen um die vierzig, die sich kichernd unterhielten. Ich musste erst gar nicht raten, worüber sie diskutierten. Ihre lasziven Blicke hingen begierig an den Jungs vor ihnen. Ich hörte, worüber sie sich gerade unterhielten. „Hast du diesen Hintern gesehen von dem Kleinen rechts? Nicht übel."

„Ich würde den Linken vorziehen. Hast du vorhin die Beule in seiner Hose bemerkt? Wetten, dass der überschüssige Hormone hat? Ah, wieder einmal so einen richtigen Fick mit einem richtigen Mann! Donnerwetter!"

Ich setzte mich auf den einzigen Stuhl und wartete. Es roch verdächtig nach herbem Männerschweiss und irgendeiner undefinierbaren Essenz. Vielleicht ein Massageöl. Ich sah Milena, wie sie zuhinterst im Kraftraum einem Mitarbeiter Direktiven erteilte. Heute trug sie die Haare offen, was mich unmittelbar an Cleopatra erinnerte. Jetzt erblickte sie mich, lächelte kurz und kam ausholenden Schrittes auf mich zu. Sie strahlte Kraft und Gesundheit aus. Mir schien, als wären die Spuren der Trauer endgültig aus ihrem Gesicht gewichen. „Guten Abend“, begrüsste sie mich und mir entging der glückliche Schimmer in ihren Augen nicht. „Ich bin so weit. Wir können gehen. Den Rest erledigt mein Personal.“ Sie nahm mich sachte am Arm. „Sind Sie mit den Ermittlungen weitergekommen?“

Das hatte ich nicht erwartet. „Man hat mich suspendiert“, gab ich zu. „Wegen Voreingenommenheit. Schliesslich habe ich die Tote näher als üblich gekannt.“

„Oh, das tut mir aber leid“, sagte Milena. „Kann ich Ihnen in irgendeiner Form behilflich sein?“

Ich wusste ihre Hilfsbereitschaft sehr zu schätzen, trotzdem wollte ich auf dieses Thema nicht weiter eingehen.

„Lassen Sie uns einen gemütlichen Abend verbringen“, sagte Milena und stieg vor mir die Treppen hinauf. Oben öffnete sie eine Türe und gewährte mir vorerst einen langen Blick in den Raum.

Die Wohnung passte zu der Frau. Irgendwie hatte ich mir das hier so vorgestellt. Während ich eintrat, blickte ich durch den perfekt gestylten Raum zu der Fensterfront auf dessen Vorderseite. Die Aussicht auf die Luzerner Seebucht war überwältigend. Ich hatte die Stadt schon aus verschiedenen Perspektiven betrachtet, aber dies hier lag weit weg von jeglichem Vorstellungsvermögen. „Leben Sie schon lange hier?“

„Ich habe die Wohnung nach dem Tod meines Mannes gekauft und nach meinem Geschmack eingerichtet“, sagte Milena ohne eine Spur von Überheblichkeit. Sie holte zwei Gläser aus der Küche, die an das Wohnzimmer grenzte, und eine Flasche Champagner aus dem Kühlschrank. Ich fragte mich, ob sie mich schon lange erwartet oder ab und zu auch andere Herrenbesuche hatte.

„Mögen Sie?“

Was für eine Frage. Ich setzte mich auf das cremefarbene Ledersofa und liess meine Blicke noch eine Weile ungeniert umherschweifen. Der Tisch beim Küchendurchgang war für zwei Personen gedeckt, darauf eine Anzahl Kerzen in einem silberfarbenen Leuchter, Servietten kunstvoll zusammengefaltet und wohl das edelste Porzellan, das ich jemals gesehen hatte. Milena hielt mir das Glas hin. „Auf dass wir den oder die Schuldigen bestrafen und die Erinnerung an Catherine in unseren Herzen tragen. Zum Wohl."

„Hat Catherine Ihnen gegenüber je einmal den Namen Galizzi erwähnt?" Vielleicht war es nicht gerade der richtige Zeitpunkt, um diese Frage zu stellen, aber sie lag mir seit Franz' Anruf auf der Zunge.

„Galizzi?" Milena führte das Glas zum Mund, hielt dann aber inne. „Nein, nie gehört."

„Hat sie Ihnen wenigstens über ihre Einladungen erzählt?"

„Natürlich", sagte Milena. „Sie war ja auch ganz besonders stolz auf diese." Sie räusperte sich. „Ich meinte, dass Sie Catherine eingeladen hatten."

„Hat sie erzählt, wohin sie mit mir ging?"

„In teure Hotels, in Fünf-Sterne-Restaurants, es hätte Ihnen nie genug kosten können."

Ich hätte gern gewusst, ob ich Milena den Eindruck vermittelte, als stiege ich nur in den teuersten Orten ab. Ich hoffte insgeheim, dass ich bei ihr nicht irgendwelche falschen Eindrücke in Bezug auf meine finanzielle Lage hinterliess. „Könnten Sie mir eine Liste von den Hotels und Restaurants machen, in denen Catherine verkehrte?"

Milena lachte dunkel. „Ich weiss nicht, ob ich die Liste vervollständigen kann. Aber ich erinnere mich, dass es mehr oder weniger alles Häuser in unserer näheren Umgebung waren."

„Das ist doch schon etwas“, sagte ich beruhigt.

„Kann es sein, dass sie auch im Hotel Schweizerhof logiert hat?“

„Ob sie logiert hat, weiss ich nicht“, sagte Milena. „Gegessen, sicher, aber nicht übernachtet.“ Sie setzte sich erst jetzt mir gegenüber auf das zweite grössere cremefarbene Sofa und schlang ihre langen, schlanken Beine übereinander. Ich konnte meine Blicke nicht von ihnen lassen. Milena schien es zu merken und lachte verwegen. Mit ihrem Aussehen war sie es bestimmt gewohnt, bewundert zu werden. Für mich waren Frauen wie Milena Vollblutrepräsentantinnen ihres Geschlechts. Die Eva des 21. Jahrhunderts. Ein potenzieller Engel. Frauen wie sie demonstrierten eine ganz neue Weiblichkeit. Sie waren das Plakative schlechthin, das Aushängeschild vom angestrebten perfekten Äusseren, das sich in den letzten Jahren auch in unseren Breitengraden eingebürgert hatte. Sie war die Göttin in einer Generation mit künstlichen Attributen und schien doch so echt in ihrer Ausführung.

„Hat sie Ihnen nie gesagt, dass sie in einem Hotel übernachtet?“

„Ich mag mich nur an eines erinnern“, antwortete Milena. „Ich glaube, es war das Parkhotel in Vitznau.“

Ich sah das Hotel vor meinem geistigen Auge, der imposante Bau der letzten Jahrhundertwende, das Schloss am Vierwaldstättersee. Sonderbar empfand ich nur die Tatsache, dass Milena die Einzige zu sein schien, der sich Salomé anvertraut hatte. Wenn auch der Wahrheitsgehalt ihrer Geschichte nicht ganz der meiner Vorstellung entsprach, so wusste ich zumindest, dass es doch jemanden gegeben hatte, dem sich Salomé offenbarte. „Erzählen Sie mir mehr über sie“, sagte ich und stellte das Champagnerglas auf den Tisch vor mir, ein aus Glas und Stahl konstruiertes Unikat, ein an Unverschämtheit grenzendes Kunstteil, an dem nur eine extravertierte Frau, wie es Milena war, Gefallen finden konnte.

„Je mehr ich darüber nachdenke", sagte Milena und machte eine abwehrende Geste, „umso mehr Rätsel gibt mir Catherine auf. Ich dachte, sie zu kennen, wie es nur zwei Frauen können. Aber ich gebe zu, dass ich mich in ihr vollkommen getäuscht habe."

„Sie sind nicht die Einzige", sagte ich, froh darüber, dass ich mein Gefühlschaos jemandem mitteilen konnte. Was hatte ich eigentlich von Salomé gewusst? Ich kannte nur ihre unbezähmbare Lust am Leben, ihre Sinnlichkeit, ihre sexuelle Gier. Ich war ihr verfallen. Ihrer sanften Wildheit, ihrer fordernden Unberechenbarkeit, ihrer schamlosen Offenheit. Sie faszinierte mich, weil sie die Frau verkörperte, die vor meiner Begegnung mit ihr nur in meinen sinnlichsten Vorstellungen vorgekommen war. Sie war meine körperliche Polarität, das Gegenstück für meine von Kindheit an eher unterdrückte Sexualität. Mit Salomé hatte ich endlich meine wildesten Fantasien ausleben können. „Könnten Sie sich vorstellen", fuhr ich fort, „dass Catherines negative Erfahrungen mit ihrem Mann ins Gegenteil ausgeartet sind?"

„Sie meinen, dass Catherine aus purem Selbstschutz für ihre eigentliche Verletzlichkeit zu einem Männer verschlingenden Vampir geworden ist?" Milena lachte verhalten.

„Sie sprechen das aus, was ich nur zu denken wage", sagte ich. „Obwohl so krass sehe ich das nun auch wieder nicht. Zudem bin ich kein Psychiater, der in die tiefsten Winkel dieser Frau hätte sehen können."

„Fühlen Sie sich als Opfer?" Milena richtete ihre Augen direkt auf mich, ein eindringlicher Blick, als hätte mich dieser durchbohrt. Nicht auch noch sie.

„Ich versuche bloss, Catherines Neigungen zu begreifen."

„Es würde die Sache und Ihre Trauerarbeit wesentlich vereinfachen, wenn Sie der Wahrheit ins Gesicht sehen würden“, sagte Milena.

Ich wusste nicht, ob ich überhaupt begonnen hatte, um Salomé zu trauern. Verdrängung war wohl nicht dasselbe.

„In meinen Augen war Catherine so ein Fall für die Psychiatrie“, fuhr Milena fort.

Im Moment ihrer Aussage erschrak ich. Frauenfreundschaften hatte ich nie begriffen, weil ich mir unmöglich vorstellen konnte, dass zwei Frauen unvoreingenommen füreinander da sein können, ohne Eifersucht und Futterneid. Schon ihre Psyche machte das in meinen Augen unwahrscheinlich. Milenas verschlüsselte Botschaft gab mir in meiner Meinung recht. Wie konnte sie innerhalb von nur zwei Tagen einen so gewaltigen Gesinnungswandel durchmachen und die Frau, die sie als ihre Freundin bezeichnete, nun dermassen diffamieren?

„Ich habe in zwei schlaflosen Nächten über Catherine nachgegrübelt“, sagte Milena, als hätte sie meine Gedanken gelesen. „Sie wird über ihren Tod hinaus ein Rätsel bleiben.“

„Hat sie sich denn in letzter Zeit verändert?“

„Nur zum Positiven“, sagte Milena nachdenklich. „Nachdem, was sie mit ihrem Mann durchgemacht hatte, blühte sie förmlich auf. Ich dachte mir, dass das auf Sie zurückzuführen wäre.“ Sie streckte mir ihre Arme entgegen. „Ich kenne noch andere Frauen, glauben Sie mir, aber Catherine war wie meine Seelenverwandte, und jetzt muss ich schmerzlich feststellen, dass sie mich ...“, Milena hielt einen kurzen Moment inne und wischte sich mit der rechten Hand über die Wangen, „... hinters Licht geführt und meine Freundschaft zu ihr ausgenützt hat.“

„Ich kann ihre Enttäuschung nachvollziehen“, sagte ich. „Sie waren wohl nicht die Einzige, der sie etwas vorgemacht hat.“ Ich reichte ihr ein Taschentuch, das sie dankbar entgegennahm. Sie tupfte ihre Augen ab.

„Kommen Sie, essen wir eine Kleinigkeit“, sagte sie und erhob sich.

Während ich mich an den Tisch setzte, machte sich Milena in der Küche zu schaffen. Ich konnte meine Blicke indes nicht von ihr lassen. Sie hatte etwas Eigentümliches an sich, beinahe etwas Kunstvolles. Sie unterschied sich vom Rest der Frauen, die ich kannte, dadurch, dass sie wahrscheinlich überaus vorsichtig mit der Sonnenbestrahlung umging. Ich hätte sie nur zu gern danach gefragt. Sie machte mich neugierig. Ich musste an ein Theater denken, wenn ich sie anschaute. Genau da, auf eine Bühne, hätte ich sie hin projiziert, als eine Muse der Schauspielkunst. Ich hätte trotzdem nicht sagen können, ob sie mich an jemanden erinnerte.

„Mögen Sie Sushi und Sashimi?“ Milena erschien unter dem Durchgang zur Küche und strich sich mit beiden Händen über die Halbschürze, die sie sich umgebunden hatte. Sie funkelte mich mit ihren grünen Augen schmunzelnd an.

Ich wusste nicht recht, was ich darauf antworten sollte, ohne sie zu beleidigen. Roher Fisch war nicht so mein Ding.

„Ich habe auch noch Hirsch-Carpaccio da“, sagte sie, als sie mein Zögern bemerkte. Ich bekundete ihr, dass sie sich meinetwegen keine Umstände machen solle, und war dennoch froh über ihr zweites Angebot.

„Ich ernähre mich meistens von Rohkost“, sagte Milena.

Vielleicht hat sie deshalb eine so helle Haut, durchfuhr es mich. Nach kurzer Zeit waren wir uns über die Speisen einig. In der Zwischenzeit zündete ich die Kerzen an, um wenigstens einen bescheidenen Beitrag zu diesem Abend zu leisten.

Später tranken wir mehr als genug vom Champagner und genossen die Speisen lange und ausgiebig. Ich liess mich dabei von ungewohnter Hintergrundmusik berieseln. Psychedelische Melodien, ein Singsang mir unbekannter Interpreten, Musik zum Abtauchen, Vergessen, Zerfliessen. Ob sie diese Stimmung bewusst inszenierte?

„Hat Catherine irgendwann Alexander Thommen oder Peter Emmenegger erwähnt?", fragte ich in die berauschende Stimmung hinein.

Milena schaute mich über den Tisch hinweg mit weit aufgerissenen Augen an, als hätte ich ihr soeben eine unverschämte Frage gestellt. „Ich habe Ihnen doch schon ein paarmal erklärt, dass ich keine Ahnung von anderen Männern habe, die sich scheinbar mit Catherine einliessen."

„Aber Ihnen müsste es doch aufgefallen sein", bohrte ich weiter, „dass Catherine ein Vermögen für schöne Kleider ausgegeben hat." Es war eine blosse Vermutung von mir.

„Ja, wenn Sie mich so fragen?" Milena legte Messer und Gabel neben ihren Teller. Sie dachte angestrengt nach. Ihre Stirn kräuselte sich. „Sie hat da mal so eine Kleinigkeit durchblicken lassen, dass sie jemanden kenne, der ihr ab und zu hilfreich unter die Arme greife." Milena verschränkte die Arme und lehnte sich zurück. „Aber fragen Sie mich nicht, wer. Ich bin es nicht."

Die Kerzen waren ein gutes Stück heruntergebrannt. Wie ein skurriles Gebilde sah das Wachs aus, das sich ungehemmt über den Silberständer bewegte. Stalaktiten gleich oder von Schnee und Eis geformten Fantasiefiguren. Die Champagnerflasche war fast leer. Milena goss den letzten Tropfen in mein Glas.

„Ich wünschte", sagte sie dunkel, „wir hätten uns anders kennengelernt." Ich wollte nichts dazu sagen. „Vielleicht ist es aber

Schicksal, dass wir uns unter den gegebenen Umständen getroffen haben." Sie strich sich eine losgelöste Haarsträhne aus ihrem Alabastergesicht. „Haben Sie Catherine sehr geliebt?"

Diese Frage hatte ich nicht erwartet. Ich wusste nicht, was ich Milena darauf hätte antworten sollen. Wenn Liebe und Begierde das Gleiche sind? Und was erwartete Milena von mir?

Sie erhob sich. „Tut mir leid, ich wollte nicht indiskret sein." Ich hörte die Enttäuschung aus ihrer Stimme.

„Ich habe sie geliebt", antwortete ich. „Mehr sogar als sie mich." Ich hatte eindeutig zu viel getrunken. Ich stellte das Geschirr auf dem Tisch zusammen und wollte aufstehen, um es in die Küche zu bringen.

„Lassen Sie die Sachen ruhig stehen", lächelte Milena. „Das kann warten." Sie berührte kaum spürbar meine linke Wange. Ihre Hand war kühl. „Kommen Sie", flüsterte sie nahe an meinem Ohr, als hätte uns jemand belauschen können. „Ich muss Ihnen etwas zeigen."

Ihr Zimmer war riesig und erinnerte an das Schlafgemach einer Mätresse im Mittelalter. Die Wände sahen aus, als hätte man im Bauen innegehalten. Grau eingefärbte Sichtbacksteine, die sich unregelmässig in eine glatte Fläche schoben. Davor einzig ein gusseisernes Bettgestell mit einer grauen Patina überzogen, wahrscheinlich übermalt. Weisse Voilegardinen üppig über Eisen gelegt, ein Baldachin und ebenso weisse Decken und Kissen. Mein Erstaunen raubte mir jegliche verbale Äusserung.

„Ich liebe die Diskrepanz zwischen Alt und Neu, zwischen Antike und Moderne", erläuterte Milena und trat neben mich.

Ich fragte mich, ob sie auch zwischen ihrem privaten Leben und ihrem Beruf ein solches Missverhältnis tolerierte oder sogar bewusst inszenierte. Ich dachte an ihre helle Haut auf ihrem gestählten Körper, wo man unweigerlich an Bräune hätte denken müssen. Ob sie damit absichtlich provozierte? Oder wollte sie letztendlich ihre Andersartigkeit demonstrieren? „Ist es das, was Sie mir zeigen wollten?", fragte ich, als sich meine Gefühlswogen geglättet hatten.

„Nein", sagte sie. „Setzen Sie sich."

„Aufs Bett?"

„Tun Sie sich keinen Zwang an." Sie schlug die weisse Decke zurück, die nach Rosenöl duftete. Mir war das nicht geheuer. Was hatte sie vor? Ich setzte mich gehorsam neben sie. „Schauen Sie." Mit einem einzigen Druck auf den Knopf am Kopfende des Bettes schob sich die Wand unterhalb auseinander und eine grossflächige Leinwand kam zum Vorschein. Milenas ganz privates Heimkino. Wollte sie mich mit einem delikaten Film verführen? „Ich weiss", sagte sie fast schüchtern, „dass das, was ich Ihnen zeige, nicht legal ist, zumal ich es nicht unbedingt mit meinem Beruf in Verbindung bringen kann. Aber ich schwöre, dass ich diese Dinge nicht missbrauche und Sie der Erste sind, der sie zu sehen bekommt."

Warum tat sie auf einmal so scheu? Ich war keine Spur klüger, aber platzte beinahe vor Neugierde. Ich hatte mal eine Vision von einem Rausch gehabt, der durch Gedanken herbeigeführt wurde. Es war, als wäre ich inmitten eines Regenwaldes gestanden, nachts, wenn die Bäume keinen Sauerstoff abgeben, sondern selbst atmen. Es hatte mir die Kehle zugeschnürt und ich hatte keine Luft mehr bekommen. Wie ähnlich war es jetzt. Ich hatte zu viel getrunken. Und meine Lungen schmerzten.

Auf dem Monitor erkannte ich vorerst nichts. Nur ganz vage war eine Melodie zu hören. Harfenklänge. Dann ein Flimmern. Über den Bildschirm schoben sich graue Würfel, Puzzleteilen gleich, die sich langsam zu einem erkennbaren Film entwickelten. Digitale Animation.

Eine Sommerwiese. Darauf Mohn- und Dotterblumen. Eine zierliche Gestalt, die sich im Reigen drehte. Langes wallendes Haar, das sie umgab. Fast perfekt die Kameraführung. Die Frau in der Mitte wurde näher gezoomt. Ihr Gesicht, ihre melancholischen Augen. Jetzt war mir klar, weshalb mich Milena zu dieser Vorstellung eingeladen hatte: Die Frau auf dem Bildschirm war Salomé. Ich spürte, wie sich mein Körper anspannte. Sie war es und war es doch nicht. Sie wirkte blass, mager, fast eingefallen und hatte wenig mit der Frau, die ich im Frühling kennengelernt hatte, gemeinsam. Durchsichtig war sie. Als wäre sie dem Tod geweiht.

„Wann haben Sie die Aufnahmen gemacht?“ Ich drehte mich nach Milena um.

„Ich wollte mal Psychologin werden“, sagte sie. Das war nicht die Antwort auf meine Frage. Wollte sie mich hochnehmen? „Und meine Patienten mittels Video kennenlernen.“ Sie lächelte. „Für Therapiezwecke sozusagen.“

„Und Catherine war Ihre erste Patientin?“ Ich fasste es nicht.

„Mit ihr hat alles angefangen“, sagte Milena. „Als sie in mein Studio kam und sich bei mir ausweinte, merkte ich, wie ich auf sie eingehen konnte. Ich spürte, dass ich ihr helfen kann.“

„Hat sie sich denn verändert?“

Ich realisierte erst zu spät, dass sich diese Frage für mich erübrigte. Natürlich hatte sich Salomé verändert. Ich hatte sie anders, schöner, voller, sinnlicher erlebt. Das Videoband berührte mich auf seltsame Weise. Ich wollte gehen. Verflogen waren die vagen knisternden Momente in Milenas Nähe. Salomé war wieder allgegenwärtig. Verzerrt. Irrational. Meine Erinnerungen an sie lösten sich auf wie der Morgennebel im herbstlichen Sonnenglast. Wie die grauen Würfel am Anfang des Filmes, in umgekehrter Reihenfolge. Ich erhob mich, weil mir schlecht war. Vom Alkohol. Vom rohen Fleisch. Von den verzerrten Bildern. Wegen Salomé.

Unser Abschied fiel indes kurz aus. Ich schüttelte Milena formell die Hand, was sie nach meinem Ermessen sehr überraschte. Was hatte sie erwartet?

„Wollen Sie schon gehen?", fragte sie mit einem unwiderstehlichen Augenaufschlag, der mich trotzdem kalt liess. Nein, diesmal wollte ich auf keine noch so zarte Geste hereinfallen.

„Ich habe Verpflichtungen", log ich und war schnell im Korridor, wo ich den Griff der Eingangstüre in die Hand nahm, als hätte ich mir damit einen gewissen Schutz vor Milena ergreifen müssen. Sie mochte meine Aversion missverstehen. Ich hatte keine Lust, mich zu rechtfertigen. Ich wusste, dass Milena meinen abrupten Abgang nicht verstand, aber sie schwieg. Von ihrem sinnlichen Blick war nichts mehr geblieben. Jetzt sahen ihre Augen ein bisschen traurig aus. Ich kannte diesen melancholischen Ausdruck. Salomé hatte ihn oft gehabt, wenn sie mich am Morgen verliess.

Ich ging hinunter auf die Strasse, zurück ins Parkhaus, wo mein Wagen stand, und setzte mich noch eine Weile lustlos und gedankenverloren hinter das Steuer, bevor ich nach Hause fuhr.

Meine Geliebte war tot, den Job war ich vorübergehend los und meine ganzen Lebensenergien zerrannen ins Endlose. Hatte ich überhaupt noch Perspektiven?

Samstag, 9. August 2003

Ich schlief bis in den späten Morgen hinein. Nur kurz einmal, als Gaby einen Spaltbreit die Schlafzimmertüre geöffnet hatte, um mir zu sagen, dass sie heute in die Altstadt zum Einkaufen gehe, war ich einen Augenblick aufgewacht, um danach wieder in einen narkoseähnlichen Tiefschlaf zu fallen. Ich hatte mich vor dem Zubettgehen mit Tranquilizern vollgepumpt: Die Wirkung war fatal.

Knapp vor dem Mittag stand ich auf. Heute war es eine Woche her, seit ich Salomé verloren hatte. Meine Energie war auf dem untersten Level angelangt. So mutete also ein Jahrestag an, ein Monatstag, der Wochentag. Die immer wiederkehrenden Bilder des Ereignisses, die einen von innen heraus auffressen. Die Erinnerungen an den entsetzlichen Tod meiner Geliebten, die ich mir selbst zerstörerisch aus dem Unterbewusstsein holte. Ich versuchte, sie lange in meinen Gedanken zu konkretisieren, um sicherzugehen, dass ich noch weit mehr ertragen würde. Ich ging damit so weit, dass ich einen würgenden Schmerz in der Kehle provozierte. Tränen, die von mir nicht geweint werden wollten. Schreie, die nach aussen stumm blieben. Das beklemmende Gefühl, dass meinem Leben der tiefste Sinn abhandengekommen war.

Ich ging unter die Dusche und liess kaltes Wasser über meinen Körper rinnen, als hätte ich mich von unnatürlichen Vorgängen in meinem Kopf befreien müssen. Eisige Nadelstiche aus der Brause, die mich trotz der Sommerhitze draussen keineswegs ermunterten, sondern vielmehr noch zusätzlich quälten.

Später liess ich einen Kaffee aus der Maschine laufen, deren Geräuschpegel mir seit Gabys Anwesenheit nicht aushaltbar erschien. Sonderbar, wie beeinflussbar ich geworden war. Auf dem Küchentisch lag schon die Morgenpost, die Gaby bereits heraufgeholt hatte. Manchmal gibt es ein paar Annehmlichkeiten, wenn man zu zweit lebt. Ein Kuvert mit dem mir bekannten Briefkopf der Kriminalpolizei stach mir ins Auge. Ich erhob mich und begab mich mit dem Umschlag ins Wohnzimmer, wo ich mich auf das Sofa setzte. Vielleicht sollte ich besser sitzen, dachte ich. Vielleicht war es die Kündigung. In einem weissen Kuvert. Nicht im blauen.

Ich wusste nicht, ob ich erleichtert aufatmen sollte, als ich Ninas Zeilen las. Ich solle mich melden, weil sich im Fall Mahler etwas Neues ergeben habe. Warum hatte sie mich nicht angerufen?

Ich rief sie unverzüglich an. Sie sei allein im Büro, sagte sie, was mich nicht mehr verwunderte. Manchmal hatte ich das Gefühl, dass die Kripo ihr Zuhause war, dass sie nebst ihrer Sekretariatsarbeit wenig andere Interessen hatte.

„Was gibt es Neues, was ich nicht wissen sollte?"

Nina konnte sich kaum halten vor Lachen. Sie kannte meinen trockenen Humor, meine Bissigkeit, meinen Zynismus. „Julien hat deine Arbeit übernommen", sagte sie schniefend. Ich hätte ihr jetzt ein Taschentuch gereicht. Ihre Wimperntusche war bestimmt verwischt.

„Das habe ich angenommen", entgegnete ich. „Und, ist er bereits weitergekommen?"

„Er hat Hans Mahler im Kantonsspital besucht."

„Und?"

„Es geht ihm schlecht."

„Weiss man, warum?"

„Schlaftabletten in Kombination mit Alkohol."

„Genau so etwas habe ich vermutet." Ich hangelte eine Zigarette aus dem angebrochenen Päckchen vor mir. „Sieht wohl aus wie ein Suizidversuch. Das zeugt von einem Eingeständnis."

„Mahler hat ein einwandfreies Alibi", sagte Nina. „Das weisst du übrigens auch. Hieb- und stichfest. Das ist auch Conradins Ansicht."

„Was nicht heisst, dass er die Tat nicht delegiert hat." Das war eine provokative Feststellung meinerseits. Ich zündete die Zigarette an. „Hat man den Boss der Versicherungsagentur, in der Mahler arbeitet, noch einmal genauer befragt?"

„Sollte ich das wissen?"

„War nur so eine Idee", sagte ich. „Unter uns gesagt, es ist höchst sonderbar, dass Conradin nicht den üblichen Druck ausübt. Kannst du überhaupt sprechen?"

„Mache dir keine Sorgen, ich bin alleine im Büro", sagte Nina. „Conradin hat ja jetzt in dir einen Sündenbock", fuhr sie fort. „Vielleicht hat ihm die Hitze das Hirn aufgeweicht und die anderen müssen dafür büssen. Hast du Mahler in Verdacht?"

Ich staunte über ihre dreiste Feststellung. „Ich weiss es nicht. Es ist alles so undurchschaubar." Andererseits glaubte ich auch an Mahlers Unschuld.

„Er hat kein plausibles Täterprofil", sagte Nina, nun ganz in ihrem Element, und gab meinem Gefühl recht. Sie hatte es sich in den Jahren auf der Kriminalabteilung angewöhnt, ihre eigenen Schlüsse zu ziehen. Sie hatte einen analytischen Instinkt entwickelt, der wohl ihre Sichtweise ausmachte. Aus der Ferne sieht man manche Dinge klarer.

„Und was schliesst du daraus", fragte ich, „wenn jemand seine Frau im Alkoholexzess vergewaltigt?"

„Das wusste ich nicht." Sie liess eine Schweigesekunde verstreichen. „Dann sind vielleicht doch kriminelle Energien vorhanden." Sie wechselte dann abrupt das Thema, als wäre es ihr unangenehm geworden. „Bist du im Chat fündig geworden?"

Ich wusste nicht, ob ich darüber sprechen wollte. Ich wehrte mich gegen Thommens Bild, das sich vor mein inneres Auge schob. Zögernd erzählte ich Nina von meinem Treffen mit dem jungen Musiker.

„Das ist ein Ding", sagte sie überrascht. „Hätte nicht gedacht, dass du so schnell fündig wirst."

„Ja, das war wirklich ein Zufall", bestätigte ich. „Aber ich habe schon genug Frustrationen eingesteckt." Ich verschwieg, welche ich meinte. „Einmal muss ich auf eine brauchbare Spur stossen."

„Verdächtigst du ihn?"

„Ich bin mir nicht sicher. Er hat auch kein normales Täterprofil."

Nina kicherte lautstark. „Lasse dich nicht unterkriegen, und schon gar nicht von Conradin." Einen Augenblick zögerte sie und ergänzte dann in verschwörerischem Unterton: „Ich stehe voll auf deiner Seite."

Es schien, als hätte sie mit dem Chef noch eine Rechnung zu begleichen.

„Ist sonst noch etwas?"

„Emmeneggers Testament ist nicht rechtskräftig", sagte Nina.

„Weisst du weshalb?"

„Scheinbar sei weder der Name der Begünstigten noch ihre Adresse vollständig gewesen."

Ich erwiderte nichts darauf. Von rechtlichen Dingen in Bezug auf Testamentseröffnungen verstand ich nicht viel. Ich fragte mich nur, ob dieses Testament überhaupt etwas mit dem Mord zu tun hatte. Vielleicht liess ich mich damit irreführen. „Hat man Sophie Mahler noch einmal verhört?"

„Mahlers Tochter war gestern Nachmittag kurz in Juliens Büro, ja", sagte Nina. „Sie wird beschuldigt, Beweismaterial vernichtet zu haben."

Ich war sprachlos. Dieses Tempo hätte ich Julien gar nicht zugetraut. Also hatte ich mit meiner Vermutung doch recht gehabt. „Steckt etwa noch dieser Dürrenmatt dahinter?"

„Der war auch da", sagte Nina. „Scheint ein kurioser Typ zu sein."

Ich dachte an das Zungenpearcing. „Und, hast du dich provozieren lassen?"

Nina lachte. „Aus dem Alter bin ich, glaube ich, heraus", sagte sie, weil sie bestimmt genau wusste, worauf ich sie ansprach. „Ich muss Schluss machen", endete sie. „Ich habe einen Anruf auf der anderen Leitung."

„Nur noch eine Frage", drängte ich.

„Ja?"

„Hat Dürrenmatt den Computer manipuliert?"

„Franz und Willy sind dran", antwortete Nina. „Auf jeden Fall werden Sophie Mahler und dieser Dürrenmatt nicht aus den Augen gelassen."

„Die sind nicht gefährlich", sagte ich.

„Das glaube ich auch nicht", pflichtete mir Nina bei. „Falls die mit dem Fall wirklich etwas zu tun hätten, würden die abhauen. Ich kenne die jungen Leute von heute. Die machen sich doch bloss wichtig. Die kümmern sich nicht um Gesetze und wollen testen, wie weit sie sich über Grenzen bewegen können."

Sie hatte recht. Ich verabschiedete mich. Den Zigarettenstummel zerdrückte ich im Aschenbecher. Ausgerechnet Julien. Er setzte Dampf auf. Ich wusste nicht, ob ich dem Gefühl von Neid Platz machen oder froh darüber sein sollte, dass er mir meine Arbeit abnahm.

Ich ging in die Küche und holte ein Glas aus dem Schrank und die Whiskyflasche aus dem Regal. Nach drei halb gefüllten Gläsern tauchte alles um mich in ungreifbares Nichts. Und in mir kam ein zarter etwas dümmlicher Drang auf, mich hinfallen und auf weichen Whiskywolken treiben zu lassen. Zeit und Raum zerflossen. Die Konturen um mich zerfledderten.

Als Gaby zurückkehrte, war mein Verstand gerade noch so klar, dass ich eine Entschuldigung stammeln konnte. Sie legte Plastiktragetaschen auf den Küchentisch und schaute mich verwundert an. Instinktiv schnüffelte sie mit der Nase in der Luft. „Hast du einen intus?“ Ihr Blick war kritisch auf mich gerichtet.

Wenn ich jetzt den Mund aufmachte, hätte ich gelallt. Also schwieg ich.

„Meinst du, deine Probleme auf diese Weise beseitigen zu können?“ Gaby kippte die Taschen und leerte deren Inhalt auf den Küchentisch. Wie ich sah, hatte sie sich neue Unterwäsche gekauft. Nichts Aufregendes allerdings. Aber es musste ja nicht gleich jede Frau so ausgefallene Dessous tragen, wie Salomé das getan hatte.

„Soll ich dir einen Tee machen?“, fragte Gaby.

„Davon werde ich krank“, sagte ich und wunderte mich, wie sonor meine Stimme klang.

Gaby grinste mich frech an. Sie hob ein Stück schwarzen Stoff vom Tisch auf und entfaltete es vor meinen Augen. „Was sagst du dazu?“

„Ein Nachthemd?“, fragte ich.

„Schuft“, rief Gaby konsterniert und warf mir das Kleidungsstück entgegen. „Ich habe mir gedacht, dass wir zusammen ausgehen könnten. Vielleicht bringt dich das auf andere Gedanken.“

„Und dazu hast du dir dieses winzige Nichts gekauft?“

„Ja, gefällt es dir denn nicht? Es ist Sommer. Alle tragen jetzt wenig auf der Haut.“

„Dann lasse es doch einfach weg.“

„Miststück!“ Schnell packte sie das Kleid in eine der Plastiktüten. „War nur eine Idee.“

Ich merkte, wie enttäuscht Gaby war. „Lasse mir noch ein wenig Zeit“, sagte ich. „Ich muss noch ein paar Dinge erledigen.“

„Okay, okay“, erwiderte sie, ihre Hände über den Kopf werfend. „Ich habe ja nicht gesagt, dass es gleich heute sein muss.“ Sie stand ein paar Schritt weit von mir entfernt und taxierte mich nachdenklich. „Was immer du jetzt vorhast“, sagte sie abschätzig, „aber vielleicht solltest du dir vorher die Haare waschen.“ Mit einem galanten Hüftschwung verschwand sie aus meinem Blickfeld. Sie hatte es mir bloss heimzahlen wollen. Ich kehrte ins Wohnzimmer zurück, wo ich mir erneut eine Zigarette ansteckte. Den Nachmittag verbrachte ich am Telefon.

Mein erstes Ziel war das Parkhotel in Vitznau. Seit Milena es im Zusammenhang mit Salomé erwähnt hatte, ging es mir nicht mehr aus dem Sinn. Ich wollte herausfinden, welche Beweggründe Salomé dazu veranlasst hatten, ein Leben, wie sie es hatte, zu führen. Offensichtlich hatte sie die Männer dazu benutzt. Ich hatte auch dazugehört, wie mir in der letzten Woche brutal bewusst geworden war. Ich stellte die Nummer ein.

„Parkhotel Vitznau, guten Tag.“ Die Stimme eines Deutschen.

Fast militärisch adäquat. Scheinbar in der Hotelfakultät einstudiert. Sie hatte eine ernüchternde Wirkung auf mich. Aber das lag wohl an dem sich senkenden Alkoholpegel in meinem Blut. Ich war übersensibilisiert. Die Stimme am Telefon wiederholte sich. Jetzt ungeduldiger. Ich nannte meinen Namen und bekundete meinen Wunsch, mit dem Hoteldirektor sprechen zu dürfen.

„Der Direktor ist nicht anwesend", sagte der Deutsche. „Aber vielleicht kann ich Ihnen weiterhelfen." Er wirkte nun freundlicher. „Geht es um eine Reservierung?" Er war geschäftstüchtig.

„Ich rufe im Auftrag der Kripo Luzern an", sagte ich, wohl wissend, dass diese Aussage nicht berechtigt war. Insgeheim hoffte ich, dass der Deutsche keine Rückfragen machte. Aber diese Flexibilität traute ich ihm nicht zu. „Wann ist denn der Direktor zurück?"

„Heute Abend."

„Kann ich einen Termin vereinbaren?"

„Das lässt sich machen", antwortete der Deutsche. Ich hörte das Rascheln von Papier. Er nahm jetzt sicher die Agenda zur Hand. „Ja, er wird heute um sieben Uhr wieder im Hotel sein. Ich werde Sie anmelden." Er schwieg eine Weile. „Worum geht es denn, wenn ich fragen darf?"

Er war neugierig. Ich hätte ihm am liebsten gesagt, dass er nicht fragen dürfe und ich solche Fragen im Grunde genommen nicht von einem Untergeordneten erwarten würde. „Es geht um eine Auskunft", sagte ich. „Eine Auskunft, die mir der Direktor persönlich geben sollte."

Ich verabschiedete mich und legte danach auf.

Das zweite Telefonat ging an Milena. Ich hatte mich für ihre Gastfreundschaft am Vorabend noch gar nicht richtig bedankt. Wie angenommen war sie um diese Zeit im Fitnessstudio. Ich liess mich mit ihr verbinden.

„Andy?“ Sie klang erfreut. „Und ich dachte schon, dass es Ihnen bei mir nicht gefallen hat.“

„Ich weiss“, sagte ich, „mein plötzlicher Abgang ist absolut indiskutabel. Es tut mir leid.“

„Der Champagner wird es doch nicht gewesen sein“, stellte Milena zögernd infrage.

Ich sagte ihr nicht, dass ich mich wie ein Idiot ihr gegenüber fühlte. Vielleicht hatte sie das schon selbst gemerkt.

„Wie geht es Ihnen heute?“, fragte sie.

„Sehr gut“, log ich, froh darüber, dass sie mich nicht sehen konnte. Ich fühlte mich katastrophal. Ich war drauf und dran, diese Katastrophe erneut im Alkohol zu ertränken. Aber das bekam mir nicht gut. Und vielleicht hätte man mich im Nachhinein kollabiert auf dem Wohnzimmerboden entdeckt. Und anderntags hätte es in allen Zeitungen gestanden: Polizist im Suff gefunden! Dies wollte ich Daniela Schneider nicht gönnen.

„Möchten Sie mich noch einmal besuchen?“ Milena warf mich in geordnetere Bahnen zurück.

„Nein, deswegen rufe ich nicht an“, sagte ich. „Mir ist da so eine Idee gekommen.“

„Und die wäre?“

„Wir könnten zusammen essen gehen.“

Milenas lachte mit dunkler Stimme. „Wann denn?“

„Morgen Abend?“

Sie seufzte. „Da bin ich schon verabredet.“

Ich wusste jetzt nicht recht, ob ich enttäuscht sein oder ob ich ihr gegenüber meine Kaltschnäuzigkeit demonstrieren sollte? Was hatte ich gedacht? Dass ich der Mann war, auf den sie zeitlebens gewartet hatte? Und was ging mich ihr Privatleben überhaupt an? Gestern noch hatte ich sie mit meiner Art gekränkt. Sie würde es nicht so schnell verdaut haben. Und heute nahm ich mir das Recht heraus, auf ihre Absage pikiert zu reagieren.

„Das heisst", korrigierte sie sich jetzt, „dass ich Ihre Einladung gern ein andermal annehmen werde."

Wann, ein andermal? Wenn sie sich der anderen entledigt hatte? Oder des Mannes, für den sie Champagner kalt gestellt und rohen Fisch eingekauft hatte? Der nicht gekommen war, weshalb sie sich mit mir getröstet hatte? Ich befreite mich von Illusionen. Sie hatten heute keinen Platz. „Ich rufe Sie einfach wieder an", sagte ich, ohne mich auf ein Datum festzulegen. Vielleicht war sie intelligent genug, um zu merken, dass ich enttäuscht war.

Ich legte auf und holte ein Bier aus dem Kühlschrank. Dann liess ich kühles Badewasser einlaufen. Die Hitze war wieder unerträglich und mir schien, als klebte jeder Staubpartikel wie öliges Zeug an mir. Noch einmal rief ich im Büro an. Aber Nina hatte nichts Neues in Erfahrung bringen können. Es war an der Zeit, dass ich den Fall Catherine Mahler auf eigene Faust löste. Jetzt würde mich niemand mehr daran hindern, meine Recherchen fortzusetzen. Weder ein machtgeiler Korner noch ein arroganter Conradin, noch ein bemitleidenswerter Julien. Denn jetzt ging es nicht mehr nur um den Mord an einer Frau, sondern um meine Geliebte und um meine Ehre. Allein die Tatsache, dass ich in Nina eine geheime Verbündete hatte, die mich über jede Einzelheit informierte, liess meinen Adrenalinspiegel höher schnellen.

Ich setzte mich in die randvoll gefüllte Badewanne und blieb bis zum frühen Abend.

***

Ich war selten bis nie in Fünf-Sterne-Hotels. Ich fühlte mich da auch nicht besonders wohl. Wenn ich Geld sonst nirgends riechen konnte, so nahm ich es in diesen Luxushäusern schnell wahr: Hier durfte nur derjenige Gast eintreten, der sein Verdientes locker in der Tasche trug und noch lockerer ausgab. Trotzdem gefiel mir das Parkhotel in Vitznau auf Anhieb. Es war das erste Mal, dass ich dieses Hotel überhaupt aus dieser Perspektive sah. Vom See aus war es mir schon oft aufgefallen, an Bord eines Raddampfers, dieser übergrosse Bau aus dem späten 18. Jahrhundert mit den bizarren Türmen und einem weitflächigen Park, der sich zwischen hohen Pappeln erstreckte.

Es mochte vielleicht an dem schönen Sommerabend liegen oder an den Farben, welche die Natur bei meiner Hinfahrt präsentierte: Das Haus nahm mich gefangen.

Ich wusste nicht recht, wo ich meinen Wagen hinstellen sollte, und entschied mich, erst einmal beim Hauptportal nach einem Parkplatz zu suchen. Vor dem Eingang war ein uniformierter Portier zur Stelle. Als er sah, dass ich alleine ankam, ging er rasch wieder zurück zur Ausgangsposition. Ich lächelte über das Marionettenhafte dieses Hotelangestellten, der – wie alle seine Arbeitskollegen – auf Nettigkeit und Aufmerksamkeit getrimmt worden war. Der Kunde war König. Schliesslich brachte er das Geld.

Ich hatte nie in Erwägung gezogen, dass man bei meiner Ankunft einen roten Teppich ausrollen würde. Mein verbeulter Golf erweckte wohl auch nicht den Eindruck, dass ich ein wohlhabender Mensch wäre. Aber ich wurde mir meiner Unwichtigkeit und meiner Bescheidenheit bewusst, als ich die auf Hochglanz polierten Statussymbole der High Society vor dem Parkhotel stehen sah: eine Parade der teuersten und modernsten Karosserien, die im abendlichen Sonnenglast glänzten. Frech wie ich war, schlüpfte ich mit meinem Wagen in eine Lücke zwischen einem Mercedes rechts und einem Jaguar links und konnte es nicht verkneifen, eine zärtliche Geste über mein Autodach zu vollführen, als just in dem Moment hinter mir zwei Hotelgäste aus ihrem Porsche stiegen und mir abschätzige Blicke zuwarfen. Ich sah ihnen an, was sie dachten.

Ich schritt hinter dem Paar her in Richtung Eingang. Es war immer wieder ein Vergnügen für mich, die Leute aus dem Hintergrund zu taxieren. Wer hinten ist, hat die bessere Ausgangslage. Der vorne ist exponiert. Ein ungleiches Paar, wie es schien. Er trug einen blassgrauen Anzug. Die Hosen waren viel zu kurz. Sie dagegen liess eine junge Frau erahnen. Eine zierliche Figur in einem aussergewöhnlichen Kleid mit hohem Seitenschlitz, der muskulöse, braun gebrannte Beine zum Vorschein brachte. Ihr Po war straff. Ein heller Tanga schimmerte durch. Der Zufall wollte es, dass sich die Dame nach mir umdrehte, bevor sie die Treppe zum Eingang hochstieg.

Die junge Frau war mindestens sechzig, mit der Figur einer Fünfzehnjährigen. Warum nur konnten diese Frauen nicht zu ihrem Alter stehen? Ihr Begleiter hatte wohl tief ins Portemonnaie greifen müssen, um all die Schönheitsoperationen an dieser Dame zu finanzieren. Ob sie nebenbei einen jungen Geliebten hatte? Dann hätte sich der ganze Aufwand auch gelohnt. Aber vielleicht hatte sie sich ja gerade deshalb unters Messer gelegt.

Am Empfang musste ich zuerst einmal warten, weil sich vor mir ein Französisch sprechender Gast mit der einzig anwesenden Empfangsdame unterhielt. Ich liess meine Blicke durch den hohen Raum schweifen. Es war sehr schön hier. Der Hochglanzprospekt, den ich im Büro angeschaut hatte, hatte nicht zu viel versprochen. Ich hatte gelesen, dass das Parkhotel Vitznau um 1900 innerhalb von nur zwei Jahren im Stil der Belle Epoque errichtet worden war.

Ein paar Gäste befanden sich in der Empfangshalle. Sie redeten miteinander, ich konnte nichts verstehen. Die hohe Diele verschlang die Akustik vollkommen. Den langen Tisch in der Mitte schmückte ein gewaltiges Blumenbouquet, von dem der Geruch von Sonne und Sommergräsern ausging. Darüber hing ein Kronleuchter. Durch die geöffnete Fensterfront vorne blitzte dunkelblau der Vierwaldstättersee, dahinter erkannte ich im Dunst den Ausläufer des Bürgenstocks. Es war angenehm kühl im Hotel.

Der Franzose hatte sich in der Zwischenzeit grinsend entfernt.

„Sie wünschen?“, tönte es auch schon über die Rezeption hinweg.

„Ich habe mich mit dem Direktor verabredet“, sagte ich. „Walker ist mein Name, Kripo Luzern.“

„Haben Sie das?“, fragte die Rezeptionistin. Sie verstand es geschickt, ihre Unsicherheit hinter der Fassade eines aufgesetzten Lächelns zu verbergen. Mir entging dies nicht. Ich vermittelte ihr wohl ein gewisses Unbehagen. Polizei im Haus, das brachte sie, wie mir schien, nicht mit sehr Angenehmem in Zusammenhang. Sie suchte nervös nach etwas, nach einer Nachricht vielleicht. Ich erinnerte mich, dass nicht der Direktor persönlich am Telefon gewesen war. Das schien jedoch nicht von Wichtigkeit zu sein.

„Der Direktor lässt sich entschuldigen. Es ist ihm etwas dazwischengekommen“, sagte sie, als sie fündig geworden war. „Der Chef de Service, Herr Eberle, wird Sie aber gerne auf der Gartenterrasse bedienen. Wir haben Ihnen einen Tisch reserviert.“

„Das ist sehr grosszügig von Ihnen“, sagte ich. „Ich habe aber nicht vor, meinen Abend bei einem Candlelight-Dinner zu verbringen.“

„Dann hätten Sie am Morgen kommen sollen“, sagte mein Gegenüber mit höflichem, einstudiertem Lächeln. Ich lächelte zurück und fragte mich, ob diese Einladung Berechnung war.

„Ich bin wohl nicht entsprechend angezogen", entgegnete ich und liess meine Blicke eine geraume Zeit in der Hotelhalle umherschweifen, um der Rezeptionistin zu demonstrieren, was ich meinte. „Ich bin im Dienst", log ich und versuchte, mich für mein Aussehen zu rechtfertigen.

„Bitte tun Sie sich keinen Zwang an", sagte die Empfangsdame mit ihrer netten Art und überzeugte mich.

Ich trat auf die Terrasse, von der aus beidseitig geschwungene Treppen zum Park führten. Die Sonne heizte immer noch gnadenlos schräg über den blauen Spiegel, im Begriff, bald unterzugehen. Der Vierwaldstättersee glitzerte. Ein Raddampfer schwebte fast geräuschlos vorüber und zog seine weisse Spur. Auf dem fein gemähten Rasen hinter dem Strand wiegten sich die grünen Äste der Birken und Zypressen im trägen Wind. Sie verbargen den exklusiven Park beim Schwimmbad vor neugierigen Blicken. Ich ging über den kiesbedeckten Weg zum See. Meine Augen saugten gierig den Luxus ein, der sich mir präsentierte. Beidseitig des Hotels schachtelten sich die Häuser von Vitznau den dicht bewaldeten Hang hinauf, die gewundenen Wege entlang.

Die Abenddämmerung fiel plötzlich über die Landschaft, als breitete ein riesengrosser Vogel seine Flügel darüber aus und verschlänge sie mit seinem Schatten. Im Hotel und draussen im Park gingen die Lichter an. Die ersten Abendgäste präsentierten ihre Sonnenbräune: Die Damen in gewagt ausgeschnittenen Kleidchen, die Herren in dunklen Hosen und kurzärmligen Hemden. Einige Leute sassen unter der Markise des Gartenrestaurants oder an den kleinen feinen Tischchen den See entlang. Ein Pianist entlockte seinem Klavier heitere Töne, und die Kellner jonglierten Getränke auf silbernen Tabletts zwischen Küche und Garten.

Ich konnte sie immer noch spüren. Ob sie auch in diesem Park flaniert war? Ich blickte einem jungen Mann ins Gesicht, kaum sechzehn mochte er sein, der seine erste Erfahrung spazieren führte. Ich konnte sie riechen. Einen Hauch von ihrem Haar, wenn sie den Kopf abrupt gedreht und ihr gerötetes Gesicht zu mir gewandt hatte, nach einer langen, zärtlichen Nacht. Salomé hatte sich mir hingegeben, wie sich keine Frau mir jemals hingegeben hatte, wie sich keine Frau mir jemals wieder hingeben würde. Ihr Duft blieb. Die Erinnerung an sie war noch da. Oder war es diese Illusion, die uns manchmal alle täuscht? War ich der Mensch, der träumte, ein Schmetterling zu sein, oder der Schmetterling, der träumte, ein Mensch zu sein? Salomés Version, Illusion zu interpretieren. Wie hatten wir gelacht, wenn wir nach einer wilden Vereinigung in unsere philosophischen Momente versanken.

Ich versuchte, sie mir hier im Parkhotel vorzustellen. Ob sie sich den anderen Männern gegenüber ebenso geöffnet hatte? Ob sie genauso dalag wie in meiner Anwesenheit, ihre Beine weit auseinander, sodass ich jede Windung, jede Vertiefung ihrer blanken Scham sehen konnte? Hatte sie sich ebenso vor ihren Geliebten befriedigt, wie sie es vor mir getan hatte, sich mit spielerischen und geschickten Fingern berührt und sich von diesen heftigen Orgasmen nacheinander überfluten lassen? Oder hatte sie es einfach nur zugelassen, dass sich die Männer in ihr ergossen? Mir wurde bewusst, dass ich zu viel nachdachte. Es brachte mir Salomé nicht wieder zurück. Wie sagte doch Julien immer: Ich intellektualisiere alles, ich sei ein Charakterneurotiker.

Ich schaute mich um. Salomé war nicht da, würde nie mehr da sein. Aber alle die anderen, die reichen Leute aus der Region, aus Europa oder aus Übersee. Sie zelebrierten ihren Status quo in einem der feinsten Hotels der Schweiz auf Teufel komm raus.

Langsam begab ich mich zum Gartenrestaurant. Eine der netten Kellnerinnen führte mich zu einem kleinen runden Tisch an der hinteren Wand, nachdem ich ihr gesagt hatte, wer ich bin. Sie schien gut informiert zu sein. Die Gäste drehten alle zur gleichen Zeit dezent ihre Köpfe oder liessen ihre Augen wandern. Sehen und gesehen werden, war hier das Motto. Ich musste wohl wie ein ganz spezieller Exot auf diese Menschen wirken, denn ihre fast mitleidvollen Blicke blieben eine Zeit lang an mir hängen. Vielleicht sahen sie in mir den armen Schlucker, der sich im Ort geirrt hatte. Es kam mir vor wie in einem Theater. Zwei Tische vor mir erkannte ich den blassgrauen Anzug und die antike, auf jung getrimmte Dame wieder. Sie hatte eine laute, tiefe Stimme, was irgendwie nicht so recht zu ihrer Aufmachung passte. Ob sie Testosteron geschluckt hatte? Dies hätte auch ihre sehnige Gestalt erklärt. Eine Speisekarte wurde vor mich auf den Tisch gelegt. Ich schlug sie auf, vorerst einen Blick zu den Nachbartischen werfend. Aber das allgemeine Interesse an mir war abgeklungen. Beim Durchlesen der Speisenfolge wurde mir erst bewusst, welch kulinarischer Banause ich tatsächlich war. Zu meiner Erleichterung wurde ich dann doch noch fündig und entschied mich für ein Zürcher Geschnetzeltes. Indes lehnte ich mich entspannt in den Stuhl zurück und liess meine neugierigen Blicke ungeniert umherschweifen. Es waren meistens Paare anwesend, die Frau rechts, der Mann links sitzend. Selbst da herrschte strikte Etikette. Oder war es Zufall? Am runden Tisch vor mir ein älteres Paar, das eifrig ein Würfelspiel spielte, ich tippte auf *Chicago*. Es liess sich nicht aus dem Konzept bringen und würfelte speisend oder speiste würfelnd weiter. Er notierte das Ergebnis. Der eckige Tisch nebenan war mit einer älteren, fülligen Dame in einem bunten Gewand besetzt. Ihr Gesicht wirkte jugendlich straff, die typische Physiognomie molliger Frauen. Neben ihr ein magerer, grau melierter Herr, der ständig nervös auf die Uhr schaute. Ob er noch jemanden erwartete? Es kam keine richtige Konversation zwischen den beiden auf. Die antike Dame in Weiss sass kerzengerade da. Unterhalb ihres Halsschmuckes erkannte ich zwei pralle Brüste, die unnatürlich stark durch den Stoff des extravaganten Kleides stachen und mich an Tennisbälle erinnerten. Ich glaubte, in einem falschen Film zu sitzen. Ich hatte Mühe, mir Salomé vor dieser Kulisse hier vorzustellen. Sie, die so quirlige, lebenslustige Frau, die ich nur in Jeans und Pulli gekannt hatte, mit einem Knoten im Nacken, der ihre langen Haare im Zaume gehalten hatte, dies erschien mir fast unmöglich.

Neben mir baute sich plötzlich ein langer Mann auf. Korrekte Erscheinung. Dunkler Anzug, der so frisch wirkte, als wäre er soeben aus der chemischen Reinigung gekommen. Weisser, steifer Kragen. Schwarze Fliege. Ich tippte auf den Chefkellner. „Guten Abend, Herr Walker“, sagte er. „Ich bin Peter Eberle. Man hat mich über Ihr Kommen informiert.“

Mir blieben somit die üblichen Floskeln erspart. Ich reichte ihm die Hand. Er hätte auch Pianist sein können. Er hatte eine lange, dünne Hand, die wie einstudiert gestikulierte. Die Linke schien ihm auf dem Rücken festzukleben. Eberle tänzelte vor mir hin und her. Diese Bewegung verlieh seinem ganzen Wesen einen dramatischen Zug. „Ich hoffe sehr, dass Sie sich in unserem Hotel wohlfühlen.“ Seine Stimme klang angenehm, mit einem Akzent, den ich vorerst nicht zuordnen konnte. „Haben Sie schon etwas ausgesucht?“

Ich bestellte das Zürcher Geschnetzelte und verzichtete auf eine Vorspeise.

„Ich könnte Ihnen da noch einen speziell geräucherten Lachs empfehlen“, schlug er vor.

Ich winke eifrig ab. „Ich bin heute nicht so hungrig.“ Ich zog ein Foto aus meiner Gesässtasche und reichte es Eberle über den Tisch. „Haben Sie diese Frau schon einmal gesehen?“

Eberles tänzerische Bewegungen nahmen noch etwas an Intensität zu. Wenn er jetzt verlegen war, so liess er es sich nicht anmerken. Er drehte das Foto auf die Rückseite, als hätte er dort hinten die Antwort auf meine Frage gefunden. Ich sah, wie er leer schluckte, bevor er den Mund öffnete. „Ja, die Dame kommt mir irgendwie bekannt vor“, sagte er, ohne seine Höflichkeit zu verlieren. „Es könnte sein, dass sie ein paar Mal hier im Restaurant zu Abend gegessen hat.“

Warum sprach er im Konjunktiv?

„War sie alleine hier oder in Begleitung?“

Eberle hielt die rechte Hand vors Gesicht und hüstelte diskret. Die Linke klebte immer noch auf dem Rücken. „Wissen Sie, eigentlich sollte ich nicht über unsere Gäste sprechen.“

„Bei mir können Sie eine Ausnahme machen“, sagte ich und hoffte, dass er meinen Ausweis nicht sehen wollte. „Kripo Luzern.“

„Das weiss ich doch.“ Eberle neigte seinen Kopf in meine Richtung. „Können wir das nicht in aller Ruhe nach dem Dinner besprechen?“

„Ich ermittle in einem Mordfall“, sagte ich ohne Umschweife, aber eine Spur leiser. Ich bemerkte, wie der blassgraue Anzug zwei Tische vor mir versuchte, sich umzudrehen. Damit ihm das gelang, musste er den Stuhl ein wenig zur Seite schieben. Ich tippte auf Genickstarre. Auch die antike Dame war hellhörig geworden. Ich genoss die volle Aufmerksamkeit der beiden. „War sie nun alleine da oder nicht?“, doppelte ich nach und lächelte Eberle zu. Langsam wurde ich ungeduldig.

„Zu zweit", sagte er endlich und entfernte sich schnell von meinem Tisch. Er liess sich nichts anmerken. Er begrüsste neue Gäste mit einer bewundernswerten Ruhe.

Wieder schaute ich mich um, als hätte ich die Antwort auf meine vielen Fragen in den Gesichtern der Hotelgäste lesen können. Vielleicht sass der Mörder heute wieder da, in der Gesellschaft eines gutgläubigen Opfers und bluffte von einer Jacht im Hafen von Positano und dem Ferienhaus auf Saint- Barthélemy. Doch keiner der anwesenden Herren erweckte in mir den Eindruck, ein Verbrecher zu sein. Hier sassen wirklich Schafe oder aber verkleidete Wölfe, die illegal an zu viel Geld gekommen waren. Aber da ich nicht hellsehen konnte, musste ich mich zwangsläufig damit abgeben, dass ich tatsächlich nur von friedliebenden Menschen umgeben war, die keiner Fliege etwas zuleide taten.

Während man mir das Zürcher Geschnetzelte auftrug, vergass ich für einen Augenblick den Grund, weshalb ich hier war. Das Essen schmeckte vorzüglich und mir fiel auf, mit welcher fantasievollen Hingabe der Koch die Speisen auf dem Teller platziert hatte. Da verwandelte sich sogar ein einfaches Geschnetzeltes, wie ich es von meiner Mutter her kannte, in ein ästhetisches Kunstwerk. Ich liess mir bewusst Zeit beim Essen. Die Gäste um mich herum schienen dasselbe vorzuhaben. Der Herr im blassgrauen Anzug und die Dame in Weiss waren den kulinarischen Streifzügen geradezu hemmungslos ausgeliefert. Es kam mir vor, als pflügten sie sich durch die Speisekarte. Vielleicht steckte sich die Dame danach den Finger in den Hals. Die zwei älteren Leute am runden Tisch vor mir spielten ungeniert ihr Chicago. Ihre Bewegungen waren inzwischen völlig instrumentalisiert. Am eckigen Tisch nebenan hielt der magere Herr immer noch Ausschau nach einer imaginären Person.

Erst als mir der Kaffee serviert wurde, leerte sich das Restaurant allmählich. Schlussendlich war ich der einzige Gast hier. Peter Eberle wagte sich wieder an mich heran, nachdem er den gesamten restlichen Abend den Augenkontakt mit mir vermieden hatte. Ich wusste, dass ihm das unangenehm gewesen war. Er setzte sich jetzt sogar an meinen Tisch, nachdem ich ihn aufgefordert hatte. „Sie müssen schon entschuldigen“, sagte er und gestikulierte mit seiner rechten Hand wild vor meinem Gesicht, „aber an Samstagen haben wir immer sehr viele Gäste auf der Gartenterrasse.“ Und er wies auf das milde Klima hin und dass die Leute von überall her nach Vitznau kämen, weil es hier besonders angenehm sei, wegen der Brise, die über den See herwehte. Nur in diesem Sommer sei es halt ein bisschen anders.

„Erinnern Sie sich an den Gast mit der Frau auf dem Foto?“ Ich gab nicht auf.

„Ja, die beiden sind mir aufgefallen. Waren sehr nette Leute. Vor allem ist mir ihre aussergewöhnliche Schönheit ins Auge gegangen.“ Sein Akzent brachte mich zum Schmunzeln. „Sie hatte so etwas Nobles an sich.“

Das Gleiche oder Ähnliches hatte ich schon einmal gehört. „Und er war ein älterer Herr mit grauen Haaren?“

In Eberles Augen trat ein grosses Staunen, wie das eines Kindes, wenn es auf dem Jahrmarkt dem Ballon nachschaut, der ihm aus der Hand geschwebt ist. „Der Herr war vielleicht gerade mal fünfunddreissig. Auf keinen Fall älter, und sah sehr gut aus. Gross und braun gebrannt. Ich schätze, er war ein Italiener.“

„Sind Sie ganz sicher, dass er so jung war?“ Ich entsann mich der Aussagen des Empfangschefs von *The Hotel* in Luzern. Sie stimmten in keiner Weise überein. Ob es vielleicht eine ganze Schar von Liebhabern gab? „Haben sie hier übernachtet?“

„Immer in derselben Suite. Ich hatte den Eindruck, dass es ihm nicht teuer genug sein konnte. Seine grosszügigen Trinkgelder sind denn auch aufgefallen. Er liess immer einen Hunderter liegen."

Verwundert sah ich auf. Ich hatte tatsächlich meinen Job verfehlt. „Sind Sie sicher, dass die Dame mit ihm auf sein Zimmer ging?"

„Oh", Eberle senkte den Kopf in meine Richtung, „aber ich bitte Sie ..." Er lachte das Lachen eines Eingeweihten, dem man eine geheimnisvolle Nachricht anvertraut hatte. Dann schwieg er. Ich dachte mir die Geschichte zu Ende.

„Haben sie die Suite zusammen gemietet?"

Eberle fuhr aus seinen Gedanken. „Nein, die Dame hatte immer ein eigenes Zimmer."

„Und wie war der Name dieses ...", ich machte eine nachdrückliche Pause, „... Herrn?"

Eberle räusperte sich. „Galizzi. Dr. Franco Galizzi."

Poseidon. Volltreffer! Auch einer aus dem Internet also. Und ein ganz hohes Tier obendrein. Mir zog es den Magen zusammen. Ein Arzt? Ein Ökonom? „Gibt es in diesem Hotel irgendwelche Leute, denen der Mann und die Frau noch aufgefallen sind? Oder hat sich das Paar mit jemandem unterhalten?"

Eberle richtete sich kerzengerade auf. „Unser Künstler hat sich mit ihnen unterhalten, da bin ich mir ganz sicher." Er lachte. „Der redet gern mit schönen Frauen."

„Der Künstler?"

„Ja, der Schriftsteller, der im Parkhotel wohnt." Eberle schaute auf seine Uhr. „Um diese Zeit sitzt er vorne auf der Bank am See und philosophiert. Vielleicht treffen Sie ihn noch."

Ich erhob mich, weil Eberle zum Gehen drängte. Ich bedankte mich für die Einladung zum Nachtessen und gab ihm meine Privatnummer.

„Nur im Falle, dass Dr. Galizzi unerwartet auftauchen sollte."

Kieselsteine knisterten unter meinen Füssen, als ginge ich über einen Haufen Stahlnägel. Schwarz und träge lag der See vor mir. Einzig die Lichter aus den Dörfern gegenüber waren zu erkennen. Wie kleine Punkte tanzten sie auf dem dunklen Spiegel. Würde ich den Mörder im Internet finden? Peter Emmenegger? Alexander Thommen? Und jetzt Franco Galizzi? Und von diesem Galizzi hatte man die E-Mail-Adresse. Meine Augen brannten.

Den Mann auf der Bank sah ich nur schemenhaft, die Konturen eines Hutes auf einem struppigen Kopf und die breiten Schultern. Je näher ich an ihn herantrat, umso mehr erkannte ich von ihm. Meine Augen hatten sich in der Zwischenzeit an das Nachtlicht gewöhnt. An den Silberstreifen der Sommernacht. Ich erblickte ein zerfurchtes Gesicht, von einem üppigen Bart umrahmt, wache Augen, die auch in der Dunkelheit blitzten, und einen stattlichen Körper, der trotz der Hitze in einem langen Sakko und langen Hosen steckte. Der Mann sah mich schweigend an. Neben ihm am Boden eine Vase, voll mit langstieligen Rosen, von denen ein frischer Geruch ausging. Ich dachte an ein Gemälde von Anker und schmunzelte über die Eigeninszenierung des Dichters auf der Bank. Ob er das bewusst machte? Zu gern hätte ich von ihm wissen wollen, worüber er schrieb.

„Guten Abend", sagte er endlich mit einer tiefen Stimme. „Ich nehme an, dass Sie mit mir reden wollen."

Erstaunt über seine Worte, trat ich unaufgefordert näher an die Bank und stellte mich vor.

„Ich weiss“, sagte der Mann. „Sie sind mir aufgefallen, weil Sie aus dem Rahmen fallen. Ihr Verstand ist wach und Ihre Augen sind ständig in Bewegung. Sie lauern geradezu. Ihre Körperhaltung spricht Bände. Sie wollen etwas in Erfahrung bringen, das sich hier zugetragen hat? Sie können mich Cosimo nennen.“

„Cosimo?“

„Nur Cosimo, nichts weiter.“ Er lachte.

Unweigerlich kam mir der Glöckner von Notre Dame in den Sinn, Quasimodo oder Cosimo oder wie der hiess. Der hier sah nicht danach aus, als hätte er an den Fassaden hochklettern können. Ich war ein wenig perplex. Bluffte er oder hatte er wirklich eine Ahnung? Hatte er es sich zum Hobby gemacht, die Menschen im Hotel zu studieren? War es das, worüber er schrieb? „Sie beschämen mich“, sagte ich ehrlich. „Aber vielleicht können Sie mir ja weiterhelfen.“

„Wollen Sie mich ausfragen?“ Cosimo lächelte und schaute hinaus auf den dunklen See. Sein Blick verlor sich irgendwo in der Weite der Nacht. „Fragen Sie.“

„Woran arbeiten Sie?“

„Bleiben Sie beim Wesentlichen“, sagte Cosimo. „Das ist es nicht, wonach es Sie dürstet.“ Er räusperte sich.

Langes Schweigen und die tiefen Atemzüge des Mannes, meine unregelmässigen. Er war der Künstler, der Philosoph, der Einstein der Dramaturgie. „Waren Sie am Freitag vor einer Woche auch im Hotel?“

„Ich bin hier oft zu Gast“, sagte Cosimo. Seine Blicke hingen noch immer weit draussen in der Dunkelheit. Spätestens jetzt hätte es ihm auffallen müssen, dass er mich verwirrte. Cosimo nahm eine Rose aus der Vase und hielt sie vor sich hin. „Sie war wie diese Rose“, philosophierte er, „so schön, so zart, so edel. Ein

Wunder, wenn Sie die filigranen Blütenblätter betrachten, die sich aus der Mitte heraus von der Knospe zur vollendeten Pracht entfalten. Aber die Schönheit macht uns blind. Wir erkennen die Dornen nicht, die sie unter ihrem Blätterkleid verbirgt. Dornen sind tödlich, wenn wir unsere Achtsamkeit vergessen ..." Er strich liebevoll über den Rosenkopf.

„Können Sie mir das genauer erklären?"

„Ich habe eine solche Rose gekannt. Und habe sie wiedergesehen, hier im Hotel am Freitag vor einer Woche und alle die Freitage zuvor. Sie war so schön, so zart, so edel, wie diese Rose hier. Und ihr Duft mutete sinnlich an." Cosimo beschnupperte die Blume so nahe, als würde er sie gleich verspeisen.

„Eine Frau?"

Der Kopf des Mannes schwebte herum. „Ich spreche die ganze Zeit von der Frau", sagte er und lächelte in sich hinein.

„Wissen Sie, wie sie heisst?"

„Nein, ich mache mir aus Namen nichts." Er machte eine kleine Pause. „Sie roch nach Rosenöl."

Meine Sprachlosigkeit und Verwunderung brachten ihn eindeutig zum Schmunzeln. Salomé hatte nie nach Rosenöl gerochen.

„Nicht der Rosen Dornen trug sie unter ihrem Kleid", fuhr Cosimo philosophisch fort. „Nein, es war vielmehr ihre Höhle, der Schlund, der sie alle verschlang." Vielleicht schrieb er ja über Frauen. Ob ich seine Gedanken als Symbolik verstehen oder sie realistisch werten sollte, fragte ich mich, als er auch schon fortfuhr: „Ihr Schoss verschlang die Unschuldigen, diejenigen, die ihrer Schönheit nicht widerstehen konnten."

Ich wurde ungeduldig. Seine Ausdrucksweise, und mochte sie literarisch noch so hochstehend klingen, brachte mich an den Rand der Verzweiflung. „Was wissen Sie?"

„Lassen Sie sich nicht irreführen, mein Lieber“, sagte Cosimo. „Und bleiben Sie bitte schön auf dem Boden der Realität. Soweit ich im Bilde bin, suchen Sie einen Mörder.“

„Sie haben gehorcht?“ Ich musste unweigerlich lachen.

„Ich habe gute Ohren“, sagte Cosimo. „Und ich bin aus demselben Holz geschnitzt wie Sie. Ich recherchiere auch, wenn auch nur in meinen inneren geistigen Bildern, in meiner Fantasiewelt.“

„Worüber schreiben Sie?“, fragte ich und setzte mich endlich neben den Mann auf die Bank. Er rückte keinen Zentimeter von seinem Fleck.

„Ich könnte mir vorstellen, dass Sie eine ganze Reihe meiner Bücher schon gelesen haben“, sagte er selbstsicher.

Das bezweifelte ich allerdings. Lesen war nicht meine Leidenschaft. „Kommen wir auf den Punkt“, sagte ich.

„In welche Richtung möchten Sie sich denn bewegen?“

Ich hätte Nerven wie Drahtseile haben müssen, um nicht meine Geduld zu verlieren. „Ich suche den Mörder einer Frau, die in diesem Hotel logiert hat“, sagte ich. „Also bewege ich mich auf ein Ziel zu, um Ihre Worte zu gebrauchen.“

„Nehmen wir an“, sagte Cosimo, „das Ziel ist da vorne“, er machte eine ausschweifende Handbewegung in der Form eines Halbkreises, „dann gehen wir von Punkt A aus und bewegen uns auf B zu. Was glauben Sie, wo Sie hingelangen?“ Ich schwieg. Cosimo beantwortete seine Frage dann auch selber: „Sie gelangen wieder zu Punkt A. Je mehr Sie sich auf einem Kreis vom Ausgangspunkt entfernen, desto näher kommen Sie wieder dahin zurück. Der Anfang ist somit auch das Ziel.“ Ich wusste nicht, was er damit meinte. Ich stand wieder auf. Ich hörte Cosimo lachen. „Es wird eine Zeit geben, da werden Sie an mich und meine Theorie zurückdenken.“

Ich war nicht sicher. Von Esoterik hielt ich nicht viel. Ich verabschiedete mich und kehrte zurück ins Restaurant. Auf den Tischen war bereits für das Frühstück gedeckt. Peter Eberle sah ich nicht mehr. Ich nahm mir vor, ihn am Sonntagmorgen anzurufen. Bevor ich nach Hause fuhr, trank ich einen Cognac an der Bar.

***

Ich öffnete die Türe zu meiner Wohnung, als es kurz vor Mitternacht war. Gleich hing mir Gaby am Hals. Euphorisch, aufgedreht, kaum mehr zu bremsen.

„Warum meldest du dich nicht auf dem Handy?", überfiel sie mich verbal. „Catherine Mahler hatte Termine bei einem Psychiater." Gaby lächelte siegessicher.

„Wie kommst du denn auf diese Idee?" Sie hatte tatsächlich mein Interesse geweckt, obwohl mir um diese Zeit nicht mehr nach Diskutieren zumute war.

„Ich habe ihre Agenda noch einmal gründlich durchgesehen, nachdem du mir den Vorschlag gemacht hast, mich im Chatroom zu bewegen."

„Ich kann mir nicht vorstellen, dass wir irgendetwas ausser Betracht gelassen haben", sagte ich und zündete eine Zigarette an. Gleichzeitig erinnerte ich mich daran, dass ich die Agenda schon längst zur Spurensicherung hätte bringen müssen. Ich hatte es ganz einfach vergessen.

„Der Name des Psychiaters fällt einem auch erst auf den zweiten Blick auf", fuhr Gaby fort. „Er steht nur bei ihrem ersten Termin im Januar drin und ist mit einem Kreuz gekennzeichnet, das sich pro Woche bis zum März einmal wiederholt."

Ich staunte über ihren Scharfsinn. „Und, was schliesst du daraus?"

„Ich habe den Arzt schon ausfindig machen können. Dr. Zacharias. Er hat eine Praxis in Kastanienbaum. Leider habe ich nur mit seinem Anrufbeantworter gesprochen." Gaby kicherte. „Was sagst du nun?"

Ich sagte gar nichts. Aber es war immer gut zu wissen, an wen ich mich im schlimmsten Fall wenden konnte.

„Wir könnten da am Montag ja mal hingehen", schlug Gaby vor.

„Ja", sagte ich. „Am besten ohne Vollmacht der Kriminalpolizei. Ich bin nicht mehr im Dienst. Wie stellst du dir das denn vor?"

„Oh, das wusste ich nicht", sagte sie, und ich erinnerte mich, dass ich ihr das gar nicht mitgeteilt hatte. „Aber reden wir später darüber."

Ich machte ihr den Vorschlag, dass sie sich erst einmal schlafen legen und mir das Denken überlassen sollte. Nach der Einnahme der zwei üblichen Schlaftabletten und einem letzten Schluck Whisky legte ich mich hin. Der Rausch liess nicht lange auf sich warten und zog mich rasch in einen narkotisierten Schlaf.

Sonntag, 10. August 2003

Der schrille Klang des Telefons, ein lautstarkes Räuspern neben meinem Bett, das metallene Geräusch zusammenkoppelnder Waggons – ich wusste nicht, in welcher Reihenfolge ich den Krach um mich herum wahrnahm. Nur eines war sicher: Ich war schlagartig wach. Schnell griff ich nach dem Mobiltelefon und sah im selben Augenblick Gaby unter der Türe. „Walker."

„Entschuldigen Sie die frühe Störung." Eine männliche Stimme. Erst jetzt erkannte ich Peter Eberle wieder. Seinen charmanten Akzent.

„So schnell hört man sich wieder", war das Einzige, was ich zu sagen hatte.

„Habe ich Sie aufgeweckt?"

„Nicht der Rede wert", sagte ich und setzte mich auf. Gaby blickte mich neugierig an.

„Dr. Galizzi hat sich angemeldet", sagte Eberle.

„Wann?" Meine Stimme war belegt. Ein flaues Gefühl in der Magengegend. Die Übelkeit von zu viel Alkohol. Kopfschmerzen.

„Heute Abend", sagte Eberle. „Er hat die grösste Suite reserviert."

„Dann reservieren Sie mir diejenige Suite, die Dr. Galizzi an den Freitagen vergangener Wochen gemietet hat."

„Wann?"

Ich warf einen raschen Blick Gaby zu. Ihre Augen waren jetzt noch grösser. Wie Christbaumkugeln. „Heute Abend", sagte ich.

„Einen Augenblick bitte, ich muss schnell nachfragen, ob dieses Zimmer frei ist." Und nach einer Weile. „Ich werde es für Sie reservieren."

Ich legte auf. Gaby stand starr wie eine Salzsäule an der Tür. Vielleicht hatte sie mich in all den Jahren tatsächlich noch nie so spontan erlebt.

Ich stand auf, ging duschen und versuchte, mir den Nachtmief aus den Poren zu spülen. Ich roch den säuerlichen Rückstand halb verflüchtigter Prozente, die im Nachhinein nie das Resultat erzielen, das man im Vornherein erwartet hat. Ich schwor mir, die Flasche in Zukunft ausser Reichweite aufzubewahren.

Den Morgen verbrachte ich damit, den vor Jahren erstandenen klassischen Herrenanzug auf Vordermann zu bringen, wobei mich Gaby freudvoll unterstützte. Glücklicherweise besass ich ein neues Hemd mit Krawatte, das ich zwar in dieser Saison gekauft hatte, aber unter normalen Umständen nie angezogen hätte. Stolz über meine Frühjahrsintuition, die wohl auf meine damalige Verliebtheit zurückzuführen war, probierte ich die Kleider und stellte fest, dass sich mein ganzes Wesen auf sonderbare Weise veränderte. Als ich mich vor den Spiegel stellte, schaute mir ein anderer Mann entgegen, als ich es gewohnt war: Ich war durchwegs salonfähig.

„Man könnte sich direkt an deinen Anblick gewöhnen", provozierte mich Gaby.

„Ich weiss, dass dir aufgemöbelte Männer immer besser gefallen haben", sagte ich und entledigte mich des Kittels wieder. Es war nach wie vor heiss in Luzern und mir rann der Schweiss wie üblich über den Nacken. „Das wird wohl stressig werden." Ich wandte mich an Gaby. „Aber du wirst jetzt gleichwohl deinen Koffer packen. Du wirst mich nämlich begleiten."

„Wohin?“ Gaby konnte sich kaum erholen.

„Ich denke, dass du vorhin gelauscht hast?“

„Keine Ahnung. Kann ja nicht Gedanken lesen.“

„Wir reisen ins Parkhotel nach Vitznau.“

„Ins gleiche Zimmer?“ Ich hatte noch nie so viel Theatralik gesehen wie in diesem Moment. Gaby übertraf sich selbst. Sie tänzelte vor mir mit diesem eigenartigen Hüftschwung. Vielleicht waren ihre Sexualhormone aktiviert geworden. Vielleicht wollte sie mich gleich anfallen oder sich auf dem Sofa flachlegen wie eine streunende Katze. Der Duft von Frauenschweiss ging von ihr aus. Ich ertrug es jetzt nicht. Nicht sie. Nicht jetzt.

Wann hatte es begonnen? Als mir klar geworden war, dass ich Salomé für immer verloren hatte? Oder erst später, als sich mein Weg mit Milenas kreuzte? Und warum erschien ausgerechnet jetzt Milena vor meinem geistigen Auge? War es, weil sie Salomé gekannt hatte und ich etwas aus der Beziehung dieser beiden Frauen erwartete? War es wegen Salomé? War es wegen Milena? Oder war es am Ende dasselbe? Ich starrte Gaby eine Weile wie hypnotisiert an. Hatte ich ihr ein falsches Zeichen gegeben? Machte sie sich jetzt wieder Hoffnungen?

„Ist etwas?“ Gaby fixierte mich mit Argusaugen.

„Wir werden dienstlich unterwegs sein“, sagte ich mit Nachdruck.

„Etwas anderes habe ich mir auch nicht vorgestellt“, sagte sie trocken und verschwand im Schlafzimmer.

Nach dem Mittag fuhren wir los.

***

Ich dachte über den ganzen Aufwand nach, den ich vorbereitend für meinen Aufenthalt in Vitznau unternommen hatte, während ich Gabys Wagen sorgfältig hinter dem Parkhotel platzierte. Meinen zerbeulten Golf hatte ich vorsorglich stehen lassen und war auf Gabys grosszügiges Angebot zurückgekommen.

In der Vorhalle des Hotels tummelten sich die Menschen. Die Männer wirkten hier anders als im Alltag. Sie gingen langsamer, in dunklen Hosen und gestärkten Kitteln. Ihre Bewegungen waren steif und hatten etwas Gespieltes an sich. Sie steckten die Köpfe zusammen und redeten leise, als hätten sie in ruhiger Andacht verharren müssen. Ab und zu ein dezentes Nicken, ein Räuspern hinter vorgehaltener Hand. Ich konnte nicht hören, worüber sie gerade sprachen. Vielleicht über Geschäftliches, über Finanzspekulationen und Wirtschaftsneurosen. Darüber hätte ich mich auch nicht laut geäussert. Die Frauen dagegen huschten wie bunte Schmetterlinge durch den Raum, opulente Gerüche hinter sich herziehend. In weiten, wallenden Chiffonkleidern, von denen die einen züchtig hochgeschlossen waren, die anderen wiederum mehr als nötig enthüllten. Es erinnerte mich an einen Kostümball. Sie übertrafen sich in ihrer Schönheit, im Ergebnis stundenlang erduldeter Sitzungen bei der Kosmetikerin und beim Coiffeur. Ein hoher Preis für einen Abend oder eine Nacht. Sie plauderten, was das Zeug hergab, in überschwänglicher, kapriziöser Art. Abwegig von mir zu denken, dass die Themen ernster Natur waren. Vielleicht lag hier der grosse Unterschied der Geschlechter: Frauen schienen ein Talent zu haben, sich auch über Belangloses verausgaben zu können, wogegen sich die Männer eher zurückhielten.

Ich trat an den Empfang und nannte meinen Namen. Hinter dem Korpus bewegten sich die Hotelangestellten mit einer einstudierten Ruhe. Sie schien nichts zu überfordern.

„Ich zeige Ihnen Ihr Zimmer", sagte die Empfangsdame. Sie holte unseren Zimmerschlüssel aus dem Regal und winkte uns auf den Weg. Wir schritten hinter ihr her, Gaby und ich, wie zwei Sterbliche im Begriff, in eine für uns unrealistische Dimension einzudringen. In die Unsterblichkeit.

Der Aufzug brachte uns in den vierten Stock. Alles hier war sehr exquisit. Im langen Korridor herrschte eine unwirkliche Stille. Der rosa melierte Teppich verschlang die Geräusche unserer Schritte. Die Türen links und rechts sahen aus, wie ich mir Türen immer in Schlössern oder in südlichen Landhäusern vorgestellt hatte: mit Reliefs und verschnörkelten Griffen.

Das Zimmer war hell und einladend und erinnerte an ein Zimmer in einem Palast: breit, lang und hoch mit verschwenderischen Stuckaturen an der Decke, von der ein kristallener Lüster hing. Gaby konnte ihr Staunen nicht verbergen. Vielleicht hatte sie Ähnliches wie dies hier nicht einmal mit ihrem Karl gesehen. Ich hatte ihr nicht gesagt, dass Salomé im selben Zimmer geschlafen hatte. Mit Galizzi. Mein Blick fiel auf das Bett. Für einen kurzen Moment glaubte ich, meine Sinne zu verlieren. Ich sah Salomé wie einen Nebel, der über den mit zartrosa Blumen durchwirkten Überwurf schwebte. Ich glaubte, ihren sinnlichen Duft, der sie immer umgeben hatte, zu riechen, ihren eigentümlichen Geruch, wenn sie erregt gewesen war. Ihr Körper, der sich hoch und nieder senkte, wie das Pulsieren schweren Magmas, kurz vor dem Ausbruch.

Gaby zog die Rollläden hoch. Uns präsentierte sich der Vierwaldstättersee, wie ich ihn schon oft zuvor gesehen hatte. Ein schillernder Spiegel, auf den sich die Sonne wie flüssiges Gold ergoss. Kleine weisse Farbtupfer: die Segelboote. Dahinter markant die beiden Nasen, durch die ich das Dorf Beckenried gegenüber erkannte. Jetzt wusste ich, warum die Touristen scharenweise in die Innerschweiz pilgerten. Sie fanden hier Göttliches.

Gaby packte die Koffer aus, hängte unsere Kleider in den Schrank. Ich machte mich im Bad zu schaffen. Auch hier hatte der Architekt nicht gegeizt. Alles war aus weissem Marmor und überdimensioniert. Man hatte hier buchstäblich versucht, ein Vermögen grosszügig loszuwerden.

Ich konnte sie wieder riechen. Sie war hier, im selben Bad, im selben Bett gewesen. Aber nicht eine einzige Spur, die an ihre Anwesenheit erinnerte. Die Putzequipe hatte akribisch genau jedes Härchen entfernt und Sterilität hinterlassen. Ich kehrte zurück zu Gaby, die in der Zwischenzeit auf den Balkon getreten war.

„Mir fehlen die Worte." Sie unterliess es nicht, sich an mich zu schmiegen. „Eigentlich schade", sagte sie, „dass wir nicht zusammengeblieben sind."

Wieder diese Andeutung, die sie später geschickt dementieren würde.

„Ich habe dich nie weggeschickt", erwiderte ich mutig. „Du bist aus freien Stücken gegangen, obwohl ich es mir, ganz ehrlich gesagt, nie habe vorstellen können, dass du mit Karl glücklich wirst."

„Vielleicht täuschst du dich", entgegnete Gaby. „Hast du mir nie nachgetrauert, so wie du es bei Salomé tust?" Diese Frage war nicht fair, und ich enthielt mich einer Antwort. „Bei Karl hat mich das Unbekannte gereizt", fuhr Gaby fort, ungeachtet dessen, dass ich keine diesbezügliche Frage gestellt hatte.

„Du willst wohl eher sagen, dass dich bei ihm sein Geld angezogen hat."

„Vielleicht“, erwiderte sie, „das Geld, der Luxus, sein Hang für Kultur, Konzerte, Reisen. Ich weiss nicht. Das alles hat irgendwie Spass gemacht.“ Sie hielt kurz inne. „Aber mit seiner Kontrolle über mich habe ich nicht gerechnet.“

Ich war erstaunt über ihre Aussage. „Das interessiert mich eigentlich nicht. Warum sagst du mir das? Willst du mir damit weismachen, dass du deswegen zu mir zurückgekehrt bist?“

„Nein, aber ich brauchte einfach einen Halt bei einem Menschen, der mich kennt. Karl hat sich nie Mühe gegeben, mich kennenzulernen. Trotz allem nicht. Er hat mir sein Leben aufgezwungen.“

„Habe ich dich denn gekannt?“

Gaby schwieg. Sie wusste wohl, was ich damit sagen wollte. Sie war nicht Salomé. Salomé, die mir genommen worden war. Die Frau, die mich verrückt gemacht hatte, mit der ich über silbrige Wasserfälle gestürzt wäre, hätte sie es von mir verlangt. Hatte ich Salomé je gekannt? „Was denkst du“, lenkte ich auf ein anderes Thema, „wie bringt man eine Leiche unbemerkt aus diesem Zimmer?“

Gaby schaute mich verblüfft an. „Indem man sie zerstückelt oder in Säure auflöst.“

„Du schaust dir zu viele Krimis an“, sagte ich und nahm meinen Anzug wieder aus dem Schrank.

„Vielleicht ist sie gar nicht hier im Hotel umgebracht worden“, sagte sie.

„Du meinst, man hat sie auf dem Weg zur Stadt getötet?“, fragte ich.

„Im Auto vielleicht.“

„Dann hätte sie sich mit Sicherheit gewehrt oder wäre aus dem Wagen gesprungen.“.

„Aber nicht, wenn sie der Mörder in einem Überraschungsmoment überfällt."

„Im Auto! Du meinst, sie hat den Mörder gekannt?"

„Der Mord könnte auch in diesem Hotel geschehen sein".

„Ja, und der Zimmerboy hat geholfen, die Leiche zu entfernen, für ein Trinkgeld sozusagen."

„Womit wurde sie denn erdrosselt?", fragte sie.

„Mit einer Kordel."

Gaby schaute sich blitzschnell um. Sie gab mir die Antwort, auf die ich lange gewartet hatte. „Die Vorhangkordel!" Sie ging mit Riesenschritten zum Fenster. „Da ist sie." Vorsichtig zog sie zwei dünne Textilseile hinter dem Vorhangstoff hervor. „Was hat Dr. Metzler gesagt, am Hals der Toten seien zwei sichtbare nebeneinander liegende blutunterlaufene Streifen ersichtlich?"

„Du bist verrückt", sagte ich. Gabys Aussage erschien mir trotzdem nicht ganz so abwegig. „Um jemanden zu erdrosseln, müsste die Kordel zuerst entfernt werden. Diese ist noch dran."

Gaby betrachtete die Schnur eingehend und schritt dann zum gegenüberliegenden Fenster, wo sie dieselben Untersuchungen machte. „Du wirst es kaum glauben." Ein wissendes Lächeln huschte über ihr Gesicht. „Diese Kordel hier scheint neu zu sein."

Ich war sprachlos. Salomé war in diesem Zimmer gewesen. Und während sie sich vielleicht im Bad zurechtgemacht hatte, riss oder schnitt der Mörder die Kordel vom Fenster, mit der festen Absicht, Salomé kaltblütig zu erdrosseln. Willkürlich. Berechnend. Nur, und da stand ein grosses Fragezeichen: weshalb? Und der Mord musste nach dem Nachtessen geschehen sein. Salomé hatte Kaviar und Blinis gegessen. Ihre Henkersmahlzeit. Und Champagner getrunken und dabei wahrscheinlich gelacht und sich amüsiert. Und ihren Mörder geküsst oder ihren Mörder nicht geküsst. Vielleicht hatte sich der Täter ins Zimmer geschlichen, während Salomé mit dem anderen Mann unten im Restaurant gesessen und die untergehende Sonne betrachtet hatte. Und sie einander angeschaut hatten. Der Mann in Salomés Augen geschaut hatte, in diese geheimnisvollen, melancholischen Augen. Vielleicht hatte er sie bei der Nachspeise geküsst und ihr Slip wurde nass. Und sie hatte gedrängt, den Kaffee möglichst schnell auszutrinken, damit sie ihn, den Mann, in sich aufnehmen konnte, oben im Hotelzimmer, wo sie doch so scharf auf ihn gewesen war.

„Wir sollten nach unten gehen", sagte ich. „Ich habe einen Tisch für uns reserviert. Bevor wir unsere Vermutungen weiterspinnen, sollten wir mit dem Zimmermädchen sprechen. Es muss doch wohl komisch anmuten, wenn am Morgen beim Aufräumen die Vorhangkordel fehlt."

„Man kann von einem Zimmermädchen nicht unbedingt erwarten, dass es daraus etwelche Schlüsse zieht. Es wird die Kordel anstandslos ersetzt haben." Gaby stellte sich mit dem Rücken vor mich. „Kannst du mir mal den Reissverschluss des Kleides hochziehen?"

Sie gefiel mir immer noch. Wie sie vor mir stand. Die schmalen Schultern, ihr leicht gewölbter Rücken, die etwas mollige Hüfte. Ich zog den Reissverschluss nach oben und berührte unbeabsichtigt ihre Haut. Sie zuckte zusammen. Ich zuckte unmerklich, aber nur, weil ich über diese Berührung erschrocken war. Sie hatte nichts Sexuelles an sich. Keine Sehnsucht. Kein Verlangen. Schon gar nicht Begierde. Nein, es würde nichts mehr zwischen uns sein. Nicht mehr so wie früher. Jetzt wusste ich es endgültig. Zwei Jahre lagen dazwischen – und Salomé.

***

Unser Tisch stand ganz vorn bei den Stahlstützen der Sonnenstore, um die sich hemmungslos grüne Ranken schlangen. Unten beim See, dort wo üppige Oleanderstöcke den Vorplatz zum Park und duftende Sommerblumen verschwenderisch die Rabatten zierten, ein frisch vermähltes Paar im Blitzgewitter professioneller Fotografen. Hochzeitsgäste inszenierten perfekt einstudierte Schlossromantik, die Damen in langen glamourösen Roben, die Herren in dunklen Fracks. Mir entging Gabys sehnsuchtsvoller Blick nicht, als sie die Braut etwas länger betrachtete. Was sie wohl denken mochte in dieser Minute? Ob ein Gefühl wie Torschlusspanik von ihr Besitz ergriff? Oder Wehmut?

Wir setzten uns einander gegenüber und begutachteten beide gleichzeitig den festlich anmutenden Tisch. Von den Blumen in der langhalsigen Vase ging eine diskrete Frische aus. Der Duft war zart und süss von rosa Wicken und einheimischen Gräsern. Der Champagner stand im Eiskübel bereit. Wenn ich mein Geld schon loswurde, dann richtig. Ich merkte, dass es Gaby gefiel. Ihre Augen schimmerten, während sie sich gegen alle Seiten hin vergewisserte, dass man ihr die nötige Aufmerksamkeit schenkte. Mit ihren hochgesteckten Haaren sah sie fast filmreif aus. Ich staunte immer wieder, in welch kurzer Zeit Frauen es im Allgemeinen gelang, aus ihrer Alltäglichkeit ein Kunstwerk zu schaffen.

Die Bestellung hatten wir schnell aufgegeben. Gaby wusste gleich, was sie wollte. Möglichst exotisch musste es anmuten, da hatte sie sich noch nicht verändert. Ich bestellte wieder das Zürcher Geschnetzelte, weil ich es schon kannte. Ich überlegte mir, ob ich den Champagner selber einschenken oder es der Kellnerin überlassen sollte, als sich uns gegenüber eine vierköpfige Familie niederliess. Er – ein Mann um die dreissig, fünfunddreissig oder gar vierzig, sein Alter war schwer zu schätzen – setzte sich zuerst. Er war gross gewachsen und von kräftiger Statur, seine blonden Haare schienen gefärbt, weil sie überhaupt nicht zu seinem dunklen Teint passten und ich den Ansatz sehen konnte. Die Frau war strohblond und zierlich, ihre beiden kleinen Mädchen sahen aus wie Botticelli-Engel. Während ich auf dem Gesicht der Frau einen verklärten Zug erkannte, strahlte der Mann selbstzufrieden. Eine Reihe regelmässiger und sehr grosser Zähne blitzte durch die Lippen. Überkronte Zähne, wie es die italienische Schickeria trug. Seine Augen waren schwarz und geheimnisvoll. Eine Familie, die ihren Urlaub in diesem Luxushotel verbrachte. Nichts Aussergewöhnliches, wie mir Gaby zu erklären versuchte. Sie musste es schliesslich wissen. Trotzdem war mir nicht ganz geheuer bei deren Anblick. Mir war, als hätte ich die Frau schon irgendwo einmal gesehen. Diese leicht schräg gestellten Augen, der eigenartige Ausdruck.

Wie immer ging Peter Eberle zu den Gästen, um die Bestellung aufzunehmen. Eberle erkannte eindeutig den Mann, umgekehrt bestand auch kein Zweifel. Die Frau hingegen kam ihm fremd vor, ich sah es an seiner Haltung. Ich wollte jetzt nicht in dessen Haut stecken, in der des Mannes, der trotz allem eine stoische Ruhe bewahrte. Eberle zwinkerte mir diskret zu. Das war das Zeichen, auf das ich so lange gewartete hatte. Endlich hatte ich ihn. Ich spürte, wie Nervosität mich ergriff. „Hast du auch das Gleiche gesehen?“, fragte ich Gaby, deren Augen ebenfalls an der Familie hingen. Mit einem betrübten Blick.

„Ist er das?“

„Eberle hat mir versprochen, dass er ihn in unserer Nähe platzieren wird, sofern er hier isst.“

„Hat er auch gesagt, dass er mit seiner Familie kommt?“

„Nein, das wusste ich nicht.“

Die Kellnerin brachte uns ein kleines Amuse-Bouche an den Tisch. Ich schaute darauf. Ein hautfarbenes Kissen auf rotem See. Darüber schmale grüne Streifen: frischer Schnittlauch und kleine Stückchen Parmesankäse in der Grösse eines Zehnrappenstückes. Gaby machte sich über die Speise her, als hätte sie schon tagelang nichts mehr gegessen, während ich sie mit der gewohnten Skepsis anstarrte. „Franco Galizzi.“ Ich wandte mich Gaby zu. „Sagt dir der Name etwas?“

Sie schüttelte mit vollem Mund den Kopf.

„Er ist Italiener. Ein Geschäftsmann aus Bern, wie ich bereits im Vorfeld herausgefunden habe. Er ist oft geschäftlich in Luzern und wird diesen Umstand auszukosten wissen.“

Seine Frau hinterliess mir den Eindruck einer stillen unwissenden Frau. Unter einem leichten Chiffonkleidchen wölbte sich ihr Leib. Die Frau sah aus, als lächelte sie in sich hinein. Das haben Schwangere so an sich. Es scheint eine Urkraft in ihnen zu stecken, die sie aus dem Innersten heraus erstrahlen lässt. Mir gehört die Welt, mag sie gut oder schlecht sein. Ich trage das Leben in mir. Was kann mir denn Böses geschehen?

Ich stocherte in meinem Teller, unschlüssig, ob ich die winzige Teigtasche kosten oder stehen lassen sollte. Gaby hatte sie schon verschlungen und wischte sich genussvoll die Mundwinkel ab. „Was glaubst du, warum er die Familie hierhergebracht hat?“, fragte sie und schielte wieder zum Nachbarstisch. „Finde ich echt geschmacklos von ihm. Ich meine, dass er mit einer anderen Frau hier residiert und dann mit seiner eigenen. Oder glaubst du, der ist so abgebrüht, dass es ihm völlig egal ist? Er muss doch denken, dass das auch dem Personal auffällt.“

Dasselbe fragte ich mich auch, während ich Galizzi aus den Augenwinkeln beobachtete. Er war ein selbstbewusster und schöner Mann, stellte ich mit einem Anflug von Neid fest. Kein Bauch, aber breite starke Schultern, an die eine Frau wie Salomé sich nur allzu gern hätte anlehnen wollen. Ich erinnerte mich an die Bemerkungen wegen meiner Figur, die sie manchmal mir gegenüber geäussert hatte. Ich dachte, dass sie durchwegs fähig gewesen war, Vergleiche zu ziehen. Und ich Idiot hatte die Zeichen nicht erkannt. Aber wenn Salomé in meinen Armen lag, gab es nichts zu deuten. Dann war ich für sie der Grösste, der Beste, der Feinfühligste, der Aufmerksamste gewesen. Und eine einzige Bemerkung in diese Richtung hätte sie wohl irritiert.

Galizzi studierte die Speisekarte. Ab und zu schweiften seine Blicke neugierig in sein Umfeld ab. Er schien der geborene Voyeur zu sein. Er hatte grosse schwarze Augen, fast ungewöhnlich für einen Mann. Seine Frau und die Kinder schien er nicht zu realisieren. Irgendetwas Mysteriöses ging von ihm aus. Ob Salomé diese Eigenschaft an ihm fasziniert hatte? Ob sie sich von ihm auch die Hose hatte aufknöpfen und die Bluse öffnen lassen? Oder hatte er ihr das Kleid über die Schultern gestreift, weil sie hier im Hotel ein Kleid trug? Ob er ihr den Büstenhalter gelöst und die Brüste liebkost hatte, seine Finger zwischen Slip und Scham geschoben? Ob sie nass geworden war?

Ich ertrug den Gedanken nicht. „Ich muss zuschlagen", sagte ich zu Gaby und merkte gleichzeitig, dass ich meine Seele vor ihr blosslegte.

„Es ist noch zu früh", belehrte sie mich mit einem tadelnden Seitenblick. „Zudem möchte ich nicht auf das Menü verzichten. Ich habe mich schon den ganzen Tag darauf gefreut." Sie schmollte ein wenig.

Ich ergab mich. Die Kellnerin entnahm die Teller mit dem Amuse-Gueule, oder was davon noch übrig geblieben war. Gaby hatte in der Zwischenzeit auch meines geschnappt. Wir warteten, bis uns der Hauptgang aufgetragen wurde. Wir hatten einander nicht viel zu erzählen. Gaby verdrückte nun schon das zweite Brötchen und bestrich es satt mit Butter. Im Nachhinein würde sie sich wieder über die Kalorien aufregen. Ich lächelte. Galizzi und seine Familie waren jetzt in ihr Nachtessen vertieft. Sie assen schweigend Suppe mit einer stereotypen Gleichmässigkeit wie einstudiert. Ihre Löffel tauchten geräuschlos in den Teller, als hätten sie dies schon tausendmal geübt. Die Mädchen sassen schön artig da, mit dem angeborenen Anstand wohlerzogener Geschöpfe, die von klein auf von der Kinderfrau belehrt und auf die grosse Welt vorbereitet werden.

Die Hochzeitsgesellschaft hatte sich in der Zwischenzeit im Speisesaal über uns niedergelassen. Ich konnte ihre Stimmen durch die geöffneten Fensterflügel vernehmen. Murmelnde Geräusche, ab und zu ein vorlauter Ton des Tafelmajors, der versuchte, humoristische Einlagen unterzumischen. Gelächter, wenn seine Scherze verstanden wurden. Vom Garten her näherte sich uns ein Paar in meinem Alter. Er, gross, schlaksig, mit Pferdeschwanz in seinem Haar. Ein Künstler oder einer, der den Eindruck erwecken wollte, dass er einer war. Ein Lebenskünstler vielleicht. Sie, exaltiert, extravagant, mit der klaren Spur von Überheblichkeit, die man oft bei burschikosen Frauen sieht. Dass sie betrunken war, fiel mir erst auf den zweiten Blick auf. Eine laute Stimme. Prägnant. Schrill. Das pure Gegenteil von ihm. Allem Anschein nach wollte sie Aufmerksamkeit auf sich ziehen. Dies gelang ihr denn auch. Ich fragte mich, ob unsere Gesellschaft nur noch narzisstische Züge aufwies. Sie liess sich auf einen Stuhl fallen, den ihr Eberle vorsorglich zurechtgeschoben hatte. Ich wusste nicht, was geschehen wäre, hätte er es nicht getan. Die dinierenden Gäste drehten sich alle gleichzeitig. Auch Galizzis Kopf flog herum, was seine Frau allerdings mit einem traurigen Augenaufschlag missbilligte.

Als die Kellnerin mit unseren Speisen kam, waren mir der Appetit und die Lust aufs Warten vergangen.

„Was willst du tun?" Gaby schnüffelte genussvoll über den Teller, bevor sie Messer und Gabel in die Hände nahm und herzhaft in die Speisen stach. Die zartrosa gebratenen Entenbrüstchen zerfielen wie Daunenfedern auf dem Salatbett.

„Ich verschwinde jetzt eine Weile", sagte ich und erhob mich. Das Zürcher Geschnetzelte liess ich stehen. Vielleicht würde es Gaby auch noch essen. „Ich werde oben in unserem Zimmer auf Galizzi warten." Ich bückte mich über den Tisch. Redete im Flüsterton. Ausser Gaby hörte es niemand. „Ich werde ihn dahin bestellen."

„Und wenn er nicht kommt?"

„Ich bin mir sicher, er wird es." Langsam begab ich mich zwischen den Tischen in Richtung Hotelinneres. Galizzi schaute mir nicht nach. Warum sollte er? Für ihn war ich ein Fremder und nicht annähernd so interessant wie das weibliche Geschlecht ringsherum.

Oben in der Suite forderte ich den Empfangsdienst auf, Dr. Galizzi zu mir zu schicken, wo ihn Catherine Mahler erwarten würde. Mir war klar, dass ich va banque spielte und welche Konsequenzen im schlimmsten Fall aus meiner Aktion in Bezug auf meine Zukunft bei der Polizei wachsen würden. Aber mir ging es nur noch um alles oder nichts. Denn ich hatte nichts mehr zu verlieren. Ich stellte den Fernseher an und verfolgte die Tagesaktualitäten. Ich durchlebte eine Flut von Bildern, die mich kaum mehr aufregten. Es waren immer dieselben. Die Palästinenser hatten wieder einmal einen israelischen Bus in die Luft gesprengt. Über dreissig Tote. Mein Puls schlug deswegen nicht höher. Vor Griechenland war ein Flüchtlingsboot aus Albanien kommend aufgefangen worden. Zweihundert Hungernde auf der Flucht. Ich blieb regungslos. In Florida und einigen Karibikstaaten herrschte nach einem Wirbelsturm Notstand. Mehr als zehntausend Menschen waren obdachlos.

Immer die gleichen schwarzen Meldungen, die leider kaum noch jemanden richtig erschreckten. Sie waren zur Gewohnheit verkommen. Die Satelliten übermittelten uns eine Fülle von Bildern, diese aufzunehmen und zu verdauen wir gar nicht imstande waren. Ich dachte nicht weiter darüber nach. Ich konzentrierte mich auf meine irdischen Probleme, die lösen zu können, ich langsam bezweifelte.

Mein innerer Druck verstärkte sich noch. Was, wenn Galizzi doch nicht in mein Zimmer kam? Dann hätte er sich als Mörder entpuppt. Zumindest aber hätte er mir weitergeholfen auf dem wirren Weg der Wahrheitssuche.

Die Minuten verstrichen ins Endlose. Ich ging auf den Balkon, zündete eine Zigarette an. Vom Gartenrestaurant unten vernahm ich ein Stimmengewitter. Unartikulierte Laute der Gäste. Dazwischen das Klirren von Besteck, wenn es den Porzellanteller berührte. Die betrunkene Dame. Galizzis gierige Augen. Salomé. Als es an der Türe klopfte, hatte ich den Zigarettenstummel bereits im Ascher zerdrückt.

Die erste Begegnung mit meinem Nebenbuhler nahm ich gelassen hin. Galizzi trat einen Schritt zurück. Er hatte mich nicht erwartet. Ich half ihm aus dem Dilemma. „Treten Sie ruhig näher."

Er war verwirrt. „Ich dachte, ..."

„Sie denken schon richtig", provozierte ich. „Kommen Sie herein. Ich nehme an, dass Sie dieses Zimmer hier kennen."

Galizzi blieb unter dem Türrahmen stehen. „Was wollen Sie?"

„Wann haben Sie Catherine Mahler das letzte Mal gesehen?"

Meine Worte schienen Galizzi wie erwartet zu treffen. Für den Bruchteil einer Sekunde verflüchtigte sich sein brauner Teint. Reflexartig zog er den Kopf ein. Er machte einen Schritt vorwärts und stiess hinter sich die Türe ins Schloss. „Wer sind Sie?"

„Vielleicht ein Leidensgenosse", kommentierte ich schnell. „Kommen Sie, setzen Sie sich."

Wider Erwarten trat Galizzi ein und liess sich in einen der zwei Sessel fallen. „Ich bin mit meiner Familie hier", sagte er. „Ich möchte keinen Ärger."

„Den haben Sie schon."

„Worum geht es?"

Ich wiederholte meine Frage, betrachtete den Mann mir gegenüber mit Argwohn. Schöne Menschen haben immer Trümpfe in der Hand, durchfuhr es mich, und es gibt ihnen wahrscheinlich auch den Freipass für Dinge, die sich andere nur erträumen. Galizzis dunkle Augen waren jetzt fast schwarz. Ich sah ihm an, wie er innerlich mit sich selbst kämpfte.

„Wie oft haben Sie die Frau hier im Hotel getroffen?"

„Sind Sie Ihr Mann?"

Ich war mir auf einmal nicht mehr sicher, ob ich es jemals gewesen war. „Das tut nichts zur Sache", sagte ich. „Beantworten Sie meine Fragen."

Galizzi war verunsichert. „Ich habe Anspruch zu erfahren, wer Sie sind."

„Ich bin Polizist."

Galizzi warf den Kopf herum. „In welcher Angelegenheit sind Sie hier?"

„Beantworten Sie meine Fragen. Sie werden dies noch früh genug erfahren", sagte ich und staunte, dass mich Galizzi nicht nach dem Ausweis befragte. „War sie Ihre Geliebte?"

„Behalten Sie das bitte für sich."

„Wie oft trafen Sie die Frau?"

„Seit vier Monaten treffen wir uns regelmässig alle zwei Wochen hier", sagte er. In diesem Moment kam er mir wie ein Scheuertuch vor, das ich auswrang. Seine Worte flossen aus seinem Mund wie Wasser aus einem Lappen. „Catherine und ich."

Ich atmete tief durch. Fast so lange, wie ich sie gekannt hatte. „Hat sie Ihnen nie erzählt, dass sie noch andere Eisen im Feuer hat?"

„Ich weiss nur, dass sie unglücklich verheiratet ist."

„Und Sie sind es auch?"

„Nein, ich liebe meine Frau." Galizzi machte eine abwehrende Handbewegung, als hätte er eine Entschuldigung demonstrieren wollen, sich nicht bewusst, welch komischen Eindruck er bei mir mit dieser Aussage hinterliess.

„Was gibt Ihnen denn das Recht, sich an andere Frauen heranzumachen?"

Ich merkte, dass ich meine Objektivität schon wieder verloren hatte. Die ganze Angelegenheit berührte mich persönlich immer noch viel zu stark.

„Es ist nicht so, wie Sie sich das vorstellen." Galizzi zerfloss.

„Wie dann?", fragte ich.

„Sie fasziniert mich ganz einfach." Er sah mich eindringlich an.

Das hatte sie mich auch. Salomés Art hatte scheinbar nicht nur mich angezogen. „Wie haben Sie sie denn kennengelernt?"

„Wir haben uns im Flirt-Channel getroffen."

Das sagte alles. Das war die neue Kommunikation von heute. Blindes Vertrauen gegenüber Fremden. Kein Wunder, dass man irgendwann einmal Pech hat damit. Salomé hatte es das Leben gekostet. Galizzi lehnte zurück. „Wir stellten viele Gemeinsamkeiten fest, und als wir uns trafen, war alles klar zwischen uns."

Gemeinsamkeiten sexueller Natur? „Und Ihre Frau hat nichts davon bemerkt?"

„Nein, sie ist mit sich selbst sehr beschäftigt und mit den Kindern", gab Galizzi zu. Er mutierte vor meinen Augen zum Seelenentblösser. Ich konnte mir nicht vorstellen, dass er ein eiskalter Killer war. Jetzt nicht mehr. Er war ein sensibler Macho. Eine harte Schale mit einem butterweichen Kern. Seine Psyche lief aus. „Am nächsten Freitag werden wir uns wiedersehen", sagte Galizzi mehr zu sich selbst.

„Das werden Sie nicht mehr", sagte ich und stand auf. Galizzi warf nervös den Kopf nach hinten, eine dumme Angewohnheit von ihm, wie mir auffiel.

„Warum? Hat sie etwas angestellt? Sind Sie deswegen als Polizist hier?"

„Sie ist tot."

Die Stille war fast körperlich fühlbar. Für einen kurzen Augenblick nur. Ein bedrückendes Schweigen. Bloss unsere schweren Atemzüge waren zu vernehmen, die Laute aus dem Garten unter uns. Ein immer wiederkehrendes Szenario, wenn das menschliche Vorstellungsvermögen von irgendeiner Hiobsbotschaft überschattet wird. Galizzi räusperte sich. „Das muss ein Irrtum sein", sagte er.

„Sie ist in der Freitagnacht vor einer Woche ermordet worden. Wahrscheinlich hier in dieser Suite."

Galizzi sank wieder auf den Sessel. Er wirkte völlig durcheinander. Sein brauner Teint war erneut einer fahlen Blässe gewichen. „Das ist nicht wahr!" Seine Stimme war kaum zu hören. „Ich war den ganzen Abend mit Catherine zusammen."

„Und danach?" Ich merkte, wie sich meine Neugierde ins Unermessliche steigerte.

„Dann ging sie wieder in ihr Zimmer zurück", antwortete Galizzi. Aber ich sah seinen Augen an, dass er um den Wahrheitsgehalt seiner Aussage rang. Ich liess ihm bewusst Zeit, um sich zu korrigieren. „Das heisst, zuerst ging ich noch nach unten an die Bar."

„Alleine?"

„Ja, wir hatten uns schon verabschiedet. Catherine war noch im Badezimmer."

„Haben Sie Ihre Geliebte nicht ins Zimmer zurückgebracht?" Mir kam das verdächtig vor.

„Nein, ich wurde an der Rezeption verlangt."

„Von wem?"

„Der war dann nicht mehr da, als ich herunterkam." Galizzi räusperte sich erneut.

„Kam Ihnen das nicht irgendwie komisch vor?"

„Natürlich habe ich mir darüber zuerst Gedanken gemacht, zumal es schon Mitternacht war. Aber vielleicht wurde ich auch verwechselt. Das passiert mir oft. Ich habe einen Bruder, der in der gleichen Branche arbeitet wie ich."

„Was arbeiten Sie denn?"

Galizzi nannte mir eine Firma, bei der er Verkaufschef war. Ich konnte nichts damit anfangen.

„Und Ihr Bruder?"

„Dem gehört die Firma."

„Wann kamen Sie denn wieder in Ihre Suite zurück?"

„Ich trank an der Bar noch einen Whisky", sagte Galizzi. „Das dauerte vielleicht etwa eine halbe Stunde."

„Warum gingen Sie nicht gleich auf Ihr Zimmer zurück?"

„Ich dachte, dass sich derjenige, der mich gesucht hat, doch noch sehen lassen würde."

Klang irgendwie einleuchtend und trotzdem spürte ich ein Unbehagen. Ob Galizzi das schlechte Gewissen plagte?

„Im Zimmer ist Ihnen dann nichts Ungewöhnliches aufgefallen?"

„Nein", Galizzi stützte seinen Kopf in die Hände. „Die Zimmertüre war nicht abgeschlossen. Sie stand einen Spaltbreit offen. Aber das musste Catherine gewesen sein, bevor sie in ihr Zimmer zurückgekehrt war. Vielleicht war sie sich nicht mehr sicher, ob ich einen Schlüssel mitgenommen hatte."

„Verbrachte Catherine nie die ganze Nacht mit Ihnen?"

„Doch, in der Regel schon. Aber nach dem Anruf aus der Empfangshalle sagte sie mir, dass es wohl besser sei, wenn sie sich in ihr Zimmer zurückzöge."

Vielleicht hatte sie Angst vor einer Enthüllung gehabt. „Und Sie haben sie danach nicht mehr angerufen?"

„Nein, weil ich dachte, dass sie schon schläft", ergänzte Galizzi. Ich konnte dies nicht ganz nachvollziehen.

„Wissen Sie, wer Sie von der Empfangshalle aus angerufen hat?"

„Ja, der Angestellte im Dienst, nehme ich an."

„Der Nachtportier?"

„Ich glaube, ja."

„Wie war sein Name?"

„Pascal oder Patrick, ich weiss es nicht mehr genau." Galizzi erhob sich wieder. „Brauchen Sie mich noch? Meine Familie wartet unten."

Ob er unter Schock stand? Galizzi machte keine Anstalten, etwas über die Hintergründe des Mordes zu erfahren. Ich wusste nicht, wie ich darauf reagieren sollte. Vielleicht wäre es das einzig Richtige gewesen, Julien zu benachrichtigen und ihn darüber zu informieren, ohne dass Conradin oder Korner etwas davon erfuhren. Julien war integer genug, hätte meine Absichten begriffen und mich nicht noch zusätzlich mit Fragen torpediert. Ich hatte allen Grund, den Mord an Salomé aufzuklären. Mit oder ohne Lizenz. Ich begleitete Galizzi zur Türe. Sein Gang war nicht mehr so aufrecht wie zu Beginn unseres Gespräches. Es hatte ihn doch mehr getroffen, als er zugab.

„Wir werden Sie anrufen", sagte ich. „Stehen Sie uns bitte für weitere Fragen zur Verfügung."

„Wenn Sie meine Frau damit nicht belasten", schloss Galizzi ab.

Ich sah ihm nach, wie er den Korridor entlangging. Nicht mehr ganz so aufrecht. Nicht mehr so stolz. Der Macho schien gebrochen.

„Da wäre noch etwas", rief ich ihm nach. „Warum haben Sie sich am Morgen darauf nicht nach Ihrer Geliebten erkundigt?"

Galizzi blieb abrupt stehen. Drehte sich rasch um. „Ich musste früh weg."

„Haben Sie sie denn nicht angerufen?"

„Wir pflegten keinen Kontakt zwischen den Treffen."

Eine durch und durch geheime Affäre. Galizzi näherte sich mir. „Versprechen Sie mir etwas? Lassen Sie meine Familie aus dem Spiel."

Spiel, ja, genauso hätte ich es auch interpretiert. „Sie werden von uns hören“, sagte ich. „Und machen Sie sich keine Sorgen um Ihre Familie. Die wäre zu schade dafür, zu erfahren, welches Doppelleben ihr Ernährer geführt hat.“

Mir wurde zu spät bewusst, dass mich dies eigentlich nichts anging. Meine Objektivität war mir wieder abhandengekommen. Wieder fiel mir etwas ein, das ich abklären musste.

„Haben Sie, als Sie ins Zimmer zurückkehrten, irgendwelche Flecken auf dem Teppich festgestellt?“

„Was für Flecken?“ Galizzi schaute mich mit hochgezogenen Augenbrauen an.

„Haben Sie oder haben Sie nicht?“

„Nein!“

Konsterniert drehte ich mich um und kehrte in die Suite zurück.

Was war hier in diesem Raum wohl geschehen? Was hatte sich hier abgespielt? Ich musste Julien anrufen und ihn einweihen. Ich konnte meinen Alleingang nicht mehr länger aufrecht halten.

Als ich wieder zum Gartenrestaurant zurückgehen wollte, kam mir Gaby entgegen. Sie winkte mir zu, was mich in meinem Schritt innehalten liess. „Dein Geschnetzeltes kannst du vergessen“, sagte sie. „Galizzi ist zurückgekehrt. Ich nehme nicht an, dass du ihm da ein weiteres Mal begegnen möchtest.“

Ich schob Gaby meinen Arm unter. Mein Appetit hatte sich nicht wieder zurückgemeldet. „Ich muss morgen Conradin aufsuchen“, sagte ich, „egal, welche Konsequenzen dies für meine Zukunft hat. Vielleicht hat er wider Erwarten auch menschliche Züge und wird meine persönliche Lage verstehen.“

„Hast du Erfolg gehabt?“

„Ich glaube, ich drehe mich wieder einmal völlig im Kreis", antwortete ich. „Entweder ist Galizzi ein talentierter Mime oder er hat von der ganzen Sache wirklich nicht den geringsten Schimmer."

„Was machen wir mit dem angebrochenen Abend?" Gaby drehte sich zu mir um, machte eigenartige Bewegungen wie eine Raupe, die sich in einen Kokon einspinnt. Sie trug dieses schwarze kleine Nichts, das wie ein Nachthemd aussah. Ein teures Teil, wie sie gesagt hatte. Vielleicht hatte sie den Stoff bezahlt, den man wegliess. Ich hatte die Mode noch nie verstanden.

„Gehen wir tanzen oder an die Bar? Oder geniessen wir die schöne Suite?", fragte Gaby.

Ich war froh, dass sie ihre Gedanken nicht weiterspann. Sie schien ein bisschen zu viel getrunken zu haben. Sie hatte wohl den fehlenden Dialog mit Flüssigem wettgemacht, was ich nachvollziehen konnte.

„Sagst du denn gar nichts?" Sie liess demonstrativ ihre Schultern hängen.

„Du könntest am See spazieren gehen oder es dir im Bett bequem machen", sagte ich.

„Und du?"

„Ich muss noch einmal nach Luzern fahren."

Sie verstand es nicht. „Um diese Zeit?"

„Ja."

„Du bist unmöglich." Jetzt schmollte sie.

„Du glaubst doch nicht etwa, dass wir Ehepaar spielen."

Gaby schwieg. Natürlich hatte sie dies geglaubt. Ich lachte in mich hinein. „Bist du immer noch nicht darüber hinweg?"

Gaby streckte ihren Rücken durch. „Ich muss wohl zu viel getrunken haben", sagte sie spitz auflachend. „Was bilde ich mir denn ein." Sie drückte mir schnell einen Kuss auf die Wange und drehte sich um. Theatralisch warf sie den Kopf zurück. „Du kannst mir den Schlüssel an der Rezeption hinterlegen." Dann verschwand sie. In diesem schwarzen kleinen Nichts.

Vielleicht hätte ich sie später mit einem Typen an der Bar getroffen. Vielleicht litt sie tatsächlich an einem Überschuss von Sexualhormonen und war wild entschlossen, dagegen anzutreten. Ich konnte ihr dabei nicht helfen.

Die Fahrt nach Luzern liess mich auf den Boden der Realität zurücksinken. Die Nacht war schwül, die Luft schmutzgeschwängert. Ich nahm mir vor, zu Hause zu schlafen.

Montag, 11. August 2003

Morgens um zehn. Der Geruch, der von der Güterabfertigung zu meiner Wohnung herüberwehte, war in der Zwischenzeit so unerträglich geworden, dass ich es kaum mehr aushielt. Nachts hatte ich vergebens versucht, das Schlafzimmerfenster geschlossen zu halten. Nach kurzer Zeit war ich wieder erwacht, weil ich unterbewusst das Gefühl nicht loswurde, an Sauerstoffmangel zu ersticken.

Dieser Sommer war ein einziger Albtraum.

Ich stand auf, weil Nachbars Kater vor dem Fenster miaute. Er hatte mich schon eine Ewigkeit nicht mehr besucht. Ob er seine Streifzüge und Balztouren zu den streunenden Katzen schon beendet hatte? Ich ging in die Küche und holte ihm ein Stück von dem Käse, den Gaby zurückgelassen hatte. Nachbars Kater frass fast alles, was ich ihm vor die Schnauze warf. Eine Zigarettenlänge leistete er mir noch Gesellschaft, vielleicht einer jener seltenen Höhepunkte in seinem Katerleben. Ich hätte nicht mit ihm tauschen mögen. Später verdrückte er sich wieder über die Balkonbrüstung in heimatliche Gefilde.

Ich rief Julien an.

„Gut, dass du dich meldest", sagte er ausser Atem. „Ich habe dich gestern die ganze Zeit gesucht. Hast du dein Handy nicht eingestellt?"

„Nicht bei delikaten Situationen." Ich versuchte zu witzeln. Julien ging nicht darauf ein.

„Conradin möchte dich wieder für den Fall Mahler engagieren."

Ich musste das zuerst verdauen. „Heisst das, dass Korner die Dispens zurückgezogen hat?"

„Es scheint so. Du kannst den Ausweis und die Pistole abholen", sagte Julien.

„Warum ruft er mich nicht selber an?"

„Er hat es auch versucht. Du warst nicht erreichbar."

„Und dann lässt er sich mit dir ein?"

„Du vergisst, dass ich im Moment diesen Fall bearbeite", stellte Julien klar. „Zudem hat Conradin laut gedacht."

„Wer oder was hat denn die Gesinnungswandlung vom Boss veranlasst?"

„Zu viel Ferienabwesende", sagte Julien.

„Das würde er nie zugeben", sagte ich. „Kann ich dich also ganz legal mit einigen Aufgaben betrauen?"

„Ich bin froh darüber."

„Bist du in den Ermittlungen schon weitergekommen?"

Ich hörte Julien durch das Telefon sich räuspern. „Wir haben einen Hinweis aus dem Parkhotel in Vitznau erhalten."

Mein Kopf wurde augenblicklich heisser. „In welcher Angelegenheit?"

„Ein gewisser Peter Eberle hat sich nach dir erkundigt. Ich habe ihm gesagt, dass ich an dem Fall bin."

„Was wollte er?"

„Er hat von einem Zimmermädchen erfahren, dass am Samstagvormittag nach dem Mord an Catherine Mahler eine Reisetasche und verschiedene Toilettenartikel beim Aufräumen ihres Zimmers gefunden worden seien. Da aber die Rechnung ihres Aufenthaltes schon am Vorabend beglichen worden sei, habe man die Sachen einfach herausgenommen und in einen Abstellraum gestellt, in der Annahme, dass die Dame sich wieder melden würde. Irgendwie sei das dann in Vergessenheit geraten. Zudem habe man den Teppich in Galizzis Suite shampoonieren müssen. Er habe ungewöhnliche Flecken aufgewiesen." Julien verstummte.

„Urin?", fragte ich.

„Wie kommst du denn auf diese Idee?"

Ich erzählte Julien von Dr. Metzlers Ermittlungen.

„Aber das hätte doch in seinem Bericht stehen müssen", wunderte sich Julien zu Recht.

Ich schwieg und reimte mir die Dinge zusammen. Vielleicht hatte das höllische Klima wirklich etwas damit zu tun.

„Warum hast du mich nie über deine Arbeit in Vitznau informiert?", fragte Julien nach einer Pause.

„Ich wusste nicht, ob ich mich auf dem richtigen Weg befinde", log ich. „Wie geht es übrigens Mahler?", wechselte ich schnell das Thema.

„Der scheint über den Berg zu sein", antwortete Julien. „Wir haben sein Alibi noch einmal überprüft."

„Zweifelt ihr an seinem Alibi?" Mir kam das Ganze suspekt vor. „Verdammt nochmal, wie oft wollt ihr sein Alibi noch überprüfen? Bist du dir auch nicht ganz sicher, ob er nicht doch der Täter ist?"

„Er befand sich zur Tatzeit mit Sicherheit nicht im Land."

„Aber dann verstehe ich nicht, weshalb ihr daraus eine solche Polemik macht."

„Er hätte ein Motiv", sagte Julien.

„Welches?"

„Eifersucht."

Das klang zu einfach. „Habt ihr die Sekte, bei der er ist, einmal gründlich unter die Lupe genommen?", fragte ich.

„Ich weiss nichts davon", gab Julien zu.

„Ich dachte, du hättest meine Akten studiert." Ich räusperte mich. „Und wie steht es um Theres Emmenegger?"

„Die fröhliche Witwe?" Julien grinste ins Telefon. „Die erbt ein beträchtliches Vermögen."

Ich wusste nicht, ob es beträchtlich genug war, um jemanden umzubringen. „Diesen Eindruck hatte ich nicht", sagte ich. „Mir kam es eher so vor, als führte sie uns bewusst an der Nase herum. Nina hat da scheinbar eine ganze Menge Ungereimtheiten über Emmenegger herausgefunden. Seine Frau widerspricht sich hier ganz offensichtlich." Im Augenblick des Sprechens fiel mir ein, dass ich darüber besser geschwiegen hätte. Julien musste nicht wissen, dass mir Nina auch während meiner Abwesenheit zur Seite stand.

„Und nun, wie weiter?" Julien bemerkte es nicht.

„Ich werde sie mir noch einmal vornehmen", sagte ich, jetzt wieder ganz Polizist. „Lasse mir Zeit bis morgen. Ich muss noch etwas erledigen, bevor ich im Büro erscheine."

Julien legte auf. Ich ging ins Badezimmer und machte die üblichen Dinge.

***

Später Vormittag. Ich setzte mich in Gabys SL und fuhr gemächlich dem Vierwaldstättersee entlang in Richtung Küssnacht und Greppen. Der Pegel des Sees lag ungewöhnlich tief. Die Obstbäume am Strassenrand zeigten schon erste Spuren von eingefärbtem Laub. Trockene Blätter, die einsam auf den Asphalt segelten, als hätten sie von ihrem ausgetrockneten Dasein an den Ästen genug und suchten gierig nach Feuchtigkeit, die nirgends war. Der Himmel über mir war nicht mehr blau, sondern hatte die Farbe von Blei angenommen. Bedrohlich wölbte er sich über die Landschaft, die sich im Dämmerzustand befand. Mich dünkte, als ergäbe sich demnächst etwas Ungeheuerliches. Irgendwann musste es da oben einen Knall tun. Irgendwann würde die künstlich erzeugte Chemie in einer riesigen Legierung explodieren. Nichts in diesem Sommer war so, wie es hätte sein sollen. Der Ferienort Weggis war dennoch sehr belebt. Der Mensch gewöhnt sich scheinbar an alles, auch an unerträgliche Hitzetage.

Die Schifffahrtsgesellschaft hatte Hochkonjunktur. Ich sah einem Raddampfer nach, der keuchend über das träge Wasser stampfte, eine schwarze Rauchsäule, die ins Firmament stach, von sich stossend. Körper an Körper standen oder sassen die Passagiere auf dem Rumpf. Sonnenhutbedeckte, braun gebrannte Schweissgesichter mit dem aufgesetzten Grinsen verklärter Ferienimpressionen. Nicht jeder Mensch spürt Veränderungen.

Kurz vor dem Dorf Vitznau zweigte ich rechts ab auf den Vorplatz des Parkhotels. Der Portier grüsste mich freundlich, hob sogar seine Mütze, die ihn weiss Gott wovor bewahren sollte. Er stellte sich vor die Kühlerhaube meines Wagens und gab mir Handzeichen. Ich liess den Motor sterben und stieg aus. Den Schlüssel liess ich stecken.

„Guten Tag, der Herr", sagte der livrierte Mensch und setzte sein überschwänglichstes Lächeln auf. „Soll ich Ihren Wagen parken?"

Warum fragte er, wenn er das eigentlich erwartete? Er war erpicht darauf, fünf Minuten in die Haut eines Reichen zu schlüpfen. Er würde das edle Leder unter seinem Hintern fühlen und das kühle Gebläse der Aircondition in seinem Gesicht. Reiche Leute schwitzen nicht. Auch nicht in einem Sommer wie diesem hier. Diese fünf Minuten wollte ich ihm gerne gönnen, weil ich selber erfahren hatte, wie sich das anfühlt. Ich bedankte mich und ging ins Hotel hinein.

Am Empfang war es ausnahmsweise ruhig. Ich grüsste kurz und begab mich zum Aufzug am anderen Ende des Korridors. Während ich auf den Aufzug wartete, sah ich mich um. Die Türe daneben erblickte ich heute zum ersten Mal. Instinktiv öffnete ich sie und trat in ein älteres Treppenhaus, das nicht den Anschein erweckte, als wäre es erst kürzlich renoviert worden. Es diente bestenfalls als Feuertreppe. Ich schritt auf die dahinterliegende Türe, die ins Freie führte. Die Türe war unverschlossen. Vielleicht war sie dies den ganzen Tag oder sogar die Nacht durch schon gewesen, überlegte ich mir. Ein idealer Fluchtweg, um unbemerkt mit einer Leiche aus dem Hotel zu gelangen. Ich landete denn auch tatsächlich auf dem hinteren Teil des Parkplatzes, der vom Hauptportal weit entfernt war und deshalb auch unbeaufsichtigt sein musste.

Ich wählte Juliens Nummer auf meinem Mobiltelefon. „Kannst du so schnell wie möglich veranlassen, dass die Techniker ins Parkhotel nach Vitznau kommen?“

„Also doch schon im Dienst“, spottete Julien. „Bevor ich es vergesse, Conradin wartet auf dich.“

„Will er mit mir über eine Gehaltserhöhung sprechen?“

Julien lachte. „Man munkelt, dass er mit diesem Fall selbst sehr überfordert sei. Er braucht scheinbar deine Spitzfindigkeit.“

„Was heisst das?“

„Er wird nichts mehr gegen deine unkonventionellen Vorgehensweisen unternehmen.“ Ich hörte den Unterton aus Juliens Stimme heraus.

„Hat er das gesagt?“

„Ich glaube, er hat zum ersten Mal einen Fehler eingesehen."

Da war ich mir nicht so sicher. Aber langsam glaubte ich an die sphärischen Veränderungen. Vielleicht war Conradin ein Ausserirdischer. Vielleicht hatte ihm Korner Dampf aufgesetzt. Vielleicht steckten sie unter der gleichen Decke. „Hat er das wirklich gesagt?"

„Nicht so direkt", korrigierte Julien. „Du kennst ihn ja."

„Stimmt, man muss verdammt begabt sein, Conradins Aussagen richtig zu interpretieren." Ich beendete das Gespräch und fuhr in den oberen Stock zu meiner Suite. Ich klopfte. Gaby öffnete. Sie sah anders aus als sonst. Ihre Wangen waren mit einem rötlichen Schimmer überzogen, als wäre sie erst kürzlich durch einen roten Nebel gewandert, der seine untrüglichen Spuren hinterlassen hatte. Ihre Augen glänzten, wie nur Frauenaugen nach befriedigter Lust glänzen, nach einem orgiastischen Höhenflug, nach dem rhythmischen Pulsieren ihrer Vulva. Sie lächelte mich glücklich an, obwohl ich an ihrem Zustand nicht die geringste Schuld trug. „Es erübrigt sich wohl, mich nach deinem Befinden zu erkundigen", sagte ich und drängte mich an ihr vorbei ins Zimmer. Ich bemerkte, dass das Bett unbenutzt war. „Hast du schon gepackt?" Ich schaute mich neugierig um. Keine Spur von einem versteckten Liebhaber, weder im Schrank noch in der Badewanne.

Gaby strahlte mich an. „Du wirst es nicht glauben, mit wem ich die Nacht verbracht habe."

Hatte ich es doch geahnt. „Nein, weiss nicht", sagte ich mehr zu mir selbst.

„Mit Karl."

„Karl?"

„Ja Karl. Mein Ehemann."

„Wie bitte?" Hatte ich soeben richtig gehört?

„Oh, die Welt ist so klein“, zitierte Gaby. „Und Zufälle gibt es.“

„Wann habt ihr einander denn getroffen?“

„Gestern Nacht an der Bar.“

„Bist du sicher, dass es Karl war?“ Ich holte meine Tasche aus dem Schrank. Gabys entsetzter Gesichtsausruck entging mir nicht, was ich belustigt zur Kenntnis nahm. Warum wusste er, dass sich Gaby in der Zentralschweiz niedergelassen hatte? Hatte er etwa einen Privatdetektiv angeheuert? War er derjenige, der Gaby den Brief an meine Adresse geschickt hatte? „Dann ist die Kirche ja wieder im Dorf“, sagte ich und ein Gefühl der Erleichterung kam in mir hoch.

„Willst du ihn kennenlernen?“

Ich schüttelte den Kopf. Ich hatte kein Bedürfnis und wollte mir nur unnötigen Ärger ersparen. „Was hast du denn zu deiner Verteidigung gesagt?“

„Oh, er versteht mich. Er ist ein grossartiger Mann“, sagte Gaby.

Und ein gutmütiger Mensch obendrein, wenn er die Eskapaden seiner Frau einfach so akzeptierte. Oder hatte er ihr vielleicht einen neuen Strassenkreuzer versprochen? Trotzdem, und das nahm ich den alten Herren übel, hatten sie ein Talent, die Schönheiten mit Macht, Geld und Einfluss einzufangen. Das Portemonnaie war es doch, was die jungen Frauen an diesen Kerlen so anziehend fanden. Der rostige Geruch würde es nicht sein. Ich musste mir meine Zukunft gründlich überdenken.

***

Nach dem Frühstück, das wir im grossen Speisesaal eingenommen hatten, erkundigte ich mich nach dem Zimmermädchen, das am Tag von Salomés Ermordung Dienst gehabt hatte. Sie hiess Solidad Maria Silva da Consalvez und war Portugiesin. Im Hotel nannte man sie schlicht Maria, weil man, wie ich mir sagen liess, mit portugiesischen Namen nicht klarkam und deren Aussprache zu viel Zeit in Anspruch nahm. So waren sie denn alle Marias geworden. Alle die Portugiesinnen, Spanierinnen und Italienerinnen. Im Namen Geklonte, die, wenn ich alle Zimmermädchen betrachtete, welche im Hotel umherschwirrten, auch noch fast gleich aussahen.

Maria war nervös. Sie stand vor mir, als wäre sie ein albernes Schulmädchen und erwartete eine Tracht Prügel ihres Lehrers. Mit fahrigen Bewegungen nestelte sie an ihrer Halbschürze. Ihre Augen waren stetig in Bewegung; mich schaute sie dabei nicht an.

„Setzen Sie sich ruhig hin", sagte ich und schob ihr den Stuhl neben mir zurecht. Maria setzte sich auf die äussere Kante, sprungbereit, wie mir schien. Wovor hatte sie Angst? Ich warf Gaby rasch einen Blick zu, die seelenruhig ihr letztes Brötchen verzehrte und sich dabei nicht aus der Ruhe bringen liess.

Ich widmete mich wieder Maria. „Haben Sie in der letzten Woche einmal eine Vorhangquaste ausgewechselt?"

Die junge Frau zuckte zusammen. „Ich nix gut verstehen Deutsch", sagte sie und blickte mich zum ersten Mal an. Ihre Augen waren so schwarz, dass ich die Pupillen nicht erkennen konnte. Wie zwei schwarze Löcher.

Ich wiederholte meine Frage und unterstrich sie mit meiner Gestik, was Maria nicht deuten konnte oder nicht wollte. Ich glaubte nicht, dass sie mich nicht verstand. „Haben Sie im Zimmer 423 eine kaputte Kordel gefunden?"

Wieder schaute mich Maria mit ihren schwarzen Kulleraugen erstaunt an.

Es war zwecklos.

„Kannst du Portugiesisch?“, fragte ich Gaby. „Oder Spanisch?“

„Merkst du denn nicht, dass sie nicht gewillt ist, dir irgendeine Auskunft zu geben?“, sagte Gaby und etwas leiser und kichernd: „Sie hat für ihr Schweigen vielleicht Geld kassiert.“

Über Marias Gesicht zog eine verdächtige Blässe. Sie verstand also doch, was ich nie angezweifelt hatte.

„Wo haben Sie die Vorhangquaste hingebracht?“ Ich gab nicht auf.

„Was ist Vorhangquaste?“

„Eine Schnur, mit der man den Vorhang zuzieht“, sagte ich noch immer ruhig.

„Ich nicht wissen“, sagte Maria.

Die wussten wohl nie etwas. Warum hätten sie auch? Sie waren zum Arbeiten da, damit sie ihre Familie an der Algarve ernähren konnten. Und sie erledigten die Arbeit, für die sich unseresgleichen zu schade fand. Sie war auf einen Zustand getrimmt worden. Alles, was davon abwich, musste ersetzt werden. Da fragte man nicht lange, ob es sich nun um eine Vorhangquaste oder um einen kaputten Stuhl handelte. Warum hätte sie mir über eine Vorhangquaste Auskunft erteilen sollen? „Also, machen Sie, dass Sie wegkommen“, sagte ich heftiger als gewollt.

Gabys tadelnder Blick entging mir dabei nicht. Maria erhob sich schnell. In diesem Moment kam Peter Eberle an unseren Tisch. Er machte ein verdriessliches Gesicht. „Gibt es Unstimmigkeiten?“

Ich sah Maria nach, wie sie davonging, einen Staubwedel aufhob und rechts in Richtung Korridor entschwand.

„Wir hatten Kommunikationsschwierigkeiten“, sagte ich und erhob mich.

„Zwei Ihrer Kollegen sind da“, meldete Eberle und zupfte sich seine Fliege gerade. Er sah schon wieder frisch und ausgeruht aus.

Wie machte er das bloss?

„Ich komme“, antwortete ich und zu Gaby gewandt. „Wartest du auf mich?“

„Ich habe mit Karl an der Bar abgemacht“, erwiderte sie.

Das passte zu ihr. Zuerst machte sie ein Drama aus ihrer Ehe, dann kroch sie wie ein frommes Lämmchen zurück unter die Decke. Frauen sind irrational.

„Sie warten in der Empfangshalle“, sagte Eberle und half Gaby beim Aufstehen. Er war ein Vollblut-Gentleman. Ich wollte mir diesen Zug an ihm merken. Ich schritt hinter Gaby her und betrachtete sie ausgiebig, was Eberle ein bisschen diskreter anstellte.

An der Bar sah ich Karl. Er war der einzige Mann an der Theke, also musste er es sein. So hatte ich ihn mir nicht vorgestellt. Ich musste mich zusammennehmen, dass ich Gaby nicht irgendwelche diskriminierenden Bemerkungen zukommen liess. Karl war ein Kerl, der besser in eine Motorradkluft gepasst hätte als in diesen faden Versandanzug. Er war wider Erwarten sehr gross und muskulös. Ein in die Jahre gekommener Sportstyp mit einer braun gebrannten Lederhaut, was die Herren um die Sechzig aus ihrer eigenen Sicht so interessant erscheinen lässt. Mich hätte es nicht gewundert, wenn er einen Porsche 911 gefahren hätte. Ich winkte ihm zu, als wären wir dicke Freunde, die sich schon jahrelang kannten. Karl winkte zurück. Aber seine Geste galt Gaby und nicht mir. Vielleicht hatte er von meiner Existenz ja überhaupt gar keine Ahnung.

Julien und Werner standen vor dem Empfangstresen und grinsten die Dame dahinter unverschämt an. Sie redeten beide gleichzeitig; die Frau schien völlig überfordert zu sein. Julien bemerkte mich zuerst. „Ich habe deinen Ausweis mitgebracht“, sagte er, auf mich zukommend.

„Hatte Conradin seine schwachen fünf Minuten?“

„Können wir loslegen?“ Werner grinste mich breit an. Er verabschiedete sich überschwänglich von der Empfangsdame und packte seinen Technikerkoffer.

„Ist Dani Betschard nicht da?“ Seine Abwesenheit irritierte mich.

„Er ist zu einem anderen Fall delegiert worden“, sagte Julien.

„Also, doch Personalmangel.“ Ich zweifelte nicht an Werners Fähigkeiten. Aber mit Kameras kannte er sich besser aus als mit Fingerabdrücken. Ich ging voraus. Julien und Werner folgten mir. Auch Eberle beeilte sich, um mir nachzukommen. Ich glaubte, er hatte ein neues Hobby entdeckt. Mit dem Aufzug fuhren wir in die vierte Etage zu meiner Suite.

„Nimm bitte eine Teppichprobe“, sagte ich zu Werner, „und eine von einer Quaste am Vorhang.“

Julien brachte indes den Mund nicht mehr zu. Seine Augen wanderten begierig durch den grossen Raum.

„Tue nicht so, als wärst du zum ersten Mal in einem Luxushotel.“

„Hast du hier übernachtet?“ Julien verzog den Mund.

„Falls du befürchtest, dass ich die Hotelkosten der Spesenabrechnung anhänge, dann hast du dich getäuscht“, sagte ich, worauf mir Werner einen lüsternen Blick zuwarf.

„Deine Begleitung hat den Preis wettgemacht“, sagte er sarkastisch.

„Es ist nicht so, wie du denkst“, rechtfertigte ich mich.

„Ist sie noch zu haben?“

Manchmal ödeten mich Werners Bemerkungen an. Er hatte doch immer nur das eine im Kopf, obwohl er verheiratet war und eine Tochter hatte. Ich sah ihm zu, wie er mit einer Pinzette Flusen aus dem Teppich nahm und sie in einen Plastikbehälter steckte. „Sonst noch was?" Werner stand ächzend auf.

„Unten beim Notausgang, der zum hinteren Parkplatz führt, möchte ich noch eine Probe vom Boden vor und eine vom Boden hinter der Türe." Vielleicht hätte man endlich einen Vergleich zu den Reifenrückständen im Park.

„Kann ich den Platz auch fotografieren?" Werner grinste mich frech an.

Ich erwiderte nichts darauf. Ich dachte wieder an Salomé. Verdammt, warum hatte sie selbst keine verdächtigen Spuren zurückgelassen? Wie war es überhaupt möglich gewesen, ein solch durchdachtes Doppelleben zu führen? Wer hatte ihr dabei geholfen? Ich fühlte mich schlapp und ausgelaugt, als zöge es mir meine ganze Energie nach unten, aus meinem Körper hinaus.

Ich stellte mich zu Eberle und zündete eine Zigarette an. „Vielleicht können Sie mir ja etwas erzählen, das ich noch nicht weiss", sagte ich und blickte dabei den Chefkellner eindringlich an. „Zum Beispiel davon, dass man in Galizzis Suite Urinflecken entdeckt hat."

Eberle hielt kurz inne. Seine Stirn legte sich in Falten. „Zum Zeitpunkt der Abreise war das kein Thema" sagte er geschäftig. Er bemühte sich offensichtlich, seine Mitarbeiter vom Zimmerservice in Schutz zu nehmen. „Gäste sind auch nur Menschen", fuhr er leise fort.

„Ja, richtig, die das Recht haben, ein Luxuszimmer in einem Fünf-Sterne-Hotel zu bepinkeln", sagte ich unbeherrscht. Salomé verdrängte ich ganz einfach. „Hat man Galizzi denn nicht auf dieses Missgeschick aufmerksam gemacht?"

Wenn Galizzi das gewusst hätte, so wäre er dem nachgegangen.

Bestimmt aber hätte er bei Salomé nachgefragt. Das hätte zumindest der Polizei eine wesentliche Arbeit erspart.

„Wir sind sehr diskret“, sagte Eberle. Dann stellte er sich plötzlich frontal vor mich hin. „Haben Sie mit dem Künstler gesprochen?“

Ich konnte mir ein Lachen nicht verkneifen.

„Ich weiss, was Sie sagen wollen“, sagte Eberle, ohne meine Antwort abzuwarten, und lachte ebenso verhalten. „Er ist Schriftsteller, der unter einem Pseudonym schreibt. Er ist übrigens heute Morgen schon früh aufgestanden, was sonst eher selten vorkommt und hat vom Garten aus lange an der Fassade hochgeschaut, immerzu die Suite im vierten Stock im Visier haltend.“

„Vielleicht will er ein neues Buch schreiben“, sagte ich. „Einen Kriminalroman.“

Eberle räusperte sich hinter vorgehaltener Hand.

„Ich hätte gerne den Hoteldirektor gesprochen“, sagte ich, wohl wissend, dass ich Eberle damit brüskierte, wo er sich doch so bemühte.

„Er ist seit vier Wochen landesabwesend“, sagte Eberle. „Er hat noch eine Woche angehängt und wird nicht vor Donnerstag zurück sein.“

Das allerdings gab mir zu denken. „Stimmt es“, fuhr ich fort, „dass Frau Mahlers Zimmer von Dr. Galizzi gebucht worden ist?“

„Soviel ich weiss, schon. Er liess ausrichten, dass die Dame eine Geschäftspartnerin sei, die ihn begleite. Er verlangte aber unbedingte Diskretion, was dies betraf.“

„Hielten sich die beiden während des Nachtessens auf Distanz oder merkte man ihnen an, dass sie ein Liebespaar waren?“

Eberle nahm wieder die für ihn typische Haltung ein. Die linke Hand auf dem Rücken, mit der rechten unterstrich er gestenreich seine Aussagen. „Nun ja, ich habe mir in den Jahren als Chef de Service eine gewisse Menschenkenntnis angeeignet", sagte er und zog seine Schultern rhythmisch hoch, als wollte er sich für das eben Gesagte entschuldigen. Der Chefkellner als geborener Psychologe, der Seelenvoyeur. „Sie waren sehr zurückhaltend. Aber ich merkte natürlich, dass die beiden sich nicht gleichgültig waren."

Mein Mobiltelefon summte. Ich meldete mich. Nina war dran.

„Ich habe Neuigkeiten", fiel sie sogleich in meine Begrüssung. Ich entfernte mich ein paar Schritte von Eberle und liess das Gespräch mit ihm in der Luft stehen. „Und?" fragte ich. „Hast du den Mörder?"

Nina seufzte. „Ich habe mich übers Wochenende ein bisschen umgehört", sagte sie. Als hätte sie nicht schon genug Arbeit gehabt die ganze Woche hindurch. Ich staunte immer wieder über den Arbeitseifer dieser Frau.

„Die Emmeneggers besitzen ein Bootshaus am Vierwaldstättersee."

„Und was hat das mit dem Mord zu tun?" Ich schwieg. Dachte nach. Emmenegger. Salomé. Vielleicht eine Garderobe von ausgesucht schönen Kleidern, die weder der Ehemann, die Tochter, noch ich jemals zu sehen bekommen hatten. Das Bootshaus als der perfekte Ort für ein Versteck. „Weiss man schon, wo genau dieses Haus liegt?"

„Zwischen Küssnacht und Greppen", sagte Nina.

„Ich bin stolz auf dich" entgegnete ich. „Veranlasse bitte, dass man bei Frau Emmenegger einen Schlüssel abholt und schicke unverzüglich jemanden von der Abteilung hin. Ich werde nach ausgeführter Arbeit hier mit Werner und Julien nachkommen."

„Und den Durchsuchungsbefehl?"

„Den habe ich vollkommen vergessen. Aber versuche, Frau Emmenegger zu überzeugen. Ich traue dir das zu."

„Du Charmeur." Sie lachte lautstark. „Ich werde Betschard losschicken. Er ist in der Zwischenzeit wieder zurückgekommen."

Sie legte auf.

Eine halbe Stunde später war der Techniker mit seiner Arbeit fertig. Julien erblickte ich an der Bar, wo er sich mit Gaby und deren Ehemann unterhielt. Ich vermied es, mich zu ihnen zu gesellen. Ich liess Julien ausrichten, dass ich bei Werners Dienstwagen vor dem Hotel wartete. Noch einmal kam Eberle zu mir. „Kann ich Ihnen noch irgendwie behilflich sein?" Sein Interesse an dem Fall war enorm.

„Wann reist Dr. Galizzi zurück?", fragte ich.

„Er bleibt bis Freitag hier."

„Danke, Sie werden von mir hören." Ich begab mich zum Parkplatz.

Das Klima war unerträglich. Gleich schoss feuchte Hitze über meinen Körper. Ich zündete eine Zigarette an und wartete im Schatten. Das Parkhotel wirkte auch auf der Rückseite wie ein überdimensioniertes Gebäude. Der Prunk innerhalb dieses Gemäuers liess sich von aussen nur erahnen. Ich hörte die Mauern im Tagtraum flüstern, Geschichten erzählen von einer Epoche, wo die Damen mit Sonnenschirmen vor dem Palast promeniert und die befrackten Herren in Kutschen vorgefahren waren. In einem Jahrhundert, wo die Zeit noch innegehalten, wo man die hehre Kunst des Nichtstuns im Alltag zelebriert hatte. Wie anders war es heute, wo die Hektik dank der permanenten Perfektionsneurose unserer Gesellschaft und deren Macher stetig zunahm und kaum mehr Raum für Musse zuliess.

Endlich kamen Julien und Werner auf den Parkplatz. Ich warf die Zigarettenkippe auf den Boden und zerdrückte sie mit dem Schuh, ohne mir lange zu überlegen, was ich da gerade tat. Es gibt Gewohnheiten, über die man nicht mehr nachdenkt. „Wir fahren nach Greppen", sagte ich und liess Julien hinten in den Dienstwagen steigen.

„Warum? Kennst du da ein gutes Restaurant? Ich habe nämlich einen Mordshunger", sagte Julien und platzierte sich auf dem Rücksitz.

„Das tönt nicht schlecht", mischte sich Werner ein und startete den Motor.

„Später", sagte ich. „Es gibt noch Arbeit für euch."

„Was zum Kuckuck sollen wir also in Greppen?" Werners Stimme klang alles andere als erfreut.

„Kennst du wenigstens den Bahnhofvorstand von Greppen?", fragte Julien mit gekünstelter Ernsthaftigkeit.

„Nein, warum? Sollte ich?", erwiderte Werner.

Julien lachte laut heraus. „Es gibt gar keinen Bahnhofvorstand."

„Was ist daran so komisch?", fragte Werner. „Heute geht sowieso alles vollautomatisch."

„Nein, nicht deswegen. Greppen hat gar keinen Bahnhof."

„Also hält der Zug nicht an?"

„Nein, der fährt hier gar nicht durch."

„Hattest wohl einen Fensterplatz in der Geografie", redete ich dazwischen. Langsam nervte mich diese Konversation.

„Nein, aber ich interessierte mich ausschliesslich für den Ausschnitt der Lehrerin", grölte Werner.

„Das ist wieder einmal typisch", konterte Julien. „Der kann's einfach nicht lassen."

***

Die verbrannten Wiesen an den Hängen hinter Weggis zeigten mir noch einmal mit aller Deutlichkeit, in welcher Notlage die Natur sich befand. Ganze Abschnitte waren braun verfärbt und sahen aus wie aufgeschürfte Haut oder grossflächige Brandwunden. Einzelne Bäume glichen Skeletten. Die grüne, saftige Üppigkeit aus vergangenen Jahren war verschwunden. Ihre Früchte waren verdorrt. Das Schwache geht immer zugrunde, dachte ich, damit das Starke seine eigenen Überlebensstrategien entwickeln kann. Das ist die natürliche Selektion, worauf wir aber keinesfalls stolz sein können. Die Pfosten am Strassenrand flogen an mir vorüber wie starre dünne Männchen in schwarz-weiss vibrierender Optik, eine Halluzination meiner tagträumerischen Art, wenn ich mich allzu sehr auf mein inneres Auge verliess, zu viel nachdachte und dabei meine Weitsicht vernebelte.

Ich warf schnell einen Blick auf Werner, dann auf den Tacho, dessen Zeiger in bedenkliche Höhen kletterte. Ich erinnerte mich, dass Werner schon oft wegen übersetzter Geschwindigkeit vom Verkehrsamt Bussen bekommen hatte. Dies schien ihn jedoch nicht zu beeindrucken. Ich nahm mein Mobiltelefon zur Hand und rief Nina an, um zu erfahren, wie weit sie mit meinem Auftrag gekommen war.

„Wir stehen bereits vor Ort“, sagte sie euphorisch. „Ich musste Frau Emmenegger gar nicht aufsuchen. Ich habe hier den Schlüssel aus der Handtasche des Opfers. Frau Emmenegger hat mir bloss die Schlüsselnummer und den Standortsplan durchgegeben.“

Dass mir das nicht selber eingefallen war. „Bist du sicher, dass es der richtige Schlüssel ist?“

„Er passt.“

„Das sind gute Neuigkeiten“, lobte ich und liess mir von Nina die genaue Wegbeschreibung geben.

„Fahre da vorne links hinein“, sagte ich zu Werner, der daraufhin mit quietschenden Reifen den Wagen in einen schmalen Feldweg lenkte. Die holprige Strasse führte tatsächlich direkt zum See hinunter. Hinter einer Trauerweide erkannte ich Daniels Auto. Nina wartete auf einer Bank im Schatten und tupfte sich mit einem Taschentuch unsichtbare Schweissperlen von der Stirn. Werner brachte seinen Wagen abrupt zum Stehen, was mich gefährlich nahe zur Frontscheibe warf.

„Könntest du das nächste Mal ein bisschen sanfter anhalten?“, zischte denn auch schon Julien vom Rücksitz aus.

Wir begrüssten uns knapp, Daniel und ich. Nina erhob sich und kam strahlend auf mich zu. „So schnell hat schon lange nichts mehr geklappt“, sagte sie und nahm mir damit die Worte aus dem Mund.

„Du hier?“

„Ich musste einfach mal raus“, sagte sie. „Und fremde Häuser fand ich schon immer faszinierend.“ Sie schmunzelte vielsagend. „Können wir?“ Sie schritt mir voran zum Bootshaus, das mit jenem kleinen Schuppen, der zum Unterstellen von Booten dient, wenig zu tun hatte. Das Haus verfügte über zwei Stockwerke. Eine Treppe führte in die erste Etage. Nina schloss auf und stiess mich vor. Ich musste wirklich meinen Job verfehlt haben. Nicht einmal meine Zweizimmerwohnung war annähernd so luxuriös ausgestattet wie das, was sich vor meinen Augen präsentierte: eine komplett eingerichtete Suite; etwas anderes fiel mir dazu nicht ein. Die Möbel waren in frischem Blau gehalten, was mich an die Farben der Provence erinnerte, modern und unkonventionell; sie passten irgendwie nicht so richtig zu der Eigentümerin. Ich ging auf die Frontseite und zog die Rollläden hoch. Der Vierwaldstättersee lag direkt zu meinen Füssen. Eine traumhafte Aussicht über das Wasser gegen den Pilatus bot sich mir.

Die Schränke öffnete ich erst nach dem Überziehen von Einweghandschuhen. Vielleicht würde ich jetzt endlich das finden, wonach ich so lange gesucht hatte.

Und da waren sie auch schon, die vielen Damenkleider, von denen ich mindestens die einfachere Hälfte kannte: Bluejeans und helle Shirts, daneben eine ganze Reihe moderner Abendgewänder. In einer Schublade die rote Unterwäsche, die Salomé so gern getragen hatte. Ich musste mich setzen. Ich roch ihr Parfum, ihren sinnlichen Duft.

Werner, Daniel und Julien kamen herein, als wären sie die drei Musketiere, die gemeinsam gegen den Feind antraten, vollbeladen mit ihren technischen Geräten, handbeschuht und die Filmkamera im Anschlag.

„Ihr wisst, was ihr zu tun habt", sagte ich und fühlte mich indes wieder völlig ausgelaugt.

Hier hatte sie also gewohnt oder sich für ihr zweites und drittes Leben umgezogen und vorbereitet. Hier hatte sie vielleicht imaginäre Striche für jeden gefallenen Liebhaber auf die Tapete gezeichnet. Hier hatte sie sich den Schweiss ihrer Männer abgeduscht und das Sperma aus der Vagina gespült. Ich glaubte es noch nicht so recht, was ich hier sah und erahnte. Und trotzdem wusste ich, dass es die Wahrheit war. Nach all dem, was ich an Fakten und Erfahrungen zusammengetragen hatte. Salomé hatte dafür einen hohen Preis bezahlt.

In der rückwärtig angelegten Kochnische entdecke ich eine Waschmaschine, darin einen Klumpen Wäsche. Ich öffnete deren Türe. Der Geruch von Moder wehte mir entgegen. Ich musste mir die Nase zuhalten, bevor ich die Kleidungsstücke aus der Trommel zog. Es waren unverkennbar Salomés Teile, die ich in den Händen hielt. Ihr Leben war wirklich durchdacht gewesen. Vielleicht hätte ich in einem Tresor ein Vermögen gefunden, den Lohn für ihre Gefälligkeiten. Mir stiess es sauer auf.

„Wie ist es möglich, dass das Bootshaus so lange unentdeckt geblieben ist?", fragte ich Nina, die mir während der ganzen Zeit zugesehen hatte. Ich schaute mich um. Es war mir, als hätte ich einen Teil dieses Raumes hier irgendwo schon einmal gesehen. Aber es fiel mir nicht ein, wo.

„Frau Emmenegger hat Schwierigkeiten mit dem Gehen und hält sich nur noch mit dem Hund, möglichst in der Nähe ihrer Wohnung, draussen auf."

Ich erinnerte mich wieder an ihre Aussage. Ob Salomé auch hier übernachtet und einen Teil ihrer Liebhaber getroffen hatte?

„Ich weiss, was du gerade denkst", sagte Nina und schaute mich mitfühlenden Blickes an. Ich wusste darauf nichts zu sagen.

„Lege es als eine Erfahrung beiseite", fuhr sie fort. „Das Leben ist zu kurz, um sich an solchen Dingen aufzuhängen."

Wie recht sie hatte, doch ich schwieg. Ich legte die feuchte, vermoderte Wäsche in die Waschmaschine zurück und ging nach draussen. Mir war elend zumute. Ich zündete eine Zigarette an und inhalierte tief und anhaltend. Salomé! Mir war danach, diesen Namen zum Himmel zu schreien, um mich von meinem tiefsten Elend zu befreien, um von diesem Traum zu erwachen und darüber lachen zu können. Aber nichts geschah von all dem. Milena fiel mir ein. Ich wehrte mich dagegen. Vielleicht waren sie alle so. Männermordende Geschöpfe, die es darauf abgesehen hatten, die Jahrhunderte lange Demütigung ihres Geschlechts an unserer Generation zu rächen. Die schönen Frauen mit den sanften Augen, den warmen, fordernden Körpern und dem einladenden Schoss: Sie alle waren da, um uns Männer zu zertrampeln und uns in Stücke zu reissen. Uns brauchten sie nicht mehr. Heute konnte man selbst den Wunsch nach einem Kind auf künstlichem Weg befriedigen. Durch In-vitro-Fertilisation, was nichts anderes war als die Alternative zu sexuellem Missbrauch. Sie waren klug die heutigen Frauen. Sie studierten, dissertierten, politisierten mit durchdachter Vehemenz. Sie wollten beweisen, dass sie ebenso gut, ja sogar noch besser waren als ihre männlichen Kollegen. Der Spiess hatte sich gedreht. Heute bedienten Männer den Kochherd, besorgten den Haushalt und wickelten ihre Kinder, wenn sie dazugekommen waren, zumindest bei deren Zeugung dabei gewesen zu sein.

Nina stand plötzlich neben mir. Kaum merkbar strich sie mir mit der Hand über meinen Arm. „Es sind nicht alle Frauen so berechnend", sagte sie, als hätte sie meine Gedanken gelesen. Ich wollte ihr auch nicht widersprechen. „Ich bin froh, dass wenigstens du so normal bist", sagte ich und versuchte ein Lächeln. „Die Geschichte mit Salomé geht mir ziemlich nahe. Vielleicht habe ich mich von den Erinnerungen an sie zu sehr irreführen lassen und dabei dem möglichen Täter zu wenig Beachtung geschenkt." Ich vermied zu sagen, dass ich ihrer Erotik wegen wie ein Besessener gewesen war.

„Hast du denn schon Verdächtige?"

„Ich glaubte, immer nahe daran zu sein. Aber letztendlich endeten alle meine Bemühungen in der Sackgasse."

„Was war mit dem Mann im Parkhotel?"

„Dr. Galizzi?"

„Ich weiss nicht mehr, wie er heisst."

„Er hatte von all dem keinen blassen Schimmer. War ausgerechnet zur Mordzeit an der Bar. Gestern tauchte er plötzlich mit seiner Familie im Hotel auf. Wenn er der Mörder wäre, hätte er dies bestimmt nicht getan."

„Das perfekte Alibi", sagte Nina aufseufzend.

„Dennoch", erwiderte ich, „er sieht nicht nach einem kaltblütigen Täter aus, eher wie ein Narziss. Der macht sich seine Hände nicht mit solchen Dingen schmutzig."

„Gehst du zurück ins Büro?", fragte Nina, das Thema auf andere Bahnen lenkend.

„Ich werde vorher bei Frau Emmenegger vorbeischauen", antwortete ich, als mir klar wurde, dass ich das schon früher hätte tun sollen. Da gab es ein paar Widersprüche, die ich gern geklärt hätte. Ich ging wieder zurück ins Bootshaus und schaute mich um, in der Annahme, dass mir etwas Wichtiges entgangen war. Und tatsächlich wurde ich nach einer Weile weiter fündig. Auf dem Boden vor der Garderobe hinter dem Schirmständer entdeckte ich eine Visitenkarte. Sie musste Salomé aus der Tasche gefallen sein, als sie sich zum Gehen bereit gemacht hatte. *Hair-Club*, las ich, die Karte ihres Coiffeurs, mit dem Datum und der Zeit am Freitag vor ihrem Tod. Vielleicht hätte ich da einmal vorbeischauen sollen. Ich wusste von Nina, dass sich Frauen während des Haareschneidens und Föhnens ihre Psyche aus dem Leib redeten. Der Coiffeur als Seelenklempner schlechthin. Vielleicht hätte ich Salomés Tag vor ihrem Tod zelebrieren sollen, jeden Schritt von ihr nachvollziehen, jede Begegnung wiederholen.

Als die Techniker ihre Arbeit beendet hatten, wandte ich mich Julien zu. „Fährst du mit mir zurück?"

„Ins Parkhotel?"

„Nein, den Wagen dort habe ich nur geliehen. Der gehört Gaby."

Julien liess ein leises Pfeifen vernehmen. „Ich habe ihren Mann kennengelernt", sagte er. „Kann mir nicht vorstellen, wo die hingeguckt hat." Er lachte verstohlen.

„Vielleicht ist er lieb", sagte ich zynisch und öffnete die Tür von einem der beiden Dienstwagen. Ich setzte mich ans Steuer und schob den Sitz nach hinten. Werner hatte viel kürzere Beine als ich.

„Der riecht nach einer Menge Kohle", sagte Julien und stieg auf der anderen Seite ein.

Ich verabschiedete mich kurz von den anderen.

„... und nach Rost", ergänzte ich.

„Wonach?"

„Nach Moder."

„Ich weiss nicht, was du meinst", sagte Julien.

„Vielleicht stehen junge Frauen auf solche Gerüche", sagte ich und fuhr los.

Ich merkte, wie ich meine Objektivität schon wieder verlor. „Kommst du mit zu Frau Emmenegger?"

„Was soll ich da?"

„Dich auf deine Gefühle verlassen", sagte ich.

„Die sind seit der Geschichte mit Alice ein wenig in den Hinterhalt geraten", sagte Julien.

„Dann wird es höchste Zeit, dass du sie wieder aktivierst."

Wir schauten einander an und schmunzelten.

„Bei einer älteren Dame?", fragte Julien.

„Sie ist noch sehr attraktiv", sagte ich. „Zudem habe ich ja nichts von erotischen Gefühlen gesagt."

Wieder lachten wir. Zumindest schien zwischen uns wieder alles wie früher zu sein. „Wie geht es Hans Mahler?", fragte ich.

„Er ist, glaube ich, schon wieder zu Hause."

„Warst du noch einmal bei der Versicherung, bei der er arbeitet?"

„Nein, du hast mir keine Order erteilt und Conradin hat mir diesbezüglich auch nichts gesagt."

Jetzt wurde mir klar, weshalb man mich damals über Julien gestellt hatte. „Weiss man, ob er auch in Zukunft suizidgefährdet ist?"

„Wir haben dies während deiner Abwesenheit nicht weiterverfolgt", sagte Julien.

„Hinter Mahlers Selbstmordversuch muss doch etwas stecken. Vielleicht sieht er in seinem Leben ohne Frau keinen Sinn mehr."

„Oder er ist der Mörder", erwiderte Julien.

„Er war in Afrika."

Wir schwiegen dann bis an den Stadtrand. Vor der Haldenstrasse staute sich der Verkehr. Durch die Strasse, die vom Verkehrshaus her einmündete, wälzte sich eine Blechlawine und verstopfte die Gegenfahrbahn. Eine Reihe von Cabriolets vom Lido herkommend. Darin braune und dunkelbraune Afroköpfe, wehende Rastazöpfchen, farbige Strähnen von den Luzerner Strandnixen und ihren gepearcten Freunden, die wohl wussten, wie sie wirkten. Wie eine Bob-Marley-Reproduktion im heutigen Technosound. Ein Karneval der Ausgeflippten. Nichts ging mehr. Ich hätte jetzt gern zehn Jahre meines Daseins zurückgedreht und mitgefeiert. „Na, dann, ran an den Notfall", sagte ich und stellte das Blaulicht und das Martinshorn ein. Ich überholte rechts und preschte auf der Buslinie in Richtung Innenstadt. Die Musik und die Rhythmik dieser Jugendlichen waren mir eingefahren und bewirkten einen festeren Druck meines rechten Fusses auf dem Gaspedal. Ich war auch nur ein Mensch.

„Das macht Spass“, sagte Julien. „Es geht doch nichts über ein bisschen Machtgehabe.“

„Du sprichst mir aus der Seele.“ Ich lachte und nahm ganz vage die verdatterten Gesichter am Strassenrand wahr. „Könntest du mal die Verkehrsabteilung benachrichtigen? Die Knaben bekommen Arbeit.“

„Mit Vergnügen“, sagte Julien und nahm das Funkgerät zur Hand.

Zehn Minuten später trafen wir in der Habsburgerstrasse ein.

Beschriftete Dienstwagen hatten einen grossen Vorteil: Man konnte sie überall abstellen, ohne dass man von den Kollegen der Sicherheits- und Verkehrspolizei einen Verweis bekam. Julien und ich klingelten kurz unten bei Emmeneggers Wohnung und traten dann ins muffige Treppenhaus. Julien verzog sein Gesicht zu einer Grimasse. „Kennst du die Geschichte vom Wasserbruch?“

Ich drehte mich nach ihm um. „Was für ein Wasserbruch?“

„Da soll mal in einer Wohnung hier an einem heiter-hellen Tag plötzlich Wasser aus der Wand getreten sein“, sagte Julien und hielt mich einstweilen zurück. Ich verharrte auf dem Treppenabsatz. „Ein Rohrbruch“, nahm ich an und stieg weiter.

„Die Sanitärinstallateure waren da, haben die Wand aufgerissen und nach einem defekten Rohr gesucht“, erklärte Julien.

„Und dann ist die ganze Bude auseinandergefallen?“ Ich musste lachen. „Das hier ist ziemlich antik.“

Julien schwieg eine Weile ausser Atem. Dann sagte er: „Sie haben nichts gefunden.“

Ich hielt mit meinen Schritten inne. „Du machst Witze.“

„Nein, das ist ja gerade das Unerklärliche am Ganzen“, sagte Julien.

„Es gibt für alles eine Erklärung“, belehrte ich ihn und erreichte das Podest. Bei der Tür zu Frau Emmeneggers Wohnung blieben wir stehen. Ich klingelte.

„Glaubst du an Parapsychologie?“ Julien lehnte sich an die Wand und blickte mich lange an.

„Nein. War es diese Wohnung?“ Ich grinste, was Julien gar nicht zum Lachen fand.

Die Türe wurde einen Spaltbreit geöffnet. Ich erkannte Frau Emmeneggers Gesicht. Heute war sie ungeschminkt, was ihr ein etwas sonderbares Aussehen verlieh.

„Sie?“ Ihre Überraschung war echt. Sie warf rasche fahrige Blicke zwischen Julien und mir hin und her, als verfolgte sie die Dynamik eines Tennisballes. Dann schloss sie die Türe wieder, um die Kette dazwischen zu lösen.

„Ist ihr Hund nicht da?“, fragte ich, nach dem Vierbeiner Ausschau haltend.

Theres Emmenegger liess uns eintreten. „Die Nachbarin führt ihn gerade spazieren“, antwortete sie. „Mir geht es heute nicht so gut.“

Das hätte sie nicht sagen müssen. Ihr Aussehen sprach Bände. „Dürfen wir Sie trotzdem mit ein paar Fragen belästigen?“ Ich hatte meinen letzten Auftritt bei Theres Emmenegger noch sehr präsent. Da war sie nicht mehr so gut auf mich zu sprechen gewesen. Doch ich stellte jetzt fest, dass sich das in der Zwischenzeit wieder geändert hatte.

„Hat man gefunden, was Sie suchten?“

„Sie meinen im Bootshaus?“

„Ja.“

„Wann waren Sie das letzte Mal da?“

Theres Emmenegger schaute mich verblüfft an. „Um ehrlich zu

sein, gehe ich da selten hin. Ich war sicher schon ein Jahr nicht mehr dort."

Julien und ich setzten uns unaufgefordert auf das Sofa. Theres Emmenegger schob einen Stuhl uns gegenüber und setzte sich darauf. Ich hätte gern einen Schluck Kaffee oder Mineral zu mir genommen, aber sie machte überhaupt keine Anstalten, uns etwas anzubieten. Es ging ihr wirklich nicht gut. „Hat sich Ihr Mann in der letzten Zeit im Bootshaus aufgehalten?"

„Ich weiss es nicht. Ist das wichtig?"

Ich ignorierte ihre Gegenfrage. „Wann haben Sie erfahren, dass Ihr Mann fremdging?"

Theres Emmenegger senkte den Blick. „Ich habe Ihnen doch schon gesagt, dass ich kurz nach dem Tod meines Mannes unter dem Kopfkissen einen Brief fand."

„Und dann haben Sie darauf versucht, die Frau ausfindig zu machen?"

„Nein."

Die Antwort erfolgte ein bisschen zu schnell, was mich irritierte. Ich warf Julien rasch einen Blick zu. Er fixierte Theres Emmenegger mit starrem Blick. „Warum haben Sie uns verschwiegen, dass Ihr Mann in der Firma Schwierigkeiten hatte?", fragte er jetzt.

„Habe ich das?"

„Was verbergen Sie?", fragte ich.

„Wollen Sie mich jetzt auch noch bestrafen?"

„Davon war nie die Rede", erläuterte Julien mit Feingefühl.

„Ich habe meinen Mann verloren. Wer weiss, wie er umgekommen ist. Ich habe nicht danach gefragt. Ein Herzinfarkt, hat man mir gesagt. In seinem Alter nichts Aussergewöhnliches. Aber die Umstände, die dazu geführt haben, werden wohl immer ein Geheimnis bleiben."

Ich schwieg eine geraume Zeit. Julien liess den Blick nicht von Theres Emmenegger. Es schien so, als arbeitete es in seinem Inneren, als sähe er hinter die Kulisse des faltenreichen Gesichts.

„Kann ich noch einmal das Foto sehen, auf dem Ihr Mann mit dieser Catherine Mahler abgebildet ist?"

„Selbstverständlich, wenn es Ihnen nützlich ist?" Theres Eemmenegger erhob sich und ging zum Büfett, wo sie das Bild aus einer Schublade zog. Sie hielt es uns hin. Ich nahm es entgegen und schaute es noch einmal kritisch an. Und jetzt fiel es mir wie Schuppen von den Augen. Die Aufnahme war im Bootshaus gemacht worden. Ganz eindeutig erkannte ich die blauen Möbel im Hintergrund, der blau-weisse Vorhang hinter dem Bett. Etwas unscharf zwar, aber nicht zu verwechseln. Jetzt wusste ich auch, weshalb ich im Bootshaus das Gefühl gehabt hatte, den Raum schon gesehen zu haben. „Hat Ihnen Ihr Mann nie gesagt, dass er zum Bootshaus fährt?"

„Nein."

„Und Sie hat es nicht interessiert, wo sich Ihr Mann befindet, wenn er über Nacht wegblieb?", fragte Julien dazwischen.

„Nein." Theres Emmenegger stand energisch auf. „Diese Fragen habe ich Ihnen bereits beim letzten Besuch beantwortet", sagte sie grimmig. „Worauf wollen Sie eigentlich hinaus?"

Julien räusperte sich. „Wo waren Sie am Freitagabend vor einer Woche?"

„Soll das jetzt ein Verhör werden? Wollen Sie damit sagen, dass Sie mich verdächtigen, jemanden umgebracht zu haben?"

Ich fragte mich, warum sie sich jedes Mal dermassen aufregte.

„Wo waren Sie also?", wiederholte sich Julien ohne Rücksichtsnahme. Auch er schien langsam die Nerven zu verlieren.

„Hier", kam es kurz und deutlich zurück.

„Allein?"

„Mit Fidelius."

„Mit wem?" Julien und ich wechselten einen Blick.

„Mit meinem Hund."

Ich hörte, wie die Wohnungstür ins Schloss fiel.

„Und mit mir", sagte die Dame, die auf uns zukam.

Julien schniefte laut durch die Nase und warf mir einen schnellen Blick zu. Der Besuch überraschte ihn ebenso wie mich.

„Ich bin Helen Graf, die Schwester von Frau Emmenegger." Die Frau setzte sich zu uns. Sie war unwesentlich jünger als Frau Emmenegger und kaum weniger gepflegt. „Ich kann bezeugen, dass Theres an besagtem Abend hier in der Wohnung war."

Julien und ich schwiegen.

„Theres hat mich über Ihr Kommen informiert", fuhr Helen Graf fort.

„Haben Sie noch jemandem aus Ihrer Verwandtschaft oder im Bekanntenkreis von der Liaison Ihres Mannes erzählt?" Ich schaute Theres Emmenegger an und ignorierte Helen Graf.

„Nein", sagte Theres Emmenegger, der ich ansah, dass sie den Besuch ihrer Schwester nicht unbedingt billigte. „Wen würde es interessieren, mit wem sich mein verstorbener Mann rumgetrieben hat." Das klang verbittert.

„Kennen Sie *The Hotel* neben der Zentralbibliothek?"

„Nein. Ist das etwa eine Bildungslücke?" Theres Emmenegger lächelte gequält.

„Haben Sie noch nicht genug?" Helen Graf richtete ihre Augen auf mich. Stechende graue Blicke. „Ich werde mich bei Ihrem Chef beschweren."

Das war eine Drohung. Ich ging nicht darauf ein. Mir war bewusst, dass wir so nicht weiterkamen. Ich erhob mich. Julien tat es mir gleich.

„Entschuldigen Sie die Störung“, sagte er und verneigte sich höflich vor den beiden Damen. Diese Anstandsbezeugung hätte ich ihm gar nicht zugetraut.

Draussen vor der Wohnungstür hielt er mich zurück. „Was hältst du davon?“

„Nimm es nicht tragisch“, sagte ich. „Das sind zwei alte Damen, die irgendwo eine Geschichte wittern, mit der sie sich wichtigmachen können.“

„Ich glaube auch nicht, dass Theres Emmenegger mit dem Mord an Catherine Mahler etwas zu tun hat. Sie macht mir nicht den Eindruck, als hätte sie sich für ihren Mann rächen müssen.“

Ich war trotzdem nicht zufrieden.

„Wir drehen uns immer noch im Kreis“, sagte ich. „Er ist zwar grösser geworden, aber wir kommen immer wieder an den Anfang zurück.“

Ich erinnerte mich plötzlich an Cosimos Aussagen. „Der Anfang ist auch das Ende.“ Was hatte er damit sagen wollen? Ich merkte plötzlich, dass ich mich von der Realität entfernte und mich von irgendwelchen suspekten Indizien beirren liess.

„Ich brauche jetzt erst mal ein Bier“, sagte Julien, als wir unten auf die Strasse traten. Der Asphalt strahlte eine unerträgliche Hitze ab. Meine Schuhsohlen fühlten sich wie ein eingeschaltetes Bügeleisen an. Wir schritten auf unseren Wagen zu, der zur Hälfte im Schatten stand.

Ich stieg ein. „Du hast mir noch nicht erzählt, wie die Geschichte mit dem Wasser endete“, sagte ich und startete den Motor.

„Die Wohnung musste evakuiert werden“, entgegnete Julien, „denn nach dem Zumauern der Wand passierte das Gleiche noch ein weiteres Mal.“

Ich schluckte leer.

„Du glaubst mir wohl nicht?", fragte Julien.

Diese Geschichte weiterzuspinnen, lag mir nicht. Ich winkte deshalb ab. Wenn sich Julien mit okkulten Erscheinungen und Vorgängen beschäftigen wollte, war das seine Sache. Ich war nüchterner Realist.

***

Im Polizeipräsidium traf ich auf Conradin, der gerade im Begriff war, in Ninas Büro zu gehen. Dann, wenn man ihn am wenigsten erwartete, war er ganz sicher da. Manchmal mutete er wie ein Raubvogel an, der auf seine Beute lauerte. Ein Aasgeier, der dem Tod von oben in die Augen sah. Ein sich seiner Macht bewusster Mensch, der mit seinen Äusserungen die kleinen Unwichtigen noch unwichtiger werden liess. Prompt prasselten seine Sprüche auf mich nieder. „Ah, sieh mal einer an, Walker ist wieder bei uns. Hast du dich in deinem Urlaub gut erholt?"

Ich warf rasch einen Blick zu Nina, die ihre Augen verdrehte.

„Ich habe mit Korner gesprochen", fügte Conradin in gewohnt trockener Manier hinzu. Ich staunte, dass er sich schon wieder in meiner Abteilung bewegte. „Er verlangt mehr Einsatz in diesem Fall."

Conradins Aussagen beruhigten mich. Hatte ich also nichts an Wichtigkeit verloren. Er wollte es bloss nicht zugeben.

„An mir soll es nicht liegen", sagte ich.

„Bist du weitergekommen?", fragte Conradin.

„Während meines Urlaubes?"

„Ich kenne dich doch", knurrte Conradin.

Dem konnte ich nichts entgegensetzen. In solchen Momenten

hätte er mir direkt sympathisch werden können. Ich blickte Nina an. Sie schmunzelte amüsiert.

„Wir sehen uns morgen früh beim Rapport." Conradin entfernte sich. Ich wusste nicht, was ich hätte sagen sollen. Ich hätte noch eine Menge Fragen zu stellen gehabt. Mir fiel auf, dass der Feigenbaum neben Ninas Schreibtisch noch immer die Blätter verlor.

„Das ist die Hitze", sagte sie, als sie in mein Gesicht sah. „Irgendetwas tut sich im Äther."

Ein Geräusch unter Ninas Schreibtisch führte meine Blicke ungebremst in jene Richtung. Ihre Füsse planschten in einem Wasserbecken, ihre Hosenbeine waren bis zu den Kniekehlen hochgekrempelt.

„Scheinbar auch auf dem Boden", ergänzte ich, mich kaum von diesem kuriosen Anblick erholend. „Seewasser?"

„Leitungswasser", sagte Nina. „Aber bitte nicht weitersagen."

Diese Frau überraschte mich immer wieder. „Sind irgendwelche Anrufe gekommen, die ich bearbeiten muss?"

„Nichts Wichtiges. Milena Viano hat dich gesucht."

Ich verriet ihr nicht, wie wichtig dieser Anruf für mich war. „Was wollte sie von mir?"

„Das weiss ich nicht. Sie hat gesagt, dass sie sich wieder meldet. Ach übrigens, ich habe herausgefunden, wer sie ist."

„Und?" Ich war mir nicht sicher, ob ich es wissen wollte.

„Zwischen 1989 und 1995 war sie Therapeutin im Rehabilitationscenter in Nottwil. Sie lernte dort ihren Mann kennen, der nach einem Unfall in seinem eigenen Fitnessstudio querschnittgelähmt war. Marcello Viano beging Ende 1995 Selbstmord, was aber nie richtig geklärt wurde. Die Gründe dafür wurden nie bekannt. Man nimmt an, dass er mit seiner Behinderung nicht umgehen konnte."

Mir lief es kalt über den Rücken. Nicht imstande, etwas zu sagen, verdrängte ich es, wie ich in letzter Zeit alles verdrängte, das nicht in mein Lebenskonzept passte.

„Dr. Galizzi hat auch nach dir gefragt."

Es überraschte mich, in welcher Reihenfolge Nina diesmal die Prioritäten setzte. Ob es an den hohen Temperaturen lag? Litt sie womöglich auch schon an einem Hitzekoller? „In welcher Angelegenheit?", fragte ich.

„Er erkundigte sich, ob du hier arbeitest."

Ich dachte mir meine Sache. Für einen so intelligenten Mann, wie er es war, hatte er sich reichlich spät abgesichert, nach dem, was er mir alles schon erzählt hatte. Trotzdem fühlte ich mich in meiner Glaubwürdigkeit bestärkt. Ich musste einen überaus vertrauenerweckenden Eindruck hinterlassen haben.

Wieder in meinem Büro rief ich im Parkhotel Vitznau an und verlangte Galizzi. Während ich wartete, fiel mir auf, wie stickig es hier war. Ich riss das Fenster weit auf. Gleich drohte die Hitze von draussen, mich zu zerschlagen. Ein undefinierbares Gemisch aus unangenehmen Gerüchen schob sich wie eine gefährliche Front gegen mich. Ich musste mich setzen, weil mir das Atmen schwerfiel. Ich dachte an meine Lungen, als sich Galizzi in der Leitung meldete.

„Wir müssen uns noch einmal sehen", sagte ich.

„In welcher Angelegenheit?" Galizzis Stimme vibrierte, einem kaum wahrnehmbaren Zittern gleich, hätte ich nicht gewusst, wie er klang, wenn er gefasst war, wäre mir nichts aufgefallen.

„Ich muss Sie bitten, in mein Büro zu kommen", sagte ich.

„Geht es immer noch um diese leidige Geschichte?" Jetzt war er wieder ganz er selbst.

„Ich kann es nicht ändern", antwortete ich. „Ich muss Ihre Aussage protokollieren. Sie waren einer der Letzten, die Catherine

Mahler lebend gesehen haben." Ich achtete nicht auf seinen tiefen Seufzer und beschrieb ihm den Weg zur Kapo.

„Ich hoffe doch sehr, dass das nicht allzu viel Zeit in Anspruch nimmt. Ich bin mit meiner Familie hier in Urlaub." Es klang vorwurfsvoll. „Das wollte ich Ihnen mitteilen. Dass Sie uns in Ruhe lassen sollen."

„Das kommt ganz auf Ihre Mitarbeit an", sagte ich und legte auf, froh darüber, dass Galizzi mir nicht gegenüberstand. Wenn er nicht gewesen wäre, hätte Salomé vielleicht noch gelebt. Aber das wussten die Götter. Und diese waren mir im Augenblick nicht gut gesinnt.

Später rief ich Milena im Fitnessclub an. Ich konnte sie nicht erreichen, weil sie heute einen freien Tag eingeschoben habe, wie man mir kurz angebunden mitteilte. Es ärgerte mich, dass sie mir keine Nachricht hinterlassen hatte, und ich ertappte mich gleichzeitig dabei, wie sehr sich meine Gedanken mit Milena infiziert hatten. Sie ging mir nicht mehr aus dem Kopf. Ob es meine momentane Selbstbemitleidungstour war, die meine Gefühle gegenüber dieser Frau aufflammen liess, oder ob sich mein Testosteronspiegel verändert hatte? Oder hatte mein Respekt ihr gegenüber nach Ninas Information noch zugenommen? Warum hatte mir Milena nur gesagt, sie sei Physiotherapeutin? Warum hatte sie mich nicht über die ganze Wahrheit aufgeklärt?

Bis zu Galizzis Ankunft blieb mir noch eine Stunde Zeit, die ich mir in der hauseigenen Kantine etwas verkürzte. Ausser mir war noch ein junger Schnösel anwesend, der so aussah, als wartete er auf besseres Wetter. Wahrscheinlich hatte er etwas angestellt, ein kleines Delikt, das ihm den Gang zu der Kripo bescherte. Ich schätzte ihn zwischen fünfzehn und zwanzig. Lange Haare, Pearcing über der linken Augenbraue, ein zarter Flaum von Ziegenbockbart – klare rebellische Züge, die mich unweigerlich an meine eigene verrückte Jugend erinnerten. Auffallen um jeden Preis. Ich hätte ihn am liebsten auf den Kopf gestellt, um zu sehen, ob sein Hirn heruntergefallen wäre, falls eines vorhanden war.

Ich ertappte mich dabei, wie meine abtrünnigen Gedanken wieder einmal die Oberhand gewannen. Meine negative Einstellung gegenüber Wildfremden holte mich ein. Julien hätte mich wieder zurechtgewiesen. Meine Kopflastigkeit war selbst für mich eine einzige Herausforderung, ein Gehirnchaos schlechthin, das aufzuräumen, mir manchmal schwerfiel.

Ich gab dem Sommer die Schuld, der infernalischen Hitze, die jegliches objektive Denken verhinderte, die meine Gehirnzellen oder zumindest deren gesunde Funktion störte. Ich flüchtete ins Irrationale, eine mir völlig gegen den Strich verlaufende Reaktion. Vielleicht machte es auch das Zeitalter aus. Der Kollektivgedanke strebte danach, in die wissenschaftlich fundierte Epoche etwas Mythologisches einzubringen. Das Yin und Yang der Postmoderne. Salomé hatte diese Seite ganz bewusst gelebt. Oft war sie es gewesen, die mit ihren feurigen Emotionen meine Ratio anfocht, meine Logik infrage stellte und ihren Hang zum Überirdischen demonstrierte. Sie hatte sogar in einem Regentropfen ein Mysterium finden können, wo er doch für mich nichts anderes als ein Molekül war. Oft hatte ich gedacht, dass ihre Ideale auf mein grundsätzliches Verhalten abfärbten. Und heute war ich so weit zu glauben, dass sie schon längst abgefärbt hatten. Vielleicht muss man sich verändern, um das Gegenüber zu verstehen, um das Andere in uns selbst zu begreifen. Und dass auch wir Männer Abstraktes in uns haben.

***

Während seines Eintreffens demonstrierte mir Galizzi eine Seite, die ich an ihm noch nicht gekannt hatte. Die etikettierte Art war verschwunden, der schwarze Anzug und die dazugehörende Steifigkeit beiseitegelegt. In den Bluejeans und dem weissen Hemd sah er so normal aus, wie ich es war. Seine gefärbten Haare waren windzerzaust. Er wirkte jünger und unreifer als noch gestern Abend. Jetzt wieder ganz rationell denkend, bat ich ihn, Platz zu nehmen. „Warum haben Sie im Parkhotel den Namen Ihrer Begleiterin nicht eingetragen?“, fragte ich, um dem Gespräch gleich vorweg den respektvollen Klang zu verleihen, den es in meiner Lage brauchte.

„Das war nicht von Wichtigkeit“, gab Galizzi zur Antwort.

„Wie oft haben Sie sich mit Catherine Mahler getroffen?“

„Am vorletzten Freitag war es zum achten Mal, um es genau zu sagen.“

Das wiederum erschien Galizzi sehr wichtig. Ob er mit Salomé zu diesem Jubiläum angestossen hatte?

„Haben Sie Champagner und Kaviar konsumiert?“

„Woher wissen Sie das?“ Galizzi war eindeutig verblüfft.

„Von der Rechtsmedizin“, sagte ich. „Man hat Speiseresten im Magen der Toten gefunden.“

Galizzi verlor seine Gesichtsfarbe. Wenn er jetzt vornübergekippt wäre, so hätte ich dies mit Genugtuung angesehen. Doch diesen Gefallen tat er mir nicht. „Wusste Ihre Frau von den heimlichen Treffen oder dass Sie mit einer Ihrer Angestellten, wie Sie es nennen, im Parkhotel übernachtet haben?“, fragte ich.

„Sie war in gutem Glauben, dass ich alleine da war.“

Darauf konnte ich nichts erwidern. Aber Galizzis Ehrlichkeit verblüffte mich.

„Ich habe wöchentlich in der Innerschweiz zu tun“, fuhr er unaufgefordert fort.

Ich fragte mich, ob es Grund genug war, um seine Frau mit einer anderen zu betrügen, oder ob das Alibi, ein Mann zu sein, in einem solchen Fall reichte. Vielleicht hätte ich einmal meine Sichtweise überdenken und die Gesellschaft, die da existierte, aus einem anderen Blickwinkel heraus betrachten müssen. Es herrschte Notstand. Der Kreuzzug der Geschlechter war angesagt. Die wilden Siebzigerjahre hatten sich zurückgemeldet. Nur die Qualität schien anders als damals. Die Präservative waren besser geworden, die Antibabypille zeigte weniger Nebenwirkungen. Der Fleischmarkt war grösser denn je. Der Hedonismus im Begriff zuzunehmen. Salomé hatte es uns vorgelebt. Salomé hatte schlussendlich doch eine stärkere Ratio gehabt als ich. Ich konnte ihre Emotionalität nicht mit dem Leben, das sie gelebt hatte, vereinbaren. Sie hatte schizophrene Züge gehabt. Oder doch nicht. Vielleicht hatte sie ganz einfach das gemacht, was der grösste Teil der Frauen und Männer heutzutage tat. Wo waren die Grenzen zu den Gesetzeswidrigkeiten, wo der Übertritt, wo man hätte eingreifen müssen?

„Haben Sie Catherine Mahler irgendwelche Versprechungen gegeben?“, fragte ich und liess Galizzi nicht aus den Augen.

„Nein, sie wusste von Anfang an, dass ich verheiratet bin.“

„Und das hat sie nicht gestört?“

„Sie war eine aufgeschlossene Frau.“ Galizzi funkelte mich grinsend an.

„Ich ermittle in einem Mord und Sie sind der Hauptverdächtige“, sagte ich lauter als beabsichtigt. „Bis ich die definitiven Befunde aus dem Labor habe, muss ich Sie leider in Verwahr nehmen.“

„Ist das Ihr Ernst? Sie haben mir gesagt, dass Sie meine Situation nicht mit Füssen treten und sie diskret behandeln.“ Galizzis Gesicht lief rot an, was mich mit Genugtuung erfüllte. Im Grunde genommen hasste ich ihn. Er war einer von denen, die glauben, mit Geld alles erreichen zu können. Er konnte alles kaufen, was er haben wollte. Auch Menschen.

„Sie lassen mir keine andere Wahl“, sagte ich und nahm das Telefon zur Hand. „Schicken Sie mir einen Beamten“, ordnete ich an und zu Galizzi: „Ich werde Ihre Frau benachrichtigen müssen.“

„Das wird ein Nachspiel haben“, drohte Galizzi und sprang vom Stuhl auf. „Ich möchte meinen Anwalt sprechen!“

Ich reichte ihm das Telefon. „Hier, tun Sie sich keinen Zwang an.“

Als ein uniformierter Beamter in mein Büro trat, verliess ich es. Ich konnte nicht hören, mit wem Galizzi sprach. Mir war speiübel. Fluchtartig hastete ich nach draussen. Auf dem Flur zündete ich eine Zigarette an. Conradin hätte mir wahrscheinlich wieder einen Dispens in die Hände gedrückt, wenn er mich in diesem Zustand gesehen hätte.

***

Kurz vor Ladenschluss fuhr ich zur Dornacherstrasse in der Neustadt. Hier fand ich den *Hair-Club*, dessen Karte ich bei mir trug. Ich trat in einen Raum, der an Widersprüchlichkeiten alles übertraf. Anders als in den konventionellen Frisiersalons, die ich kannte, herrschte hier eine Harmonie zwischen Antikem und Modernem. Wildes war mit Ruhigem vermischt. Es gab Leopardenstühle vor modernen Spiegeln, antike Statuen und Blumentöpfe vor Wänden im Klosterabrieb. Ein Klima, das positiv auf mich wirkte. Wie hätte Salomé gesagt: „Das Feng-Shui des Abendlandes. Man fühlt sich wohl, ohne genau zu wissen, weshalb."

„Guten Abend", fast gleichzeitig zwei Stimmen, die von dem Paar ausging, das einerseits Haare vom Boden zusammenwischte, andererseits das Waschbecken austrocknete. Auch hier war bald Feierabend.

Ich zeigte den beiden meinen Ausweis und erhaschte überraschte Blicke. Ich sah ihnen an, dass sie mit meiner Anwesenheit nicht viel anfangen konnten. Ich nannte meinen Namen.

„Martin Emmenegger", sagte mein Gegenüber und warf einen knappen Blick auf meinen Ausweis. Dann strich er sich mit den Händen durch die vollen blonden Haare. Seine dunklen Augen blitzten.

„Am Freitag vor einer Woche war eine Dame bei Ihnen", sagte ich und streckte den beiden die Reservationskarte und das Foto von Salomé hin.

„Ja, ich erinnere mich", sagte jetzt die weibliche Hälfte. „Jasmin Sieber." Sie reichte mir die Hand. „Lassen Sie mich raten. Hiess sie Frau Mahler?"

„Korrekt. Warum erinnern Sie sich denn so genau?"

Die Friseurin warf Emmenegger rasch einen Blick zu. „Sie ist unsere Stammkundin. Sie erzählte mir, dass sie ins KKL eingeladen sei, und wünschte sich eine Hochsteckfrisur."

„*Ich* habe sie bedient", sagte Emmenegger.

Ich fragte mich, ob dieser Emmenegger hier mit dem Emmenegger von der Habsburgerstrasse verwandt war. Verwarf den Gedanken aber gleich wieder. „Ist Ihnen an der Frau irgendetwas aufgefallen?"

„Sie hat sich ein Abendkleid bei meiner Kollegin machen lassen", antwortete Jasmin Sieber. „Da wollte sie hin. Scheinbar lag ihr sehr daran, dass sie an diesem Abend brilliert." Jasmin Sieber lächelte.

„Wie heisst Ihre Kollegin?"

„Mjriam Bernheim. Ihr gehört das Designer-Geschäft in der Waldstätterstrasse", entgegnete Emmenegger und beendete seine Arbeit am Waschbecken. „Dürfen wir wissen, weshalb Sie sich für die Frau interessieren?"

„Lesen Sie keine Zeitungen?"

Emmenegger zog seine Schultern hoch. „Wir haben wenig Zeit zum Lesen. Zu viel Stress im Moment." Er lächelte entschuldigend.

„Sie wurde in der darauf folgenden Nacht umgebracht", sagte ich und trat instinktiv einen Schritt rückwärts.

„Um Gottes Willen." Jasmin Sieber brach augenblicklich in sich zusammen. Ich wusste nicht, wie viel Theater dahintersteckte. Emmenegger führte sie zu einem Stuhl. „Sie war eine meiner Stammkundinnen", wiederholte er. „Erschien mindestens viermal im Monat hier im Salon."

„Was wissen Sie noch über sie?"

„Sie erzählte nie viel. Las nicht einmal in unseren Journalen."

„Aber über irgendetwas müssen Sie sich doch unterhalten haben."

„Nein, sie sass meistens nur da und hat uns bei der Arbeit zugesehen."

„Ich denke, sie hat vielmehr sich selbst betrachtet", sagte Jasmin Sieber, die sich in der Zwischenzeit wieder gefasst hatte. Ihr ansonst blasses Gesicht rötete sich ein wenig.

„Das heisst, als sie das letzte Mal hier war", sagte Emmenegger, „erzählte sie, wie sie sich auf den Konzertabend im KKL freue. Die Londoner Symphoniker würden Mendelsson vortragen, sagte sie."

„Hat Sie Ihnen nie erzählt, wo sie arbeitet, ob sie Familie hat?"

„Nein."

„Wie war sie angezogen?"

„Sie war gut gekleidet, wie immer, und nicht billig", sagte Jasmin.

„Sie war ja auch eine aussergewöhnliche Frau", sagte Emmenegger. „Sie hatte so etwas Einzigartiges an sich, etwas nicht Alltägliches."

„Sie war das, worüber sich jeder Coiffeur oder Designer freut. Eine sehr schöne Frau", ergänzte Jasmin mit beschämtem Blick.

„Ja, das stimmt", bestätigte Emmenegger.

Jasmin Sieber wandte sich mir zu: „Ach, wissen Sie, zu Martin kommen ja nur die schönsten Frauen." Sie lachte spitzbübisch. „Aber diese Catherine Mahler war etwas ganz Besonderes, ein charismatisches Wesen, von denen es nicht viele gibt."

Ich schwieg. Ich dachte an unseren ersten Abend im Casablanca zurück, an das unmissverständliche Angebot, das mir Salomé gemacht hatte. An den Abend und die Nacht danach, an unsere exzessive Vereinigung. Irgendwo musste die ganze Geschichte doch einen Haken haben. Mir kam der Psychiater in den Sinn, bei dem Salomé angeblich gewesen war. Ihn würde ich als Nächstes aufsuchen. Ich verabschiedete mich, liess meine Karte liegen, für den Fall, dass den beiden doch noch etwas einfallen sollte, das Übliche. Draussen rief ich Nina an, damit sie mir einen Termin bei Dr. Zacharias reservieren konnte.

***

Die Boutique fand ich ein paar Strassen weiter unten. Ich blieb vor der Türe stehen und überlegte mir, ob Salomé sich hier in diesem Geschäft die Kostüme für ihre vielen Rollen hatte schneidern lassen? Ich sah ihr Gesicht vor mir, ihre Unberechenbarkeit und trotzdem ihre Ehrlichkeit, für die ich meine Hand ins Feuer gelegt hätte. Die verfälschte Fassade, seit ihrem Tod. Die Enttäuschung. Meine eigenen Obsessionen. Ich sah es vor mir: Emmenegger, dem sie ihren Körper verkauft hatte, damit sie mit dessen finanzieller Unterstützung den anderen gegenüber als unabhängige Frau auftreten konnte, als erfolgreiche Femme fatale, die sich nahm, was ihr nicht zustand: Thommen, dessen Jugend sie versuchte, Galizzi, ihr Gesellschaftsspiel, mich. Ich erinnerte mich an den ersten warmen Frühlingstag hinter meinem Balkonfenster. Sie hatte eine Platte von Robert Miles aufgelegt und tanzte nackt vor mir. Berechnend und langsam, fordernd und mich nur scheinbar ignorierend, zog sie sich zuerst den Tanga über, dann den BH und in der Folge ihre Strumpfhalter, die dünnen Nylonstrümpfe. Es mutete ungewöhnlich an, mir brachte sie damit mein Blut zum Wallen. Das Hemd nahm ich ihr aus den Händen, bevor sie es sich überziehen konnte, so wild war ich, so erregt und aufgebracht. Wir landeten auf dem Boden, wo sie mir mit fiebrigen Bewegungen ihre Scham entgegenhielt. Ich zerriss ihren winzigen Tanga, umklammerte sie von hinten und stiess in sie. Es war nicht das einzige Mal gewesen, dass ich bei ihrem Anblick den Verstand verlor.

Nach einem weiteren kurzen Zögern trat ich ein. Venedig oder der Palazzo eines Comte aus dem letzten Jahrhundert dürfte für den Entwurf der Geschäftsräume Pate gestanden haben. Ein künstlerisches Interieur, das den Hang nach Exotischem und Leidenschaftlichem unmissverständlich zutage brachte. Die Kleider in den Schaufenstern, Regalen und an den Stangen muteten seltsam fremd an. Wie die Garderobe von Theaterleuten, die sich nur auf den berühmtesten Bühnen der Welt bewegen. Gewänder aus den edelsten Materialien, soweit ich dies erkennen konnte. Die Frau, die sich plötzlich vor mir aufbaute, gehörte zu jenen Frauen, die ihre starke Ausstrahlung bewusst präsentieren. Ihre Gesichtszüge trugen jenes Markante und sogleich Sinnliche in sich, das den Betrachter in ihrer Widersprüchlichkeit anzog.

Mjriam Bernheim zeigte mir offen, wie erfreut sie über meinen Besuch war, noch bevor ich ihr meinen Ausweis präsentieren konnte. Ich war sicher, dass sie über mein Kommen bereits informiert worden war. Sie strahlte mich an, als würden wir uns schon eine Ewigkeit kennen. „Kommen Sie wegen Catherine Mahler?"

Meine Ahnung war doch richtig gewesen. „Haben Sie die Frau gekannt?"

„Sie war seit einem guten Jahr meine Stammkundin", sagte Mjriam Bernheim. „Kommen Sie, setzen Sie sich."

Ich liess es mir nicht zweimal sagen und schob einen barocken Stuhl zur Seite, um mich hinzusetzen.

„Möchten Sie Kaffee? Tee? Mineral?"

Ich konnte unmöglich ablehnen und entschied mich für einen Kaffee. Während Mjriam Bernheim ihn im rückwandig angebrachten Atelier zubereitete, blieb mir Zeit, mich dem Interieur zu widmen, den eleganten Damenkleidern, den extravaganten Taschen. Ich hatte Mühe, mir Salomé darin vorzustellen, in einem langen Abendkleid, mit Seidenhandschuhen oder mit einem Hut.

„Sie liebte schöne Kleider", sagte Mjriam Bernheim, aus dem hinteren Teil des Geschäftes kommend, und widersprach meinen Gedanken. Sie stellte eine Tasse dampfenden Kaffees auf den Glastisch vor mir. „Milch und Zucker?"

Ich verneinte und bedankte mich. „Wie haben Sie von ihrem Tod erfahren?"

„Aus der Zeitung.“ Mjriam Bernheim wusste, von wem ich sprach. Sie senkte ihren Blick, als hätte sie einen Augenblick in ihrer Trauer innehalten müssen.

„Ist Ihnen beim Lesen etwas spontan in den Sinn gekommen?“

„Ja, ihr Mann“, sagte sie schnell.

„Weshalb?“

„Catherine hat nur einmal flüchtig durchblicken lassen, was für ein Ungeheuer er sei.“

„Bei welcher Gelegenheit?“

„Sie probierte ein rückenfreies Abendkleid. Dabei entdeckte ich blutunterlaufene Stellen auf ihrem Rücken. Ich sprach sie darauf an. Zuerst sagte sie, dass sie sich beim Fensterputzen verletzt habe, korrigierte sich aber wenig später.“

„Wie hatte Mahler dies denn angestellt?“

„Er war scheinbar betrunken, als sie nach Hause kam. Da warf er sie gegen den Küchentisch. Sie wollte ihm nicht sagen, wo sie gewesen war.“

Ich nippte am heissen Kaffee und mochte ihn trotz der Hitze draussen. Hier drinnen war es angenehm. Die Klimaanlage funktionierte und blies kühle Luft durch den Raum. Ich erinnerte mich an das Gespräch mit Hans Mahler. Ich hatte immer noch Mühe, ihn mir als gewalttätig vorzustellen. Vielleicht hatten diese Striemen von einem Liebhaber gestammt. „Wie oft hat Catherine Mahler bei Ihnen eingekauft?“

„Ich kann nachschauen, wie viele Male sie hier war.“

Ich winkte ab.

„Oft hat sie ein Kleid von der Stange gekauft“, fuhr Mjriam Bernheim fort. „Und jede Menge Accessoires. Manchmal musste ich etwas zuschneiden, weil sie ganz spezielle Wünsche hatte. Aber sie hat ein Vermögen dafür ausgegeben.“

„Bezahlte sie mit der Kreditkarte?"

„Nein, bar."

„Wie oft im Monat?"

„Einmal pro Woche."

Mir blieb die Sprache weg. Ich musste unverzüglich an die Kleider im Bootshaus denken. Folglich alles Designerkleider. Mjriam Bernheim nannte mir einen Betrag, der mich noch eine geraume Zeit schweigen liess. Ich hätte lange arbeiten müssen, um nur einen Teil davon ausgeben zu können.

„Ich kann mir vorstellen, dass mein Geschäft nicht das einzige war, das sie aufgesucht hatte", sagte sie.

Ich musste tief Luft holen. Trank dann den Rest des Kaffees aus, bevor ich mich erhob. „Ich danke Ihnen", sagte ich. „Vielleicht brauche ich Sie noch einmal für weitere Auskünfte."

„Ich mochte sie", sagte Mjriam Bernheim, ohne darauf einzugehen. „Sie war eine spezielle Frau, ein bisschen traurig manchmal, aber sehr liebenswürdig. Wir diskutierten oft lange in meinem Atelier, wenn sie zur Anprobe kam."

„Worüber wurde denn geredet?"

„Über Gott und die Welt."

Das hätte ich mir denken können. Salomé hatte selten ein Wort über sich selbst verloren. „Haben Sie auch etwas über sie erfahren?" Die Frage erübrigte sich.

„Nein, sie war eine schöne und intelligente Frau, die es nicht nötig hatte, sich in den Vordergrund zu drängen."

Ich widersprach ihr nicht. Salomé mochte auch der Geschäftsinhaberin ein falsches Bild vermittelt haben. Es war ihr sehr wohl ein Bedürfnis gewesen, sich zu exponieren, auf ihre ganz individuelle Art. Sie hatte wirklich zwei Gesichter gehabt. Ich verabschiedete mich, nachdem mir Mjriam Bernheim zugesichert hatte, dass sie mir für weitere Fragen, falls nötig, zur Verfügung stehen würde.

Ich verliess das Geschäft und prallte gleich wieder auf dicke, schwüle Luft. Der Himmel über mir war mit einem bleiernen Farbton überzogen, als hätte man die oxidierte Schicht der Atmosphäre sehen können, das stationäre Gift über der Stadt, den langsam heranschleichenden Tod, der mit jedem Atemzug näher rückte. Wie konnte man das aushalten? Je mehr ich darüber nachdachte, umso dunkler wurde meine Stimmung. Ich schob Salomés Bild dazwischen. Die Frau, die ich einmal begehrt, die ich geliebt, die ich verehrt hatte. Aber selbst dies half nicht über meine beginnende Depression hinweg. Was war von Salomé geblieben? Der Tod. Die Wahrheit. Das Nichts.

Ich suchte meinen Wagen, weil ich mich nicht mehr daran erinnern konnte, wo ich ihn abgestellt hatte. Und irrte noch einmal eine halbe Stunde über den siedenden Asphalt. Schmutzig. Verschwitzt. Nicht mehr ich selbst. Wenige Passanten begegneten mir. Doch auf den Strassen wälzte sich die Blechlawine unermüdlich weiter. Es überraschte mich, dass der sonst so gewissenhafte Stadtpräsident den Notstand noch nicht ausgerufen hatte. Man hätte wieder vermehrt die Trolleybusse benützen oder sich Rollschuhe an die Füsse schnallen müssen. Autofreie Sonntage proklamieren. Ich war zu wenig Idealist, um diese Ideen spontan umsetzen zu können. Ich war ein Verbraucher, genauso wie der Mensch vor, hinter und neben mir. Ich liess mich nur allzu gern im Strom des Fortschrittes treiben, auch wenn meine Gedanken eine andere Richtung anpeilten. Ich zog eine lose Zigarette aus der Brusttasche und zündete sie mir im Gehen an. Verdammt, sie hatte mit Galizzi geschlafen. In der gleichen Zeitspanne, wo sie mir zärtliche Worte ins Ohr geflüstert hatte. Sie hatte seine schwarzen Haare gekrault. Vorher meine. Oder danach. Was machte es für einen Unterschied. Sie hatte sein Geschlecht berührt, es geküsst, ihn mit ihren sinnlichen Lippen umschlossen. Es getrunken. Ich konnte es ihr nicht einmal mehr heimzahlen. Diesem Luder. Der Schönen. Nichts war mir geblieben als das Gefühl, von innen aufgefressen zu werden. Ein vager, dumpfer Schmerz, der von der Mitte aus in alle Richtungen strömte. Es war seltsam, als mir ganz plötzlich bewusst wurde, dass die Zukunft nichts anderes als ein gähnendes Loch war, eine Tür ohne ein Dahinter. Ein Punkt jenseits des Tages, jenseits der Nacht. Nichts. Ich hielt mit dem Schritt inne, musste mich an die Hausmauer lehnen. So sah es also aus, das Ende. Mir war kotzübel. Salomé. Vielleicht war sie eine Fata Morgana gewesen. Nicht wirklich da.

Da war ein Pensionierter, der an mir vorbeischlurfte. Argwöhnisch schaute er mich an. Mit grauen, starren Augen. Auch er litt. Anders halt. Ich entdeckte meinen Wagen und erinnerte mich nicht daran, ihn hier abgestellt zu haben. Ich setzte mich auf den Fahrersitz. Im Handschuhfach fand ich Aspirins, von denen ich gleich zwei hinunterwürgte. Ich fuhr los.

***

Als ich in meinem Büro ankam, war ich klatschnass.

„Andy, du bist ja ganz weiss." Ninas mitfühlende Stimme. „Ist dir nicht gut?"

Ich setzte mich. „Es geht schon wieder."

„Hast du schon einmal deinen Blutdruck gemessen?"

Es war nicht das Blut, es waren die Lungen. Ich schwieg. Ich spürte die Wirkung der Medikamente. Sie machten meinen Kopf auf sonderbare Weise klar. Kühl. Federleicht. Nina stellte mir ein Glas Wasser hin. „Ich habe einen Termin für dich", sagte sie und entschuldigte sich dafür. „Morgen um acht bei Dr. Zacharias."

Ich erinnerte mich an den Psychiater, an die Bitte, ihn anzurufen, nicht mehr. „Der Rapport?"

„Conradin hat ihn deinetwegen verschoben. Er meint, es sei wichtiger, wenn du zuerst Dr. Zacharias aufsuchst."

„Hat er Schwierigkeiten gemacht?"

„Wie meinst du das?"

„Soll ich gleich den Staatsanwalt anrufen?"

„Ich glaube, dass es nicht nötig ist. Er sagte, dass er dies früher oder später erwartet habe."

„Was?"

„Eine Einvernahme."

Natürlich, sie sahen in die tiefsten Winkel, diese Seelenklempner. Sie wussten, was eintreffen würde. Aber sie kamen nie von sich aus.

Nina sah mich streng an. „Du solltest jetzt nach Hause gehen und dich hinlegen."

In diesem Moment trat Julien zu uns. „Soll ich dich fahren?" Sein besorgter Blick. Eine Falte an der Nasenwurzel. Jetzt war ich froh, dass er mir seine Hilfe anbot. Ich rappelte mich auf. Überreichte Julien meine Autoschlüssel.

Zu meinem Wagen kam ich schleppend.

„Ich werde mit dir zu einem Arzt fahren", sagte Julien und startete den Motor.

„Ich habe noch Whisky im Regal", sagte ich und lehnte zurück. Julien betätigte den Scheibenreiniger. Durch die dadurch entstehenden Striemen sahen wir jetzt noch weniger als zuvor. Ein breiter Bogen staubiger Spuren auf dem Glas. Ich verlor in ihm den Durchblick. Den Weitblick. „Morgen wird es mir wieder besser gehen", sagte ich und wusste, dass ich mich selbst belog. „Wie geht es Alice?" Ich wechselte schnell das Thema. Julien fiel darauf herein. Zu brisant, um jetzt den Coolen zu demonstrieren.

„Sie hat ihn getroffen", sagte er mit einem leichten Anflug von Grinsen auf den Lippen.

„Mach es nicht spannend."

„Aus, vorbei, fertig."

Ich schluckte den Kloss in meinem Hals herunter. „Und die Kinder?"

„Du hast mich nicht verstanden", sagte Julien. „Er ist nicht ihr Typ." Er lachte entwaffnend. So schnell zerfallen Illusionen. Es war sein Glück.

„Wenn ich es mir leisten könnte, würde ich mit Alice nach New York reisen. Da wollte sie schon immer einmal hin."

Ich staunte über seinen Optimismus. Er musste seine Frau wohl sehr lieben. Ich wusste nicht, ob ich sie in einem solchen Moment nicht eher bestraft hätte. Sie kommen doch immer alle unbescholten davon. Mit einem Lächeln, bei dem wir hinweg schmelzen. Mit gläsernen Augen, die bemitleidenswert triefen können. Tränen, wo wir nicht wirklich hingucken, ob sie echt sind oder schnell von Hand gemacht. Wir gehen ihnen gehörig auf den Leim. Immer wieder.

Weil unser Gehirn manchmal in den Lenden sitzt und uns dadurch den Blick vernebelt. Kein Tag ohne Gedanken an ihre feuchten Grotten. Keine Stunde, die uns nicht daran erinnert, wie warm es dort ist. Wir sind zu sexuellen Wesen verdammt. Testosteronüberschüssig. Dank unserer Chemie verzeihen wir ihnen und nehmen sie tröstend in die Arme, wenn sie zitternd in unsere Nähe flüchten. Nach einem anstrengenden Karrieretag.

***

Zu Hause angekommen, gelangte ich keuchend in den oberen Stock, wo mich Julien gleich auf mein Sofa beorderte. „Ist Gaby nicht mehr bei dir?“

„Lass nur, ich werde schon zurechtkommen“, sagte ich und erinnerte mich, dass ich heute schon wieder mein Mittagessen vergessen hatte. Ich war froh, dass mich Julien in Ruhe liess und nicht noch länger an meiner Psyche bohrte. Und Gaby hätte ich in diesem Moment sowieso nicht ausgehalten. Sie hatte ihre Sachen bereits abgeholt.

„Kann ich wirklich nichts für dich tun?“

„Ich werde es überleben.“ Ich zog mir die Schuhe aus. Julien stellte mir ein Glas Wasser hin. Whisky wäre mir lieber gewesen.

Ich nahm es nicht mehr wahr, dass Julien ging.

Dienstag, 12. August 2003

Die Villa, ein weisses lang gezogenes Gebäude im Landhausstil, lag in einem gepflegten Park ausserhalb von Kastanienbaum und war nur durch einen schmalen Rasenstreifen vom Vierwaldstättersee getrennt. Ein Mann in Badehosen und mit stark behaartem Oberkörper bewegte sich träge zwischen üppigen Ziersträuchern. Es musste der Gärtner sein, der sich durch mir unbekannte Pflanzen einen Weg bahnte. Er schnipselte die zu lang gewordenen Blätter weg und warf sie hinter sich auf den schmalen Pfad. Weiter vorne entdeckte ich einen Liegestuhl. Darauf den Körper einer jungen Frau. Sie schlief in der Sonne oder tat zumindest so, als schliefe sie. Eine Flut von phosphorgebleichten Haaren fiel ihr über die gebräunten Schultern. Der Kontrast mutete unwirklich an. Eine Mensch gewordene Barbiepuppe. Auf ihrer Höhe angekommen, schlug sie die Augen auf und lächelte mich schelmisch an. Es machte nicht den Anschein, als hätte ich sie erschreckt, oder sie wusste dies geschickt zu tarnen.

„Die Sonne ist nur frühmorgens erträglich“, sagte sie, als hätte sie sich für ihre Situation entschuldigen müssen. „Sie wollen sicher zu meinem Vater.“ Sie stand auf und warf schwungvoll ihre blonden Haare in den Nacken, so nahe an meinem Gesicht vorbei, dass ich ihren Duft riechen konnte. Eine Wolke aus Veilchen.

„Ich bin mit ihm verabredet“, sagte ich, benommen von den zwei Aspirins, die ich heute Morgen nach dem Aufstehen geschluckt hatte.

„Ich werde Sie zu ihm bringen.“ Sie schlenderte vor mir her. Barbie. Weit ausholenden Schrittes, sodass ich kaum mithalten konnte. Sie hatte den Gang eines Mannequins. X-beinig, rotierende schmale Hüften, kaum Pobacken, kantig und etwas ungelenk, was mich seltsam berührte. Sie erinnerte mich an eine künstliche Androgyne auf dem Laufsteg. An die flachbrüstige Zellophanpuppe im Rampenlicht. An eine Ausgehungerte.

Wir gingen durch die Terrassentür ins Innere des Hauses. Der dunkle Mahagoniboden fiel mir zuerst auf. Irgendwie passte er nicht zum Übrigen. Das Produkt gefällter Regenwälder am Amazonas. Ein aus dem Gleichgewicht geratenes Ökosystem, der Klimakollaps, Tornados, die sich über den Ozeanen zusammenbrauen, Überflutungen. Dies alles schoss wie ein Blitz durch mein geistiges Auge, kurz, bevor ich wieder des rotbraunen Bodens unter meinen Füssen gewahr wurde.

Der Salon, ein riesiger Raum, erstreckte sich über das gesamte Geschoss. Dahinter vielleicht noch die Küche und ein Büro, in das mich die Blondine führte. Ich hatte keine Zeit, mich weiter umzusehen.

Dr. Zacharias war ein agiler Mann und hatte wenig mit den Psychiatern, die ich während meines Studiums an der Universität kennengelernt hatte, gemeinsam. Er war braun gebrannt und hatte einen muskulösen Oberkörper, der mit einem saloppen Shirt bedeckt war. Solche Körper provozierten mich. Bilder von Salomé drängten sich vor mein geistiges Auge. War sie wegen ihrer Krankheit hier gewesen oder hatte der Besuch bei Dr. Zacharias noch andere Gründe gehabt?

Ich trat aufgefordert in Dr. Zacharias' Sitzungszimmer, in seine Therapiestube. Die beiden dunkelbraunen Sessel, die sich mitten im Raum gegenüberstanden, wirkten schwerfällig. Ausser einem langen, schmalen Sideboard und einer mannshohen Palme hatte es nichts auf der rechten Seite der Türe. Links ein

Büchergestell, auf dem sich mindestens zwanzig Bände von einem berühmten Psychoanalytiker befanden. Daneben eine ganze Reihe grauer Ordner mit den Initialen etwelcher Patienten. Ich setzte mich auf einen der beiden dunkelbraunen Sessel und konzentrierte mich auf Dr. Zacharias' Hände, als dieser sich auf dem zweiten Sessel niederliess. Hände waren für mich wie Pforten in das Innere eines Menschen. Hände fielen mir immer zuerst auf. Dr. Zacharias' Hände passten nicht zu seinem übrigen Körper. Sie sahen fast zartgliedrig aus, viel zu fein für einen Mann wie ihn. Ob er Salomé mit ihnen massiert hatte? Hatte das auch zur Therapie gehört? Vielleicht war sie unter seinen Händen geschmolzen wie flüssige Butter.

„Wo beginnen wir?", fragte Dr. Zacharias und schlug sein linkes Bein lässig über das rechte Knie.

„Am Anfang", sagte ich und überlegte mir, welche Haltung ich einnehmen sollte. Vielleicht hätte Dr. Zacharias aus der Art, wie ich mich hinsetzte, meinen seelischen Zustand erkannt. Meine Triebhaftigkeit. Meine Neurosen. „Weshalb hat Sie Catherine Mahler aufgesucht? War sie krank?", fragte ich.

„Das ist leider die irrige Meinung vieler Ignoranten", sagte Dr. Zacharias. „Man kann sich bei unseresgleichen Hilfe holen, ohne dass irgendwelche Krankheitssymptome vorausgegangen sind."

Das war nicht die exakte Antwort auf meine Frage. „Wann fand die erste Sitzung statt?"

„Vor etwa drei Jahren", sagte Dr. Zacharias und hinterliess den Eindruck, dass er sich auf meinen Besuch vorbereitet hatte.

„Hatte sie irgendwelche Probleme?"

„Sie hatte das Bedürfnis, sich Dinge von der Seele zu reden, über die sie sonst schwieg."

„Darf ich erfahren, von welcher Natur diese Dinge waren?"

Dr. Zacharias stierte eine Weile vor sich hin.

„Sagen Sie mir jetzt nicht, dass dies unter die ärztliche Schweigepflicht fällt“, sagte ich. „Ich muss den Mord an ihr aufklären. Und vielleicht können Sie mir auf meine vielen Fragen endlich eine Antwort geben.“

„Sie glauben doch nicht etwa, dass ich Ihnen den Mörder auf einem silbernern Tablett serviere?“

„Was nun?“

„Sie litt unter *Anorexia nervosa.*“

„Ess-Brechsucht. Also war sie doch krank.“

„Das habe ich erst mit der Zeit herausgefunden. Sie machte mir nicht den Eindruck, dass sie krank war.“

„Haben Sie ihr geholfen?“

„Sie war sehr einsichtig.“

„Was fehlte ihr denn wirklich?“

„Das, was allen fehlt, die an Magersucht leiden: Liebe und Anerkennung.“

„Wie äussert sich das?“

„Es ist meist schwer zu verstehen“, sagte Dr. Zacharias und wechselte seine Sitzposition. „Oftmals sind es Frauen, die zwar geliebt werden, die aber nicht geliebt werden wollen, weil sie der irren Ansicht sind, dass man sie gar nicht lieben kann.“

„Ihres Charakters wegen?“

„Oder ihres Aussehens wegen. Sie streben nach einem Ideal und lassen sich von Diktaten beeinflussen. Sie sind stetig in Bewegung und denken an nichts anderes mehr, als sich so zu verändern, bis sie ihre Ikone kopiert haben.“

„Das zeugt von Unreife“, sagte ich.

„Richtig. Das schlanke, ranke Mädchen ist ein eigenartig unerwachsenes Ziel.“

„Sie reden jetzt von Frau Mahler?“ Ich dachte unweigerlich an ihre Tochter, die dem Bild, das Dr. Zacharias beschrieb, am ehesten näherkam. Salomé war eine Frau gewesen. Eine Vollblutfrau. Mit schönen, weichen, warmen Rundungen. Ich hatte sie nicht anders in Erinnerung.

„Ich rede von Frau Mahler“, bestätigte Dr. Zacharias. „Sie war sehr unsicher in ihrem Auftreten. Dabei war sie eine sehr schöne Frau.“

„Wie ist das miteinander zu vereinbaren?“

„In meiner jahrelangen Praxis habe ich schon oft gesehen, dass Frauen, die ihr erstes Kind bereits haben, in ihrer seelischen Entwicklung zurückfallen. Als würden sie sich an ihren weiblichen Formen stören, an ihrer Mütterlichkeit. Sie hungern, damit sie wieder aussehen wie die Kindfrau. Sie eifern diesem Ideal konsequent nach und verhindern ihr Frausein nicht nur seelisch, sondern auch körperlich.“

Ich schaute mich um, in der Meinung, irgendwo Bücher von *Dahlke* zu finden. Die Sätze kamen mir bekannt vor. Schon Gaby hatte solche Aussagen gemacht, nachdem sie diese Bücher geradezu verschlungen hatte.

„War Catherine Mahler in ihrer Ehe nicht zufrieden? Hat sie sich dahingehend geäussert?“

„Nichts Dramatisches. Sie hat jung geheiratet und ihre Tochter bekommen, hat vielleicht dadurch einiges verpasst in ihrem Leben oder zumindest gedacht, dass sie etwas verpasst hat. Aber das hat sie nicht sonderlich geprägt.“

„Was dann?“

Dr. Zacharias machte eine abwehrende Handbewegung, so als wollte er einen unsichtbaren Störfaktor wegwischen.

„Hat sie sich beklagt, dass sie von ihrem Ehemann vergewaltigt wurde?", fragte ich, als Dr. Zacharias daraufhin nichts erwidert hatte.

„Ja, das war so eine Episode", sagte er. „Aber damit konnte sie umgehen."

„Wie soll ich das verstehen?"

„Sie steckte es weg. Dies gehörte irgendwie in ihre Ehe. Ist auf eine konservative Erziehung zurückzuführen. Gelebtes Patriarchat ihres Vaters. Die Mutter hatte nicht viel zu sagen. Umso mehr akzeptierte sie die Gleichartigkeit ihres Mannes. Musste sie fast zwangsläufig akzeptieren."

Ich erinnerte mich an die schmale zerbrechliche Frau auf dem Friedhof. Sie hatte ihren Mann mit einer Kraft gestützt, die nur aus einer untertänigen Einstellung gegenüber dem männlichen Geschlecht resultieren konnte. Gehorsam und Schweigen. Dienet dem Macho.

„Was glauben Sie", fragte ich, „könnte es sein, dass ihre Kindheitserfahrungen und das ungelebte Leben während ihrer Ehe zu einem späteren Zeitpunkt ins Konträre gewechselt haben?"

„Durchwegs", sagte Dr. Zacharias. „Wenn jemand da ist, der ihr den Weg weist." Was wollte er damit sagen? „Anders ausgedrückt", sagte Dr. Zacharias, der auf meine anscheinend fragenden Blicke reagierte, „Catherine Mahler hatte eine Freundin, von der sie sich stark blenden liess."

„Milena Viano?" Dieser Namen rutschte mir spontan heraus.

„Kennen Sie sie?"

„Ich habe sie zwei-, dreimal gesehen", sagte ich ausweichend. „Sie machte mir nicht den Eindruck, dass sie ihren Stil diktiert."

„Aber sie muss Catherine Mahler sehr stark beeinflusst haben."

„In welcher Art?"

„In ihrer Lebenseinstellung." Dr. Zacharias machte eine Pause und stand auf. „Trinken Sie etwas?"

„Danke, nein. Soviel ich weiss, hat Milena Viano ihren Mann verloren und schmeisst seither ihren Fitnessclub selbst. Vielleicht ist sie das Vorbild einer neuen Frauengeneration."

Dr. Zacharias lachte. Er ging zum Sideboard und öffnete eine Tür, um sich ein Glas herauszunehmen. Aus der anderen Tür holte er eine Flasche Orangensaft. „Wünsche vielleicht, aber nicht unbedingt umsetzbar." Ich fragte mich, ob er frauenfeindlich war. Er goss den Orangensaft ins Glas, stellte die Flasche zurück und führte das Glas zum Mund. Dann setzte er sich wieder. „Sie wollen einen Mord aufklären?" Wieder lachte er. Er verunsicherte mich.

„Warum erzählte Frau Mahler, dass sie als Krankenschwester arbeitet?"

„Ihr Vater war Arzt. Sie litt unter Zwangsvorstellungen."

Das hatte ich mir gedacht.

„Eine sehr prägnante Persönlichkeit – ihr Vater", fuhr Dr. Zacharias fort.

„Hat sie sich auch über ihre verschiedenen Männerbekanntschaften geäussert?" Ich musste die Gesprächsrichtung ändern. Dr. Zacharias zog seine Augenbrauen hoch. „Nein. Aber das würde mich nicht verwundern. Das würde in ihr Krankheitsbild passen. Warum, hatte sie welche?"

Ich erzählte ihm meine Beobachtungen, über die Einträge in Salomés Agenda. Über Emmenegger im Besonderen. Meine Beziehung zu ihr verschwieg ich.

„Sie hatte eine starke Bindung zu ihrem Vater und eine ebenso grosse Abneigung gegen ihn. Sie schaute zu ihm auf. Sie bewunderte ihn und seinen Beruf als Arzt."

„Hat sie davon erzählt?"

„Nein. Aber was glauben Sie, weshalb wir Psychiater da sind?"

„Ja, natürlich."

„Sie liebte ihre Mutter und hasste sie dafür, dass sie sich von ihrem Vater wie eine Sklavin behandeln liess", fuhr Dr. Zacharias fort. „Und als sie dann ins gleiche Verhaltensmuster hineinschlitterte, reagierte sie rebellisch."

„Warum erst so spät?"

„Als ihre Tochter klein war, hatte sie gar keine Zeit, sich damit zu befassen. Ihre Tage waren ausgefüllt. Erst später, als sie merkte, wie leer ihr Leben auf einmal geworden war, fing sie an, sich unbewusst damit zu beschäftigen."

„Warum kann sich ein Mensch derart verstellen?"

„Sie war ein sehr komplexer Fall, unter uns gesagt." Dr. Zacharias räusperte sich hinter vorgehaltener Hand. „Aber ich glaube nicht, dass wir dadurch ihren Mörder finden."

„Eines würde mich noch interessieren", sagte ich und versuchte, dem dunkelbraunen Sessel zu entkommen. „Hat sie die Männer gehasst?"

„Das würde ich nicht so sagen", entkräftete Dr. Zacharias meinen Verdacht und erhob sich ebenfalls. „Ich denke wohl eher an eine Art Racheakt, wenn das zutrifft, was Sie mir da eben erzählt haben. Sie wollte ihre Macht über die Männer beweisen. Sie benutzte sie. Sie spielte mit ihnen. Als sie nämlich ihre Krankheit überwunden hatte, muss sie gemerkt haben, wie attraktiv sie aussah, mit welcher Intensität man sie spürte, wie sie auf ihre Umwelt wirkte. Ich wusste ehrlich nicht, dass dies auf diese Weise ausgeartet war. Vor etwa vier Monaten hörten ihre Besuche bei mir plötzlich auf."

„Sie hat sich jede Woche mit teuren Kleidern eingedeckt", sagte ich und sah, wie sich Dr. Zacharias' Gesichtsausdruck schlagartig veränderte. Plötzlich war auch der Psychiater durchschaubar.

„Dann hatte sie ihr Problem noch lange nicht unter Kontrolle", sagte er nachdenklich. „Das ist auch eine Sucht."

Ich unterliess es, weiter darauf einzugehen. „Sie haben eine nette Tochter", sagte ich stattdessen und sah, wie sich Dr. Zacharias' Stirn in Falten legte.

„Von wem reden Sie?", fragte er erstaunt.

„Von der blonden Dame im Garten", antwortete ich.

Dr. Zacharias sah mich konsterniert an. „Das ist eine meiner Patientinnen."

„Ach so, ich wusste gar nicht, dass Sie eine Privatklinik haben." Ich schüttelte ihm die Hand und verabschiedete mich.

Als ich mich von der Villa entfernte, erblickte ich sie noch einmal: die Mensch gewordene Barbie. Sie lag wieder auf der Sonnenliege und streckte ihre langen, dünnen Beine von sich. Ein dürres Insekt, für das ich nur noch Mitleid empfand. Und ich schaute die Dinge plötzlich mit ganz anderen Augen an.

***

In Luzern waren die Strassen verstopft. Beim Pilatusplatz musste ich warten, weil die Ampel auf Rot stand. Eine bunte Menschenlawine rollte über den Zebrastreifen. Leute in grosser Eile, als hätten sie so der Hitze entkommen können. Einem aufgerissenen Riesenpaket gleich, aus dem sie in alle Richtungen strömten wie ein Schwarm Ameisen. Ich fuhr zurück zum Büro, wo mich Conradin und Nina erwartungsvoll anschauten, als hätten sie nichts anderes zu tun. Auch Julien war anwesend.

Ich setzte mich auf den einzigen freien Stuhl und legte vorerst meine Akten auf den Tisch.

„Und, bist du weitergekommen?", fragte Conradin. Er hatte tatsächlich auf mich gewartet.

„Leider habe ich nichts erfahren, was die direkten Ermittlungen betrifft", sagte ich und warf Nina rasch einen Blick zu, um Conradins Blicken auszuweichen. Er sollte es nie erfahren, dass ich Dr. Zacharias vor allem aus persönlichen Gründen aufgesucht hatte.

„Korner wird schon ungeduldig", sagte Conradin, seine Hände wieder über dem Bauch beieinander haltend. „Letztendlich können wir den Mord an deiner schönen Freundin als Indizienmord abhaken. Und auch da sind ja nur Stichworte vorhanden, nichts, das uns wirklich weiterhilft. Ich möchte nicht mehr auf deine Befangenheit zurückkommen, aber ich frage dich: Welche Hürden versperren dir den Weg?"

Ich fand darauf keine Antwort.

„Wir sollten uns den Chatraum noch einmal unter die Lupe nehmen", mischte sich Nina jetzt ein.

„Kindergarten", sagte Conradin und erntete von Julien einen verärgerten Blick.

„Sie hat den Mörder im Internet kennengelernt", sagte Julien, der wusste, worüber er sprach.

„Sind Sie sich da so sicher? Das sind doch alle verhinderte Sportstypen, die sich auf so etwas einlassen und dafür Geld ausgeben."

Damit hatte er nicht ganz unrecht. Oder hatte er selbst schon Erfahrungen gesammelt? Julien und ich schauten uns nur an.

„Andere kassieren Geld dafür", sagte Nina lakonisch.

„Trotzdem", fuhr Conradin fort, „lassen wir uns von diesem Zeitgeist nicht beirren."

„Ich rekonstruiere den Fall Mahler, wie er sich meines Erachtens zugetragen hat", sagte ich und schlug die Schreibblätter vor mir auseinander. Akten, die ich bei meinen Ausführungen nicht gebraucht hätte. Aber es sah gut aus, gewisse Dokumente vor sich zu haben. „Fest steht, dass Catherine Mahler am Freitag vor ihrem Tod den Friseur aufsuchte, sich anschliessend das bestellte Kleid in der Boutique abholte und danach möglicherweise nach Greppen in Emmeneggers Bootshaus fuhr, um sich umzuziehen."

„Gibt es dort ein Telefon?", fragte Conradin.

„Nein, sonst hätten wir es mit Sicherheit überprüfen lassen", sagte Julien mit beleidigtem Unterton.

„Handy?"

„Catherine Mahler besass eines, das jedoch spurlos verschwunden ist."

„Sie gestatten eine Zwischenbemerkung", sagte Conradin. „Da war Emmenegger doch schon beerdigt."

Ich ahnte, worauf er hinauswollte. „Catherine Mahler hatte einen zweiten Schlüssel."

„Der Schlüssel in der Handtasche", sagte Conradin. „Ich erinnere mich. Dass wir das nie überprüft haben." Und nach einer Weile: „Ich bin erstaunt über Frau Mahlers Verwegenheit."

Das passte zu ihrem Bild, das mir Dr. Zacharias in der Zwischenzeit vermittelt hatte. Sie war irgendwie skrupellos gewesen. Andererseits hatte sie vielleicht gar nichts über Emmeneggers Tod gewusst. „Um siebzehn Uhr traf sie sich mit Galizzi vor dem Kultur- und Kongresshaus, um anschliessend einem Konzert von Mendelsson beizuwohnen", fuhr ich fort. „Danach fuhren sie gemeinsam nach Vitznau ins Parkhotel, wo Galizzi für sie ein Zimmer und für sich eine Suite gemietet hatte. Sie assen im Gartenrestaurant."

„Tranken Champagner und assen Kaviar“, rief Nina dazwischen. Ich wusste nicht, was sie damit bezwecken wollte. Ich fand ihre Bemerkung fehl am Platz. Ob die Hitze auch bei ihr allmählich das Hirn auflöste?

„Danach gingen sie gemeinsam in Galizzis Suite“, sagte ich.

„Wann war das?“, fragte Conradin.

„Zwischen zweiundzwanzig und vierundzwanzig Uhr“, sagte ich.

„Das ist ja die Tatzeit.“ Er tat überrascht.

„Galizzi wurde ziemlich genau um Mitternacht an den Empfang gerufen.“

„Von wem?“

„Vom Nachtportier, der ihm mitteilte, dass er verlangt werde.“

„Hat man diesen Nachtportier schon befragt?“

Ich schaute Julien an, der mir darauf auch keine Antwort geben konnte. Ich verneinte.

„Vielleicht erinnert der sich ja“, sagte Conradin, eine Spur zu freundlich, was mir bewusst machte, dass ich einen wichtigen Teil in meinen Ermittlungen ausgelassen hatte. Das hätte nicht geschehen dürfen.

„Und als dann dieser Galizzi zurück in sein Zimmer kam, da fand er die Tote?“ Conradins Blick wirkte auf einmal düster.

„Nein, er ging nicht sofort auf sein Zimmer“, korrigierte ich, was mir erst im Nachhinein verdächtig erschien, und ich fragte mich, weshalb Galizzi es mit dem Zurückgehen plötzlich nicht mehr so eilig gehabt hatte. „Er ging erst nach einer halben Stunde.“

„Nehmen wir an“, sagte Conradin, „der Mörder hat Galizzi zum Empfang bestellt. Wie viel Zeit hätte er gebraucht, um in Galizzis Suite zu gehen, und wo, beziehungsweise wie konnte er unbemerkt in die oberen Etagen gelangen?“

„Es gibt einen Hintereingang direkt vom Parkplatz aus, gleich neben der Lifttür", erklärte ich. „Da braucht man keine zwei Minuten, um in den vierten Stock zu gelangen."

„Klingt plausibel", sagte Conradin. „Er stand also vor Galizzis Türe und klopfte an. Er musste ja anklopfen, weil er kaum einen Schlüssel haben konnte."

„Catherine Mahler machte ihm auf, weil anzunehmen ist, dass sie Galizzi davor vermutete", sagte ich. „Der Mörder packte sie wahrscheinlich, zog sie zum Fenster, wo er die Vorhangquaste abriss und erdrosselte sie anschliessend damit."

„Glaubst du, dass Catherine Mahler während dieses Überraschungsangriffes so erstarrte, dass sie sich nicht mehr wehren konnte?" Conradin schaute mich skeptisch an. „Keine Schreie, nichts?"

„Es könnte auch sein", korrigierte ich mich, „dass der Mörder durch eine unverschlossene Türe ins Zimmer trat, wo er sich nach dem Mordwerkzeug umsehen konnte, während das Opfer sich im Bad zu schaffen machte."

„Er hat sie also im Bad umgebracht", stellte Conradin fest.

„Nein. Sie hat vor Todesangst im Zimmer auf den Boden gepinkelt", gab ich zögernd Auskunft. „Ich weiss nicht, weshalb Dr. Metzler dies nicht im Bericht erwähnt hat." Ich informierte Conradin kurz über die Teppichreinigung im Parkhotel.

„Also gibt es nur eine Möglichkeit", fuhr Conradin unbeeindruckt fort.

„Dann brachte er die Leiche zum Aufzug oder trug sie über die Feuertreppe zum Hinterausgang, wo er sie in sein bereitstehendes Auto hievte", beendete ich leise meine Version.

„Die Gerichtsmedizin hat die Teppichflusen aus dem Parkhotel mit den Spuren unter den Fingernägeln der Toten verglichen und eindeutig identifiziert", sagte jetzt Julien.

Ich erinnerte mich plötzlich, dass Galizzi in Untersuchungshaft schmorte. Ihn hatte ich fast vergessen. „Hat man Galizzi einem Bodycheck unterzogen?“, fragte ich, wobei mich alle ein wenig erstaunt anschauten.

„Darauf wollte ich gerade zu sprechen kommen“, sagte Korner, der in diesem Moment zu uns traf. Seine Gesichtsfarbe wechselte von hellem zu dunklem Rot.

„Wir mussten ihn wieder gehen lassen!“

„Warum?“ Das überraschte mich sehr.

„Es gab ziemlichen Ärger“, fuhr Korner fort. „Galizzi fuhr mit seinem Anwalt auf, ein Kaliber besonderer Art.“

Ich stellte mir Korner neben einem Mann vor, der das gleiche Charisma zu haben schien wie er. Wahrscheinlich hatte er sich zum ersten Mal so richtig provoziert gefühlt.

„Und? Hat die Spurensicherung nichts ergeben, was Galizzi belastet?“, fragte ich, obwohl ich im Grunde genommen von Galizzis Unschuld wusste. Hätte er Salomé auf dem Gewissen gehabt, wäre er nicht so ohne Weiteres in die Suite gekommen.

„Man hat ihn vorsorglich einer DNA-Analyse unterzogen“, sagte Korner. Die feineren Hautpartikel, die man bei der Toten gefunden hatte, waren mit Galizzis Haut identisch, die gröberen stammen nicht von ihm.“

„Geht das immer so schnell?“, warf Conradin eine Frage dazwischen.

„Im Labor haben sie ein neues Verfahren entwickelt, das das Resultat innert vierundzwanzig Stunden liefert.“

„Warum ist er trotzdem auf freiem Fuss, wenn man die Spuren identifiziert hat?“, fragte Conradin.

„Überlassen Sie mir das Denken“, brauste Korner auf.

Ich glaubte, dass er vom Untersuchungsrichter einen Rüffel erhalten hatte. Nina vertrat vielleicht dieselbe Meinung. Sie warf mir einen belustigten Blick zu.

Auf dem Korridor versperrte mir Julien den Weg. „Hast du schon an Galizzis Frau gedacht?"

Die Frage kam nicht ganz überraschend. „Du weisst, was einen guten Fahnder auszeichnet", erwiderte ich. „Der verdächtigt jede und jeden, der mit dem Opfer in Kontakt gekommen ist. Ich wüsste nicht, weshalb Frau Galizzi die Geliebte ihres Mannes kennen sollte. Solche wie er sind talentiert, den schönen Schein zu wahren. Sie hat wohl kaum eine Ahnung von den Gepflogenheiten ihres Gatten. Und so wie es aussieht, schirmt er sie nach aussen völlig ab." Ich räusperte mich. „Du meinst wohl eher Theres Emmenegger. Die steht emotional näher zu der Toten. Indirekt gab sie ihr die Schuld am Tod ihres Mannes."

„Diese Liebe war nicht so aussergewöhnlich, als dass sich Theres Emmenegger für etwelche Seitensprünge ihres Mannes hätte rächen müssen", sagte Julien. „Das berührte sie kaum. Und das viele Geld, das sie erbt, ist ihr gewiss."

„Jetzt fängst du auch noch an zu philosophieren." Ich musste laut herauslachen. „Macht dir die Hitze denn nichts aus?"

„Ich denke nicht darüber nach." Julien grinste mich an.

Ich wollte, ich hätte dies einfach so wegstecken können. „Kommst du mit zum Essen?"

Julien verneinte. „Alice möchte, dass ich nach Hause gehe. Heute hat sie mein Lieblingsessen gekocht. Ich darf sie nicht enttäuschen."

„Ich bin froh, dass ihr euch wieder versteht", sagte ich und hangelte eine Zigarette aus meiner Hemdtasche. „Wenn das hier alles vorbei ist, werde ich dich und Alice mal zu einem Tropfen Wein einladen."

„Das ist nett von dir", sagte Julien. „Aber mache dir keine Umstände. Alice und ich brauchen jetzt wieder vermehrt unsere Zweisamkeit. Ich habe eingesehen, dass ich an der ganzen Sache auch nicht ganz unschuldig bin."

Ich staunte immer wieder, mit welcher Vertrauensseligkeit die Menschen sich mir offenbarten. Ich zündete die Zigarette an. Inhalierte tief. „Na dann, guten Appetit."

Unsere Wege trennten sich.

Bis zum Mittagessen blieb mir noch eine halbe Stunde. Ich ging in mein Büro, wo ich halbherzig meine Post durchsah. Ich musste an Milena denken, von der ich während fast zweier Tagen weder etwas gesehen noch gehört hatte. Ich stand auf, ging zum Fenster und öffnete es. Vielleicht hatte ich eine Wenigkeit gedöst, auf die Fensterbank gestützt, als mich eine Taube beim Aufflattern aus meinen Gedanken riss. Wo war ich stehen geblieben? Galizzi. Er war es nicht. Seine Frau? Die hatte keine Ahnung von den schlechten Dingen des Lebens. Den Eindruck, dass sie mit ihren Kindern zu sehr beschäftigt war, hinterliess sie nicht nur ihrem Mann.

Milena Viano? Warum war ich nie auf die Idee gekommen, dass sie etwas mit dem Mord zu tun haben könnte? Ihre Tränen als perfektes Alibi? Eine starke Frau, die der klammernden Eigenschaften ihrer Freundin überdrüssig geworden war? Mit ihrer Körperkonstitution hätte sie eine Frau, wie es Salomé gewesen war, einfach umgepustet. Sie, die das schwache Geschlecht in einer neuen Optik präsentierte, der man nie ansah, welch stählernes Muskelpaket sich unter der zarten Alabasterhaut verbarg. Die geheimnisvolle Göttin der Aerobicgeneration, die mich genauso zum Äussersten hätte treiben können, wie Salomé es getan hatte. Ich spürte ein starkes Gefühl von Zärtlichkeit. Ich hatte plötzlich Lust, zu ihr ins Studio zu gehen und sie in die Arme zu nehmen. Ihr über die Haare zu streicheln. Aus einem inneren Bedürfnis heraus rief ich sie an. Ich wollte ihre warme Stimme vernehmen. Sie nahm kurz darauf ab. Ich nannte meinen Namen.

„Was wollen Sie?"

Ich war so perplex über ihre Worte, dass ich keinen Ton herausbrachte. Schock. Erstaunen. Chaos. Ich wusste nicht, in welcher Reihenfolge mir diese Dinge durch den Kopf rasten.

„Ich habe schon alles gesagt, was ich weiss." Sie wieder. Etwas ruhiger. Sanfter.

„Ich bin es, Andy Walker", sagte ich und merkte, wie hilflos meine Stimme klang. Es tönte lächerlich.

„Sie waren heute bei mir", sagte sie, wieder gefasst.

„Wer?"

„Deine Leute aus der Kripo. Haben mich ausgequetscht wie eine überreife Zitrone."

Ich musste ein wenig schmunzeln in Anbetracht ihres Vergleiches und bemerkte erst im Nachhinein, dass sie mich duzte. In ihrer Aufregung.

„Jetzt beruhige dich", sagte ich, um beim intim anmutenden Dialog zu bleiben. „Kann ich zu dir kommen?"

„Erst nach Feierabend", sagte sie knapp. „Ich habe noch zu tun."

„Schade, wir hätten essen gehen können."

Sie überlegte eine Weile. „Okay, gut", sagte sie, „werde in einer halben Stunde vor dem Hotel Schweizerhof sein."

Ich legte auf, beruhigt und zufrieden über ihren Spontanentscheid.

Ich ging hinunter auf den Parkplatz, schloss meinen Golf auf und setzte mich hinters Steuer. Ich umfuhr den direkten Weg in die Altstadt, damit mein Wageninneres auslüften konnte. Die Hitze über den Mittag grenzte an ein tödliches Inferno. Sie gleichwohl auszuhalten, war ein Akt gekonnten Ignorierens. Einfach nicht darüber nachdenken.

***

Die Stadt brodelte. Eine Suppe aus Blech, Schmutz und vergeistigten Wesen. Kurz vor dem Überkochen. Vor dem Auswerfen. Vor der Explosion.

Von der Frankenstrasse herkommend, bog ich zum Bahnhof ein und kam nur langsam über die Seebrücke voran. Die Menschen strömten in Zeitlupe dahin, als wären sie von der staubgeschwängerten Hitze aufgeweicht. Robotern gleich gingen sie, eng beieinander, dicht am Geländer entlang, als hätten sie sich da festhalten müssen, um nicht umzukippen.

Dahinter der See, auf dem die Raddampfer, Luzerns grösster Stolz, träge an den Docks schaukelten. Vor den Anlegestellen. Das Wasser war trüb und grau wie der Himmel darüber, dem die blaue Farbe abhandengekommen war.

Ich fuhr bis zur Hofkirche, wo ich zur Strasse in die Altstadt abzweigte. Ich parkte neben dem Einkaufszentrum beim Löwengraben. Ich lief gegen den Strom. In der Hertensteinstrasse kamen sie mir wie aufgescheuchte Tiere entgegen: ein Rudel losgelassener Bestien, eine Horde von Menschen, die jegliches Gefühl für Anstand und gute Manieren verloren hatten. Ich überquerte die Seehofstrasse und den Parkplatz vor der Matthäuskirche. Ich stieg über die Treppen zum Hotel Schweizerhof. Kurz musste ich an Emmenegger denken.

Milena wartete schon auf der Terrasse und mochte das Gleiche empfinden wie ich, denn sie schaute mich traurig an. „Sage jetzt bitte nichts“, flüsterte sie, als ich mich neben sie setzte. Ich hätte sie am liebsten geküsst, auf diese sinnlichen Lippen, auf diesen schönen Mund. Aber ich konnte der Versuchung widerstehen. Sie sass da wie ein zusammengesunkenes Bündel, ein Knäuel, dem die Kraft fehlte.

„Was ist denn passiert?“, fragte ich, weil dieser Anblick ungewohnt war.

„Sieh dir das an“, sagte sie. „Sieht aus wie kurz vor dem Weltuntergang.“ Sie deutete auf den See und den Himmel darüber, die zu einem einzigen bleigrauen Farbton verschmolzen waren.

Diese Ansicht konnte ich allerdings nicht mit ihr teilen. „Schrecklich. Aber das ist noch lange kein Grund, um den Kopf in den Sand zu stecken.“

„Wie kann man ein solches Desaster einfach ignorieren?“, fragte sie.

„Ich ignoriere es ja nicht“, entgegnete ich. „Was möchtest du essen?“

„Du tust es“, sagte sie. „Ich habe keinen Hunger.“

„Du solltest aber essen“, sagte ich und nahm ihre Hand. Sie fühlte sich kühl an. Bei dieser Hitze. Ich war erstaunt.

„Warum machst du dir Sorgen um mich?“ Da war sie, diese unfaire Frage, die ich nicht beantworten wollte. Die, hätte ich es getan, meine Seele vor ihr entblösste. Ich fühlte eine tiefe Zuneigung Milena gegenüber und wusste nicht, ob es blosse Neugier war. Begierde. Eine sexuell angehauchte Sympathie.

„Dann esse ich auch nichts“, sagte ich.

„Solltest du aber“, sagte sie.

„Sehe ich krank aus?“

Endlich lachte sie wieder.

Später assen wir das Menü aus dem Tagesangebot, und Milena berichtete mir über den Überfall meines Mitarbeiters auf ihr Fitnessstudio. Das hätte ich Julien nicht zugetraut. Warum hatte er mir nichts davon erzählt?

„Ich habe ein Alibi aus Fleisch und Blut", endete Milena und schob sich die Gabel mit dem letzten Stück Felchen in den Mund.

Ich wollte nichts davon wissen. „Bist du mit den Ermittlungen weitergekommen?"

Milena wischte sich indes mit ihrer Serviette die Mundwinkel ab. Sie tat das auf eine solch sinnliche Weise, dass ich eine natürliche Reaktion meinerseits befürchtete. Sie waren irgendwie alle Luder, die genau wissen, wie gewisse Bewegungen auf uns wirken. Herrgott, mich hatte es erwischt! Ich winkte dem Kellner.

„Du erinnerst mich daran, dass ich heute noch nach Vitznau fahren muss", sagte ich und holte meine Geldbörse hervor.

„Werde ich dich heute Abend sehen?" Ihre Augen glänzten. Sie hatten jenen verheissungsvollen Schimmer, den ich allzu gut kannte.

„Kann ich dich anrufen?" Ich schaute mich nach dem Kellner um. Ich sah ihn nirgends. Entnervt legte ich einen Geldschein auf den Tisch. Weit mehr, als es kostete. „Komm, lass uns hier verschwinden."

„Du musst nicht versuchen, mich zu beeindrucken", sagte Milena und drückte mir den Geldschein wieder in die Hand. „Ich weiss, wie viel ein Polizist in deiner Anstellung ungefähr verdient." War das nun eine Belustigung gewesen oder sogar Arroganz? Ich spürte, dass ich rot wurde. Instinktiv schaute ich weg. „Ich erledige das", sagte Milena. „Der Kellner hat heute sowieso kein Trinkgeld verdient. So wie der serviert ..." Ich fand, dass sie übertrieb. „Und was uns betrifft, Andy, wir haben sicher nicht das letzte Mal miteinander gegessen."

Ich verabschiedete mich. Kurz. Schnell. Nervös. Sie hatte es geschafft, mich weich zu klopfen.

***

Auf dem Weg nach Vitznau rief ich Eberle an. Er war inzwischen meine dortige Kontaktperson geworden. Er wusste einfach über alles Bescheid und interessierte sich wie kein anderer für meinen Fall.

„Ist bei Ihnen alles klar?"

„Wenn Sie sich beeilen, dann werden Sie Dr. Galizzi noch treffen, bevor er abreist", sagte Eberle. „Er hat sich erst jetzt dazu entschlossen, sonst hätte ich Sie nämlich früher darüber informiert."

„Ich dachte, er würde erst übermorgen zurückkehren", sagte ich.

„Seiner Frau geht es nicht besonders gut", sagte Eberle.

„Sie hat mein volles Mitgefühl", sagte ich. „Ich werde bald da sein."

Ich beendete das Gespräch.

Kurz nach Weggis geriet ich an einen Unfall. Das hatte gerade noch gefehlt. Die Strasse war blockiert. Ich musste warten. In dieser infernalischen Glut. Mir war übel. Ich hätte keinen Fisch essen sollen. Ich nahm mir vor, nie wieder einen anzurühren. Auch keinen gekochten. Ich machte die Autotür auf und kurbelte hinten die Scheiben herunter. Und wartete.

Das Wissen, nichts tun zu können, und die Unfähigkeit, die Ursachen zu finden, weshalb ich nichts tun konnte, verschleierten mein klares Denken. Was hatte ich ausgelassen? Wo war ich hängen geblieben? Galizzi war es nicht gewesen. Seine Frau? Niemals. Theres Emmenegger? Sie würde keine Leiche transportieren können. Einen Komplizen schien es nicht zu geben. Auch keine Komplizin. Nicht einmal ihre Schwester. Hans Mahler? Der war in Afrika gewesen. Sophie? Dürrenmatt? Zu sehr mit sich selbst beschäftigt. Alexander Thommen? Ein dummer Junge, der zufällig hineingeraten war. Milena? Auf keinen Fall. Ich mochte sie.

Zigarettenrauchen war der einzige Zeitvertreib während meines Wartens. Ich litt unter der Hitze. Conradin litt unter der Hitze. Die ganze Abteilung litt. Vielleicht befanden wir uns auf dem Weg, uns den gegebenen Umständen schneller als üblich anzupassen. Vielleicht war es das Hirn, das vorläufig auf der Strecke blieb. Das Hirn, das den Schritt bereits rückwärts antrat. Die Spirale, die in die Gegenseite rotierte.

Nach zwanzig Minuten floss der Verkehr zögerlich weiter. Vorbei an der Unfallstelle. Vorbei an dem zur Seite geräumten Alfa, von dem nicht mehr viel übrig geblieben war. Ein Auto des Abschleppdienstes stand da. Ein Krankenauto. Zwei Polizeiwagen. Meine Kollegen von der Verkehrspolizei. Ich fuhr weiter. Es gab nichts mehr zu tun.

***

Beim Parkhotel in Vitznau das mir bekannte Bild: der nette Portier, der meinen Golf beiseite fuhr, weil er mich schon kannte. Er zwinkerte mir zu, mit dem wissenden Blick eines Eingeweihten.

Am Empfang stiess ich auf Eberle. Hinter ihm zwei blonde Mädchen, die wie Botticelli-Engel aussahen. Ich blieb abrupt stehen.

„Sie sehen schon richtig", sagte Eberle. Er schob die beiden Mädchen vor sich her bis zur Tür, die nach draussen zur Freitreppe führte. Unter den Kandelaber. An einen Salontisch. Die Kleinen setzten sich artig hin. Etwas anderes hatte ich auch nicht von ihnen erwartet. Eberle kehrte zu mir zurück. „Dr. Galizzi ist vor einer Viertelstunde mit seiner Frau in Richtung Luzern gefahren."

„Notfallmässig?", fragte ich.

Eberle nickte.

Ich hatte es geahnt. „Zum Kantonsspital?"

„Seine Frau hat unerwartet Wehen bekommen", sagte Eberle.

Das wunderte mich nicht. „Hat sie etwas zu sehr aufgeregt?"

„Ich weiss es nicht", sagte Eberle. „Dr. Galizzi wollte nicht darüber sprechen."

„Und Sie sind jetzt Babysitter?" Ich konnte mir ein Lachen nicht verkneifen. Die beiden Mädchen sassen noch immer in ihrer gleichen Stellung am runden Tisch, vorne bei der Terrassentür, unter dem Kandelaber. Ich ging zu ihnen. Sie wandten beide gleichzeitig ihre Köpfe. Wie einstudiert synchronisiert. „Wie heisst ihr denn?", fragte ich und liess mich zusammengekauert vor den beiden Mädchen nieder. Sie fanden schnell Vertrauen zu mir.

Und es kam wie aus einem Mund: „Laura und Carla."

„Was ist denn mit Mami passiert?", fragte ich, obwohl ich mir nicht vorstellen konnte, darauf jemals eine Antwort zu bekommen. Was hätten diese beiden Engel denn schon wissen können.

„Sie bekommt ein Baby." Wieder diese Synchronstimmen.

„Hat sie das gesagt?"

„Das sieht man doch", sagte die Grössere der beiden. War es Laura oder Carla? Auf den Mund gefallen war sie auf jeden Fall nicht. Ich erkannte ganz eindeutig die Ähnlichkeit mit ihrem Vater. Dieselben dunklen Augen. Was für ein Kontrast zu ihrem blonden Haar.

„Sie hat Blutungen", sagte die Kleinere der beiden. Altkluges Mädchen.

„Geht ihr schon zur Schule?", fragte ich.

„Laura schon", sagte die Kleine. Carla.

„Und jetzt hast du gewiss Ferien?"

„Ja, weisst du das denn nicht?"

„Ich gehe schon lange nicht mehr zur Schule", sagte ich. „Ich habe selten Urlaub."

„Hast du kein Geld?", fragte Carla.

„Doch schon. Aber ich habe sehr viel Arbeit."

„Papa hat gesagt, dass nur die Leute mit viel Geld in Urlaub gehen", sagte Carla.

Ich schwieg. Der musste es ja wissen. Ich liess die beiden Engel am Tisch sitzen und kehrte zu Eberle zurück, der mich amüsiert ansah.

„Ich möchte nochmals das Zimmer 423 sehen", bat ich.

„Haben Sie etwas übersehen?"

„Ich weiss es nicht."

Eberle holte den Schlüssel und begleitete mich in die vierte Etage. Er schloss auf. Liess mich eintreten.

„Können Sie mich einen Moment alleine lassen?", fragte ich.

„Selbstverständlich", sagte Eberle, obwohl ihm seine Enttäuschung ins Gesicht geschrieben stand. Ich schloss die Türe hinter ihm.

Die Suite war sorgfältig aufgeräumt und gereinigt worden seit meiner Abreise. Ich ging ins Badezimmer. Ich versuchte, mir Salomé darin vorzustellen. Wie sie vor dem Spiegel stand. Ihre melancholischen Augen, auf die sie Konturen zeichnete, ihre schön geformten Lippen, über die sie mit dem roten Stift fuhr, die immer gleichen Bewegungen mit dem Mund, wenn sie die Ober-

und die Unterlippen übereinander schob, damit sich die Farbe gut verteilte. Der kecke, kontrollierende Blick, um sich zu vergewissern, dass alles an seinem richtigen Platz war. Ich hätte ihr stundenlang zusehen können.

Der Gedanke an sie quälte mich. Die Gewissheit, dass ich nicht der Einzige gewesen war, dem sie gestattete, ihr dabei zuzusehen, war unerträglich. Der Schmerz würde nicht so schnell verschwinden. Ich ging ins Zimmer zurück. Ging jeden Zentimeter durch. Die Türe hinter dem Vorhang hatte ich noch nie gesehen. Sie war nicht abgeschlossen. Ich öffnete sie. Ein Stauraum. Gerade so gross, dass man zwei Koffern hintereinander oder drei nebeneinander hinstellen konnte. Genug Platz für eine Leiche. Oder für jemanden, der auf sein Opfer wartete. Ob der Täter hinter dieser Tür gewartet hatte? Hatte er die ganze Zeit da gestanden, während Galizzi mit Salomé im Bett war? Hatte er ihnen zugesehen? Hatte er sich daran ergötzt, wie sie ihn zwischen den Lenden massierte, bis er stark genug war, in sie einzudringen? Hatte er sein Stöhnen und ihre spitzen Schreie gehört? Hatte er sie deswegen umgebracht? War es Willkür gewesen? Ein Hotelgast?

Ich bückte mich, hielt nach Spuren Ausschau und wusste genau, dass schon jede Ecke akribisch untersucht worden war. Vielleicht hatte Werner doch etwas übersehen. Ich strich mit beiden Händen über den Teppich. Keine Unebenheit, keine Winzigkeit, die nicht hierhergehörte. Nichts. Ich stand wieder auf und schloss die Tür.

Auf dem Balkon suchte ich auf die gleiche Weise nach Anhaltspunkten. Links der Balkontüre standen zusammengeklappte Liegestühle, daneben ein runder Tisch. Alles auf Hochglanz poliert und geputzt. Ich konnte das Desinfektionsmittel riechen.

Wieder im Zimmer schaute ich unter das Bett mit dem mit

zartrosa Blumen bestickten Überwurf. Auch hier nichts. Enttäuscht ging ich zur Türe zurück. Öffnete sie.

Sie klemmte ein wenig. Kaum wahrzunehmen, ein kleiner flüchtiger Ruck nur. Aber vorhin hatte sie sich ohne Weiteres öffnen lassen. Ich bückte mich. Strich mit der Hand unter dem Türabschluss durch. Ganz zuhinterst wurde ich fündig. Ein Zufall? Ein Fingerzeig von oben? Ich musste an Juliens parapsychologische Geschichte denken.

Es war nicht gross und hatte die Form eines kleinen Rechteckes. Anthrazit oder schwarz und war aus Hartplastik. Ich hob das Teil auf, das verhindert hatte, dass sich die Türe reibungslos öffnen liess. Irgendwie war es auf dem Teppich verrutscht. Ich wusste nicht, zu was dieses Stück gehörte. Aber es machte den Anschein, als wäre es irgendwo abgebrochen. Ich bemerkte die aufgeraute Längsseite, die Bruchkante. Schnell steckte ich es in meine Geldbörse.

Eberle kam mir gerade aus dem Aufzug entgegen, als ich die Zimmertüre zuzog. Geräuschlos fiel sie ins Schloss. „Sie werden am Telefon verlangt", sagte er. Ich erinnerte mich, dass ich mein Mobiltelefon hatte liegen lassen. „Herr Caflisch sucht Sie." Eberle drückte mir das kabellose Telefon in die Hand.

„Wo steckst du?" Conradins polternde Stimme.

Ich erklärte ihm meinen Aufenthalt im Parkhotel. Das wollte er nicht hören.

„Du solltest auf dem schnellsten Weg zur Kapo kommen. Mahler ist tot!"

***

Ich machte mich auf den Weg Richtung Luzern. Ich flog fast aus Vitznau hinaus. Mein Golf heulte wie ein Rudel Wölfe. Ein bis zum Letzten gequältes Tier, als ich mit hoher Geschwindigkeit über die Kantonsstrasse den Vierwaldstättersee entlang preschte. In meinem Kopf überschlugen sich die Gedanken. Ich hatte den Portier nicht gesprochen, Maria, das Zimmermädchen. Was war mit Mahler passiert? Warum war Galizzi nach Luzern gefahren? War seine Frau nur ein Vorwand gewesen? Hatten sie sich getroffen, Mahler und Galizzi? War es zum Eklat gekommen? Waren meine Vermutungen doch falsch gewesen?

Saharastaub auf der Frontscheibe. Der Himmel über mir glich einem verwaschenen Grau. Drückende Hitze, aus der es kein Entrinnen mehr gab. Schweissperlen auf meinem Gesicht, die sich unaufhaltsam in Richtung Mund bewegten. Sie schmeckten salzig. Ich liess den Scheibenwischer laufen, mit dem letzten Rest Flüssigkeit von Glasreiniger, der spärlich aus den Düsen rechts und links der Scheiben sickerte. Die Front wurde kaum sauber. Vielmehr zeichnete sich ein Bogen eines eigenartigen Gemisches aus Sand, Seife und Wasser ab, eine trübe Spur aus Staubpartikeln, durch die ich kaum mehr etwas richtig erkannte. Ich spürte meine Lungen wieder. Plötzlich einsetzende Kopfschmerzen. Ich fuhr an den Strassenrand. Hielt an, kurz nach Merlischachen. Nur mühsam kam ich aus dem Wagen. Ich wählte Conradins Nummer.

„Was gibt es noch?“, fragte er barsch.

„Wie wurde er umgebracht?“, fragte ich.

„Er ist aus dem fünften Stock gesprungen.“

Ich verstand das nicht. „Aus seiner Wohnung?“

„Ja, aus seiner Wohnung in der Hertensteinstrasse. Julien ist jetzt vor Ort.“

Ich bezweifelte, dass Julien genug starke Nerven hatte, um dies auszuhalten. Sie würde nicht gut aussehen, Mahlers Leiche.

„Wir werden den Fall zum Abschluss bringen", sagte Conradin. Mir schien, dass er erleichtert war. „Mahlers Selbstmord ist ein Geständnis."

Da war ich mir allerdings nicht sicher. Für mich machte es den Fall nur noch komplizierter. „Er hatte ein einwandfreies Alibi."

„Irgendetwas stimmt nicht ganz mit diesem Alibi", sagte Conradin. „Wir überprüfen es gerade."

„Ich werde zur Klinik fahren", sagte ich.

„Weshalb?", fragte Conradin.

„Ich werde mir noch einmal Galizzi vorknöpfen."

„Das ist sinnlos", konterte Conradin. „Ist er dort oben?"

Ich erzählte ihm, was vorgefallen war. „Ihr braucht mich ja nicht unbedingt am Tatort." Es war der verzweifelte Versuch, mich aus dieser unangenehmen Situation zu ziehen.

„Nein, das hat Zeit. Julien ist ja jetzt da und der ganze technische Apparat. Aber bist du sicher, dass deine Aktion jetzt noch von Wichtigkeit ist?"

Ich war erstaunt, dass Conradin nichts dagegen einzuwenden hatte. Wahrscheinlich war auch er müde.

Ich brach die Verbindung ab. Es war zu früh, um Conradin über meine Pläne zu informieren. Und ich hätte sie mir von ihm auch nicht durchkreuzen lassen. Juliens Einwände erschienen mir auf einmal sehr nahe. Vielleicht waren seine Gefühle doch nicht ganz so abwegig. Schlagartig war mein Kopf klar. Ich setzte mich wieder in den Wagen, liess den Motor an. Den Weg zum Kantonsspital befuhr ich über Meggen, über die vielen Nebenstrassen, die nur die Ortsansässigen kannten.

Korner rief an. „Caflisch hat mich gerade über Ihr Vorhaben informiert. Ich möchte Sie heute noch einmal im Büro sehen." Er klang nicht sehr erfreut.

„Ich verspreche es."

Warum liess sich Korner schon wieder auf mein Niveau herab?

***

Galizzi war einer der Ersten, den ich sah, als ich mich am Empfang nach der Gynäkologischen Abteilung erkundigen wollte.

„Was wollen Sie noch von mir?", fragte er. Er wirkte blass und nervös.

„Eigentlich wollte ich zu Ihrer Frau", sagte ich.

„Das geht jetzt nicht. Sie sehen ja, was passiert ist."

„Nein, das weiss ich nicht", sagte ich und zog Galizzi zur Seite.

„Ich habe meiner Frau alles gebeichtet. Es ist nicht sicher, ob sie unser Kind behalten wird." Galizzi rang um Fassung.

„Das tut mir leid. Vielleicht hätten Sie es ihr schonender oder zu einem anderen Zeitpunkt beibringen müssen." Ich musste mich räuspern ob meiner Emotionslosigkeit. „Wann haben Sie es ihr gesagt?

„Heute Morgen", sagte Galizzi. „Zuerst trug sie es mit Fassung. Sie müssen wissen, dass diese Frau mich liebt."

Diesen Eindruck hatte ich auch. Doch ich schwieg. Ich hatte im Parkhotel ihre Augen gesehen. Diese traurigen Augen, die eine ganze Geschichte zu beinhalten imstande waren. „Wann hat sie denn ihre Meinung geändert?"

„Nachdem ich ihr erzählte, dass meine Geliebte ermordet worden war."

„Sie sagten Geliebte?" Galizzi erstaunte mich. Er war auf seine Weise ein ehrlicher Mensch.

„Wie hat Ihre Frau denn reagiert?"

„Sie sagte nicht viel. Sie wurde unheimlich blass, dann brach sie in Tränen aus, die nicht mehr aufhören wollten. Sie hatte einen richtigen Weinkrampf. Und danach kamen die Schmerzen im Unterleib."

„Haben Sie keinen Arzt benachrichtigt?"

„Sie wollte das nicht", sagte Galizzi. „Eine geraume Zeit konnte ich sie sogar beruhigen."

„Wann fingen die Beschwerden an?"

Galizzi schaute mich fragend an.

„Herr Eberle erzählte mir davon. Er ist übrigens ein ausgesprochen netter Babysitter."

Galizzi ging nicht darauf ein. „Es kam ganz plötzlich, sodass ich nicht mehr lange überlegte und hierher zur Notfallstation fuhr."

Unsere Wege mussten sich gekreuzt haben, als ich von Luzern nach Vitznau unterwegs gewesen war. „Werden Sie zu Ihren Mädchen zurückfahren?"

„Das habe ich vor. Ich kann sie ja nicht alleine lassen." Galizzi drückte mir die Hand. In dieser Berührung lag eine so grosse Verzweiflung, die ich noch nie bei einem Mann gesehen hatte. Ich war beschämt. Schweigend und nach vorn gebeugt ging er von mir weg. Verschwunden waren die selbstherrlichen Züge, die ihn im Parkhotel so unantastbar gemacht hatten. Jetzt kam die andere Seite des Italieners zum Vorschein. Il Papà. Eine gewisse Unterwürfigkeit. Ein verletzter, sich seiner Fehler bewusst gewordener Mann. Er hätte einem direkt leidtun können.

***

Ich hatte nicht damit gerechnet, Schwester Salomé noch einmal zu sehen. Sie kam den Korridor entlang, als ich mich zur Notfallstation begab. Sie erkannte mich und strahlte mich mit ihren permanent roten Wangen an. Sie hatte ein ausgesprochen gutes

Gedächtnis. „Sind Sie fündig geworden?“ Ihre tiefe, fast sonor klingende Stimme.

Ich hätte ihr am liebsten gesagt, dass meine Salomé im Friedental ihre ewige Ruhe gefunden hatte, liess es dann aber sein. „Sie könnten mir sicher einen Gefallen tun“, sagte ich stattdessen.

„Ermitteln Sie immer noch im selben Fall?“, kam es schnell zurück.

Ich lachte in mich hinein. „Leider ja. Aber diesmal führt die Spur tatsächlich zu Ihnen.“ Ich meinte es nicht wirklich ernst. Sie kapierte rasch.

„Schiessen Sie los.“ Schwester Salomé schien einen nicht zu brechenden Humor zu haben.

Ich zog den Ausweis aus meiner Hemdtasche und hielt ihn Schwester Salomé unter die Nase, damit gleich alles klar war und meine Ernsthaftigkeit wieder Boden fasste. „Heute Nachmittag wurde eine schwangere Frau in den Notfall eingeliefert“, sagte ich. „Frau Galizzi.“

„Ich erinnere mich. Heisst sie nicht Tiziana mit Vornamen?“

Das hatte ich nicht gewusst. Ich bejahte trotzdem.

„Und jetzt wollen Sie zu ihr?“

„Ich muss sie unbedingt sprechen“, sagte ich. „Wenn es heute nicht geht, dann spätestens morgen früh.“

„Ja, so wie es aussieht muss die Frau noch eine Weile bei uns bleiben.“ Schwester Salomé machte eine abwehrende Handbewegung.

„Wird man ihr helfen können?“, fragte ich, ehrlich besorgt um die Frau.

Schwester Salomé schenkte mir ein vielsagendes Lächeln. „Mit der heutigen medizinischen Versorgung ist das kein Problem mehr. Aber sie darf sich auf keinen Fall aufregen. Deshalb darf ich Sie auch nicht zu ihr lassen.“

„Auch morgen nicht?"

„Auch morgen nicht!"

Ich bedankte mich.

Als man Schwester Salomé auf der Station verlangte, verliess ich die Klinik wieder.

***

Es war schon spät, als ich bei der Kapo ankam. Wie erwartet war nur noch Nina anwesend. „Hat Conradin eine Nachricht hinterlassen?"

„Nur, dass der Fall Mahler gelöst sei", sagte Nina. Ich sah ihr an, dass sie auch nicht daran glaubte. „Wenn du mich fragst, hat der Tod von Catherine Mahler mit dem Tod von Hans Mahler nichts gemeinsam."

„Wie kommst du denn darauf?" Ich setzte mich.

„Das ist ein dummer Zufall", fuhr Nina fort. „Hat Mahler nicht schon einmal versucht, sich das Leben zu nehmen?"

„Da war seine Frau bereits tot. Ja, hat er."

„Hat man herausgefunden, weshalb?"

„Das gehörte nicht zu meinen Aufgaben." Ich räusperte mich.

„Vielleicht ging ihm der Tod seiner Frau doch näher, als er zugeben wollte. Wirst du auf eigene Faust weitermachen?"

„So wie bis anhin." Ich musste grinsen. „Das hast du doch sagen wollen."

Nina schmunzelte. Sie zog dabei ihre Lippen so kraus, dass tausend Fältchen darum herum entstanden. Fältchen, in denen sich der Lippenstift verteilte. Es gab ihr ein etwas clowneskes Aussehen.

„Tust du mir einen Gefallen?"

„Du kennst meine Antwort."

„Finde etwas über Franco Galizzi heraus, über seine Frau Tiziana und die Herkunft der beiden."

„Heute noch?“

„Gestern schon.“ Ich nahm eine Zigarette aus meiner Hemdtasche.

„Im Büro ist Rauchverbot“, tadelte mich Nina und seufzte tief. „Ich werde dann meine Arbeit mal nach Hause verlegen.“

„Ich muss auch gehen“, sagte ich, denn ich erinnerte mich plötzlich, dass ich mit Milena verabredet war.

***

Ich war es, der düstere Perspektiven malte, das schwarze Schaf auf dem Feld der weissen Wölfe. Ich sah die Dinge so, wie sie sich nicht wirklich zu erkennen gaben in unserer künstlich verfälschten Welt. Ich behauptete, dass die Gesellschaft um mich aus Ignoranten bestand, kaum fähig, mit den Dimensionen der Veränderungen etwas anfangen zu können. Es ging weiter in gewohnter Manier, auch wenn die Zeichen auf Sturm standen.

Ich dachte darüber nach, während ich in die Altstadt fuhr. Hinein in die kochende Suppe aus Autos, Fahrrädern und Fussgängern. Der Himmel über der Stadt sah anders aus als sonst: Das Blaugrau der letzen Tage war nun einer verwaschenen Farbe gewichen. Es war, als braute sich da oben etwas zusammen. Die milchigen Fetzen um den Pilatus sah ich heute zum ersten Mal. Wie ausgefranste Kumuluswolken. Vielleicht trugen sie den lang ersehnten Regen in sich, die erwartete Abkühlung, die mein Gehirn wieder zum klaren Denken aktivieren würde.

Ich stellte den Wagen wie gewohnt in eines der Parkhäuser und begab mich zur Alpenstrasse. Es war unerträglich schwül und stickig. Die Leute, die mir begegneten, kamen mir wie Marionetten vor, die an unsichtbaren Fäden gesteuert wurden, als wären sie nicht mehr wirklich sie selbst. Als gingen sie in einer fremden Welt spazieren. Auf ihren Gesichtern erkannte ich lethargische Züge. Gefährliche Zeichen einer Teilnahmslosigkeit. Sie wirkten, als gingen sie ohne Ziel. Sie existierten in ihrem Automatismus und in der fast angeborenen Feindseligkeit gegenüber dem anderen, wenn apokalyptische Dinge im Gang sind. Oder wie in einer Abflughalle, wenn alle ein bisschen nervös sind und vielleicht in diesem Augenblick an den Tod denken.

Ich sah plötzlich Mahler vor mir. Seinen Sturz aus dem fünften Stockwerk. Sein zerschlagener Körper, die aufgerissenen toten Augen. Das Zeugnis dafür, dass er noch beim Sturz seinen letzten Entscheid realisiert hatte. Ob man ihn schon weggeräumt hatte? Ob es Spuren von Blut gab auf dem kochenden Asphalt? Blutgeruch? Julien beneidete ich nicht in diesem Moment. Er würde im Nachhinein den Dienst einer der Psychologen in Anspruch nehmen, um aus dem schweren Dilemma wieder hinauszugelangen, um die Verdrängung zu konkretisieren und aufzuarbeiten, um sie letztendlich doch zu begraben. Und Sophie? Ob sie es verkraften würde? Sie hatte ihre Eltern innerhalb gut einer Woche verloren. Sie war jetzt eine Vollwaise. Ich verdrängte die Gedanken.

***

Ich fand Milena im Fitnessstudio. Allein an einer Hebemaschine. Sie stemmte das Gewicht mit einer Leichtigkeit, als wäre es ein Sack voller Entenfedern. Die Muskelstränge an ihren Armen schienen hart durch. Ein Spiel mit den Sehnen, ein Tanz ihrer unvergleichlichen Alabasteranmut. Ich schaute ihr neidlos zu. Sie hatte mich noch nicht gesehen. Ich setzte mich auf den Stuhl neben dem Tresen. Sie faszinierte mich, diese Frau. Sie war wie eine Katze, berechnend und doch unberechenbar. Eine kühle Göttin des Kalküls, unter deren Haut das Feuer schwelte, die Leidenschaft loderte und darauf wartete, auszubrechen. In einer einzigen Nacht. Vielleicht dachte sie das Gleiche in diesem Augenblick, wo sie mit letzter Kraft den Hebel herunterzog. Langsam und zitternd, als hätte sie mit einem Aufschrei diese alles umfassende Hürde übergehen müssen, diese Grenzen überschreiten, um sich letztendlich zu beweisen, dass sie noch viel weiter gehen würde, wenn man es von ihr verlangte. Aufseufzend liess sie den Hebel zurückschnellen. Zufrieden und befriedigt.

Sie reinigte die Hebemaschine, bevor sie ausschweifenden Schrittes auf mich zukam. Ihre Wangen waren gerötet, auf ihrer glatten Stirn hafteten Schweissperlen, winzigen Diamanten gleich, die sie lachend mit dem Handrücken wegwischte. So, wie sie wohl alles wegwischte, was ihr in die Quere kam.

„Warum hast du mich nicht gerufen?"

„Meinst du, ich würde mir einen solchen Anblick entgehen lassen?"

Sie verdrehte amüsierte ihre Augen. „Ich gehe mich schnell umziehen."

„In deiner Wohnung?"

„Wartest du auf mich?"

Warum bat sie mich nicht, sie zu begleiten? Warum zögerte sie? Und warum kam immer alles anders, als ich es mir vorstellte? Sollte ich überhaupt darüber nachdenken? Lass es einfach fliessen. Wie recht sie gehabt hatte: Salomé. Vielleicht sah sie mich in diesem Moment. Vielleicht beäugte sie mich aus dieser anderen Welt, in die sie allzu früh gegangen war. Vielleicht war sie wiedergekommen in Milenas Form. In deren Körper.

„Woran denkst du?“ Milenas Hände berührten die meinen. Sie fühlten sich kühl an. Kühl wie immer.

Ich sagte ihr nicht, dass meine Fantasien ein wirres Spiel mit mir trieben. Ich schwieg über meine aufflammende Erregung in ihrer Gegenwart. Über das Ziehen in meinen Lenden. Ich wusste nicht, wie es mit ihr sein, wie sie auf meine Berührungen reagieren würde. Sie schaute mich an, als hätte ich etwas Verbotenes getan. Ihre grünen Augen, das leichte Schielen, dieser tiefe Blick, der aus einer geheimnisvollen Seele zu kommen schien: Das alles verwirrte mich.

„Ich bin gleich wieder da“, wiederholte sie und ging von mir weg, ohne sich noch einmal umzudrehen.

„Was mache ich, wenn jemand kommt?“ Ich merkte, wie hilflos das klang, als wäre ich nicht fähig gewesen, einfach da zu sein und auf den Fitnessraum aufzupassen. Ich hörte sie lachen. Ein dunkles, warmes Lachen. Ihre Stimme drang in mich und liess mich in meinem Innersten erschaudern. Verdammt, ich wollte sie besitzen!

Das surrende Geräusch meines Mobiltelefons riss mich aus meiner geistigen Schläfrigkeit. „Andy, wo bist du!“ Conradins befehlende Stimme, die weniger eine Frage gestellt, als mit der Frage eine Order erteilt hatte.

„Frau Buholzer sagte mir, dass du bereits gegangen seist.“

„Ich bin beim Untersuchungsrichter.“

„Bei Heller?“

„Bei Suter. Er hat den Fall übernommen, seit wir wissen, dass die Mahler in Vitznau umgebracht worden ist. Ich wünsche, dich umgehend zu sprechen.“

Der kantonale Untersuchungsrichter hatte also das Zepter übernommen. War ja auch nicht anders zu erwarten gewesen. „Ist Korner auch da?“

„Die Herren warten bereits."

Ich schaltete mein Mobiltelefon aus. Wie sollte ich das Milena beibringen? Den Weg in die obere Etage nahm ich mit jeweils zwei Tritten auf einmal unter die Füsse. Ich klingelte. Nach einer Weile erschien Milena unter der Tür, sichtlich überrascht. „Kundschaft?"

„Nein, ich muss nochmals weg. Das wollte ich dir noch sagen. Können wir uns danach sehen?"

„Und wann ist das?" Milena strich sich mit den Händen über ihren Kopf, um den sie ein Frottiertuch geschlungen hatte, einem Turban gleich. Sie sah aus wie ein Kalif. Wie Aladin. Aber natürlich viel schöner. Ich lächelte. „Ich weiss nicht, wie lange es dauern wird. Ich werde dich anrufen."

Milena schaute auf ihre Armbanduhr, die sie am rechten Handgelenk trug. Vielleicht war sie Linkshänderin. Dies hätte mich nicht erstaunt. „Ich glaube, es ist besser, wenn wir uns morgen sehen. Ich habe einen anstrengenden Tag hinter mir und werde früh zu Bett gehen."

Allein, fragte ich mich. Oder war da noch jemand? Ich liess mir meine Enttäuschung nicht anmerken.

„Hast du den Fitnessraum abgeschlossen?", fragte sie und zog instinktiv den Bademantel enger um ihre Taille, als wollte sie ihren Körper verstecken, ohne dabei zu merken, dass sie damit eigentlich mehr enthüllte. Sie hatte wahnsinnige Konturen.

„Nein, der ist noch offen. Ich hatte ja keinen Schlüssel."

„Der steckt."

„Habe ich nicht bemerkt."

„Ich verstehe", lächelte sie maliziös. „Die Hitze macht uns alle ein wenig träge."

Gut zu wissen, dass auch sie litt. Sie schickte mir eine Kusshand zu. Es war nichts wirklich Vertrautes in dieser Bewegung, was für mich unweigerlich die Frage aufwarf, ob Milena überhaupt an mir interessiert war.

„Soll ich schliessen?"

„Nein, ich bin gleich fertig. Dann mache ich das schon." Sie drehte sich abrupt um und liess mich vor der zufallenden Türe stehen. Ich verharrte noch eine Weile davor, versucht, nochmals zu klingeln und sie zu zwingen, mir in die Augen zu sehen und zu sagen, was sie da sah. Da ich mich vor derartigen Enthüllungen schämte, ging ich.

***

Wenn ich mich überwand, meine Gedanken an Milena auszuschalten und die inneren Bilder bewusst verdrängte, so schoben sich die Gedanken an Milena noch intensiver vor meine Augen. Und wenn ich versuchte, mich auf meine Arbeit zu konzentrieren, so fiel es mir schwer, mir nicht mehr vorstellen zu können, dass Milena darin keinen Platz mehr finden würde. Sie war plötzlich überall, als wäre sie Salomés überlebender Zwilling.

Die Nacht gähnte mir unheimlich entgegen, als ich auf dem Weg zum Amtsstatthalter in ihren dunklen Schlund eintauchte. Der Himmel wölbte sich schwarz und bedrohlich über die Stadt. Die Luft schwirrte. Der Geruch war unangenehm und erinnerte an Fäulnis. Ein Geruch wie der des Todes. Mir war schwindlig und übel und ich fragte mich, ob ich es bis in Suters Büro schaffen würde.

Sie waren alle versammelt. Alle, die mit dem Fall Mahler etwas zu tun hatten. Nur Julien fehlte. Warum waren sie da, wenn Conradin darauf bestand, dass dieser Fall mit Mahlers Selbstmord ad acta gelegt würde? Gab es aus seiner Sicht doch noch Ungereimtheiten?

„Mahler war zur Tatzeit in Kenia", hörte ich Korner sagen, als ich die Türe zu Suters Büro aufstiess.

„Das war er eben nicht", fiel ihm Conradin ins Wort.

Ich murmelte schnell eine Begrüssung in die Runde und setzte mich auf den letzten leeren Stuhl.

„Aber Julien hat dies bestätigt."

„Es ist richtig, dass Mahler zur Tatzeit in Kenia weilte", sagte Conradin. Ich schien nicht der Einzige zu sein, der seinen Worten nicht mehr folgen konnte.

„Aber es war nicht Hans Mahler, wie wir alle angenommen haben, sondern sein Bruder Heinrich."

Ein Raunen ging durch den Raum.

„H. Mahler", sagte Korner, der sofort seine eigene Interpretation äusserte. „Das ist der Haken. Ist Julien nicht da? Er hat sich mit der Versicherung in Verbindung gesetzt. Er ist uns noch eine Antwort schuldig."

„Leider hat man die Auskunft der Versicherung nicht näher untersucht", sagte Conradin. „Aber ich sehe da bloss eine Kette von unglücklichen Zufällen, in die wir geraten sind. Man kann niemandem die Schuld geben."

„Hat man diesen Bruder, diesen Heinrich schon befragt?" Suter räusperte sich. Ich sah ihm an, dass er schwitzte. Die Hitze tat seinem Herz nicht gut. Ich hörte es an seinem rasselnden Atem.

„Der befindet sich tatsächlich noch in Mombasa", sagte Conradin.

„Wie denn das?" Korner war aufgebracht. „Dann war Hans Mahler doch in Luzern, als der Mord an seiner Frau passierte?"

„Er war zumindest nicht in Kenia."

„Dann hat Mahler mir gegenüber eine Falschaussage gemacht", sagte ich und dachte an Sophie, die mich genauso angelogen hatte.

Oder hatte sie davon gar keine Ahnung gehabt? Und welchen Grund hatte Mahler gehabt, mir ein falsches Alibi bekannt zu geben? Hatte er am Ende doch seine Frau auf dem Gewissen? Weshalb hatte er mir so detailgetreu jede Einzelheit von den beiden Frauen in Kenia erzählt? Hatte er mich bewusst auf eine falsche Fährte locken wollen? Oder hatte er einfach Angst gehabt, dass man ihm den Mord anhängen würde?

Jetzt verstand ich, weshalb der Fall Catherine Mahler Conradins Meinung nach abgeschlossen werden konnte.

„Warum hat man mich nie darüber informiert?“, fragte ich.

„Jetzt bist du darüber informiert“, sagte Conradin und Korner pflichtete ihm mit einem starren Kopfnicken bei.

„Wir müssen davon ausgehen, dass tatsächlich Hans Mahler nach Kenia fliegen wollte und im letzten Moment die Buchung zurückgezogen oder überschrieben hatte“, fuhr Conradin fort, ungeachtet dessen, was er mir soeben an den Kopf zu werfen getraut hatte.

„Dann treiben Sie diesen Heinrich Mahler auf“, sagte Suter und erhob sich. Sein Hemd war von Schweiss getränkt, was einen etwas sonderbaren Eindruck hinterliess. Es kam mir so vor, als hätte er die Nerven nicht, den Schluss der Sitzung abzuwarten. „Und erkundigen Sie sich bei dem Reisebüro, auf welchen Namen die Reise nach Nairobi und Mombasa nun wirklich gebucht worden ist.“ Er räusperte sich wieder. „Für heute machen wir Schluss.“

Ich glaubte es einfach nicht. Das dilettantische Vorgehen warf Rätsel auf. Vielleicht bestand doch ein Zusammenhang zwischen den sphärischen Veränderungen und der Psyche der Polizei. Das hier hatte meines Erachtens nichts mehr mit seriösen Ermittlungen zu tun; es war ganz einfach eine Irrfahrt.

Ich blieb noch eine Weile. Die anderen verabschiedeten sich, froh darüber, dass sie endlich den lang ersehnten Feierabend antreten konnten.

„Nicht zufrieden, Andy?“ Es war Conradin, der neben mir stand und seine Hände possierlich über seinen Bauch hob. Sein gewohnt profaner Auftritt.

„Wie kommst du darauf?“

„Ich kenne dich doch.“

„Ich weiss nicht, was ich davon halten soll“, gab ich zu. „Das kommt mir alles so an den Haaren herbeigezogen vor.“

„Fahre nach Hause und hole dein Versäumtes nach“, sagte er und tätschelte mir kameradschaftlich auf die Schultern. Eine Geste, die ich gerade von ihm nicht mochte. Was wusste er denn schon über mein Versäumtes? „Gehe schlafen. Man kann im Moment auch nichts anderes tun als zu schlafen.“

Ich wusste, dass er dies auf die unerträgliche Hitze bezog. Vielleicht hatte er in seinem Schlafzimmer ja einen gut funktionierenden Ventilator. Ich wollte mir die Nacht anders um die Ohren schlagen. Ich sah einen schönen, grossen Cognacschwenker vor mir, mit einer goldgelben Flüssigkeit, in der ich mein Elend ertränken würde.

Conradin bewegte sich auf den Ausgang zu.

Noch einmal kam Suter herein, um seine liegen gelassenen Sachen zusammenzuräumen. „Was, Sie sind noch da?“

„Kann ich Sie einen Augenblick sprechen?“

„Der Rapport ist abgeschlossen“, sagte Suter bestimmt und sichtlich froh, dies in die Tat umgesetzt zu haben. „Der Mord ist geklärt.“

„Da bin ich mir nicht so sicher“, sagte ich vorsichtig.

„Was wollen Sie noch?“

„Ihre Rückendeckung, falls ich auf irgendetwas stossen sollte, was mit dem Tod an Catherine Mahler zu tun hat."

„Es gibt nichts mehr zu tun", sagte Suter, jetzt mit dunkelrotem Kopf. „Der Mörder hat sich selbst gerichtet. Und was die anderen Abklärungen betrifft, auch da wird sich nichts Wesentliches mehr ändern. Zudem wüsste ich nicht, weshalb ich mich mit Ihnen abgeben sollte."

Das war eindeutig. „Ist das Ihr letztes Wort?"

„Mit allem Nachdruck, das ist mein letztes Wort!"

Ich sah ihm zu, wie er mit fahrigen Bewegungen seine Mappe schloss, sie nach unten wuchtete und sich gleichzeitig mit seiner freien Hand den Schweiss von der Stirn wischte. Sie litten alle im Moment. Sie waren alle verändert und nicht hundertprozentig einsatzfähig. Vielleicht wurde mir die Klarheit meiner eigenen Gedanken erst in diesem Moment bewusst.

***

Der schwere, dumpfe Atem der Stadt erdrückte mich. Die herrschende Dunkelheit hatte nichts mehr mit der üblichen Dunkelheit gemeinsam. Die Hitze war geblieben trotz fortgeschrittener Stunde. Ich setzte mich in den Wagen und fuhr einem inneren Trieb folgend durch die Neustadt dem Sempacherpark entgegen.

Sie waren alle noch unterwegs, die Marionetten, als hätten sie Angst, nach Hause zu gehen und nichts mehr zu sehen von den Dingen, die da unwillkürlich geschahen und doch so unfassbar zu sein schienen.

Ich fuhr meinen Golf in eine Lücke, zwischen zwei andere Wagen, die neben den üblichen Parkfeldern abgestellt waren. Vielleicht würde die Stadtpolizei in dieser Nacht ein paar Bussenzettel verteilen. Ich verschwendete keinen Gedanken mehr daran.

Das plötzliche heftige Rauschen über mir nahm ich nur am Rande wahr. Der heisse Wind, der ebenso schnell aufkam, liess mich allerdings erschaudern. Instinktiv zog ich den Kopf ein und machte mich auf den Weg in den Vögeligarten. Der Rasen war schwach beleuchet von einem Dutzend Laternen, die in moderatem Abstand nebeneinander am Parkrand standen. Nichts erinnerte mehr an den Leichenfund vor zehn Tagen. Die Absperrungen waren weggeräumt. Die Bänke ordentlich hingestellt. Ein paar Menschen kamen mir entgegen, die mich kaum eines Blickes würdigten. Ich ging unter die alte Buche, die mit ihren wuchtigen Ästen über den halben Platz ragte, und setzte mich auf die Bank. Hier hatte Salomé gesessen und von alldem nichts mehr gewusst. Hier hatte unsere allerletzte Begegnung ausserhalb des Leichenschauhauses stattgefunden. Ich spürte, wie es mir die Kehle zuwürgte.

Warum war ich überhaupt hier, wenn ich es nicht ertrug? Der Wind hatte zugenommen und fuhr unheilvoll durch die Äste der alten Buche, die dies ächzend erwiderte. Ich stand auf und entfernte mich von der Bank, die mich nur unnötig an die Scheusslichkeiten dieser Welt erinnerte. Ich ging dem Hotel entgegen an der Ecke zur Sempacherstrasse. Die Fassaden waren in schummriges Licht gehüllt, das sich nervös hin und her bewegte, verursacht durch den Schatten der Bäume, durch die der Wind fegte.

Ich schaute auf meine Armbanduhr. Es war Mitternacht.

Mittwoch, 13. August 2003

Zuerst nahm ich nur ihre Umrisse wahr, die schmale, fast knabenhaften Hüfte, ihre aussergewöhnlich breiten Schultern, das glatte Haar, das darauf fiel, in den wenigen Augenblicken, wo der Sturm innehielt. Sie schwebte mir entgegen, als wäre sie eine unwirkliche Erscheinung. Dann sah es so aus, als erfasste sie der Wind, als wirbelte er sie hoch und drückte sie gegen die Hausmauer, wo sie stehen blieb.

„Milena!“ Ich rief und wusste gleichzeitig, dass das Getöse um mich all meine Laute unbarmherzig verschlang. Warum war sie wie ich hierhergekommen? Warum ausgerechnet in dieser Nacht? „Milena!“ Ich musste mich gegen den Wind stemmen. Der Himmel über mir war nur noch ein einziges Gewühl aus schwarzen Wolken. Einem Bersten unheimlicher Mächte gleich. Von irgendwoher vernahm ich das Auf- und Zuklappen von Fensterläden, das Schleifen von Papier, wenn es über den Boden wehte. Ein Glas, das klirrend herunterfiel. Dieser fürchterliche Sturm, der mir ein Vorwärtskommen fast verunmöglichte. Ich sah Milena an der Mauer des Hotels stehen, genau da, wo ich auch hingehen wollte. Sie trug ein enges dunkles Kleid, als wäre sie soeben von einer Party zurückgekehrt. Jetzt sah sie mich an. Mit weit aufgerissenen Augen, in denen ich ihr Erstaunen lesen konnte.

„Du?“ Mehr brachte sie nicht heraus. Ich sah es an den Bewegungen ihres Mundes.

„Und was tust *du* hier?“ Ich musste schreien, um die hässlichen

Laute um mich zu übertönen. Ich sah ihr an, dass ihr nicht wohl war. „Warum zum Kuckuck bist du hier?" Ich gelangte zu ihr.

„Oh, ein schöner Zufall, nicht? Ich wollte mich ein wenig an der Luft bewegen, weil ich nicht schlafen konnte", sagte sie. Sie schaute mich lange nachdenklich an. „Wird endlich der Regen kommen?"

„Und warum gerade da?"

„Ich weiss es nicht. Muss man immer alles erklären können?"

Die immer wiederkehrenden Böen rissen die Bäume im gegenüberliegenden Park bedrohlich auf die Seite. „Wir sollten hineingehen", sagte ich und nahm Milena sachte an ihrem Arm.

„Ich möchte draussen bleiben", sagte sie, schmiegte sich aber plötzlich an mich. „Gehen wir ein wenig im Park spazieren?"

Ich fand diesen Vorschlag unangebracht. Ich wusste nicht, wie sich das Wetter in den nächsten Minuten entwickeln würde. Es sah nicht gut aus.

„Okay, gehen wir", sagte ich und legte Milena meinen Arm um die Schultern. Wir kämpften uns vorwärts gegen den stärker werdenden Orkan.

„Wo hat man sie gefunden?", rief Milena, während wir uns dem Park näherten.

Ich wusste nicht, ob ich ihr darauf eine Antwort geben sollte.

„Auf welcher Bank?"

„Warum interessiert es dich?"

„Ich will alles über meine Rivalin wissen", sagte sie jetzt, dicht an mein Ohr.

„Sie ist tot", sagte ich, dicht an *ihr* Ohr.

„Hast du sie sehr geliebt?"

„Was soll die Frage?"

„Ja oder Nein?"

„Ich habe sie begehrt."

„So wie mich?"

Jetzt war sie unfair. Ich zog sie auf die Bank, auf der Salomé gefunden worden war. Spielte sie mit mir?

„War es hier?"

„Ja!" Ich musste wieder schreien, weil in diesem Moment der Wind so heftig in die Bäume fuhr, dass es um uns herum krachte. Ich hörte Milena lachen. Sie warf ihren Kopf nach hinten, die Haare fielen ihr zur Hälfte über das Gesicht, wo sie kleben blieben.

„Wir sind allein", sagte sie laut. „Kein Mensch, der uns sehen oder hören kann."

„Und was hast du jetzt vor?", fragte ich. Die Szene hier erinnerte mich an etwas schon Erlebtes. Es war Nacht und dunkel und unwirklich. Das Bühnenbild eines Theaterstückes. Die dramatische Kulisse dahinter. Der kochende Himmel über uns. Milena. Ich. Niemand sonst, der uns in dieser unheimlich anmutenden Stimmung störte. Eine sich steigernde Dramaturgie, eigens dafür geschaffen. Als hätte es heute und hier geschehen müssen. Als hätte sich nicht nur die gepeinigte Natur über uns entladen. Wir waren es, die mittendrin waren in diesem sich öffnenden Schlund einer Urgewalt. Dem Wetter. Dem Unwetter. Unserer Erregung.

Es war, als müsste der Himmel über uns ein Zeichen geben, als ein greller Blitz ihn heftig aufriss. In diesem Augenblick stürzte Milena nach vorne, als wäre sie zu Tode erschrocken. Ich fing sie auf. Ihr Gesicht war jetzt so nahe bei meinem, dass ich ihren kurzen, schnellen Atem spürte. Ihre Augen wirkten plötzlich tiefschwarz und ich erkannte in ihnen eine wilde Entschlossenheit, eine unbezähmbare Gier. Ich packte sie mit beiden Händen und zog sie näher. Sie wehrte sich nicht. Ich verschloss ihren Mund mit meinem. Hart. Fest. Brutal. Sie hatte immer noch nichts dagegen. Langsam öffnete sie ihre weichen Lippen. Sie roch nach Pfefferminze.

Ein heftiger Donnerschlag liess uns wieder auseinanderfahren. „Wir sollten uns in Sicherheit bringen", sagte ich ausser Atem.

Milena lächelte nur. In der Verzücktheit des Augenblickes. Sie kam über mich, legte ihre Beine rechts und links um mein Becken. Fordernd drückte sie ihren Körper gegen meine Brust, zog mein Gesicht in ihre Richtung und küsste mich mit wilder Leidenschaft. Der Regen, der auf einmal auf uns niederprasselte, schien sie nicht zu stören. Das Licht der Laternen rund um den Park. Ihre Bewegungen waren eindeutig. Ich griff unter ihren Rock, schob ihren schmalen Slip beiseite und fuhr mit dem Finger in sie hinein. Sie stöhnte im Grollen des anhaltenden Donnerns. Ein Blitz liess ihr erhitztes Gesicht aufleuchten, ihre vor wildem Fieber schwarz gewordenen Augen. Ihr verwischtes Make-up. Ich spürte ihre Hände überall. Hände, die begierig einen Weg suchten, um das zu bekommen, wonach sie hungerten. Meine Erregung schmerzte mich dermassen, dass ich den Verstand zu verlieren glaubte. Über uns beugte sich die Buche gnadenlos in orkanartigen Windstössen. Wieder Blitze, von heftigem Donnern begleitet. Regen, der unaufhaltsam auf uns niederging. Ich überlegte, wo ihre Grenzen verliefen. Ob sie meine Hose öffnen würde? Salomé hätte da keine Skrupel gehabt ... Salomé.

Alles schien losgelöst voneinander. Unsere Körper. Das Donnergrollen um uns herum, die Blitze, der Regen. Ihre nasse Scham, die mir entgegenzuckte. Ich stiess in sie, jetzt, im Nachhallen des Donnerns, ihrer spitzen Schreie. Verdammt, dieses Weib!

Die Dimensionen des Universums mit uns vereint, in diesem Moment, wo ein fürchterlicher Schlag alles um uns herum auslöschte, wegfegte, zerstörte. Wir explodierten gleichzeitig mit dem Sturm, dem Hagel, dem Baum über uns, mit der ganzen Kraft der Urgewalten ...

Später waren wir im Schutz des Hotels neben dem Park, der zu einer einzigen Schlammmasse geworden war.

Milena hatte sich die Schuhe ausgezogen. Wir waren bis auf die Haut mit Regenwasser durchtränkt. Beide schauten wir jetzt ein wenig ungläubig zu dem Baum, unter dem wir die Zeit und uns vergessen hatten. Er stand nicht mehr.

„Wir hätten sterben können", sagte ich. Das Grauen, das die Erinnerung an vorhin auslöste, packte mich nur für einen kurzen Moment. Gleich war das andere wieder da. Das Unauslöschliche. Das Höchste der Gefühle.

„Wir sind gestorben", sagte Milena und sah mich mit diesem leicht schielenden Blick von der Seite her an. „... oder gekommen."

Vielleicht rann ihr jetzt das Sperma über die Schenkel, in diesem Augenblick, wo ich unseren Wahnsinn begriff. Milena harrte triefend nass vor mir. Ihre Haare hingen in Strähnen herunter. Sie sah nicht wirklich echt aus. Wie Kleopatra, die aus dem Fluss stieg. Sie musste verrückt geworden sein.

„Du bist so in Gedanken vertieft", sagte sie. Und keine Spur von ihrer Verrücktheit in ihrer Stimme. Vielleicht ein Hauch noch von ihrem Beben schwang darin mit. Ein Nachbeben, das sich von unten nach oben verschoben hatte.

„Du hast mich überrascht", gab ich zu. „Überrascht und ..."

„Hast du Angst verspürt?" Sie lachte wieder dieses dunkle, warme Lachen, bevor sie mich aussprechen liess.

„Angst um dich", sagte ich und zog sie nahe an mich.

„Es ist nichts passiert", sagte sie und liess es geschehen, dass ich mit meiner Hand über ihr Gesicht streichelte.

„Wir haben Glück gehabt."

„Hinterfragst du immer alles?"

„Vielleicht."

„Auch mich? Oder nimmst du mich, wie ich bin?"

„Was für eine Frage." Ich hätte ihr jetzt wieder unter den Rock gegriffen, mir von diesem pulsierenden Teil etwas erhascht. Ich konnte mich beherrschen im Angesicht der Tatsache, dass sich andere Leute um uns versammelt hatten.

Ich lehnte mich an das Fenster im Hotelinneren, das den Empfang vom Restaurant trennte, das unterhalb lag.

Plötzlich sah ich ihn!

Ich drückte mein Gesicht an die Scheiben, als hätte ich damit verhindern können, dass er mir aus meinem Blick entschwand.

„Ich muss ins Untergeschoss gehen", sagte ich, wieder Milena zugewandt.

„Und ich muss mich umziehen."

„Du kannst jetzt nicht alleine nach Hause gehen."

„Dann komme ich mit."

Im Restaurant waren ein paar Hotelgäste. Vielleicht waren sie hierhergeflüchet, nachdem sie nicht hatten schlafen können. Ich sah den Barmann, der mit verdriesslichem Gesicht am Tresen stand und nervös Gläser mit einer undefinierbaren Flüssigkeit auffüllte.

Hier unten tönte es schauerlich. Das Dröhnen der Gewitternacht. Das Bersten der Hagelkörner. Ein unaufhaltsames Rauschen. Und ganz im Entfernten die Sirenen der Feuerwehr. Ich ging auf die hintere Tischreihe zu. Milena folgte mir.

Max Sommerhalder telefonierte gerade mit einem Mobiltelefon. Er war so in sein Gespräch vertieft, dass er mich nicht beachtete. Aber das war es nicht, was mich auf sonderbare Weise erstaunte. Sommerhalder sah anders aus, als ich ihn in Erinnerung hatte. Sehr gepflegt. Er war sogar rasiert. Er trug ein kurzärmliges Hawaiihemd, eines jener Hemden, das es schon vor dreissig Jahren gegeben hatte. Heute waren sie wieder im Trend. Hätte ich nicht genau gewusst, wer er war, so hätte man denken können, dass er hier in diesem Hotel seinen Sommerurlaub verbrachte. Auf dem Tisch vor ihm stand ein Eiskübel mit einer umgekippten Champagnerflasche, daneben ein Sektglas.

„Herr Sommerhalder?"

Er schaute augenblicklich auf. „Ja? Kennen wir uns?" Er räusperte sich.

Ich erinnerte mich gut an seine Stimme. „Wissen Sie nicht mehr, wer ich bin?"

Er überlegte lange, murmelte dann irgendetwas ins Telefon und legte dieses auf den Tisch.

„Andy Walker, Kripo Luzern", sagte ich.

Sommerhalder wurde auf einmal sehr blass, als hätte ich ihm soeben meine volle Faust in den Magen geschlagen.

„Darf ich mal?" Ich griff nach dem Mobiltelefon auf dem Tisch. Sommerhalders Hand griff auch danach. Aber seine Reaktion kam zu spät. „Was haben wir denn da?" Ich schaute mir das anthrazitfarbene Gehäuse näher an und fuhr mit dem Finger über die Seiten. Ich fühlte eine schwache Bruchkante, kaum mit den Augen zu erkennen. Ich holte mein Portemonnaie hervor und das kleine anthrazitfarbene Gegenstück, das genau auf die Bruchstelle passte.

Ich überlegte mir, was ich zu Sommerhalder sagen wollte. Da kam mir Milena zuvor. „Aber das ist ja Catherines Natel!"

„Die sehen doch alle gleich aus", sagte ich aus einem Reflex heraus.

„Nein, das Blümchen da hinten auf der Rückseite, das hat sie eingraviert.“ Milena drehte das Mobiltelefon in meiner Hand um. „Siehst du es?“

„Mit einer Brille vielleicht“, sagte ich und staunte über ihren scharfen Blick. Jetzt erkannte ich sie auch. Die Blume, die ich zuerst für eine zerkratzte Stelle gehalten hatte. „Wie sind Sie an dieses Natel gekommen?“ Ich wandte mich Sommerhalder zu. Ich sah ihm an, wie schwer seine Gedanken waren. Er überlegte sich genau, was er mir sagen wollte, ohne sich selbst zu belasten. So viel Klugheit traute ich ihm durchwegs zu. „Haben Sie es gefunden?“, fragte ich, ihn zu einer Antwort zwingend.

Das Surren meines Mobiltelefons kam dazwischen. Ich meldete mich, ohne Sommerhalder aus den Augen zu lassen.

„Ich bin da auf etwas ganz Interessantes gestossen“, sagte Nina am anderen Ende. „Das heisst, auf zwei Dinge.“

Ich war erstaunt, dass sie um diese Zeit noch wach war.

„Ich konnte nicht einschlafen bei diesem Wetter“, sagte sie, was ich gut verstand.

„Was hast du denn herausgefunden?“

„Tatsächlich befand sich zur Mordzeit der Bruder von Hans Mahler in Kenia. Hans Mahler kehrte am Tag vor dem Mord in die Schweiz zurück und machte in Zürich einen Zwischenhalt.“

„Woher hast du das?“ Nina brachte immer wieder Erstaunliches zutage.

„Sofie Mahler hat mich vorhin angerufen und gemeint, jetzt, wo ihr Vater tot sei, könne sie es mir ja sagen: Er sei bei einer Freundin gewesen.“

„Aha, das hätte ihn noch verdächtiger gemacht, nicht?“ Ich dachte an Sofie, und es wunderte mich nicht, warum sie Stellung für ihren Vater bezogen hatte. Ich schluckte den Groll hinunter, redete mir gleichzeitig ein, dass ich mit meinen Vermutungen doch nicht ganz daneben lag. Mahler hatte nicht das Potenzial zum Mörder gehabt. Doch diese Tatsache würde erneut viele Fragen aufwerfen. „Und was gibt es noch, das ich wissen müsste?"

Nina räusperte sich. „Die Frau von diesem Dr.Galizzi ..."

„Du meinst Tiziana?"

„Ja."

„Was ist mit ihr?" Ich sah sie vor mir, diese zerbrechliche, blonde Frau. Ob sie eine Fehlgeburt gehabt hatte? Ich würde mich morgen nach ihr erkundigen.

„Ihr lediger Name ...", sagte Nina zögernd. „Oder kennst du den etwa schon?"

„Wie sollte ich, wenn ich dich gebeten habe, dies herauszufinden?" Langsam wurde ich ungeduldig. „Mache es nicht spannend."

„Sie hiess Ripiosi."

„Ripiosi?" Wo hatte ich diesen Namen schon gehört? Ripiosi! Ripiosi! Natürlich: Dante Ripiosi, der Empfangschef des Hotels, in dem ich mich gerade befand. War es Zufall?

„Bist du sicher?", fragte ich, obwohl sich diese Frage völlig erübrigte.

Plötzlich nahmen die schemenhaften Bilder vor meinem geistigen Auge konkrete, klare Formen an. Die blonde Frau neben Galizzi im Parkhotel, ihre schräg gestellten Augen. Diese Augen, die Form der Augen, die ich zu einem früheren Zeitpunkt schon einmal gesehen hatte. Ich hatte nur nicht gewusst, wo.

Jetzt wusste ich es. Mir lief es kalt über den Rücken. Meine Gedanken überschlugen sich.

Ich verabschiedete mich von Nina und drehte mich Sommerhalder zu. „Vielleicht brauchen Sie einen Anwalt", sagte ich und erntete wütende Blicke.

„Das würde ich an Ihrer Stelle nicht so laut hinausposaunen", entgegnete Sommerhalder. „Nur weil ich ein Handy besitze, das irgendjemand anderem gehört hat, heisst das noch lange nicht, dass man mir deswegen etwas anhängen kann."

Meinte ich es nur oder war da ein arroganter Unterton herauszuhören? „Ich nehme an, dass man Ihnen einen Verteidiger finanziert", sagte ich zu Sommerhalder. „So wie man Ihre Kleider und die Unterkunft hier finanziert hat. Sie müssen Nerven haben."

„Man gewöhnt sich an so vieles, wenn man ein von der Gesellschaft Ausgesteuerter ist und plötzlich die Chance bekommt, wieder dazuzugehören."

Aus dieser Sichtweise hätte ich ihn durchwegs verstehen können. „Sie haben also für Ihr Schweigen kassiert?"

Sommerhalder grinste hämisch. „Von mir erfahren Sie nichts. Absolut nichts."

„Beantworten Sie mir noch eines", sagte ich, „wo haben Sie das Handy gefunden?"

„Ich habe es nicht gefunden", sagte Sommerhalder. „Jemand hat es mir geschenkt."

Ich realisierte, dass er über seine Worte erschrak. Sein Mundwerk war eindeutig schneller gewesen als sein Verstand. Ich tat so, als liesse mich dies kalt. Ich drehte mich zu Milena um. „Könntest du dich einen Moment zu Sommerhalder setzen?", flüsterte ich ihr ins Ohr. Sie schaute mich konsterniert an, als hätte sie meine Worte nicht begriffen. „Halte ihn hin", flehte ich sie an. „Ich muss unsere Abteilung benachrichtigen."

Ich stellte Korners private Nummer ein. Conradin interessierte mich nicht. Er hätte mich für beschränkt gehalten. Korner nahm nach viermaligem Klingeln ab.

„Tut mir leid, Chef. Aber Sie sollten unverzüglich ins Hotel am Sempacherpark kommen."

„Weiss es Conradin?“, fragte Korner.

„Ich konnte ihn nicht erreichen“, log ich und verwünschte im selben Augenblick die sture Rangordnung der Polizei.

„Gibt es Probleme?“

„Ich glaube, ich habe den Mörder von Catherine Mahler!“

In der Leitung war es augenblicklich still.

„Ich brauche Verstärkung“, sagte ich, nun etwas resoluter, weil ich ahnte, dass Korner mir nicht glaubte.

„Wissen Sie, was Sie da sagen?“, Korners Stimme klang heiser.

„Wir haben keine Zeit mehr, dies zu hinterfragen.“ Ich merkte, wie ich langsam nervös wurde. Milena sass bei Sommerhalder und unterhielt sich mit ihm. Sommerhalder war betrunken, was die Sache vereinfachte.

„Und wer ist es diesmal?“

„Ich bin mir absolut sicher.“ Ich musste mich räuspern.

Ich wusste, dass mein Wissen nur auf Spekulationen basierte. Eine Geometrie aus Zusammenhängen, die sich in meinem Kopf zu einem einzigen Bild vervollständigten.

„Ich werde sofort kommen“, sagte Korner, ohne mich nach dem Namen des Verdächtigten oder nach meinen Beweggründen zu fragen.

Ich warf Milena rasch einen dankbaren Blick zu, den sie lächelnd quittierte. Sie sah zerzaust aus. Ihr Augen-Make-up war noch immer verwischt. Das Kleid klebte feucht über ihrem Körper und zeichnete ihre Konturen ab. Ihre schönen Brüste, die schmalen Rundungen ihrer Hüfte, ihre Vertiefung unterhalb ihres Bauches. Ein warmes, vertrautes Gefühl durchflutete mich.

Ich wusste nicht, wie viel Uhr es war. Ich ging die Treppe hoch nach draussen. Es war, als fiele ein Vorhang vor mir zu. Ein rubinroter Schleier, der durch nervöse gelbe Lichter durchbrochen wurde. Regen und Hagel gingen nieder. Ein Einsatzwagen der Feuerwehr schoss grelle Blitze hindurch. Die Schläuche waren ausgefahren. Wie gefrässige Schlangen saugten sie das Wasser von den Strassengräben ab. Jammernd tönten die Sirenen, als wäre Krieg. Gegenüber schaufelten schwarz gekleidete Männer eiergrosse Eiskörner zusammen. Soldaten gleich, die den Schutt einer Detonation beseitigten.

Ich kehrte in den schützenden Raum des Hotels zurück und wartete auf Korner und seine Leute. Vielleicht würde er gar nicht durch die Stadt kommen. Ich konnte mir nicht vorstellen, wie es auf der anderen Seite der Reuss aussah.

Die Temperaturen waren jetzt merklich gesunken.

Ich ging an den Empfangstresen. Der kahlköpfige Mann dahinter machte nicht den Anschein, als wäre er über mein Kommen sehr erfreut. Seine Blicke verrieten eine abschätzende Art, die mich negativ qualifizierte. Ich konnte ihn durchwegs verstehen. Das Haus, das er mit dem letzten Rest Perfektionismus zu schützen versuchte, war zu einer schmutzigen Unterkunft verkommen, in die die späten Fussgänger vor dem Inferno draussen geflüchtet waren. Ich streckte ihm meinen Ausweis unter die Augen und nannte meinen Namen. „Ist Dante Ripiosi noch im Dienst?"

„Der ist erst morgen früh wieder da", sagte der Kahlköpfige.

„Wann genau kommt er?"

„Seine Arbeit beginnt um sechs. Er hat immer Frühdienst."

„Haben Sie seine Adresse?"

„Er wohnt am Kornmarkt. Darf ich fragen, was Sie von ihm wollen?"

Er schob ein Bündel Papier vom Tresen und fing es geschickt auf, bevor es zu Boden fiel. Ich schaute ihm zu, wie er danach mit fahrigen Bewegungen imaginäre Dinge wegwischte.

„Wie lange arbeiten Sie schon hier in diesem Hotel?“, fragte ich, ohne seine Frage zu beantworten.

„Das ist meine erste Saison als Nachtportier“, sagte er.

„Wenn Ripiosi ankommt, sind Sie dann noch da?“

„Manchmal gehe ich schon früher. Wenn es keine Zimmerreservationen gibt, gehe ich schon um vier Uhr nach Hause.“

„Und dann ist das Hotel unbeaufsichtigt?“, fragte ich. Mir wurde ganz plötzlich bewusst, dass ich meine Ermittlungen nicht systematisch genug geführt hatte. Ich hatte Dinge ausgelassen, hatte Leute vergessen, war klaren Spuren nicht gefolgt.

„Nein, die Putzequipe kommt etwa um diese Zeit, um das Restaurant und die Empfangshalle zu reinigen.“

Dann hatte mich Ripiosi doch angelogen. „Und die geht dann wieder, wenn Ripiosi kommt?“

Er lächelte, antwortete aber nicht. Ich drehte mich um, weil ich Korners Stimme vernahm, diejenige von Conradin und der uniformierten Polizisten. Es waren insgesamt sechs, die in ihrer Uniform ins Hotel traten. Conradins Anwesenheit irritierte mich. Er sagte nichts.

„Wo ist er?“, fragte Korner.

„Einer ist unten im Restaurant“, sagte ich. „Der andere am Kornmarkt. Vielleicht sollten Sie den Kahlgeschorenen hinter dem Empfangstresen ebenfalls in Verwahr nehmen. Ich traue ihm durchwegs zu, Ripiosi zu benachrichtigen. Ich konnte leider nicht anders vorgehen.“

Korner trat auf den Nachtportier zu und sagte ihm, dass er sich strafbar mache, wenn er jetzt zum Telefon griff. Dann winkte er einem der Polizisten zu.

„Machen Sie das, Müller. Und Sie, Fanger, fahren zum Kornmarkt. Nehmen Sie zwei Leute mit. Wir kommen dann nach.“

Ich schob Lukas Fanger, einem hochgewachsenen Blondschopf, den Zettel mit der Adresse zu. Dann stieg ich mit Korner die Treppe hinunter. Milena sass immer noch bei Sommerhalder. Es sah fast so aus, als hätten sie ihre Rollen vertauscht. Nichts mehr erinnerte daran, dass Sommerhalder vor nicht allzu langer Zeit ein Vagabund gewesen war. Milena dagegen wirkte in ihren feuchten Kleidern wie die Arme, Ausgehungerte von der Strasse.

„Wer ist diese Frau?“, fragte Korner, sichtlich überrascht.

Hätte ich ihm sagen sollen, dass sie seit dieser Nacht meine Geliebte war? Die Frau, die mich in den Wahnsinn gerissen hatte, vorhin unter der Buche im Park?

„Milena Viano“, erwiderte ich, nicht ganz ohne einen gewissen Stolz, den zuzugeben aber nicht in meinem Naturell lag.

„Ist das die neue Observierung?“ Er lachte.

„Ich rate Ihnen, sich nicht in Ihre Nähe zu wagen. Ich vermute, dass sie Bodybuilding macht.“

„So sieht sie aber nicht aus“, hörte ich Conradin hinter mir sagen. Er kicherte. Er kicherte immer, wenn er verlegen war. Das gab mir eine gewisse Genugtuung. In der Nähe schöner Frauen bekam er Herzflimmern und Schweisshände. Vielleicht war er deswegen noch ledig.

„Ich nehme Sie vorläufig fest“, sagte jetzt Korner zu dem völlig verdatterten Sommerhalder. „Ich mache Sie gleichzeitig auf Ihre Rechte aufmerksam. Sie dürfen schweigen und einen Anwalt zuziehen. Alles, was Sie jetzt sagen, wird protokolliert und allenfalls gegen Sie verwendet.“

„Also halten Sie den Mund“, sagte Conradin, was Korner mit einem verächtlichen Blick auf ihn tadelte.

Sommerhalder hätte sowieso nichts herausgebracht. Konsterniert stand er auf. Mit der stoischen Ruhe des Untergebenen, mit der typischen Haltung des Geprügelten. Es war ein Leichtes für den Mörder gewesen, ihn gefügig zu machen.

„Abführen", sagte Korner mit der unmissverständlichen Kommandostimme, die ihm wahrscheinlich seit der Rekrutenschule anhaftete.

Die zwei übrig gebliebenen Uniformierten, einer links, der andere rechts, nahmen Sommerhalder in Verwahr, fern der Tatsache, dass dieser nicht annähernd imstande war, sich zu wehren. Um uns herum bildete sich ein Kreis schaulustiger Leute.

Milena stand auf.

„Hast du deinen Wagen da?", fragte ich sie und zog sie zur Seite.

„Wann wirst du nach Hause kommen?" Ihre Augen waren dunkel und wieder voller Sehnsucht.

Was meinte sie damit, nach Hause kommen? War ich jetzt bei ihr zu Hause? Für den Rest der Nacht oder vielleicht für eine zweite?

„Ich bin zu Fuss hierhergekommen", sagte sie.

„Sollen wir dich mitnehmen?"

„Ich werde warten, bis der Regen nachlässt. Du brauchst dir meinetwegen keine Gedanken zu machen." Salomé hätte ich widersprochen. Aber Milena war nicht Salomé.

„Pass auf dich auf", sagte ich nur.

Korner war bereits draussen in seinem Wagen, als ich durch einen Fluss aus schwarzer Brühe watete. Die schweren Gewitterwolken hatten sich endgültig über der Stadt entladen und zogen nun weiter östlich. Das Klima war plötzlich wieder erträglich. Das Atmen fiel mir leichter. Ich erinnerte mich, dass ich schon eine geraume Zeit nicht mehr geraucht hatte.

Ich stieg ein.

***

Es war schwierig, durch die Stadt zu kommen. Überall waren die Feuerwehr und das Militär in unermüdlichem Einsatz. Umgestürzte Bäume, verwehte Abfalltonnen, haufenweise Papier, abgerissene Äste und Blätter waren die letzten stummen Zeugen eines Unwetters, das Luzern wie nie zuvor in diesem Ausmass heimgesucht hatte. Der Regen liess nach. Die Bäche auf den Strassen waren geblieben. In der Luft hing ein eigenartiger Geruch, der an feuchten Waldboden erinnerte. Er assoziierte Bilder aus meiner Kindheit.

„Wie sind Sie auf Ripiosi gekommen?“ Korner brach das Schweigen, als wir endlich auf der Seebrücke waren.

Noch immer lief die Sturmwarnung beim Verkehrshaus auf Hochtouren. Nur schemenhaft erkannte ich Boote unten am See, die verdächtig schräg im Wasser lagen, geschändeten Körpern gleich. Mir war, als hörte ich ihr schmerzliches Stöhnen, das Klappern losgelöster Hölzer auf ihrem Deck.

„Haben Sie meine Frage nicht verstanden?“ Ich sah aus meinen Augenwinkeln, dass mich Korner anstarrte. Vielleicht hätte ich ihm sagen sollen, dass es eine Eingebung gewesen war oder der sechste Sinn. Ich konnte es mir ja selbst nicht erklären. Ich wusste es einfach. „Es sind genug Indizien da, die gegen Ripiosi sprechen“, sagte ich zögernd und wusste im selben Augenblick, dass ich mir damit selbst widersprach.

„Ich werde mich überraschen lassen“, entgegnete Korner, wendete bei der Hofkirche und fuhr zurück bis zum Kappelplatz. Er schaltete das Blaulicht ein und fuhr weiter durch die Kapellgasse zur Kornmarktgasse, wo er knapp neben dem Rathaus seine Limousine zum Stehen brachte, unmittelbar vor einem Berg zusammen geschaufelter Hagelkörner. Conradins Dienstwagen war vor Ort, zwei weitere Streifenwagen, ein Camion der Feuerwehr.

„Kennen Sie die Hausnummer?“, fragte Korner und stieg aus.

„Da drüben muss es sein. In der Gasse dort“, sagte ich.

Die dumpfen Geräusche unserer Schritte waren zu vernehmen, das Nachhallen zwischen den Häusern, deren geschlossene Fenster uns dunkel entgegengähnten. Wie schlafende Riesenköpfe unter dem noch immer aufgewühlten Himmel.

Der Eingang war nicht abgeschlossen. Gleich umfing uns ein ätzender Geruch, einem unsauberen Urinal gleich, der mir unangenehm in die Nase stieg. Ich hätte mich nicht gewundert, hier irgendwo in einer Ecke eine gebrauchte Spritze zu finden, Kaffeelöffel, Zündhölzer und leere Plastikbeutel. Vielleicht liess ich mich irreführen. Nicht jede Höhle ist des Teufels.

Aus einem der oberen Geschosse vernahm ich Männerstimmen, daneben ein lautes, unhaltbares Husten.

„Kommen Sie, hier sind wir“, rief jemand eine Etage höher.

„Und?“ Korners Frage: „War er zu Hause?“

„Sie finden ihn in der Küche.“

Um in die Wohnung zu kommen, musste ich mich bücken, weil der Türrahmen ungewöhnlich tief hing. Es sah hier ziemlich unordentlich aus, der Geruch aus dem Treppenhaus setzte sich hier ungeniert fort. Zwei Katzen streunten mir um die Beine. Jetzt wusste ich auch, woher dieser penetrante Geruch kam.

Ripiosi sass am Küchentisch, dahinter standen zwei Polizisten. Conradin und Müller ihnen gegenüber. Viel Aufwand für den jungen Sizilianer, der in seinem ärmellosen Leibchen eher den Eindruck erweckte, ein armer Schnösel als der stolze Empfangschef eines Luxushotels zu sein. Die Aussage von der glänzenden

Fassade traf hier wohl am ehesten zu. Vielleicht wohnten viele ausländische Arbeitnehmer in solch einfachen Verhältnissen, sich ein besseres Leben in ihrer Heimat vor Augen haltend. Der Strohhalm auf dem reissenden Fluss der Illusionen. Irgendwann würden sie zurückkehren zu ihren Familien und das hier vergessen. Ich verdrängte den Gedanken wieder. Die beiden blau eingefärbten Striemen auf den beiden Oberarmen gaben mir mehr zu denken. Waren dies vielleicht einmal Kratzspuren gewesen? Ich wies Korner darauf hin, der es zur Kenntnis nahm.

Als mich Ripiosi sah, verengten sich seine blauen Augen zu kleinen, gefährlichen Schlitzen.

„Ich bin gespannt, was Sie zu sagen haben." Korner sah mich streng an. Was erwartete er? „Ich überlasse Ihnen das Wort. Oder sind Sie sich nicht mehr sicher, weshalb wir hier sind?"

Und ich hatte gedacht, dass das Gewitter sein Hirn abgekühlt hätte. Ich setzte mich Ripiosi gegenüber. „Seit wann wussten Sie, dass Ihr Schwager mit Catherine Mahler ein Verhältnis hat?"

In der Küche war es augenblicklich still. Diese Frage hatte wohl niemand erwartet, zuallerletzt Ripiosi.

„Ich weiss nicht, wovon Sie sprechen", sagte er barsch. Diesen Ton kannte ich bereits. Seine Augen sahen jetzt noch gefährlicher aus.

„Wie haben Sie herausgefunden, wo Ihr Schwager mit seiner Geliebten logiert?"

„Sie verwechseln mich." Ripiosi streckte seinen Rücken durch und drückte die rechte Schulter weit hinter die Stuhllehne. Sein Arm baumelte herunter und bewegte sich wie das Pendel einer Schwarzwälderuhr. Auf seinem Gesicht erschien ein freches Grinsen, das mir jedoch seine Unsicherheit signalisierte.

„Oder hat Sie Ihre Schwester Tiziana darüber informiert?"

Ripiosis Kopf flog herum. „Lassen Sie meine Schwester aus dem Spiel. Sie hat nichts damit zu tun."

„Von irgendwoher haben Sie es doch erfahren, oder?" Ich gab nicht auf. „Oder haben Sie Franco nachspioniert?" Ich nannte seinen Schwager bewusst beim Vornamen. „Hat sich Tiziana beklagt, dass ihr Mann fremdgeht?"

Ich sah Ripiosi an, dass er innerlich kochte.

„*Che cazzo, è!* Sie haben nichts in der Hand. Keine Beweise, nichts."

„Doch, Ihre Fingerabdrücke", bluffte ich. „Soll ich Ihnen sagen, wie Sie es gemacht haben?"

Eine der Katzen sprang auf den Tisch und drängte ihren Kopf schnurrend an Ripiosis Wange. Er dagegen fegte den Vierbeiner unsacht auf den Boden. Die Katze zog den Schwanz ein und rannte fauchend weg.

Korner hatte sich indessen hingesetzt. Es war mir, als wäre er jetzt endgültig wieder wach. Ich sah ihm an, dass er nachdachte. Er schwieg, und ich fuhr fort.

„Tiziana hat Ihnen erzählt, dass ihr Mann eine Geliebte hat. Sie hat sich an Ihren Schultern ausgeweint und das hat sie so in Rage gebracht, dass Sie sich entschlossen haben, Ihren Schwager zu bespitzeln."

In der kurzen Pause, die ich machte, sah ich Conradin an, der den Mund nicht mehr zukriegte.

„Warum haben Sie nicht den Schwager umgebracht?"

„Walker!" Korners drohende Stimme.

Ich schaute ihn flüchtig an und wandte mich Ripiosi wieder zu. „Ich gebe Ihnen die Antwort", sagte ich. „Ihre Schwester erwartet ihr drittes Kind. Das wäre eine ungeheuerliche Tragödie gewesen, die Kinder ohne Vater aufwachsen zu sehen. Ich kenne die sizilianischen Familien ..."

„Walker!“ Wieder Korner, der mich zu besänftigen versuchte. Aber ich war ganz ruhig.

„Zügle deinen Zynismus“, flüsterte Conradin, der über mir stand. Er schnitt hinter vorgehaltener Hand eine Grimasse. Ripiosi sass zusammengesunken am Tisch.

„Ich mache Sie auf Ihre Rechte aufmerksam“, sagte plötzlich Korner. Ich kam ihm dazwischen.

„Ich will, dass er jetzt redet“, sagte ich, wild entschlossen, Salomés Mörder heute Nacht zu überführen.

Korner schluckte ein paar Mal leer und nickte mir dann zu.

„Entschuldigen Sie, Chef“, war das Einzige, was ich gegenüber Korner herausbrachte. Niemand hätte mich jetzt noch aufhalten können.

„Irgendwann haben Sie erfahren, wer Galizzis Geliebte war. Der Zufall wollte es, dass Catherine Mahler in Begleitung eines älteren Herrn mehrmals Ihr Hotel aufsuchte. Da erwachten in Ihnen noch ganz andere Gefühle, solche, die nur wir Männer zu haben imstande sind. Sie planten den Mord an Catherine Mahler und versuchten, den Verdacht auf Emmenegger zu lenken. Deshalb brachten Sie die Leiche in den Sempacherpark. Sie inszenierten ein perfektes Theater, um die Polizei auf eine falsche Fährte zu führen. Mit einem hatten Sie jedoch nicht gerechnet, dass Emmenegger bereits tot war, als Sie Catherine umbrachten, und mit dem Clochard, der Sie mit der Leiche sah.“

„Ich habe sie vom ersten Augenblick an gehasst“, sagte Ripiosi. Es schien, als hätte ich ihn endlich weichgeklopft. Er fuhr mit den Händen über sein Gesicht und strich seine feuchten Haare nach hinten. Meine Gedanken waren unverzüglich bei Salomé.

„Eines Abends kommt sie mit diesem Alten ins Restaurant und tut so, als wäre er ihr Ein und Alles. Ich habe sie von der Rezeption aus beobachtet, wie sie dem Alten unter dem Tisch an die Wäsche ging."

„Dann waren sie doch nicht so gesittet, wie Sie vor zehn Tagen behauptet haben", erinnerte ich ihn.

„Ich habe sie danach zweimal gewarnt, dass sie die Finger von meinem Schwager lassen soll", fuhr Ripiosi fort.

„Wie denn?"

„Via Internet."

Ich war perplex.

„Im Chat-Raum", ergänzte Ripiosi.

„Wie haben Sie denn das angestellt?"

„Ich war vielleicht einer von vielen!"

Vielleicht? Seine Äusserung mutete sonderbar an.

Die Agenda! Da würde sein Übername drinstehen. Vielleicht war er derjenige, den ich verzweifelt gesucht hatte. Ich schloss die Augen und versuchte, mich an die Namen zu erinnern. Mad Max, Poseidon, Hammer. Thommen, Galizzi und Emmenegger.

„Fantasmo?"

Ripiosis Augen nahmen wieder die Form von kleinen Schlitzen an. Sie erinnerten mich an den Blick einer Schlange, den eines Reptils.

„Sie hat mich nie gesehen, diese Hure", sagte Ripiosi ausser Atem. „Aber sie hat sich mit Franco getroffen und hat meine Schwester gedemütigt."

„Woher wussten Sie, dass Catherine Mahler im Internet zu finden war?"

„Als meine Schwester Verdacht schöpfte, liessen wir am Computer ein Überwachungssystem einbauen."

„Wie bitte?" Ich musste aufstehen. Ich wusste nicht, ob ich Ripiosi hätte glauben sollen. Wenn ich mich umsah, machte es mir nicht den Eindruck, als hätte er genug Geld, um solch teure Installationen zu bezahlen. Und soviel ich von Franz Notz wusste, konnten solche Montagen nur mit dem ausdrücklichen Einverständnis des Eigentümers errichtet werden. „Wer hat das finanziert?"

„Tiziana. Sämtliche Chat-Gespräche wurden so gespeichert. So auch diejenigen zwischen Catherine und Franco. Es war ein Leichtes, herauszufinden, wann und wo sie sich treffen."

So viel Fantasie hätte ich Ripiosi nicht zugetraut.

„Ich weiss, was Sie sagen wollen." Ripiosi räusperte sich. „Der Computer gehört meiner Schwester. Sie arbeitet zu Hause. Franco benutzt ihn nur nach Feierabend, meistens auch nachts." Schnell wechselte er das Thema. „In den sechs Jahren, in denen ich in der Schweiz arbeite, habe ich mich mit vielen Dingen auseinandergesetzt. Wir Italiener haben eine etwas andere Moral, was Beziehung und Familie angeht."

Ich musste das zuerst verdauen. „Und allein diese Tatsache gab Ihnen das Recht, einen Mord zu verüben?"

„Ich habe niemanden umgebracht", sagte jetzt Ripiosi und schwieg danach eisern. Korner versuchte, ihn aus dieser plötzlichen Blockiertheit zu locken, was ihm allerdings misslang.

„Gut, wie Sie wollen", sagte Korner. „Wir nehmen Sie vorläufig fest." Ich sah ihm an, dass er die Geduld verlor. „Packen Sie Ihre nötigsten Sachen ein. Sie werden den Rest der Nacht im Grosshof verbringen."

„Wo?" Ripiosi tat verdattert.

„In Untersuchungshaft", sagte Korner und sah mich mit düsterem Blick an. „Und Sie, Walker, veranlassen, dass man diesen Nachtportier vom Parkhotel in die *Haftanstalt* zitiert. Conradin hat mich darüber informiert. Sie hätten das eigentlich schon längst tun sollen." Er schaute auf seine Armbanduhr. „Es ist jetzt bald sechs Uhr. Wir werden uns in zwei Stunden dort treffen."

Draussen begann es zu dämmern. Ich sah durch das Küchenfenster hindurch auf die Reuss, über der graue Wolkenschwaden hingen. Die Häuser der Neustadt gegenüber waren mit einem düsteren Schleier umhüllt.

***

Ich fuhr mit Conradin zurück. Conradin, der während des ganzen Verhörs ausgesprochen wortkarg gewesen war. Was er wohl gedacht hatte? Den Rest würden die anderen erledigen. Korner und die Leute vom Nachteinsatz.

Zu Hause in ihrer Wohnung würde Milena gleich aufstehen. Vielleich öffnete sie in diesem Augenblick ihre Augen und war enttäuscht, dass sie mich nicht an ihrer Seite liegend fand. Ob sie mir einen Schlüssel hinterlegt hatte? Die Gedanken an sie erregten mich erneut, und als mich Conradin vor der Zentralbibliothek absetzte, fühlte es sich an, als müsste ich mich auf der Stelle von einem Überdruck befreien. Ich ging zu meinem Wagen und setzte mich ans Steuer. Ich sah in den Rückspiegel und betrachtete lange mein Gesicht. Die Nacht hatte sichtbare Spuren hinterlassen. Ich nahm eine Zigarette aus dem Handschuhfach und zündete sie an. Noch immer waren die Feuerwehrleute und das Militär beim Aufräumen. Der Park sah trostlos aus. Ein Bagger und ein Lastwagen waren vor Ort, ein Dutzend Männer zersägten die alte Buche, die über der Strasse lag.

Ich startete den Motor und fuhr in gemässigtem Tempo aus dem Quartier hinaus.

Es sah aus, als wäre der Herbst über Nacht gekommen.

Auf dem Weg nach Vitznau rief ich den Nacht-Concierge an.

„Ich bin von der Polizei nie als Zeuge befragt worden", sagte Patrick Horat, nachdem ich mich nach seinem Namen erkundigt und ihm meine Fragen gestellt hatte.

„Deshalb will ich Sie ja abholen, damit Sie eine Zeugenaussage machen können", versuchte ich, ihm zu erklären. „Halten Sie sich bereit. Ich werde in einer halben Stunde bei Ihnen sein."

„Ich mache Sie darauf aufmerksam", sagte Horat, „dass Sie mir eine amtlich beglaubigte Vorladung schicken müssten."

„Machen wir es nicht noch komplizierter", sagte ich, weil meine Geduld am Limit war. Trotzdem musste ich über Horats Ansinnen schmunzeln. Ob er einer von denen war, die ihr Jurastudium frühzeitig abgebrochen hatten?

„Es ist alles schon vorbereitet", sagte ich. „Und keine Bange, Sie werden für Ihren Aufwand entschädigt."

Das Gespräch war zu Ende.

Während der ganzen Fahrt den See entlang nahm ich nichts wahr, was ausserhalb war. Milena war so präsent, als sässe sie neben mir. Milena und nicht Salomé. Salomé hatte sich plötzlich aufgelöst. Wenn ich versuchte, mir ihr Gesicht vorzustellen, so sah ich Milenas Gesicht. Wenn ich an ihren Körper dachte, so spürte ich Milenas Körper und wusste doch genau, dass es am Ende nur ein Trugbild war. Salomé würde immer allgegenwärtig sein. Vielleicht war Salomé der Spiegel meiner selbst gewesen, der mir mein wahres Ich kompromisslos an den Kopf geworfen hatte. Vielleicht hatte ich deshalb so an ihr gehangen, weil sie mir, ohne viel von sich preiszugeben, rücksichtslos meine Schattenseiten aufdeckte.

Warum flüchtete ich von einer Affäre in die andere? Würde ich Milena lieben können oder wehrte ich mich dagegen? Würde es zwischen uns zwangsläufig eine Beziehung geben, weil ich nicht mit dem Gedanken umgehen konnte, wieder allein zu sein? So allein, wie nach Gabys Auszug?

Horat stand tatsächlich schon vor der Türe des Parkhotels und unterhielt sich mit dem Portier, als ich auf den Vorplatz fuhr.

Ich stieg kurz aus und begrüsste ihn. „Danke, dass Sie gekommen sind."

„Keine Ursache", sagte Horat und stieg unaufgefordert auf der Beifahrerseite ein.

Er war ein junger Mann, kaum über zwanzig und trug einen dieser Ziegenbockbärte, die man in dieser Saison an jedem zweiten Männergesicht sah, ein Brad Pitt-Bärtchen für Anfänger. „Dann wissen Sie sicher, worum es heute geht?", fragte ich, als ich mich wieder in den Wagen setzte.

„Peter Eberle sprach davon." Horat stellte den Sitz nach hinten und lehnte sich genüsslich zurück. „Haben Sie Musik im Wagen?"

„Wie bitte?"

„House und Trance oder Ähnliches?"

„Techno", sagte ich und stellte das Radio ein.

„Ist auch gut", sagte Horat und schloss die Augen in dem Moment, wo ich einen kurzen Blick hinüberwarf. Sein Körper machte seltsame Verrenkungen.

„Ich war an der Streetparade", sagte er, immer noch mit geschlossenen Augen. „Können Sie sich vorstellen, wie die Puppen getanzt haben?"

Ich konnte es mir vorstellen. Ich spann den Gedanken jedoch nicht weiter. Milena war allgegenwärtig, und ich liess Horat den Strassenmarsch zu Ende träumen.

***

In Kriens flüchteten die Menschen vor dem erneut aufkommenden Wind, vor dem Regen, der schmutzige Streifen auf die Autoscheibe zeichnete. Ich bog in die Eichwilstrasse ein und parkte vor dem lang gezogenen Gebäude. Zwei behelmte Marionetten hielten ihre Gewehre im Anschlag. Ich wusste nicht, warum die Rekruten gerade heute eine Übung zelebrieren mussten. Vor mir war Korner angekommen. Einer der Polizisten stieg als Erster aus. Ihm folgte Ripiosi in Handschellen. Ich sah, dass er skeptisch an den Fassaden hochschaute. Haftanstalt und Untersuchungsgefängnis Grosshof stand da in unübersehbaren Lettern über dem Glasportal. Es war wie eine Parole der Inquisition. Wörter, die peitschten, mahnten, zerschnitten.

Ich ging mit Horat zum Eingang und liess vom Türwärter meinen Ausweis und Horats Papiere kontrollieren. Danach wurden wir von einem anderen anwesenden Beamten in ein Zimmer beordert, in ein nüchternes Büro, wo Gegenüberstellungen, Zeugenbefragungen und amtliche Gespräche geführt wurden. Der Untersuchungsrichter des Kantons Luzern, Daniel Suter, sass am Ende des rechteckigen Tisches, dahinter an einem separaten Pult seine Sekretärin. Vor ihr befand sich ein Riesenkasten eines Computers, der gewiss schon bessere Zeiten gesehen hatte. Der Rest der Herren – Korner, Conradin und Ripiosi mit seinem Wachmann – hatte sich auf die freien Stühle verteilt. Auch Sommerhalder war anwesend, zusammen mit einem uniformierten Polizisten, sowie Marcel und Willy. Eine ganze Reihe von Leuten, wobei ich mich fragte, ob es überhaupt wichtig war, dass sie alle hier waren. Das kalte Licht der Neonröhre über mir leuchtete die hintersten Winkel des Raumes aus und zeichnete tiefe Furchen in die Gesichter der Anwesenden. Sie sahen übernächtigt aus. Ich setzte mich neben Korner und schob Horat den Stuhl daneben zurecht.

„Das ist er", sagte plötzlich Horat und gab mir unmissverständliche Handzeichen.

„Setzen Sie sich. Sie werden schon noch gefragt", sagte ich.

Er würde hier sein Verbrechen sühnen müssen. Hier, und dessen war ich mir ganz sicher, würde Ripiosi lange Zeit zur Verfügung haben, um über seine Tat nachzudenken.

„Meine Herren", sagte Suter. „Wir sind heute hier versammelt, weil der Fall Catherine Mahler nun doch noch in eine andere Richtung weist." Ich sah ihm an, dass er Mühe hatte, dies zu bekunden, weil der Fall für ihn vor weniger als zwölf Stunden abgeschlossen gewesen war. „Wir haben eine ganz neue Situation." Er räusperte sich und schaute Korner und Conradin wechselnden Blickes an. „Es sind nun plötzlich potente Zeugen aufgetaucht." Suter überflog ein Papier, das vor ihm auf dem Tisch lag. „Maximilian Sommerhalder", sagte er und blickte den Clochard über den Tisch hinweg an. „Können Sie mir erklären, wie Sie an das Natel der toten Catherine Mahler gekommen sind?"

Sommerhalder zögerte einen Moment und sah dabei Ripiosi an, der ihn jedoch keines Blickes würdigte. „Von dem dort", sagte Sommerhalder und schaute mit einer gewissen Verachtung, die mir nicht entging, Ripiosi an.

Der Italiener verzog indes keine Miene. Sein Gesicht wirkte wie eine starre Fassade, wie eine Maske, hinter die zu schauen niemand imstande war. Was ging in ihm vor?

„Können Sie sich besser ausdrücken?"

„Von Herrn Ripiosi", sagte Sommerhalder und streckte demonstrativ seinen Rücken durch. „Werde ich jetzt wieder auf freien Fuss gesetzt?" Er warf einen vielsagenden Blick in die Runde. „Und bekomme ich nun das Zeugengeld, das man mir versprochen hat?"

Durch den Raum ging ein Raunen.

„Warum hat Ihnen Dante Ripiosi dieses Natel geschenkt?"

Sommerhalder zuckte unmerklich zusammen. Er schwieg.

„Haben Sie etwas gesehen, das Sie vielleicht besser nicht gesehen hätten?", hakte Suter nach. Sommerhalter enthielt sich einer Antwort.

„Was haben Sie gesehen?" Suters Stimme klang jetzt laut und rau. „Was geschah am Samstagmorgen vor zehn Tagen?"

Sommerhalder beugte sich nach vorn, stützte seine Ellenbogen auf den Tisch und legte seinen Kopf in die Hände. „Ich hatte am Abend zuvor ein wenig zu viel getrunken", sagte er zögernd. „Ich legte mich auf einer Decke zwischen zwei Gebüschen schlafen. Als ich von einem herannahenden Auto aufgeweckt wurde, dachte ich zuerst, dass mich die Stadtpolizei aufgespürt hätte, und versteckte mich weiter hinten." Er hielt inne.

„Was haben Sie dann gesehen?" Suter gab nicht auf.

„Der Mitarbeiter vom Hotel neben dem Sempacherpark fuhr in den Park hinein und lud eine Frau vom Beifahrersitz auf eine Bank. Zuerst dachte ich, dass die Frau betrunken sei. Sie sass da und sah gar nicht aus wie eine Tote."

„Warum wussten Sie, dass es ein Mitarbeiter aus dem Hotel war?"

„Weil ich ihn jeden Morgen um halb sechs zum Eingang gehen sah, wo er aufschloss und hineinging."

„Was passierte danach?"

„Das Auto fuhr wieder weg."

„Wissen Sie, wie spät es da war?"

„Etwa zwei Uhr."

„Trugen Sie zu dieser Zeit eine Uhr?"

„Nein, ich hörte kurz zuvor die Uhr bei der Lukaskirche zweimal schlagen."

„Warum haben Sie die Polizei nicht sofort benachrichtigt?“

Sommerhalder schwieg, als hätte er sich seine weiteren Äusserungen genau zurechtlegen müssen.

„Warum warteten Sie, bis Herr Ripiosi wieder eintraf? Versprachen Sie sich dadurch irgendwelche Vorteile? Wollten Sie Herrn Ripiosi erpressen?“

Sommerhalder lehnte sich wieder zurück. „Ich möchte einen Anwalt sprechen.“

Suter grinste.

„Den werden Sie schon noch frühzeitig bekommen.“ Er räusperte sich. „Ich kann meine Frage auch anders formulieren: Warum haben Sie nicht sonst jemanden vom Hotel über Ihre Beobachtung informiert? Warum war es ausgerechnet Ripiosi? Kann es sein, dass Sie sich schon näher kannten?“

Suter ging taktisch vor, worauf Sommerhalder prompt hereinfiel.

„Nein. Ich kenne ihn erst seit diesem Vorfall im Park.“

„Hat er Ihnen das Natel geschenkt?“

„Ja.“

„Was noch?“

„Er stellte mir einen Scheck aus, damit ich mich einkleiden kann. Zudem hatte ich freien Zugang ins Restaurant.“

Suter klopfte auf den Tisch. „Herrgott nochmal. Warum ist das niemandem früher aufgefallen!“ Er drehte sich nach dem Polizisten neben Sommerhalder um. „Führen Sie ihn zurück in die Zelle.“

Ich sah Ripiosi an. Er schien nicht wirklich da zu sein. Seine Schultern hingen vornüber, seine Augen waren immer noch starr auf den Tisch gerichtet. Warum wehrte er sich nicht mehr?

„Jetzt zu Ihnen, Herr Horat“, sagte Suter und fixierte ihn mit einem stechenden Blick, der nichts Gutes versprach. „Patrick Horat. Ist das richtig?“

Als Horat zustimmend nickte, fuhr Suter fort: „Ich nehme an, dass Sie darüber aufgeklärt wurden, weshalb Sie hier sind. Berichten Sie uns über den späten Besucher im Parkhotel. Was wollte er?“

Horat stand auf. Es schien, als hätte er bei den Anwesenden einen gewissen Respekt erlangen müssen. Er war nicht sehr gross gewachsen. „Er bat mich, Herrn Galizzi an den Empfang zu rufen.“

„Hat er seinen Namen genannt?“

„Nein.“

„Aber Sie sind sich dessen gewiss, dass es einer der hier Anwesenden war?“

Horat blickte in die Runde, als müsste er das ihm bekannte Gesicht zuerst suchen. Mir fiel auf, dass er Ripiosi nicht in die Augen sehen wollte.

„Ja“, sagte Horat. „Der ist hier anwesend.“

„Wer ist es?“ Suter machte das Spiel mit.

„Er dort.“ Horat zeigte auf Ripiosi.

„Sie können sich wieder setzen“, sagte Suter und sah Ripiosi an. „Somit haben die Zeugen Sie eindeutig erkannt und Sie belastet ...“ Noch bevor Suter fertig war, ging die Türe zum Sitzungszimmer plötzlich auf, und ein Beamter trat ein. Er ging geradewegs auf Suter zu und übergab ihm ein Bündel Blätter. Ich sah, dass es *Fax*-Blätter waren.

Suter überflog das Geschriebene und schaute dann in die Runde. „Meine Herren. Ich habe hier den Bericht aus dem Labor. Somit ist weiteres Beweismaterial vollständig untersucht und identifiziert worden. Es steht fest, dass die Hautpartikel von den Fingernägeln der Toten mit Ripiosis Kratzern an den beiden Oberarmen identisch sind. Und die Reifenspuren im Sempacherpark wurden von Ripiosis Wagen verursacht." Suter sah zuerst Conradin, dann mich an. „Wir haben heute Morgen, gleich nach Ripiosis Festnahme, den Wagen konfisziert." Er nickte zufrieden. „Einmal mehr muss ich die Schnelligkeit unserer Leute im Labor rühmen." Er setzte wieder ernste Züge auf. „Somit steht fest, dass Dante Ripiosi, geboren am 22. Mai 1976 in der sizilianischen Stadt Siragusa, den Mord an Catherine Mahler begangen hat. Über den weiteren Verlauf der Dinge werde ich Sie informieren. Für heute ist die Sitzung geschlossen."

Bevor Suter aufstand, wandte er sich an Ripiosi. „Sie haben das Recht auf einen Strafverteidiger. Wir werden uns spätestens vor Gericht wieder sehen."

Ripiosi schwieg immer noch. Ob er sich der Tragweite seiner Tat in der Zwischenzeit bewusst geworden war? Ich hätte zu gern gewusst, was in ihm vorging, in dem Mann, der Salomé umgebracht hatte, der sie mit einer Vorhangquaste brutal erdrosselt, ihr den Kehlkopf eingedrückt und ihr das Genick gebrochen hatte. Es war mir, als hätte er sie gleich dreimal getötet. Ich kämpfte gegen die Tränen. Ein solches Ende hatte sie nicht verdient. Trotz allem oder gerade deshalb nicht.

Ich stand auf und nahm Horat zur Seite, der neben mir stand. „Wenn Sie warten, können Sie Ihr Zeugenhonorar gleich in Empfang nehmen. Ich werde Ihnen ein Taxi bestellen, das Sie zurückbringt."

Horat mochte mich erstaunt ansehen. Ich nahm dies nicht mehr wahr. Ich verspürte den Drang, nach draussen zu gehen. Ich brauchte frische Luft.

„Walker!" Korners Stimme, die mich in meinen Schritten innehalten liess. Ich drehte mich um.

Korner kam auf mich zu. „Walker, ich möchte nur zu gern wissen, wie Sie auf diesen Ripiosi gekommen sind. Und sagen Sie mir jetzt nicht, es sei ein Gefühl gewesen. Wir in unserem Beruf wollen handfeste Beweise."

„Die habe ich Ihnen doch geliefert", sagte ich.

„Nach welchen Kriterien?"

„Gut", sagte ich, „wenn Sie es unbedingt wissen wollen. Alles war eine Kettenreaktion meiner inneren Bilder. Angefangen hat es mit den jüngsten Ereignissen. Sommerhalder im Nobelrestaraurant mit dem Natel der Toten, dessen abgebrochenes Teil ich gefunden hatte. Frau Galizzi, deren Augen mich verwirrten, weil ich sie schon einmal zu sehen gedachte, und Ripiosi, der mir am Tag der ersten Befragung ganz klar demonstrierte, dass er solchesgleichen, wie der Clochard es ist, nicht ins Hotel lasse. Ich habe mir die Dinge eben zusammengereimt."

Korner schüttelte den Kopf. „Das waren ja nicht einmal nur stichhaltige Indizien, von denen Sie ausgingen."

Ich wusste darauf nichts zu erwidern. Der Anfang war somit auch das Ziel. Wo hatte ich das schon wieder gehört?

Ich verabschiedete mich.

Vor dem Gebäude blieb ich noch eine Weile stehen. Es roch plötzlich stark nach Herbst, nach feuchtem Asphalt und verwesten Pflanzen. Vielleicht war es auch nur eine Auswirkung des Unwetters vergangener Nacht.

So schnell ändern sich die Dinge. Und niemand kann sie zurückholen. Nicht einmal die Erinnerung, die nichts als eine Illusion ist, die uns schlussendlich vor dem grössten Schmerz bewahrt – dem Ausgelöschtsein. Ich fuhr nach Hause.

***

Auf dem Küchentisch fiel mir nun Gabys Abschiedsbrief auf. Froh darüber, dass sie den Weg zurück zu ihrem Karl gefunden hatte, riss ich das Schreibpapier in tausend Stücke und warf es in den Abfalleimer. Ich überprüfte den Anrufbeantworter. Er war leer. Auch auf meinem Mobiltelefon war keine Nummer, über die ich mich gefreut hätte. Kurz entschlossen betätigte ich Milenas Nummer und wurde in ihren Fitnessclub umgeleitet.

„Bedaure", sagte eine von Milenas Angestellten, „Frau Viano ist weggefahren. Sie lässt Ihnen ausrichten, dass sie sich heute Abend bei Ihnen melden wird."

Ich legte auf.

Ich ging ins Wohnzimmer und griff hinter *Martin Bernhard*. Die Whiskyflasche war noch immer da, wo ich sie vor ein paar Tagen zurückgestellt hatte. Es tat gut, dies zu wissen. Ich ging auf den Balkon und zündete eine Zigarette an.

Es fühlte sich so an, als wäre der Sommer vorbei. Die Hitze war weg. Der blaue Sonnenhimmel hatte sich hinter düsteren Nebelschwaden versteckt. Der Pilatus war verschwunden, so wie Salomés Bild verschwunden war. Ihre Anmut an jenem Frühlingstag, als ich sie vor der Kulisse dieses markanten Berges fotografiert hatte.

Vielleicht würde Milena ihren Platz einnehmen.

CAMEO